致命 命

圆 II 桌

笑青橙

著

台海出版社

图书在版编目（C I P）数据

致命圆桌 . 2 / 笑青橙著 . -- 北京 ：台海出版社，
2022.3

ISBN 978-7-5168-3221-9

Ⅰ . ①致… Ⅱ . ①笑… Ⅲ . ①推理小说－中国－当代
Ⅳ . ① I247.5

中国版本图书馆 CIP 数据核字（2022）第 016633 号

致命圆桌 . 2

著　　者：笑青橙

出 版 人：蔡　旭　　　　　　　　　封面设计：殷　舍　　WONDERLAND Book design
仙境 QQ:344581934
责任编辑：俞滟荣

出版发行：台海出版社

地　　址：北京市东城区景山东街 20 号　　　邮政编码：100009

电　　话：010-64041652（发行，邮购）

传　　真：010-84045799（总编室）

网　　址：www. taimeng. org. cn/thcbs/default. htm

E - mail：thcbs@126. com

经　　销：全国各地新华书店

印　　刷：三河市兴达印务有限公司

本书如有破损、缺页、装订错误，请与本社联系调换

开　　本：710 毫米 ×1000 毫米　　　　1/16

字　　数：297 千字　　　　　　　印　　张：19.5

版　　次：2022 年 3 月第 1 版　　　　印　　次：2022 年 3 月第 1 次印刷

书　　号：ISBN 978-7-5168-3221-9

定　　价：49. 80 元

目录

第五轮游戏　雪山谜案

第1章　暴雪山庄　　　　　　　　　　003

第2章　骨雕象棋　　　　　　　　　　　007

第3章　暗夜危机　　　　　　　　　012

第4章　特殊玩偶　　　　　　　　　　　020

第5章　武士铠甲　　　　　　　　　027

第6章　生死棋局　　　　　　　　　　　036

第7章　沉重的礼物　　　　　046

第8章　CJ组织　　　　　　　　　　　055

第9章　新任务　　　　　　　063

第六轮游戏　恶意学园

第10章　背叛的代价　　　　　　　　075

第11章　秘密武器　　　　　　　　082

第12章　涂鸦　　　　　　088

第13章　眼睛的灾难　　　　　　　095

第14章　怪物的尊严　　　　　　100

第15章　流言　　　　107

第16章　司徒谦　　　　　　　113

第17章　碰瓷　　　　119

第18章　优秀学生　　　　　　　　125

第19章　第二图书馆　　　　130

第20章　福尔马林里的眼睛　　　　135

第21章　隐藏关系　　　　140

第22章　意料之外　　　　　　146

第23章　隐秘的恶意　　　　151

第24章　礼物　　　　　　162

第七轮游戏　高温森林

第25章　无NPC游戏　173

第26章　重逢　180

第27章　诱饵　185

第28章　血字　192

第29章　三层老洋房　202

第30章　置之死地　212

第31章　随笔记录　221

第32章　新年　228

第八轮游戏 致命交响曲

第33章 音乐高中　　　　　　　　　　　241

第34章 资深背叛者　　　　　　　　　　249

第35章 诡异的合照　　　　　　257

第36章 班级年鉴　　　　　　　　　264

第37章 昏厥交响曲　　　　　　274

第38章 音乐礼堂　　　　　　　　279

第39章 我怀疑你　　　　　　286

第40章 机器人玩偶　　　　　290

第41章 孤注一掷　　　　　　　295

雪山谜案

命运的齿轮重新开启，死亡只是未来的序曲。

欢迎来到圆桌游戏—115847，请玩家解锁神秘精分大佬陈眠。

第1章

暴雪山庄

玩家们身处别墅之中，一位身形瘦削的中年女管家对他们说道："现在大雪封山，唯一的山道遭遇雪崩而坍塌，需要七天的时间才能重新通路。老爷心善，愿意救助你们这群落难的登山客，他吩咐我安排各位在别墅侧屋住一段时间。各位请多加小心，不要到处乱跑，否则发生什么事故我们概不负责。"

一位穿着长裙、长相可爱的女玩家笑嘻嘻地对女管家问道："为什么不能到处乱跑？别墅有什么问题吗？"

女管家冷漠地看着那位女玩家，声音死气沉沉地响起：

"我家老爷姓贾，是顶尖的国际象棋棋手，获得过许多荣誉。老爷有一对双胞胎女儿，两位小姐和老爷一样拥有极高的国际象棋天赋，她们是老爷的骄傲。这几天老爷邀请亲朋好友到别墅小住几日，昨晚，老爷在别墅中举办小型聚会，老爷的双胞胎小姐在别墅中失踪。我们找遍别墅都没有找到小姐。今天早上，就在你们来到别墅求助之前，厨师在厨余垃圾桶里发现疑似人类头发和皮肤的碎片组织，以及小姐们的衣服碎片。有人残忍地杀害了两位小姐，而那个凶手肯定还在别墅中！"

把情况交代完，女管家朝玩家们微微鞠一躬，便离开了别墅侧屋。

江问源朝他在圆桌上看中的那个新手玩家走去，向他伸出手："你好，我叫江帅。我想你一定有很多疑问，和我组队吧，我会把你想知道的都告诉你。"

那个新手玩家还在犹豫，刚才朝女管家问话的女玩家掩唇轻声发出惊呼："这位哥儿们你在犹豫什么，坐在空位右手边第一位的玩家，是我们这轮游戏里最厉害的大佬。大佬邀请你组队，你居然还犹豫。嘻嘻嘻，江帅大佬，要不你和我一起组队吧。我叫陈颜。"

"别墅侧屋的客房是四人间吧，带我刚好够住。你们好，我是陈眠。"陈眠很自然地走到江问源身边，和大家打招呼。

陈颜开心地鼓掌欢迎："圆桌排名第二的大佬啊，热烈欢迎热烈欢迎！真是太棒了！"

那个新手玩家在陈颜的吹捧下，终于有点儿心动。他鼓起勇气，和江问源握了握手："江帅大佬，我叫秦启月。我想加入你们！"

江问源和秦启月握了握手，然后朝陈眠和陈颜看去。他的眼底暗藏着汹涌的波涛，说话的声音比屋外的冰天雪地还要冻三分："那我们四人组就算成立了吧。"

江问源和陈眠是圆桌评价排在前二的大佬，又有陈颜在旁边高调吹捧，想抱大腿的人自然不少，可惜四人间已经满员，现在天寒地冻、大雪封山，也没人愿意睡地板。那些没能抱成大腿的人，纷纷把嫉妒的目光投向秦启月。

秦启月隐约感觉到来自某些玩家的敌意，不过他并没有正面回应他们的敌意，而是装出一副什么都不知道的模样，颔首低眉跟在江问源身边。秦启月用行动提醒那些嫉妒他的玩家，不是他巴结大佬，而是大佬主动找他当队友的。

江问源把视线从陈眠身上收回，他对秦启月的表现十分满意。面对未知的恐惧和危险，秦启月识时务不吵闹，不动声色地就把矛盾的苗头掐灭，素质真的很不错。

别墅侧屋只有一层楼，总共八间房，有公共的餐厅和澡堂。八间房以花草树木命名，从左至右分别是梅兰竹菊荷松柏柳。江问源随手选了位于正中间的菊字间："我被收走三分之二的心肺功能，菊字间处于餐厅、澡堂和门口三者的中间位置，去哪儿都比较方便。你们没意见吧？"

陈眠脸上露出微笑，从容地对江问源说道："我都随你。"

陈颜盯着笔法飘逸的菊字："我们要不要换成荷字间啊？荷字间和菊字间相邻，其实也在中心位置上。菊花是葬礼上常见的花，在怪物横行的圆桌游戏里实在不太吉利。"

江问源、陈眠和秦启月的视线齐齐落到陈颜身上。然而陈颜并不是一个会看脸色的人，任凭秦启月对她使眼神使到眼抽筋，陈颜也毫无所觉。她疑惑地眨眨眼："你们看着我干吗，难道我说的有哪里不对吗？"

江问源冷淡地瞟了一眼陈颜："白菊是丧葬常用花，寓意确实不太吉利。是我考虑得不够周到，那我们就换到荷字间吧。"

现在还不到中午，还有时间可以搜索一下情报。四人进入荷字间，从衣柜里翻出御寒的衣服穿上。秦启月套上合身的大衣后，终于有种活过来的感觉，他注意到其他三人身上的大衣也都很合身，他的大脑迅速活跃起来，他把心里的许多疑问精炼成一句话："江大佬，如果我们刚才选的是菊字间，也能在屋里找到适合我们身量的大衣吗？"

江问源笑着答道："玩家会在自己的房间里找到合适的衣服，这是圆桌游戏的力量。"

江问源对秦启月真是越看越满意。秦启月面对诡异的事情不放弃思考，也没有废话，直击问题要害。等他把秦启月带回去，组织命名权还不是手到擒来的事情吗？

陈眠看到江问源对秦启月如春风拂面，对他的态度却说不上好，觉得有点儿委屈。陈眠挤到两人中间："江帅，等会儿我们去把别墅周边的环境探一探，再去发现尸体的地方看一下情况吧。"

江问源看着陈眠那张脸，脸上的笑容渐渐消失，最后整张脸都板起来："那就出发吧。大家都戴好护目镜，也不要一直盯着雪看，预防雪盲。"

如此明显的差别待遇，陈眠整个人都要变成大写的委屈了。

别墅主屋坐北朝南，主屋东西两侧是两座对称的侧屋。别墅的主人贾棋手和他的客人们住在主屋，玩家们住的是东面的侧屋，西面的侧屋则是管家和帮佣们的住所。主屋和侧屋形成半包围的中央庭院里，有一座冰封的喷泉。

喷泉旁边立着一尊按1.5倍比例放大的人物全身雕像。雕像是一位面相严肃的老者，他单手负背，像是在看着喷泉，又像是在看着远方。江问源在雕像脚边蹲下，戴着防潮手套扫开雕像脚踏底座的雪。

底座上写着两行字：

贾常胜
1905—1971

第2章

骨雕象棋

据那位中年女管家所言，别墅的主人姓贾，是一位职业国际象棋棋手。

贾常胜应该是别墅主人的父辈或祖辈。

失去三分之二心肺功能，对身体的影响还是非常强烈的，江问源站起身时，就感觉到脑袋一阵眩晕，还好站在他身边的陈眠及时伸手扶住他："江帅，你没事吧？"

江问源靠着陈眠稍微站了一会儿，等待眩晕感过去："我们在室外活动的时间有点儿长，心肺功能不太跟得上，不是什么大问题。我们去发现尸体的后厨看看，进到室内暖和起来，我也没那么难受。还有，秦启月，你要做好心理准备，如果他们保留现场等待警察来查案的话，画面可能会引起你的不适。"

秦启月很清楚自己的身份，一无所知的小白玩家，他身上没有任何值得江问源觊觎的东西。江问源身体不适之余还不忘关照他，秦启月感动到无以复加："江大佬，不，江哥，谢谢你的关心，我一定会努力适应游戏内容的！"

有对比就有伤害，秦启月是开心了，没得到任何关心的陈眠差点儿没气成河豚。

四人来到主屋的后厨时，厨师们正在热火朝天地工作着，他们在准备今天的午餐。

整个厨房都热烘烘的，收纳厨余的垃圾桶换了一个全新的桶，而原本放在角落的厨余垃圾桶被拉起警戒线，暂时不能使用。这应该就是发现双胞胎小姐尸体的地方吧……

在那些厨师和帮厨的眼皮底下，江问源抬起警戒线，弯腰穿过去。陈眠和陈颜也跟着进入警戒线内。秦启月发现厨师和帮厨们依旧忙碌着手上的工作，似乎并不关心后厨里多出来的四个不速之客，他这才放心地走进警戒线内。

幸好现在正值严冬，桶里的厨余不会那么快变质，味道并不是很刺鼻。江问源望进厨余垃圾桶，映入眼帘的便是被血液和食物的汤汁浸透的碎布块，他拨开那些衣裙的碎片，露出底下的东西——那是两块连带头皮的头发，头发上面还沾着食物的残渣，看得人头皮一阵阵地发麻。

江问源忍耐着令人作呕的味道，把两块头发取出来。在江问源掏厨余垃圾桶时，陈颜弯腰走出警戒线，拿回来一块干净的桌布铺在地上："把那两位小姐的遗体放在这里吧。"

江问源在桌布边蹲下来，把两块头发并排放在桌布的一端："陈眠，我的体力还没有恢复，你把她们的尸体从厨余垃圾桶里捞出来吧，按照身体部位把她们的遗体放好。"

陈眠看着如同混沌漩涡的厨余垃圾桶，半点儿都不想靠近："一定要捞起来吗？"

"我知道你有洁癖，但你既然选择圆桌游戏，经历的游戏时间和游戏轮次都比我多，难道这点儿困难都克服不了吗？还是说你觉得我应该撑着头晕目眩体力不支的身体继续掏厨余垃圾桶？"江问源看着陈眠的脸，慢慢说道，"我们不是朋友吗，陈眠？"

秦启月和陈颜默默在旁边观望，陈眠长出一口气："那你至少要告诉我掏厨余垃圾桶的意义是什么啊。我不希望你是因为和我赌气所以才让我掏厨余垃圾桶的。"

"我想知道凶手从她们身上取走了什么，这能为破案指明方向。你一会儿仔细捞，骨头比较重，有可能沉到了泔水的下面。"江问源说着，发出一声轻笑，"至于你说希望我不和你赌气，不好意思，我就是生气才让你忍住洁癖掏厨余垃圾桶的。你要是不想掏，也可以想别的办法把她们的尸体捞起来。"

陈眠："……"

厨余垃圾桶里的重要线索，肯定不能丢。陈眠这是干也得干，不干也得干。

秦启月的心理素质是真的很不错。

他看到可怖的景象之后没有发疯地大吼大叫，也没有崩溃地哭泣，只是变得像块石头一样全身僵硬。秦启月花了五分钟，便重新做好心理建设，勉强恢复镇定。秦启月默默地站到陈眠旁边，主动承担起脏活累活，和陈眠一起把双胞胎小姐的尸体从桶里打捞出来。至于那双本来是用于防寒的手套，秦启月是不想再带回别墅侧屋了。

两个人的打捞速度还算可以，十多分钟便打捞完毕。

江问源在他们打捞尸体的时候也没闲着，他把两人打捞出来的部分擦拭干净，按照人体的位置分别摆在两块头皮下。

陈眠把那只沾满脏污的手套甩掉，脸色不太好看："我确认过了，厨余垃圾桶里的骨头都是其他动物的骨头，没有属于人类的骨头。"

四人看着被江问源拼好的两具尸体，两具尸体被刀切得破破烂烂，消失掉的部分是全身的骨头，以及她们的大脑。

为了避免猝起晕眩，江问源沿着厨台慢慢站起来："现在也差不多到饭点，我们去找别墅的主人交谈收集情报，看能不能顺便在这里蹭一顿午饭。如果蹭不到，我们就只能回别墅侧屋吃了。"

在陈眠和秦启月的沉默中，陈颜完美地发挥她尬吹的特技，成功挽救了逐渐冻结的气氛："江哥不愧是本轮游戏综合排名第一的玩家，刚刚看完双胞胎姐妹那样的尸体，现在还能吃得下饭。大佬果然就是大佬！不是凡人能比得上的！"

江问源对他们解释道："我被收走的代价需要我保持正常的饮食和作息，你们如果暂时吃不下东西，不必勉强自己配合我，可以打包一些方便携带的干粮，等心情稍微恢复过来之后再吃。"

四人来到主屋的餐厅，餐厅布置得非常华丽，除了宽敞的就餐区、酒柜和饮酒区，还有灯光和布置都恰到好处的舞池，一架三角钢琴以及演奏其他乐器的舞台，其中最醒目的还是摆在餐厅最中央位置的国际象棋棋台。

由于别墅的双胞胎小姐失踪遇害，现在餐厅里只有就餐区在提供食物，其他地方全部暂停使用。大家默默地取食物，默默地用餐，即使偶有交谈也是尽量把声音压低，餐厅里的气氛十分压抑。

一个中年男人独自站在国际象棋棋台旁边，在餐厅里显得十分醒目。

江问源果断朝他走过去，对表情悲伤的中年男人问道："您好。请问你是好心收留我们的贾先生，那位著名的国际象棋棋手吗？"

中年男人看向江问源，承认了自己的身份："我在世界国际象棋比赛排名十六位，算不上著名的棋手，你们叫我贾棋手就可以了。"

"再次感谢您的收留。"江问源说道，"您两位千金的遭遇实在令人痛心。不瞒您说，我们是自由职业侦探，如果您愿意的话，我们可以在警察到来之前尽可能地为您查清两位千金遇害的真相。"

贾棋手悲伤地望着棋台："你们要查就查吧。"

江问源不动声色地观察棋台，棋台的外形属于维多利亚时代风格。

位于中间的是一台由钢铁铸成的国际象棋棋桌，规格为 72 厘米 ×72 厘米 ×64 厘米，棋桌表面上印着标准国际象棋棋盘。棋盘上摆着一套完整的手工雕刻的东方风格的棋子。每一颗棋子的底部都附着一块有磁性的铁片。在棋桌的侧面，放着一台固定蒸汽机，蒸汽机和棋桌的驱动轴相连，一共有五个速度挡位可以调节。

棋桌的两端摆着两张椅子，其中一张椅子被一套风格

独特的 18 世纪武士铠甲占据。铠甲的面部设计得有些狰狞，江问源的视线与其短暂接触后，心里莫名产生一种奇怪的焦虑感。

江问源收回视线，对贾棋手问道："您一直守在棋台旁边，这座棋台和两位千金有什么渊源吗？"

贾棋手的表情更加难过了。

"我的父亲贾常胜在世时，是世界国际象棋比赛排名第二位的强棋手。这座棋台是父亲花重金找人做出来的自动国际象棋机，我就是用这台自动国际象棋机苦练棋艺，才达到今天的成绩。在我的女儿们出生那年，这台自动国际象棋机就坏了。我的女儿和她们的爷爷一样拥有极高的国际象棋天赋，她们从小听着爷爷的故事长大，一直渴望着爷爷的自动国际象棋机能修好。"

贾棋手在武士盔甲的对面坐下，把蒸汽机调至三挡，蒸汽机带动棋桌的驱动轴，属于武士盔甲那一方的棋子开始自动动起来。棋子移动的原理应该是利用棋桌内部的磁铁，吸引棋子底部的磁铁，再对其进行挪动。贾棋手看着顺利完成移动的黑棋："现在自动国际象棋机刚刚修好，我的女儿却不在了……"

现在轮到贾棋手下棋了，他拿起一枚士兵——莹白的东方风格棋子，看起来像是新做的，和老旧的棋桌不太搭配。江问源仔细观察棋子的材质，棋子似乎是用骨头雕刻而成的。

第3章

暗夜危机

贾棋手走出第一步棋后,神态逐渐变得认真起来,被痛失一双女儿的悲伤压垮的脊背也挺直起来,他端正地坐在武士铠甲对面,如临大敌的态度就像是在世界大赛上遇到实力恐怖的对手。贾棋手忘掉了江问源几人的存在,也暂时遗忘了女儿们的死,一心沉迷进棋局中,和自动国际象棋机在 64 个黑白相间的格子组成的棋盘上厮杀起来。

江问源只知道国际象棋的规则,对其并没有太深的研究,他没有过多地关注棋局,而是重新把视线放在那具武士铠甲的面具上。面具看起来还是那么狰狞可怖,但与其对视时的焦躁感却消失不见,就像是武士铠甲的注意力转移到别的地方去了。

贾棋手和自动国际象棋机的对决一时半刻不会结束,江问源对其他三人说道:"用餐区是自助形式供餐,我们去蹭一顿午餐应该问题不大。"

走到取餐的食桌前,江问源把一个空碟子递给陈眠:"我们吃点儿什么好呢?"

陈眠捧着碟子:"我总觉得身上还残留有厨余的味道,现在浑身难受,有点儿吃不下东西。我想把吃的打包回去,把身上的味道洗干净之后再吃。晚餐我们再一起吃吧。"

江问源平静地看着陈眠，也不说话。

陈眠被江问源看得有些不自在："怎么了？"

"我们是圆桌游戏的玩家，在这个朝不保夕的世界里求生，谁都不知道我们会在什么时间因为何事死去。你说晚餐再一起吃，可是谁又能保证我们都能活到下一餐呢？我只是想珍惜我们活着的每一段时光而已。"江问源虽然这么说，却没有多做强求，他朝陈眠伸出手，"不过如果你不愿意的话，把碟子还给我吧。"

陈眠把碟子塞回江问源手中，顿了顿才说道："你顺便帮我把我那份食物也取了，我去洗手间清理一下，很快就回来。"

江问源去取食物时，陈颜也放下打包的保鲜袋，去拿了个碟子。走在她身边的秦启月问道："你不打包了吗？"

陈颜扯起嘴角对秦启月露出一个有点敷衍的笑容："对江帅大佬的话有所触动而已。谁能保证我不会死在回别墅侧屋的路上？做个饱死鬼总比饿死鬼要好吧。"

秦启月转念一想，陈颜的话似乎还挺有道理。他也放下保鲜袋，去拿空碟子："陈颜，你等等我。"

取餐的时候，陈颜和江问源都十分亲切地给秦启月提出建议，不论喜欢的口味如何，最好是取一些热量高易消化的食物，这样就算是因为游戏影响而吃不下太多食物，也能尽最大限度摄取热量，保存体力。

等陈眠从洗手间回来时，江问源三人已经取好食物等着他了："你们这是……"

江问源的目光不着痕迹地从陈眠有些苍白的脸、湿润的双唇、稍微被水打湿的衣襟一一滑过，陈眠这是刚吐过吧。江问源拍了拍身边的空位，对陈眠说道："他们说今天热菜的菜色很不错，所以就改变主意，打算和我们一起吃饭。"

四人毕竟刚刚翻弄过恐怖的厨余桶，菜肴再美味，他们也无心享用，囫囵吞枣地用最快的速度把午饭吃完。当他们重新回到餐厅中央的棋台时，贾棋手和自动国际象棋机的对局已经接近终盘。

贾棋手的应敌状态并不轻松，他额上沁出细密的汗珠，颤抖着手下了最后一步棋，当他松开那颗雕工精致的莹白战车，黑棋的国王便彻底被他逼上死路。贾棋手的脸上露出胜利的笑容："将军！我赢了！"

自动国际象棋机发出投降的信息时，贾棋手像对待珍宝那样温柔地抚摸着棋盘，激动得有些语无伦次："我能感觉到，它的实力更胜修好之前。只要我坚持每天和自动国际象棋机对局，我的棋力一定能变得更强。父亲终其一生都未能登顶，也许在未来的某一天，我就能实现父亲的遗愿，成为世界排名第一的国际象棋棋手！"

江问源打断贾棋手的自我沉醉："贾棋手，您能继续提高棋力，为国家争取更多荣光，我们都很为您高兴。但是现在更重要的事情是查清两位小姐遇害的真相！"

贾棋手被江问源的当头一棒打醒，他神色惶惶地扶着棋桌站起来："是啊……悦棋和爱棋都不在了……为什么我还沉迷在棋局中……这也是她们的妈妈离开我的原因吧。我总是把所有心思放在国际象棋上，经常忽略对她们母女三人的关心。"

对于一位顶尖棋手来说，面对任何绝境都要保持冷静的心态，是一门必修课。贾棋手在心境上颇有修行，很快就把心态调整过来："我要去看看我的妻子，她虽然不是悦棋和爱棋的生母，但成为贾家的一分子也有六年时间，现在悦棋和爱棋死了，她肯定也很难过。我要去陪伴她，就先失陪了。"

"贾棋手，我能问你最后一个问题吗？"江问源喊住贾棋手。

贾棋手把吃棋放回棋盘上，并没有整棋："请尽量简短说明你的问题。"

江问源看着自动国际象棋机识别到错位的棋子，把棋盘上散乱的棋子一颗接一颗移动到原始位置，道："这台自动国际象棋机是谁修好的？"

所有人都把目光投向自动国际象棋机，它整棋完毕后，蒸汽机的三挡开关自动跳闸停止工作。一度废弃多年的机器，现在已经完全恢复。据贾棋手完成对局后的证言，这台自动国际象棋机的棋力在修好之后变得更强了。

把古董级的机器奇迹般修好的人，到底是谁？

贾棋手沉默了一阵："这是我前妻请来的师傅修好的，说她无法陪伴在女儿身边，这是她送给女儿们的礼物和补偿。那两位师傅，据说是当年为父亲制造出自动国际象棋机的科学家的后人。"

江问源追问道："那他们现在在哪里？"

贾棋手摇摇头："如果你们要怀疑他们是凶手，我觉得没有必要。在悦棋和爱棋失踪之前，他们就已经离开别墅下山去了。"

贾棋手没有再给江问源提问的机会，一步三回头地离开自动国际象棋机，去寻找他的妻子了。江问源四人看着棋盘上的棋子。秦启月不断揉按手腕处的内关穴缓解呕吐的欲望："这些新棋子，怎么看都像是用骨头做出来的。"

秦启月虽然没有直言是什么骨头，但其他三个人都心知肚明。如果悦棋和爱棋这对双胞胎姐妹的骨头真的成了棋盘上的棋子，那么和这台自动国际象棋机相关的人，就会变得非常可疑。

"我们去和贾棋手招待的客人聊一聊吧，这台机器，我们暂时不要动它。"江问源严肃地对其他三人说道，由于不太放心，他再次强调一遍，"如果你们没有自信赢过世界排名第十六的贾棋手，那就不要碰这些棋子。贸然触碰棋子，你们有可能会像贾棋手那样被拉入棋局。要是棋局输了，谁都不知道会发生什么……"

在江问源说话的时候，他们的视线默默落到武士铠甲手中的武士刀上，只要想象一下武士刀出鞘的画面，他们就觉得脖子凉飕飕的。他们四人在餐厅里和贾棋手的客人搭话时，一直都没有触碰过棋台的任何东西，而且他们也善意地提醒那些想要触碰棋台的玩家，有些玩家听从了他们的建议，有些则嗤之以鼻，想怎么弄就怎么弄。

那些摆弄棋台，拿起棋子的玩家，并没有像江问源他们想象的那样被强行拉入棋局。甚至有个胆子极大的玩家，直接把其中一枚十兵白棋给拿走了。

晚餐时间，江问源几人暂时结束第一天的情报收集工作，从别墅主屋回到他们住宿的东面别墅侧屋。那个拿走棋子的玩家坐在餐桌旁，他面色红润、声音洪亮，正在对餐桌旁的其他玩家安利国际象棋："我告诉你们，国际象棋不仅重视竞技性，还兼具艺术性和科学性，它是全世界人民几千年的智慧结晶！只要你们愿意去接触、去了解国际象棋，你们一定也会为国际象棋的魅力所折服。"

从江问源几人的角度来看，那个玩家完全就是在尬吹，他们听下来内心完全没有一丝波澜，甚至还有点儿想笑。可是饭桌旁那些玩家和江问源他们的想法却完全不一样，其中一个女玩家拿着手中那枚士兵骨棋，向往地说道："狼哥，我今年二十九岁了，你说我从现在开始学国际象棋，还来得及吗？"

狼哥朗声大笑："怎么来不及！只要心中对国际象棋有爱，什么时候学都不晚！"

其他几个摸过士兵骨棋的玩家也跟着一起笑起来，就像是中了邪一样。

状态正常的玩家都默默带着食物离开了，江问源四人也不欲久留，带上晚餐就回了他们的房间。今天下午他们在餐厅里活动时，因为人多且集中，他们四个人便全部分头行动，尽最大可能了解贾棋手和那台自动国际象棋机的相关情报。

四人一边吃晚餐，一边把得到的情报统一汇总起来。

贾棋手是贾常胜五十一岁时才得的老来子，贾棋手自幼表现出极高的国际象棋天赋，贾常胜手把手地把自己的儿子带入国际象棋的世界。自动国际象棋机是贾常胜给贾棋手的十岁生日礼物，六十一岁的贾常胜的精神和身体都出现了一定的问题，从此陪贾棋手下棋的就成了自动国际象棋机。可以说，自动国际象棋机陪伴贾棋手成长，见证了他的棋力从青涩走向成熟。

自动国际象棋机经历过两次大修理。

第一次大修理是在贾常胜死后。在贾常胜过世前，贾棋手一直衣不解带地照顾父亲，疏忽了对自动国际象棋机的管理，当他终于想起自动国际象棋机时，这台经历十年时光的机器已经坏了。贾棋手向当年制造机器的科学家求助，那位科学家不仅修好了机器，还对其进行了升级。升级之后的自动国际象棋机实力陡然上升了一个台阶，二十岁的贾棋手根本不是它的对手。在自动国际象棋机的锤炼之下，贾棋手走出国门，逐渐在世界国际象棋棋坛闯出名声。

贾棋手在二十九岁那年步入婚姻的殿堂，三十岁时，悦棋和爱棋出生，自动国际象棋机也在同年坏掉，再也无法使用。由于当年制造自动国际象棋机的科学家去世，其他人无法修理这台独一无二的机器，贾棋手也沉浸在一家四口幸福的生活中，自动国际象棋机便荒废了。可是好景不长，这段幸福的日子才过了两年，贾棋手的妻子便受够了丈夫沉迷钻研国际象棋而倍受忽略的生活，她毅然和贾棋手离婚。

贾棋手需要钻研国际象棋，没空料理家事，他很快就再婚了。接下来的这些年，贾棋手的世界排名稳步上升，一路升到世界排名第十二位。可是在贾棋手四十岁之后，他的棋力再无突破，还开始走下坡路，他的世界排名起起伏伏，再无高过十二名的排位。在四十二岁这年，贾棋手的世界排名稳定在十六位的名次。

而悦棋和爱棋，这对十二岁的天才国际象棋姐妹花棋手，逐渐走入世人的视野。她们的成绩已经完全超越贾棋手二十岁获得的荣誉，大家对这双姐妹花充满了期待。这次贾棋手邀请亲朋好友小住，其中不少客人都是国际象棋棋坛上赫赫有名的人物，目的就是宣布悦棋和爱棋即将向世界级的国际象棋比赛发起进攻。

贾棋手的前妻平日对女儿的关心并不多，但是在这个隆重的日子，她还是为悦棋和爱棋送上了一份大礼。她找到了制造自动国际象棋机科学家的后人，在仓库中积满灰尘的自动国际象棋机终于有了重见天日的机会。

谁都没有想到，在自动国际象棋机第二次大修理成功之时，悦棋和爱棋竟然死了。

双胞胎姐妹的骨头变成了自动国际象棋机的新棋子，而她们失踪的大脑至今仍未找到。

"你们觉得杀死双胞胎姐妹的人是谁？"江问源提出这个问题时，视线落到了秦启月的身上，他无时无刻不在期待着秦启月的表现。

秦启月放下餐碟，抹掉嘴巴上的油，认真地分析起来。

"我认为凶手应该和此次被邀请来的客人关系不大。根据贾棋手所说，用双胞胎姐妹的躯体修理过的自动国际象棋机的棋力比原本更高了。如果凶手的目的只是猎奇杀人，没必要把提高这台机器的棋力都考虑进去。事实证明双胞胎姐妹的死，就是为了成就自动国际象棋机。凶手应该就在贾棋手、贾棋手的前妻和现任妻子这三人当中。"

陈颜点点头："我也同意秦启月的说法。自动国际象棋机比原来更厉害，直接受益人是贾棋手，间接受益人是他的现任妻子。至于贾棋手的前妻在她女儿的死亡事件中到底扮演着什么样的角色，目前还没有更多的线索。"

陈眠没说什么，一双漂亮的桃花眼柔和地看着江问源。江问源补充道："你们的思路没什么问题，不过我觉得可以再加上一种可能性，那台自动国际象棋机本身也存在问题。那个拿走骨棋的狼哥，和其他摸过骨棋的玩家……"

四人回想起餐桌上那些中了邪一样沉迷于国际象棋的玩家，不由得陷入沉默。

忙碌了一整天，而且还在主屋后厨留下噩梦般的回忆，四人都有些累了，他们晚上不再安排任务，去澡堂把全身上下彻底洗干净，舒舒服服地泡完澡后，才总算有种终于活过来的感觉。

临睡时，江问源四人面临着一个问题。

四人间里一共有两张双人床，也就是说他们四人必须两两一起睡同一张床。江问源和陈眠一起睡没什么问题，可是秦启月和陈颜就有点儿问题了。

问题出在秦启月，他一改之前给力的表现，犹犹豫豫地对陈颜说道："你睡相好吗？"

"如果是说打呼、磨牙和梦话之类的话，我都没有。"可陈颜接下来的话，却让秦启月刚露出的笑容又逐渐消失，"不过我睡觉时动作比较大，喜欢抱着东西睡，尤其喜欢热乎乎的东西，可能会打扰到你吧。"

"完了完了完了！我老婆鼻子特别灵，你要是抱着我睡一晚，我沾上你的味道，就算过个五六天她都能闻出来！"秦启月的表情变得绝望起来，"难道我只能睡地板了吗？"

在那个瞬间，江问源其他三人内心活动非常一致，他们在怀疑秦启月说的老婆到底是一名女性人类，还是一只汪汪。

"这么冷的天，睡地板怎么行？"江问源果断否决了秦启月的解决办法，"秦启月和陈颜没办法睡一张床的话，换人就可以了。"

秦启月感动地看着江问源："江哥，谢谢你！那今晚怎么安排？"

江问源朝秦启月摊开手心，他手心里放着两张纸条："你随便抽一张。"

秦启月不明所以，随便选了一张，展开一看，上面写着陈眠两个字。江问源把剩下的另一张纸条展开,露出笔迹飘逸的江帅二字。江问源说道:"你看,这不就决定了吗?"

陈颜看着擅自决定床位的两人,脸颊气鼓鼓的:"你们怎么都不问问我的意见?"

江问源把秦启月手里的纸条拿回来:"那要不你来抽签?"

陈颜长叹口气:"算了算了,那就这样吧。"

夜深时刻,陈颜等其他三人都上床之后,把屋里的灯给灭了。她摸黑爬上床,钻进被窝里。江问源以为陈颜说睡相不好只是玩笑,没想到两人中间隔着楚河汉界,她还能越过重重障碍,推开她也会被她重新越过来,江问源干脆就放任不管了。

半夜时分,江问源被楼上重物落地的声音惊醒。

随后,传来缓慢的拖动声,那个落地的重物被拖走了——

江问源想要起床,却被陈颜拉住。她红唇微噘,呢喃的声音在江问源耳边响起:"冷,不要起来……睡觉……"

第 4 章

特殊玩偶

　　江问源现在心肺功能低下，一直感到身体乏力，他想要挪开陈颜，竟被拉得死死的动弹不了。江问源双唇抿成直线，声音在陈颜耳边响起："你再给我继续装睡啊。"

　　陈颜纤长浓密的睫毛轻轻颤动两下，睁开双眼，她不情不愿地松开江问源，声音放得很轻："我们别墅侧屋只有一层楼，现在外头风雪交加，能出现在我们楼顶上面的，你觉得会是什么东西？"

　　江问源没有和陈颜争辩，他坐起身来，仔细辨认天花板上方拖曳的声音，拖曳声向着北面慢慢挪动。陈颜也磨蹭着坐起身来，她打了个哈欠披上大衣，顺便把江问源的大衣也递给他。至于陈眠和秦启月，真让人怀疑他们是不是嗑了强力安眠药，两人蒙着头呼呼大睡，一点儿也没察觉天花板上的异动。

　　拖曳声没过多久便从他们房间上方离开，江问源皱着眉头，他记得在荷字间东北方向，在餐厅旁边的休息室里，有一个带烟囱的壁炉。那个爬上楼顶的东西，难道是想从烟囱进入屋内吗？

　　江问源翻身下床，踩着柔软的棉拖靠近门边。他把门打开一道门缝，把耳朵贴在门缝上倾听外头的动静。他猜得没错，那位不速之客果然从烟囱里跳了下来，落地时又是一声重响，之后拖曳声立刻响起，而且还是朝着江问源他们房间的方向移动。

陈颜不知何时也下了床，她搭在江问源握着门把手的手背上，轻轻合上门，无声地朝江问源摇摇头。

那个拖曳声从荷字间门口经过时，稍微停顿了一下，隔着五厘米厚的实木门板，江问源和陈颜无声地和外面的不明物对峙着。木门上没装猫眼，他们也不知道门外的究竟是什么东西。

那个不明物没有在荷字间门前停留太久，继续朝前方拖曳而去。

数秒之后，江问源和陈颜听到了房门打开又关上的声音，按声音的远近判断，不是他们旁边的菊字间，就是与菊字间相邻的另一间竹字间。

江问源记忆力很好，他记得菊字间因为寓意不太吉利，并没有玩家入住，而竹字间住着的玩家里，就有那个把骨棋拿回来的狼哥。由于狼哥和那些摸过骨棋的人对国际象棋产生狂热的崇拜心理，原本和狼哥同住的玩家都换到别的房间去了，换成和狼哥一样对国际象棋有兴趣的人住进去。

不速之客半夜到访无人入住的菊字间，这种可能性微乎其微，那就只能是拜访住在竹字间的狼哥几人。

陈颜没忍住又打一个哈欠，她拢了拢身上的大衣："那位不速之客已经确定目标，今晚再寻找下一个目标的可能性趋于零。我们在这儿干耗着也没意义，还是去睡觉吧。"

第二天早上，江问源醒来时，其他三人都已经起来了。

江问源的身体供血供氧不足，休息了一晚上，身体的疲乏感半点儿没有缓解，起床的动作都必须放缓。他一边慢慢穿衣服，一边看着秦启月说道："等会儿吃早餐时，别挑清淡的食物，尽量吃高热量的食物，还有不要吃得太撑。"

秦启月不明所以："我能问一下原因吗？"

陈颜仪态端庄地坐在床沿，等江问源要下床的时候，很顺手地扶他一把。"待会儿我们可能会看到引起不适的画面，导致中午和晚上都吃不下东西，所以要挑高热量的。不要吃撑，因为吃多了有可能会吐，吃进去也等于没吃。"

陈眠好看的剑眉皱起："难道是昨晚发生了什么事情？怎么不叫醒我？"

江问源在陈颜的帮助下，克服轻微的眩晕，在屋内走了几步，他的脸上没什么血色："那个不明物的目标不是我们，把你吵醒，后半夜你要是失眠怎么办？别担心，要是晚上遇到危险，我一定会把你叫醒的。"

得到江问源的解释和安抚后，陈眠的眉头才舒展开来。

早餐过后，江问源的脸色终于变得红润了些："我们走吧，去竹字间。"

竹字间的房门没有从里面反锁，江问源轻轻一拧门把，房门就打开了。

竹字间的窗户敞开着，风雪不断灌入屋内，所以屋内的血腥味并不重。血腥味的源头是两张双人床，两张棉被之下鼓起四个人形，有人闯入屋里，他们也一动不动地躺在床上。江问源走到其中一张床边，掀开厚重的棉被，露出棉被下的东西——

两具被切得破碎的尸体躺在床上，他们和那对双胞胎姐妹一样，被残忍地分尸取骨，但是有一处最明显的区别，他们的大脑没有被带走。陈眠和秦启月去检查了另外一张床上的两具尸体，状况也一样。

最令人觉得讽刺的，还是写在床头墙壁上的一行英文，这行英文是用鲜血写成的，充满着恶意和杀意：

LOSER!KKKKIILLLLLLL!!!

江问源把棉被全部掀开，戴上手套在那些尸体中摸索："你们也赶紧动起来，找一下狼哥拿回来的那枚骨棋。大家小心点儿，如果找到了骨棋，记得不要直接用手触碰。"

四人把竹字间里里外外找过一遍，并没有发现那枚骨棋的踪影。

陈颜把棉被盖回尸体上："那个凶手把他们的骨头都取走了，骨棋应该也不会留下。"

秦启月现在的感官真的很不好，他很庆幸自己听从了江问源的意见，吃下他往日绝对不会吃的高热量早餐。昨天看到两具尸体，今天四具尸体，他今天的午餐和晚餐估计都吃不下多少东西。秦启月揉揉抽搐的胃部："那我们只要找到那枚遗失的骨棋的话，就能锁定凶手了。"

秦启月说出这句话时，并没有想到他们居然那么快就能找到那枚骨棋。

骨棋就在别墅主屋的餐厅里——

昨天嘴里信誓旦旦说着要陪伴安慰妻子的贾棋手，今天又坐在了自动国际象棋机面前，和机器你来我往地在棋盘上进行厮杀。而那枚被狼哥带回别墅侧屋的骨棋，赫然摆在自动国际象棋机的棋盘上。

不仅如此，棋台旁边还多了一个敞口的箱子。箱子里放着四副新制的骨棋，骨棋打磨得并不是很到位，但是仅凭雕工，就足以证明这四副新棋和贾棋手正在使用的骨棋出自同一人之手。这个装着新制骨棋的箱子也是恶意满满，摆下四副骨棋后，箱子里还有足够的空间，可以再放下十几副骨棋。

杀死四名玩家的凶手，似乎根本就不想掩饰自己的身份。

秦启月素质很高，但到底还是个新人，他无法继续忍耐下去，直接用双手揪着贾棋手的衣领，把他整个人从椅子上提起来："贾棋手，你这个疯子，杀人狂！"

贾棋手脸上满是不解和愤怒："我没有杀人！你才是疯子，赶紧放开我！我的棋局正处于关键时刻，让我继续下棋，我能赢！"

贾棋手的力气出奇地大，秦启月被他轻轻一推就跌到几米远的地方，半天都没爬起来。贾棋手又回到自动国际象棋机面前，沉下心来继续对局。有秦启月的前车之鉴，这一次没有人敢再去打扰贾棋手，有任何问题，都只能等到贾棋手把棋下完再谈。

贾棋手把他的棋力发挥到极致，可惜他并没能赢下这一局，胜利属于自动国际象棋机。贾棋手上一局其实赢得也很勉强，这一局输了，他也没有因此而感到失落，反而更加斗志昂扬。他坚信只要自己继续和自动国际象棋机苦练棋艺，就能变得更强，总有一天，他能实现父亲的遗愿，成为世界国际象棋第一人！

贾棋手稍微平复心情，一边整棋，一边对江问源四人问道："你们刚才打断我的思路，还对我喊杀人凶手什么的，到底是怎么回事？"

江问源指着自动国际象棋机棋盘上自动整棋的黑白棋子："贾棋手，这些棋子是用你两位女儿的骨头做成的。而旁边的这箱新棋，是我们四个同伴的骨头做成的。"

贾棋手如遭雷击，整个人僵住一动不动。他今日爱不释手把玩、擦拭保养的棋子，是悦棋和爱棋的骨头？过了许久，贾棋手才找回声音，他把整好的棋子全部拢到手心，颤抖地对江问源说道："你再说一遍，这些棋子是用什么东西做成的？"

江问源清晰地再次给出答案："这些棋子，是您的两位千金的骨头。请看您脚边的箱子，箱子里的四副新棋，是用我们死去的四位同伴的骨头做成的。"

贾棋手小心地捧着骨棋，眼泪大滴大滴地落下："我的女儿……她们死的时候该有多疼……杀死你们的凶手到底有多恨我，才会让我用悦棋和爱棋的骨头做棋子？我知道杀死她们的凶手是谁了！这四副棋子，是贾管家今天早上在我书房里发现的，她以为是修理自动国际象棋机的周工程师和谈助理送给我的备用棋，所以就把它们放到了棋台旁边。"

"如果这四副备用棋来自你们的同伴，那周工程师和谈助理应该还在山上没有离开！他们就是杀死我女儿的凶手！"贾棋手的眼中满是仇恨，当他从秦启月的神情中读出怀疑时，心情更是悲愤交加，"难道你们怀疑我丧心病狂地杀死我的女儿，再栽赃陷害周工程师和谈助理吗？"

秦启月吸取教训，和贾棋手保持足够的距离："你的手上有刻刀留下的伤痕，这几道伤痕昨天还没有。"

棋台这边的动静已经吸引到那些还滞留在别墅的客人，贾棋手强忍着愤怒说道："我本来就有雕刻的爱好，而且这些伤口，是昨晚我亲手为悦棋和爱棋雕刻牌位时弄伤的。我的妻子可以为我做证，刻好的牌位也还在书房。"

江问源以餐厅里大部分人都能听到的音量说道："贾棋手，虽然有很多证据都指向你，但我相信你不会对女儿痛下杀手。你还肩负着你父亲贾常胜的遗愿。世界排名第一的国际象棋棋手，绝对不能是一名杀人犯。就算你真的有嫌疑杀人，你也不可能把女儿骨头做成的棋子摆在众目睽睽之下的餐厅，不是吗？"

江问源的分析有理有据，很好地控制了不利于贾棋手的流言。贾棋手收到江问源的好意，对他们的态度也稍微变好了一点儿："感谢你们帮我找到悦棋和爱棋的骨头，但是破案的工作还是交给警察吧。你们可以在别墅侧屋住到风雪过去，路桥修好，我不会向你们收取任何费用。"

江问源直视贾棋手的眼睛："就算我们可以帮你找出两位千金丢失的大脑，你也不需要我们的帮助吗？"

贾棋手沉默地看着江问源，无声地表达他的拒绝。

江问源思考一会儿，朝贾棋手点头示意："您的意思我明白，那我们就失陪了。"

没想到他们离开的时候，竟然发生了意外，陈眠不知道被什么东西绊到脚，整个人扑倒在自动国际象棋机的棋盘上。陈眠被摔得有点儿蒙，嘴巴却比脑子快了一步："这个棋桌里，为什么会有液体晃动的声音？"

陈眠的声音不大，却成功地让偌大的餐厅里陷入死寂。

自动国际象棋机的核心部分，应该是拥有强大数据处理能力和逻辑运算能力的系统，该系统能够完成高质量的国际象棋对局。这样的系统，应该是全机械化的计算机才对，机械中怎么会有液体存在呢？这些液体绝对不属于计算机的组成部分，联想起双胞胎姐妹丢失的东西——

秦启月喃喃说道："难道双胞胎姐妹的大脑，就在这个棋桌里？棋桌里的液体是仿生组织液，用来保证大脑活性的。"他望向贾棋手："贾棋手，你不愿继续查两位千金的大脑的下落，是不是因为你知道她们的脑子很可能就在这台棋桌里！你为了能够成为世界第一的国际象棋棋手，连惨死的女儿的脑子都能拿来利用吗！"

贾棋手被秦启月连声质问得面红耳赤，他恼怒地说道："贾管家，你把这几位客人送回东侧屋。我感觉不太舒服，要先回去休息一阵。管家，让人看好这座棋台，不准任何人乱碰，一切等警察来到再说。"

江问源四人是客人，客随主便，只能跟着贾管家回到别墅侧屋，不然反抗起来被赶出别墅，冻死在冰天雪地里，那就真的是玩家当中的笑话了。

回到他们的屋里，秦启月激动地在屋内来回走了好几趟，语速极快地分析道："那个贾棋手发现棋子是双胞胎的骨头后，肯定立刻明白她们的脑子被做成自动国际象棋机的核心。这应该不是偶然。那台自动国际象棋机经历过两次大修，第一次大修也和现在一样，自动国际象棋机的棋力暴涨。那次大修的时间，正好是在贾常胜死亡前后！贾常胜的大脑，很有可能就是被当成自动国际象棋机的第一代生物中枢！"

陈颜笑着为秦启月鼓掌，赞叹道："很厉害嘛，新人。我也是这么想的！江帅大佬和陈眠大佬，你们认为呢？"

陈眠本来就没有仔细听，在陈颜连着叫了好几声后才回过神。他没有理会陈颜的问题，像抓住救命稻草一样抓住江问源的胳膊："我刚才碰到自动国际象棋机的棋桌了，但是那些棋子被贾棋手拿走了，我没有碰到棋子，今晚怪物不会来找我的对不对？"

江问源平静地说道："怪物会不会来我不知道，如果怪物真的来找你，你应战就是了。狼哥他们房间的墙上写着杀死败者的英文，你赢了不就能活下来了吗？"

陈眠不可置信地看着江问源："这样就完了？你难道都不打算帮帮我吗？"

"我怎么帮你？我只知道国际象棋的基本规则，并不擅长。你是考过国际象棋段位的。要说我俩谁的胜算更大，那当然是你啊。"江问源现在站久了都会觉得累，他软软地坐到床上，"到时怪物要是来找你，我会为你加油鼓劲儿，尽可能帮你减少恐惧。"

"……"这种帮助，陈眠真的不是很想要，他艰难地咽下一口口水，"我已经很久没玩国际象棋了，和那种世界级的怪物下棋，我没有一点儿胜算，肯定会输得很惨。江帅，你帮帮我吧。"

江问源摸摸下巴："那我也不会帮你。"

"我真的没和你开玩笑，国际象棋，我真的不行。"陈眠痛心地看着江问源，"难道我不是你在这个世界上最重要的朋友吗？"

江问源放下托着下巴的手，脸上露出一个奇异的笑容："对啊，陈眠对我而言非常重要，我可以为他付出生命。但是，你是陈眠吗？"

陈眠这回真的是惊到了，他的表情精彩得只能用天崩地裂这四个字来形容："你你你你！为什么玩偶的能力会失效！难道你拥有可以对抗我玩偶能力的特殊玩偶？"

第5章

武士铠甲

　　江问源坐在床上看着陈眠崩溃地跌坐到地上，即使陈眠现在的表现和他记忆里的相差十万八千里，可他潜意识里还是认可眼前这个人就是陈眠，而且随着时间的推移，他很快就会忘记陈眠身上违和的地方，认为陈眠的行为是合理的。

　　从种种迹象，不难推断出陈眠玩偶的特殊能力：催眠某个特定人选，使玩偶持有者成为其心中最重要的人，并让被催眠的人保护玩偶持有者，在必要的时候，被催眠的人甚至可以为玩偶持有者付出生命的代价。

　　这个玩偶的能力对潜意识的影响非常恐怖，江问源能挣脱催眠，靠的并不是使用玩偶对抗催眠。江问源用余光瞟了眼不知何时默默坐到他旁边的陈颜，玩偶的能力只作用于他和陈眠的关系链，却没办法涉及第三方，是陈颜帮助他时刻保持对陈眠的怀疑的。

　　江帅、陈颜，这是江问源和陈眠曾经使用过很长一段时间的社交账户名。当江问源向秦启月说出江帅这个名字时，就在等着陈颜这个名字。说出陈颜这个名字的人，不是拥有陈眠皮相的坐在圆桌第二位的玩家，而是一个娇俏可爱的女玩家。

　　江问源昨天在别墅主屋餐厅对陈眠说的那番话，其实也是试探着对陈颜说的。

昨天用餐时，无论是陈眠，还是陈颜，用餐的习惯和江问源记忆中的陈眠都不一样。但是陈颜的餐碟上装着的食物，全是江问源喜欢而记忆中的陈眠并不怎么爱吃的。

陈颜苦着脸把那些食物都吃完了，在陈眠和秦启月眼中，陈颜是由于刚看到双胞胎姐妹的尸体而食不下咽。可是在江问源眼中，却是陈颜对他提问的回答：我不知道这是不是最后一次，但我还是想陪你一起用餐。

除此以外，陈颜思考问题时，会无意识地捏耳垂，这也是江问源记忆里陈眠习惯的小动作。陈颜总喜欢找江问源说话，让江问源多次说出陈颜这个名字。陈颜还重复地在江问源面前使用这个小动作，她在无声地暗示江问源：我才是你的朋友陈眠。

在同一个空间和时间里，不会存在两个陈眠。

正是凭借这个矛盾点，江问源才能时刻保持对陈眠的怀疑，没有被玩偶的特殊能力完全催眠。

在保持清醒的同时，江问源失去三分之二功能的心脏，却十倍百倍地感到钝痛。

在此前的游戏世界中，江问源是通过用餐习惯锁定陈眠的，因为江问源从张辰、路远、白梅和蒋战身上只找到和陈眠一致的用餐习惯，除此以外，他们和陈眠就再没有任何的共同点。反观陈颜，这个世界他们一起吃了三顿饭，陈颜的用餐习惯和江问源记忆中的陈眠完全不一样。陈颜和陈眠的共同点，体现在别的地方。

陈眠完全可以做到自然地把他所有的习惯全部改掉，也能刻意把生前的习惯保留下来。江问源能发现陈眠的存在，完全是陈眠刻意引导的结果。既然陈眠故意留下破绽希望江问源发现他，那为什么不直接说出来呢？

哪怕是在这一轮游戏，江问源陷入催眠危机，陈颜也不直接戳穿假陈眠的身份，而是迂回地通过别的手段帮助江问源抵抗催眠。江问源不得不怀疑，陈颜不是害怕直接与他相认，而是无法与他直接相认。

江问源不知道陈颜是出于什么原因才这么做的，但江问源可以肯定，陈眠的处境一定很危险。那个拥有催眠玩偶的假陈眠，很有可能就是圆桌游戏用来试探陈眠的，它想要试探陈眠是否就在江问源身边。如果江问源没能靠自己强大的意志力挣脱催眠，恐怕圆桌游戏的阴谋就要得逞了。

江问源深呼吸一口气，把脑袋里翻涌的思绪压下去，他望着战战兢兢坐在地上的假陈眠。假陈眠在圆桌空间和游戏里都说过"我是陈眠"这句话，这应该是催眠的关键语。江问源对假陈眠问道："我再问你一遍，你到底是谁？可别再让我听到'我是陈眠'这句话了。"

假陈眠崩溃地垂下头不敢看江问源，全身仿佛布满阴郁的阴影线："连催眠语都知道了，你肯定是用玩偶的特殊能力识破催眠……"他咬咬牙，很不要脸地对江问源提出要求："只要你保证我今晚不死，我明天就解除催眠！"

秦启月并不知道假陈眠说的玩偶是什么，但是并不妨碍他理解现在发生的事情。他愤怒地一拳打在假陈眠的脸上："你把自己催眠成江帅的朋友，要他为你卖命，你不觉得自己的行为很无耻吗？！"

假陈眠被牙齿磕破舌头，他吐出一口血沫，已然是一副死猪不怕开水烫的模样，死不松口："圆桌游戏生成具有特殊能力催眠的玩偶，不就是让玩家拿来用的吗？人不为己天诛地灭，我想活下去又有什么不对！"

哪怕心肺供氧不足，江问源脑子还是转得很快，他开始忽悠假陈眠："你的玩偶在进游戏前或在圆桌空间里就已经使用，你觉得我为什么能察觉到异常，然后使用玩偶来制衡你的玩偶呢？因为陈眠已经死了。陈眠还活着本来就是一件不合理的事情。要不咱们继续维持催眠状态，我让你和现实里的陈眠保持同一状态，怎么样？"

江问源由于身体乏力而显得有些绵软的话，每一句听在假陈眠耳中，都带着浓浓的杀意。和现实里的陈眠保持同一状态？江问源还没通关游戏拿到万能的许愿机会，死人无法复生，那就只能是他去死咯？假陈眠哆哆嗦嗦地把身体蜷缩起来，尽量降低自己的存在感，不过他依旧不肯松口，他害怕解除催眠的话可能死得更快。

江问源打完假陈眠一棒，又抛出一颗不怎么甜的枣："本轮游戏的故事线我已经有一点儿头绪，那个杀死狼哥四人的凶手身上有线索，我迟早也是要和他见上一面的。如果你解除催眠的话，我也不能保证你一定能活下来。但是不解除催眠的话，你现在就可以留好遗言准备去死了。"

假陈眠对生死的问题非常敏感，他能感觉到江问源不是在吓唬他，而是真的想要杀死他！假陈眠感觉自己的喉咙仿佛被紧紧扼住，气都喘不上来："我不是陈眠，我不是陈眠！我叫关山！大佬你饶了我吧！我真的不想死……"

当关山说出解除催眠的口令后，在江问源的眼中，关山的身形渐渐缩小一圈，那张脸几经扭曲变形，最后完全变成了另一个身材瘦得有些过分、长得有些贼眉鼠眼的三十岁男人。江问源眨了眨眼睛，对身边的陈颜问道："你看关山有没有发生什么变化？"

陈颜对着关山仔细端详了一会儿："没看出什么变化啊，他一直都是这副模样。"

江问源："……"真是难为你了，看到自己被这样的人冒名顶替，还能保持冷静。

时刻和催眠保持对抗状态是一件非常耗神的事情，催眠解除之后，江问源紧绷的神经放松下来，后遗症便出现了。他感到脑袋一阵阵地抽疼，他对陈颜说道："我先睡一会儿，两个小时后叫醒我。"

江问源这一觉睡得很沉，等他醒来的时候，外面的天色都暗下来了。

陈颜不知道去哪里弄来一个旧式的煤炉子，炉子放在窗户边，窗户打开一道窗缝透气，炉子上架着一口砂锅，正在煲砂锅粥，粥里添有不少材料，满屋子都是淡淡的粥香味。

陈颜守在砂锅旁，一直都留心着江问源的情况。江问源这边刚有动静，她第一时间来到床边，拿起床头柜上的大衣披到江问源身上："你醒啦，刚好粥也熟了，稍微凉一下就能吃了。"

"为什么不叫醒我？"江问源默默在心里给自己敲了一记警钟，因为有陈颜在，所以他就放松了警惕，连闹钟都没设一个就直接睡了。

"江哥，您这就冤枉陈颜了。午饭时陈颜就叫过你起床，但是你睡得很沉，完全叫不醒。"秦启月守在炉子旁，朝距离江问源的床最远的角落看过去。关山阴沉地坐在角落里，看到江问源醒了也一动不动，他的脸上和身上都有伤，除了脸上那一拳是秦启月揍的之外，其他都是被陈颜揍的。秦启月没想到陈颜一个娇滴滴的小姑娘，揍起人来竟然那么凶狠，关山差点儿没把半条命交代在陈颜手里。

江问源穿好御寒的衣服，在小桌旁坐下，热腾腾的粥便送到了他的手上，陈颜的服务可谓周到至极。江问源小口小口地喝着八鲜粥，他已经有九个多月没喝到这么美味的粥了。以前每当他生病难受时，总是没有食欲，陈眠琢磨捣鼓了很久才练就一手煲粥的好手艺，每回都给生病的他煲易入口又营养的八鲜粥。

江问源喝下几口粥，熟悉的鲜味不断刺激着味蕾，他感觉眼眶涩涩的，泪腺不受控制地涌出泪花。陈颜掏出手帕，为他拭去眼泪，脸上带着揶揄的笑意："江哥？你是不是猫舌啊，都被烫到流眼泪了。你慢点儿喝呀，我们都吃过晚餐，这锅粥都是你的，管够呢。"

江问源知道陈颜这是在提醒他不要露出破绽，他们经历了生与死的诀别后，奇迹般地在这个地狱一样的游戏时空重逢，可是他们却不能表现得太过亲近，还不得不装作陌生人。

江问源心里难受得厉害，他有很多问题想要问陈颜，想知道陈颜为什么会以这种形态出现在游戏中，想知道陈颜现在究竟过得怎么样，可是他什么都不能问，还必须装出若无其事的模样："我睡了一整个白天，你们可别告诉我，你们一直守在我身边，什么收获都没有。"

江问源和陈颜都克制得太好了，对人心有着敏锐洞察力的秦启月都没有发现异常。秦启月在江问源对面坐下，语气里带着小小的兴奋感："我来说吧！我们今天下午有重大发现！"

秦启月侃侃而谈："贾棋手的手上有刻刀留下的伤口，虽然他解释是给女儿刻牌位留下的，但我还是对他保持怀疑。贾棋手不准我们继续调查自动国际象棋机，没说不准我们调查别的事情，所以我们把目光转向了贾棋手的妻子和前妻，希望能从这两人身上找到线索……"

贾夫人是一个有些木讷的女人，她给人的感觉，比贾管家还要更像一位一板一眼的管家。贾夫人没有主见，她的生活全都围绕着贾棋手和悦棋、爱棋两位继女而转。和贾夫人这个称呼相比，也许保姆这个词更适合形容贾夫人在贾家的状态。

在贾夫人和生下双胞胎姐妹的前妻之间，贾棋手其实还有过两段感情，她们一个热情如火，一个是娇滴滴的小公主，比起木讷的贾夫人，她们更能讨男人的喜欢，贾棋手和她们来往时也过得很愉快。可是不知道为什么，贾棋手都没能和她们修成正果，最后他选择了只见过两面的木讷无趣的贾夫人成为他的妻子。

贾棋手和贾夫人的夫妻关系相敬如宾，贾夫人也把贾家打理得井井有条，让贾棋手可以全身心地投入国际象棋中。即使经常会被丈夫冷落，贾夫人也从不抱怨，她默默地为贾家付出她的全部人生。

由于生性木讷，贾夫人很容易被套话。秦启月和陈颜从她口中套出了不少值得推敲的情报。

贾夫人成为贾棋手的妻子已经有十年的时间，可是她却一次都没有见过贾棋手的前妻，贾棋手的前妻从来没有探望过她的两个女儿。

这次贾棋手为两个女儿广邀国际象棋棋坛的友人，举办隆重的宴会，贾棋手那位从未露过面的前妻终于传来消息，说是找到当年制造自动国际象棋机的科学家的后人，要修好那台自动国际象棋机，作为贺礼送给她的女儿。

借这个机会，贾夫人对贾棋手提议，让他邀请前妻来参加宴会。这场宴会是悦棋和爱棋迈向国际象棋棋坛的第一步，对她们而言非常重要。贾棋手和前妻离婚已经超过十年，贾夫人对他们曾经的夫妻关系早就不介怀了。

可是贾棋手并没有答应贾夫人的提议，贾棋手的前妻没有出席宴会。更奇怪的是，贾夫人也始终没有见过修理自动国际象棋机的周工程师和谈助理。

昨晚秦启月和陈颜、关山与贾夫人道别时，秦启月不经意地对贾夫人提起贾棋手雕刻牌位的事情："今天早上我见到贾棋手的时候，看到他手上有一道很深的刻刀伤口。贾棋手亲手为爱女雕刻牌位悼念亡魂，他们的父女情令人感动，可是现在大雪封山，万一贾棋手伤口感染破伤风，恐怕两位千金的亡魂也不得安宁。"

贾夫人木讷的脸上第一次出现焦急的神色："都怪我昨晚没坚持陪在他身

边，他的雕工一直很好，我和他结婚以来就没见他雕刻时受伤。肯定是我去睡觉之后，他独自面对悦棋和爱棋的牌位，导致情绪失控，伤到自己的手了。"

和匆匆离开的贾夫人道别后，秦启月三人又和贾棋手的客人们交谈。从这些客人的口中，可以证实贾夫人并没有在贾棋手前妻和周工程师、谈助理的事情上撒谎，没有人在宴会上见过这三个人。

有个和贾棋手有二十多年交情的卓棋手，说起贾棋手的前妻时还感慨颇多。卓棋手和贾棋手、贾棋手的前妻两人都是好友，当年贾棋手和前妻举行婚礼时，卓棋手还是他们的伴郎。卓棋手以为贾棋手和前妻会相伴到生命的尽头，可是他们却突然离婚了，而且离婚之后，卓棋手也一样再没有见过贾棋手的前妻。

卓棋手和贾棋手共同在国际象棋棋坛上闯荡，既是同伴也是竞争对手，他对贾棋手的实力变化了若指掌。贾棋手的棋力有三次明显的变化。第一次是在贾常胜死后，贾棋手的棋力陡然上升一个台阶；第二次是在贾棋手和前妻离婚后，他全身心投入国际象棋中，棋力涨得很快；第三次是举行这次宴会前的一整年时间，贾棋手开始走下坡路，棋力节节倒退，所以他才会分出一部分精力在双胞胎姐妹身上，把登上世界第一的愿望寄托在她们身上。

把该交代的情报都交代完毕后，陈颜给江问源重新盛了一碗粥，用崇拜的眼神看着江问源，眼睛里的小星星闪闪发亮："江大佬，你觉得杀死双胞胎姐妹的凶手到底是谁？"

江问源看着进入迷妹崇拜偶像模式并且毫无违和感的陈颜，完全是靠强大的意志力才控制住想要抽搐的嘴角。秦启月是新手，关山就是个不顶用的，他们一个白天能收集到那么多有用的情报，估计陈颜没少引导他们，就像江问源在以前的世界得到提示一样。

陈颜向江问源提问，江问源却不觉得陈颜知道的会比他少。江问源接着喝第二碗粥，那锅八鲜粥都是他的，他会全部喝完。"我现在还有些疑问，等今晚和杀死狼哥的凶手见一面之后再说吧。"

后半夜，关山在惊恐中无法安眠，他在床上翻来覆去，无论如何都睡不着，他干脆坐起身来，看向隔壁床的江问源。江问源睡了整个白天，晚上没有睡意，他用枕头垫在后背的位置，拿着手机翻看左知言丢传给他的一大堆学习资料。

陈颜躺在床上，睡得正香。

也许是对凶手的恐惧值太高，关山对江问源的害怕程度下降了许多，都敢主动向他算计过的江问源搭话了："我成为圆桌游戏的玩家后，一直无法适应这个残酷的世界。自从我拿到那个催眠玩偶之后，每次进入游戏都会在第一时间使用玩偶的能力，可是几轮游戏下来，玩偶的催眠能力一直无法激活，因为没有玩家符合催眠条件。江帅，你是我遇到的第一个愿意为别人付出生命的人。你进入游戏，是想要复活陈眠吗？"

江问源转头看向关山，关山的状态看起来并不对劲儿，这个时候与其关心他人的愿望，还不如担心自己的小命。江问源放下手机，拉起被子把陈颜的脸盖到棉被下："要说我没想过复活陈眠，那肯定是骗人的。我犹豫了很久，最后还是决定放弃复活陈眠。"

关山非常费解，他把手支在床沿，朝江问源的方向探身："为什么要放弃复活陈眠？圆桌游戏能实现任何愿望，你那么厉害，通关游戏，复活陈眠，这样的大团圆结局不好吗？"

江问源借着床头灯的光芒，看到关山那双浑浊的眼睛："不好，复活陈眠的愿望给我一种很不好的感觉。所以我不会许愿复活陈眠的。"

关山指着江问源，恼怒地说道："你简直不可理喻！"

关山刚说完这句话，一声重响砸在他们楼顶，拖动声响了起来。关山猛地打个激灵，刚才质问江问源的邪性状态消失不见，他满脸惊慌，发出杀猪般的惨叫："啊——！是不是那个杀人凶手来了！"

关山的惨叫声把陈颜和秦启月吵醒，还省了江问源叫醒他们的工夫。

那个拖曳声走了昨晚的相同路线，在烟囱的壁炉下，江问源几人为他准备了一个布满尖刺的陷阱，如果是活人跳下来，基本就已经完了。可是那个拖曳声只是卡住一阵之后，又开始拖动起来，直到江问源几人的门口，那声音才停下。

笃、笃、笃！

三声缓慢的敲门声响起。

害怕得痛哭流涕的关山，在敲门声响起之后，竟主动走向门口。他的动作就像是被控制的提线木偶，僵硬地给晚来的客人打开房门。

　　站在门外的高大影子，是那副摆在自动国际象棋机椅子上的武士铠甲。武士铠甲的腰间别着一把武士刀，他走进屋，露出身后那台自动国际象棋机，拖曳声就是武士铠甲拖动棋桌时响起的声音。

　　武士铠甲把自动国际象棋机拖进屋后，把房门关上，摆好棋桌和棋子，他坐在黑棋的那一面，无声地指了指棋桌。武士铠甲的意思很明白，他要下国际象棋。

　　关山绝望地发现他的身体不受控制地走向棋桌，他连国际象棋的规则都不懂，怎么可能赢得了？输掉的话，也会像狼哥那几人一样被切肉剔骨吧？

　　关山无论如何都没有想到，在他快要坐上武士铠甲对面的椅子时，江问源一把将他推开，从容地在椅子上坐下来，陈颜想要阻止都来不及。

　　江问源对武士铠甲说道："我可以接受和你进行生死棋局。既然是生死局，我是江帅，报上你的名字吧。"

第6章

生死棋局

　　江问源提出要互通姓名的要求后，双手搭在膝上的武士铠甲一动不动地坐在江问源对面，自动国际象棋机棋盘上的棋子自己动起来，摆出一个心形，心形由半边黑棋、半边白棋组成，在心形的旁边，单独放着一枚黑棋的皇后和白棋的皇后。

　　贾棋手双胞胎女儿的名字叫作悦棋和爱棋，她们的名字都可以用棋盘上的心形皇后棋子代表，而黑白两色则代表这个名字属于两个人。第二次修好的自动国际象棋机的驱动内核，果然是两位被剔骨取脑的双胞胎姐妹。

　　江问源看着重新恢复初始位置的骨棋："悦棋小姐、爱棋小姐，这局生死棋局，如果我输掉，你们可以取走我的骨头和大脑；要是我赢了，我也有一个要求，告诉我是谁杀死你们的。如果你们同意的话，那就请你们先手下棋。"

　　在国际象棋的规则中，白棋走先手，黑棋后手。自动国际象棋机识别棋子的方式是感应骨棋重量对棋盘造成的压强，黑棋比白棋整体都要重，自动国际象棋机始终持有黑棋。锻炼棋力，先后手都需要加强，所以自动国际象棋机并未采用白棋先手的规则。

　　两秒之后，黑棋的士兵 e5 开局，自动国际象棋机接受了江问源的生死局。

　　江问源以白棋士兵 e4 防守，这是新手都能掌握的开局技巧，但是棋局发展下去，局势会变得错综复杂，以江问源的棋力，又怎么会是自动国际象棋机的对手？当江问源的白棋被黑棋接连攻下，棋面的局势完全向黑棋倾斜，江问源的胜算一再压缩，眼看就要走投无路了。

陈颜站到江问源身后，伸手搭在他的椅背上，想要用手指在江问源肩上写棋位，指挥他在盘面上争取逆转劣势。可是陈颜的动作却被武士铠甲察觉了。一直安静地坐在椅子上的武士铠甲，伸手搭上腰间的武士刀，僵硬地扭动脖子，用那张狰狞的面具正对陈颜，直到陈颜放开搭在椅背上的手，武士铠甲才松开武士刀，把注意力重新投回棋局中。

武士铠甲和棋桌都属于自动国际象棋机的一部分，可是从这场生死局看来，武士铠甲和置于棋桌内部的双胞胎姐妹大脑，似乎是两个独立运作的意识。

这个发现非常有价值，可是陈颜现在哪还有心思去关注这件事？白棋的局势已经岌岌可危，江问源坚持不了几步就会被黑棋逼到绝路，就算是世界第一的国际象棋棋手来接手棋局，都无力回天。

江问源，必输！

陈颜没有玩偶，拼硬实力恐怕也拼不过武士铠甲，唯一的办法只有逃跑，只要能坚持到白天，和别墅主屋的客人们待在一起，武士铠甲便不敢轻举妄动。可是江问源三分之二的心肺功能被取走，外面风雪交加，天气极其恶劣，他的体力根本无法在这种环境下和武士铠甲玩追逃战。

陈颜看着江问源神色平静的侧脸，把手贴在心脏的位置，她微微用力压向心脏，无论要付出什么样的代价，她都绝对不会让江问源死在这里……

黑棋的皇后，将白棋的国王逼到绝路，将军！

棋局胜负已定，江问源唯一能做的事情，只有认输。

江问源轻轻转过头，看向脸色煞白的陈颜。关山躲在房间的角落瑟瑟发抖，秦启月是新人不会唇语，江问源的唇语，是说给陈颜的：感到绝望吗？你现在的感受，从陈眠死亡的那天起就一直折磨着我。这种滋味好受吗？

江问源伸出双手，往棋桌上方一抱，一个可爱的花仙子玩偶便出现在他的怀里。

花仙子的特殊能力：绝对欺诈，对能力使用对象（仅限游戏世界中的

NPC）完美隐瞒或欺骗某件事情的真相。

当江问源激活花仙子的能力后，花仙子从江问源怀里飞起来，她翅膀上的荧光洒落在棋桌和武士铠甲的身上，飞了一圈后，她朝江问源露出一个可爱的笑容，便化作荧光消失在空中。

江问源随意拿起一枚白棋城堡，以完全不合国际象棋规定的走法，直接推倒黑棋的国王，把白色城堡立在黑棋的王位上："将军，我赢了！"

自动国际象棋机竟然认可了江问源荒谬的胜利，武士铠甲将吃棋重新摆回棋盘上，棋桌内部的系统运转起来，把棋盘上错位的棋子回归原位。

陈颜看着面带微笑的江问源，心情仿佛刚玩了趟蹦极："……"

江问源故意隐瞒花仙子的功能，为的就是让她好好感同身受一下当初江问源目睹她死亡现场的心情。江问源现在简直心黑又心硬。可谁让他是江问源呢，陈颜是不敢有半点不满的。

江问源一直等到棋子完全整合完毕后，才对自动国际象棋机问道："现在你们该兑现生死局的承诺，告诉我，是谁杀死了你们？"

棋盘上的黑棋先动起来，在棋盘上摆出一个短撇。接着是白棋，在短撇旁摆出一捺。黑棋和白棋再次交叉动棋子，在撇捺下再摆出两笔，就像是姐妹俩交替动笔，一起写成一个单字——父。

完成生死局的承诺后，武士铠甲从椅子上站起身，他把棋盘上的骨棋收起来，拖着棋桌离开了荷字间。

当房门合上后，秦启月吐出一口长气，刚才江问源和自动国际象棋机下棋时，他被武士铠甲恐怖的气场镇住，动弹不得。看来他还是太小看圆桌游戏了。秦启月给江问源倒了一杯水："江哥，您辛苦了。看来我们的推理没错，杀死双胞胎姐妹的人，就是她们的父亲！"

江问源没有对秦启月的结论予以肯定，他喝下两口水，朝陈颜看过去："你觉得呢？"

陈颜刚刚当众被教训一顿，虽然除了江问源没人知道她被训。

陈颜认真地分析道："我觉得'父'的背后还有我们没挖掘出来的秘密。双胞胎姐妹才十二岁，贾棋手完全有办法让她们悄无声息地死去而不引起怀疑。

江哥之前就对贾棋手说过，如果他要用女儿的骨头和大脑修理自动国际象棋机，没必要在她们的宴会上动手，还光明正大地把她们的骨棋展示在餐厅里。这很容易让贾棋手的人生毁于一旦，他再也没有机会实现成为世界第一的国际象棋棋手的志向。"

江问源满意地点点头："双胞胎姐妹的尸体被遗弃在厨余垃圾桶中，狼哥四人的尸体则是在床上，对比之下，可以说明凶手对双胞胎姐妹有憎恨、厌恶之类的负面感情。如果贾棋手嫉妒女儿的国际象棋天赋，那他为什么还要费尽心思组织这场宴会呢？"

在江问源的提示下，秦启月努力思考起来："可是'父'指的不是父亲吗？难道是贾棋手拥有第二人格？还是说因为棋子摆不出那么复杂的'祖'字，所以只能用'父'来代替'祖父'这两个字，凶手是贾常胜？！"

"现在凶手已经锁定在可能拥有第二人格的贾棋手和贾常胜这两个人身上。"江问源放下水杯，"跟着这两条线索查，应该用不了多少天就能通关了。"

江问源晚上喝过粥，现在又喝了一杯水，屋里没有独立卫生间，江问源只能到别墅侧屋澡堂里的厕所去解决生理需求。江问源返回荷字间时，在走廊上和武士铠甲撞个正着。武士铠甲一手拖着自动国际象棋机，一手拿着一个滴血的布袋，从布袋被撑出的轮廓来看，里面装着的无疑是人骨。武士铠甲没能在江问源这里讨到骨头，又去别的房间寻找了新的受害者。武士铠甲没有理会江问源，拖着自动国际象棋机离开了别墅侧屋。

江问源回到荷字间，并没有说起武士铠甲又袭击了别的玩家的事情，不过陈颜敏锐地察觉到江问源的沉默。

第二天早上，江问源醒来的时候，关山已经不在荷字间了。关山以最大的恶意算计江问源，江问源昨天还不计前嫌保住他一命，关山就算脸皮再厚，也没那个脸继续抓着江问源不放。

荷字间剩下的三个人，收拾收拾用过早餐后，江问源没有提议去看昨晚死在武士铠甲手里的玩家，他对陈颜和秦启月说道："我们从头开始整理贾常胜和贾棋手这对父子的情报，看看有没有什么地方遗漏了。"

从别墅东侧屋到别墅主屋的路上，江问源三人稍微绕了一下远路，再次来到他们第一天踩点时专门走过的喷泉。冰封的喷泉还是老样子，江问源想看的是贾常胜的雕像。

秦启月踩着雪后退几步，拉开和贾常胜雕像的距离："其实我第一次看到贾棋手时，就觉得他和贾常胜长得很像。这对父子长得那么像，其中却有一个是连自己亲人都下得了杀手的魔鬼，真不知道凶手会是谁。"

江问源指了指贾常胜雕像的脚踏，他身边的陈颜立刻会意，她蹲下来，把脚踏上的积雪全部清理干净。陈颜清理完积雪后，摘掉右手的手套，用手指触摸刻在脚踏上的字，上面写着贾常胜的名字和他的生卒年份。

江问源蹲起容易引起眩晕，他只能站在陈颜旁边观察雕像脚踏，看了许久也没看出哪里异常："你发现什么了？"

陈颜重新戴上手套，拍拍身上的雪站起身来："贾常胜的名字那块地方有小面积凹陷，看不出来，要用手摸才能感觉到，别的就没什么异常了。走吧，我们去别墅主屋，你现在嘴唇都有点儿冻紫了。"

三人到了别墅主屋后，没有直接去找贾棋手，而是去找了贾夫人。

这是江问源第一次和贾夫人打照面，昨天说起贾夫人时，陈颜和秦启月用木讷这个词来形容她。可是江问源却觉得，木讷最多能形容贾夫人十分之一的状态，她给江问源的感觉就像是一个没有灵魂的发条木偶，只要发条继续旋转，她就会按照既定的路线去运动。贾夫人可以日复一日完美地完成身为妻子和继母的工作，但她的精神状态恐怕并不健康。贾棋手到底是出于什么样的心态才选择了这样一位女性再婚？

江问源开门见山地对贾夫人问道："我们认为贾棋手的精神状态不对劲儿，他可能拥有第二人格。你和他成婚十年，有没有觉得贾棋手有什么反常的行为？"

"我丈夫确实有奇怪的地方。"贾夫人对江问源的话连连点头，能让精神状态有问题的贾夫人都觉得贾棋手不对劲儿，他的问题恐怕比贾夫人的还要严重。

"丈夫向我求婚前，他和我的表姐正处于暧昧的男女关系。我去表姐家见过他几次，他和表姐的状态非常融洽，我一直以为他们会结婚的。可是有一天他突然向我求婚，那时候我和他说过的话总共不超过五句，而且以他与我表姐的关系，我并不想嫁给他。我的父母觉得我的性格不好，如果错过这次机会，这辈子可能再也嫁不出去了。我拒婚的决心被父母动摇，向当时的丈夫提了一个问题，为什么他选择我，而不是选择我的表姐。他说他和表姐的相处虽然愉快，但他想要成为世界排名第一的国际象棋棋手，他更需要我这样的贤内助。"

贾夫人的神情有些麻木："我被丈夫的话打动，便接受了他的求婚。可是我们婚礼当晚，丈夫喝醉酒，我照顾他上床睡觉，他突然醒过来，问我为什么这么晚了还在他家，他说看在表姐的分上就原谅我一次，让我赶紧离开，别造成误会。那真是我人生中最糟糕的夜晚，我对丈夫解释了很久，他都无法接受已经和表姐分手并和我结婚的事实。就好像那个向我求婚，和我举行婚礼的男人，不是他，而是另一个人。如果是第二人格的话，那的确说得通。"

贾棋手和贾夫人的婚姻比较复杂，离婚很难，贾棋手便全身心投入国际象棋中，和贾夫人相处下来，也渐渐觉得能够一起生活。两人从此便过起了相敬如宾的夫妻生活，并没有要孩子。

贾棋手每次出现异常，都是他对争夺世界第一丧失信心，想要放弃世界第一的目标的时候。从四十岁到四十二岁，这两年时间贾棋手的棋力节节倒退，他纠结痛苦了很久，精神状态一直反复无常。直到四十二岁，贾棋手才下定决心，放弃世界第一的目标，把重心放在两个天才女儿身上，期待她们能够完成他和贾常胜都没能完成的目标。

现在双胞胎姐妹的大脑和骨头重新修好了自动国际象棋机，贾棋手又重新捡起世界第一的目标。不管怎么想，贾棋手都非常可疑。

和贾夫人道别后，江问源想了想："我们去找贾棋手吧。"

他们找到贾棋手的时候，贾棋手就在餐厅里，他没有和自动国际象棋机下棋，而是坐在离棋台最近的地方，望着自动国际象棋机出神。

江问源他们正准备过去和贾棋手聊聊，只见一个精神恍惚的女玩家从背后靠近贾棋手，她亮出藏在衣袖里的匕首，猛地从背心捅进贾棋手的心窝。匕首穿透贾棋手的胸腔，锋利的匕尖从前胸穿出，正中心脏的位置，贾棋手多半是没救了。那个女玩家边哭边笑："去死吧，怪物！陪我哥一起下地狱！"

贾棋手捂住剧痛的心口，向前扑倒在地上。当他的身下形成一小片血泊时，坐在棋桌黑棋面的武士铠甲动了起来，他以肉眼捕捉不到的速度移动到贾棋手身边，拔出武士刀，一刀把那个又哭又笑的女玩家砍成两半。

杀死女玩家仅仅是一个开始而已，武士铠甲发疯般地把刀对准每一个在餐厅里的活人，一下子鲜血四处飞溅。

陈颜把江问源和秦启月推出餐厅："你们到喷泉那里等我！快去！"

武士铠甲的战斗力极其恐怖，江问源的体力又被削弱过，继续留在餐厅只会拖后腿，他不再犹豫，朝别墅主屋外跑去。秦启月被武士铠甲大开杀戒的画面吓得牙齿打战，可是陈颜都留下来了，他逃跑的话会不会太懦夫？秦启月犹豫之下，还是被江问源给拖着跑出别墅主屋。

江问源和秦启月在贾常胜的雕像旁等了一会儿，陈颜竟然架着贾棋手一起从别墅主屋走向喷泉。贾棋手心口的匕首还留在上面，匕首是带有血槽的，他的血流得飞快，在雪地上留下片片红梅。

陈颜和秦启月扶着贾棋手慢慢靠着喷泉坐下来。今天雪晴，贾棋手看着贾常胜雕像被清干净雪的脚踏，贾常胜三个字映入眼帘。贾棋手喉间发痒，连着咳出两口血，他满脸仓皇："我当初就不该接受父亲那个反人类的计划，如果没有那个计划，悦棋和爱棋不会死，也不会发生今天的悲剧……"

陈颜将贾棋手偷偷带走，为贾棋手发狂的武士铠甲很快察觉不对劲儿，开始到处寻找丢失的贾棋手。武士铠甲从窗户看到了坐在喷泉边的贾棋手，他抱着自动国际象棋机，从餐厅里撞碎窗户跳到户外。

武士铠甲拖着自动国际象棋机，沿着贾棋手的血迹一步步朝喷泉走来。

贾棋手能感觉到自己的生命在飞快地流逝，他望着武士铠甲，眼里满是悲伤："爸爸，我求你别再杀人了！"

武士铠甲就像没有听到他的话那样，埋头朝他们走过来。

江问源在贾棋手身边蹲下，伸手从耳根下往上拨贾棋手的头发，当他看到贾棋手脑袋上不再生发的开颅痕迹，眼神微沉："贾棋手，我觉得你不该称呼武士铠甲为爸爸……"

贾棋手震惊地看着江问源，江问源的话就像是一把钥匙，打开了贾棋手被封印的记忆匣子。许多画面一下子涌进贾棋手的脑袋，巨大的冲击导致他又猛地吐出一口鲜血。贾棋手泪流满面："对不起，争一，是爸爸对不起你……"

贾争一，这是贾棋手的名字。

贾棋手这一次的话，成功让武士铠甲停下脚步。武士铠甲拖着自动国际象棋机，隔着十多米远和贾棋手相望。

武士铠甲身上的甲片振动着发出嗡鸣声："爸爸，我把我的身体都让给你了，为什么你总是想要放弃世界第一的目标呢？"

在二十二年前，贾常胜临终之际。

贾常胜止步于世界第二，对世界第一拥有很深的执念，甚至为独子取名争一，希望独子能够继承他的衣钵，成为世界第一的国际象棋棋手。由于贾常胜的执念实在是太深了，他要求制造自动国际象棋机的科学家对人脑进行研究，把人脑和机械结合成更强大的中枢系统，全面升级自动国际象棋机的棋力。

科学家的研究成功了，但是脑组织必须是新鲜状态才能使用，所以贾常胜决定提前去世，在他还活着的时候把大脑取出来。最残忍的是，贾常胜还要求贾争一观看他去世手术的全过程。为了激励儿子进步，他要求科学家在手术中把他的骨头也剔出来，做成骨棋，让儿子每天用骨棋下棋。

手术非常成功，自动国际象棋机全新升级，无比强大。

贾常胜把所有希望都寄托在贾争一身上，可是贾争一很清楚自己的资质，他已经感觉到自己的极限，别说世界第一了，他恐怕世界前一百都上不去。父亲去世手术的画面日夜折磨着贾争一，他终于承受不住压力，精神崩溃了。

贾争一找到了给父亲做手术的科学家，请求他再做一次手术，这一次的手术不是制造自动国际象棋机，而是换脑手术。贾争一希望父亲用他的身体继续活下去，他的大脑则被放在自动国际象棋机中，等待父亲登上世界第一。

在手术之前，贾争一定做了一座雕像，就是立在喷泉旁的这座雕像。雕像和贾争一的身体长得像，并非贾常胜、贾争一父子长得像，而是贾争一为自己立的墓碑。脚踏上"贾常胜"凹陷的部位，原本写的就是贾争一。

换脑手术进行得还算顺利，但是出了一点点意外，贾常胜的大脑在贾争一身体里活过来后，忘记了自己是贾常胜，完全把自己当作了贾争一。

　　贾常胜接管儿子的身体后，起初进步得非常快，每日在自动国际象棋机中陪父亲下棋的贾争一也感到非常欣慰。可是没过多久，贾常胜拿他的身体去谈恋爱了，对象是悦棋和爱棋的妈妈。贾常胜分走一部分精力到别的地方后，棋力的进步逐渐慢下来，甚至停滞不前。

　　当悦棋和爱棋出生后，贾常胜过着一家四口的幸福日子，连自动国际象棋机都荒废了。贾争一的脑子也承受不住岁月的考验，无法继续工作。但贾争一的意识还存在着，他看着父亲用他的身体不思进取，过着平凡的日子，那他换脑的意义何在？

　　贾争一和武士铠甲以及自己的身体都存在着某种联系，他杀死了影响父亲继续钻研国际象棋的妻子，并给父亲植入虚假记忆，让他认为他和妻子离婚了。

　　贾常胜带着两个嗷嗷待哺的女儿生活的日子非常糟糕，贾争一认为贾常胜还是需要一个妻子为他料理生活，贾夫人就是贾争一为贾常胜选择的妻子。有贾夫人承担家事，贾常胜又能继续钻研国际象棋。

　　不知道是不是二次手术，导致大脑受创，贾常胜的世界排名始终在十几名徘徊，连当初第二名的实力都达不到。不仅如此，贾常胜还开始走下坡路，于是他把目光转向悦棋和爱棋。

　　在这一刻，贾争一对贾常胜的恨意达到顶点，难道他还想再一次重复当年的悲剧，把自己的大脑做成自动国际象棋机，让悦棋和爱棋继承他的遗愿吗？

　　贾争一不会给贾常胜这个机会，在贾常胜把自己变成自动国际象棋机之前，贾争一抢先杀死了悦棋和爱棋，把她们变成自动国际象棋机。如此一来，贾常胜就不会有退路，他只能继续朝着世界第一的位置攀登——

　　只有贾常胜成为世界第一的国际象棋棋手，贾争一的牺牲才有价值！

　　贾常胜松开捂住伤口的手，朝武士铠甲伸出双臂："儿子，是爸爸的错。爸爸不应该把自己的愿望强加在你的身上，让你那么痛苦。对不起……你能原谅爸爸吗……"

　　贾争一用他的行动回答了贾常胜的问题，他一刀，砍下了自己身体的脑袋。看着装着父亲大脑的自己的脑袋像球一样滚远，贾争一的内心没有半点波澜。武士铠甲慢慢朝江问源三人看过来，他的怨他的恨，依旧没能得到平息。

　　江问源看着随时要冲过来砍人的武士铠甲，在冰天雪地里都能冒出大量的冷汗："你和你父亲的恩怨已经了结，那你有没有想过悦棋和爱棋？当时我向她们询问，杀死她们的凶手是谁。你还记得她们的答案吗？！"

　　贾争一的动作稍微停顿——

第7章

沉重的礼物

武士铠甲缓缓转身，看向半埋在雪地里的自动国际象棋机。

贾争一对这对双胞胎姐妹，有着非常复杂的感情：一方面，双胞胎姐妹是贾常胜懈怠国际象棋的产物，因而他心里对她们有强烈的恨意，如果不是她们拖累贾常胜的话，贾常胜的国际排名应该可以达到更高的名次；另一方面，从血缘上而言，双胞胎姐妹其实是他的女儿，他杀死她们，也是不想让她们再经历一次他曾经承受的痛苦。

贾争一用武士铠甲这具身体杀死双胞胎姐妹，把她们做成自动国际象棋机的中枢驱动后，除了让她们去下棋以外，和她们就没有过其他的交流。那么双胞胎姐妹回答江问源的问题时，为什么会写下一个"父"字？

江问源的问题暂时压下了贾争一的怨恨，贾争一收刀回鞘，走到棋桌旁边，蹲下来把收在铠甲中的骨棋全部摆到棋盘上。在自动国际象棋机整棋时，贾争一没有开口询问双胞胎姐妹，而是转头看向江问源。

江问源浅一脚深一脚踩着雪走到棋桌面前，在武士铠甲的对面坐到雪地上。天空中不知何时开始飘起雪花，江问源拂掉落在棋盘上的雪，对双胞胎姐妹问道："你们昨晚回答我的问题时，写下了'父'字。这个父字的意义，指代的是父亲，还是祖父？如果是父亲，请把白棋国王移动到 e4 格；如果是祖父，请把黑棋国王移到 e5 格。"

黑白两色的骨棋安静地停在棋盘上，江问源感觉每一秒仿佛放慢了速度。十多秒过去，等得贾争一都开始不耐烦地捶打脚边的雪地，白棋的国王终于动起来，缓慢而坚定地停在 e4 格。

贾争一捶打雪地的动作顿时僵住。

江问源冷静地继续问下去："你们的父亲是谁？如果是武士铠甲，请把白棋皇后移动到 f4 格；如果是贾棋手，请把黑棋皇后移动到 f5 格。"

自动国际象棋机这轮的回答立刻跟上，白棋皇后停在 f4 格。双胞胎姐妹认可武士铠甲是她们的父亲，也就是说，她们极有可能知道换脑的事情，并且知道贾争一的大脑被做成了自动国际象棋机的中枢驱动！

这一回不用江问源提问，武士铠甲胸前的甲片振动起来，他的声音里隐忍着痛苦："你们为什么会认为我是你们的父亲？！"

棋盘上的骨棋混乱地移动起来，大概是贾争一的问题太难用摆棋的方式回答了。

江问源担心贾争一再次暴走，赶紧接过问题。其实双胞胎姐妹知道换脑事件的情报来源非常有限，肯定是和自动国际象棋机或者贾家有关联的人，排除掉记忆出现混乱的贾棋手，江问源想到的可能性只有两个："你们是从谁那里得知武士铠甲是你们父亲的？如果是你们的生母，请把白棋城堡移动到 g4 格；如果是制造自动国际象棋机的科学家，请把黑棋城堡移动到 g5 格；如果另有其人，请同时移动黑白棋城堡。"

江问源的提问成功地让骨棋混乱的移动停下来，白棋城堡移动至 g4 格，而黑棋城堡保持纹丝不动。双胞胎姐妹竟然是从她们的生母那里得知真相的！

江问源没有继续对双胞胎姐妹问下去，他转而看向贾争一："我推测她们有可能从生母那里得知真相，是有根据的。她们的生母作为贾棋手的妻子，在生活中与贾棋手关系密切，很容易发现贾棋手开颅的痕迹，从贾棋手的病历也可以查得到他是否做过开颅手术。换脑手术遗留下来的线索很多，只要有心去查，完全可以查明真相。至于我为什么没有怀疑同样和贾棋手关系亲近的贾夫人，那是因为你，贾争一。"

武士铠甲猛地看向江问源，他狰狞的面具散发着恐怖的气息："你什么意思？"

江问源提醒贾争一道："你还记得，在悦棋和爱棋出生那一年自动国际象棋机坏掉的事情吗？那时候你已经坏掉，连国际象棋都不会下，那你又是怎么在两年后获得自由行动的能力，杀死悦棋和爱棋的生母，还能影响贾棋手的记忆，让他认为自己离婚了？"

武士铠甲全身的甲片都开始振动起来，他痛苦地抱着狰狞的面具："所以你推测有人帮助我重新获得自由行动的力量，那个人就是悦棋和爱棋的生母？她为什么要唤醒一个怪物？"

这个问题，江问源也无从回答，他低头望向棋盘："你们是怎么从生母那里知道真相的？你们生母死去的那年，你们才两岁，应该无法理解换脑这种复杂的事情。这个问题我没办法为你们提供选项，你们尽量用摆棋的方式来表达吧。"

出列的骨棋回到初始位置，黑白两色的马移动到棋盘中，江问源念道："妈妈。"

更多的骨棋移动出来，组成一个"日"字。

不待双胞胎姐妹摆出下一个字，江问源就得出了答案："妈妈的日记？那本日记现在在哪里？请你把骨棋都归位，我给你们报地点，当我报出正确的地点时，你把白棋国王移动到e4格，如果没有正确的地点，你再想办法摆棋。你们的房间、书房、餐厅……"

江问源每报出一个地方，都会停顿一下，等待双胞胎出棋，可是棋子一直纹丝不动。江问源把别墅主屋和侧屋的位置全部都报完，也没得到回应，他都怀疑那本日记是不是毁掉了。陈颜走到江问源旁边，帮他把大衣上的帽子戴上挡雪："既然不在屋里，那有可能在外面，日记本是不是被你们埋起来了？花园、树林、雕像。"

陈颜刚说出雕像这个词，白棋国王立刻动起来，飞到e4格的位置！

武士铠甲得到答案后迅速行动起来，他直接扛起半吨重的雕像，用雕像把积雪扫开，露出积雪下的地面。地面上铺着石砖，要找出哪块石砖挪动过并不困难。武士铠甲很快就从一块石砖下挖出一个生锈的铁盒，铁盒里装着一本陈旧的日记本。

日记开篇的字迹很稚嫩，第一篇写的只有三句短句：

> 老师 ma 我 ben，我 ku 了，好 nan 过。
> 争一哥哥安 wei 我，jiao 我下棋，争一哥哥好 cong 明。
> deng 以后长大了，我要 jia 给争一哥哥！

武士铠甲翻得越来越快，江问源在旁边没办法看清楚，直到武士铠甲在临近日记结尾的某篇日记停下来。多年过去，日记的字迹简洁大方，字写得很漂亮，只是内容和以前一样简短，几句写完：

> 明天就是我和争一哥哥的婚礼了，他不记得我是谁，这让我有点儿失落，不过没关系，只要我们在一起，总有一天，我会让争一哥哥想起来的。从明天起，我就要称呼争一哥哥为老公了，总觉得有点儿害羞。

婚后，日记篇幅变得长起来，她开始怀疑自己的丈夫，丈夫许多行为习惯与她记忆里的不相符，性格也不一样，种种区别甚至让她开始怀疑自己嫁给的并不是争一哥哥，而是别人。后来，她瞒着丈夫查清了真相。

那篇发现真相的日记被泪水浸透，字迹模糊难辨，其中只有三句能看得清：

> 无论付出什么样的代价，我都要把你唤醒。
> 甄睛爱的人，永远都只有争一哥哥。
> 我的孩子，贾悦棋，贾爱棋，她们是争一哥哥的孩子，不是争一冒牌货的孩子。

日记从武士铠甲手中掉落，贾争一想起来了，甄晴，他幼时上国际象棋班认识的小跟班，有点儿蠢蠢的，可是并不惹人讨厌。和甄晴在一起的时间，他总是非常快乐，连棋力进步缓慢时父亲失望的模样都能暂时抛到脑后。

甄晴圆圆的脸上满是认真，她说："我要嫁给争一哥哥。"

当时小小的争一，害羞地红着脸，脆声答应她："好！"

贾争一跪倒在地，痛苦地从灵魂深处发出一声长啸，他到底做了什么？！

他杀了甄晴，杀了悦棋和爱棋。

贾争一，争不到第一，最后还把属于他的东西都亲手抹杀。果然，什么都是假的……

武士铠甲慢慢爬到棋桌旁边，拂去棋盘上堆积起来的积雪，身上的铠甲开始分解。一个长卷发女人的虚影出现在武士铠甲上方，脸上温柔的笑容带着两分邪性，轻轻地拥住武士铠甲。

点点荧光从武士铠甲和自动国际象棋机里冒出来，本轮游戏的玩偶要出现了。

江问源望着在大雪中身影渐渐变得模糊的武士铠甲，低声说道："我有点儿能理解贾争一的心情了，他的悲剧，源于两份他并不需要的过于沉重的礼物。这样的礼物，我也收到过。不过我比贾争一幸运，贾争一只能被动使用他的礼物，我的那份礼物，我可以选择不使用。"

陈颜知道江问源说的是骨雕无面人偶，她涩声说道："即使圆桌游戏会给你带来更多痛苦和伤害，你也不离开？"

"不离开。"江问源丢下三个字，朝秦启月走过去。

陈颜看着江问源的背影，无声地说道：你会后悔的……

陈颜自己也很后悔，如果她没有刻意培养江问源适应圆桌游戏的能力，以更巧妙的方式把骨雕无面人偶送到江问源手里，不让他察觉自己在圆桌游戏里，江问源是不是就会使用骨雕无面人偶了？

江问源在秦启月眼前挥了挥手："在想什么呢，这么入神？"

秦启月悲伤地看着渐渐消失的贾争一一家四口，眼眶发红："他们太可怜了。"

江问源有点儿意外秦启月居然那么感性："太过感性可不是好事，你看待游戏世界的背景故事最好把感情剥离，纯理性去分析。这次我要是没发现自动国际象棋机回答杀人凶手的答案有异，我们很可能全都死在武士铠甲的刀下了。"

秦启月擦掉眼泪："江哥，谢谢你的提醒！我一定铭记在心！"

江问源对秦启月的觉悟很满意，他点点头："我和朋友建了个玩家组织，正缺人手，你要不要考虑加入我们？"

江问源在这轮游戏中特别在秦启月面前展现自己的能力，还不计前嫌放过关山一命，对秦启月也是照顾有加，他觉得拿下秦启月这个新人应该是十拿九稳，铁板上钉钉子的事情。可是秦启月却犹豫了一下："江哥，你们的组织，现实里的根据地在哪儿……"

江问源说道："在京市。"

秦启月很不好意思地看着江问源："对不起，我出于个人原因，必须留在燕都，可能没办法成为江哥组织的一员。不过如果有事需要我，只要是不离开燕都也能办得到的事情，请务必交给我来做！"

秦启月如果要成为江问源组织的成员，不来京市肯定是不行的，留在燕都那顶多算半个编外人员，左知言他们肯定不会把组织的命名权交给江问源。可是江问源也不能强求秦启月到京市来，只能遗憾作罢。

陈颜对江问源喊道："江帅，你快点儿把玩偶捡起来吧，早点儿回去，如果有被武士铠甲砍伤后没有立刻致死的玩家，他们能早点儿回现实接受治疗。你缺失三分之二心肺功能对身体的影响也不好。"这段话，重点在最后一句。

江问源应了声："知道了。"

他走到武士铠甲消失的地方，弯下腰捡起地上的机器人玩偶。他最后对陈颜说："再见。"

陈颜被江问源的眼神击中心脏，本能地想要朝江问源伸出手，可是她什么都抓不住，只能看着江问源消失在眼前。

江问源在圆桌空间的功能水晶中拿回三分之二的心肺功能，总算有种重新活过来的感觉。圆桌空间里的椅子少了十一张，看来武士铠甲暴走时有不少玩家不幸遭殃，江问源感觉怀里的玩偶又沉重了几分。

江问源看着继续下一轮游戏的选项，思考一会儿之后，最终还是选择了暂停。

这次和陈颜相认，江问源明确地感受到陈眠在圆桌游戏中的处境，那个关山的玩偶，以及关山最后奇怪的表现，都让江问源觉得十分危险。陈眠在游戏里什么都不能说，那么在现实里，他做过的事情总会留下痕迹。左知言砸了大笔金钱组建强大的信息技术团队，他们的能力不用白不用。江问源心里做出决定，这次回到现实后，一定要想办法查出陈眠在现实里做过的和圆桌游戏有关的所有事情。

江问源回到现实后，收到消息的左知言三人立刻赶过来。

左知言看到江问源怀里的机器人："啧，你怎么又拿到玩偶了！"

易轻舟嬉皮笑脸的："江问源，你行啊，说说，多少轮游戏拿到的玩偶？"

只有李娜，直奔左知言和易轻舟都不敢面对的问题："江哥，你有没有给我们组织找到新成员？"

"我找到了一个好苗子。"江问源说出这句话时，其他三人的心都提到了嗓子眼，脸色也相当难看，江问源叹了口气，继续说道，"可惜他出于个人原因只能留在燕都，我们组织可以接受一个常驻燕都的成员吗？"

左知言稳住他的面瘫脸："当然不行。"

易轻舟的表情简直就是把欣喜若狂这四个字写在脸上："左知言说得对！"

李娜也劫后余生地拍拍胸口，她的心脏总算安稳地落回肚子里："左哥和易轻舟说的，我没意见！"

江问源无奈地看着他们："你们真是……找不到新成员有那么开心吗……"

又过去一段时间，该到李娜进游戏的时间了。

上次江问源和李娜进游戏实验黑绳失败后，左知言就把实验共享给和他亦敌亦友的一个玩家一起做，在实验成功以前，他们组织的玩家禁止捆绑进游戏。

李娜前两轮游戏都是抱大腿过来的，这一轮游戏，才是她真正的开始。在李娜进游戏当天，江问源和左知言都把工作转移到别墅山庄，易轻舟只想当米虫二世祖，结果被左知言塞了一堆工作。本来他拍拍屁股离开别墅山庄就能逃避掉这些工作，但他还是留了下来，给左知言当苦力，等待李娜的游戏结果。

监控录像中，李娜腿上的裤子突然染上血色。江问源立刻按下急救铃，左知言和易轻舟也放下手中的工作，三人一起去往李娜的房间。

雏鸟只有离开父母的庇护，才能真正地学会飞翔。李娜都顾不上腿上的伤，她举着手里的兔子玩偶，兴奋地朝江问源三人说道："我靠自己的能力拿到玩偶了！"

易轻舟撇撇嘴："那新成员呢？"

李娜的兴奋感过去，也终于感受到腿上的疼痛，她皱着脸："我光是通关游戏就已经拼尽全力了，哪里分得出心神去物色新成员！"

等李娜的腿伤养到可以离开医院后，他们组织的四个人终于能坐在同一张餐桌上吃早餐。在动筷之前，向来吊儿郎当的易轻舟一改往日轻浮的态度，他双肘抵在餐桌上，双手十指交叉拱手抵在下巴上，头微微低着，餐桌上方的灯光打下来，在他脸上留下界限分明的阴影："我有件事情要和你们说。"

易轻舟的样子太严肃了，李娜开始紧张起来，连开口就要刺易轻舟几句的习惯都没有跟上，她放下装满果汁的杯子："什么事情啊，搞得那么严肃……"

易轻舟凝重地说道："我觉得我们四个人被'诅咒'了！"

江问源举手："如果有圆桌游戏的玩家用玩偶'下诅咒'，我表示一定没有我和李娜的份，肯定是针对易轻舟和左知言的，谁让你们总在游戏里得罪人。"

易轻舟否定了江问源的猜测："不是这件事，是关于我们组织命名权的。我们四个人都进过一轮游戏，后续也在论坛继续寻找合适的成员，可是我们不是找不到合适的人选，就是合适的人选已经有组织，或者出于其他原因无法加入我们。会不会是我们的组织有灵，它不满意我们给它起的名字，所以一直让我们找不到新成员？"

李娜很不服气："要是说你们三个起名风格太刺激，这个我认。可是我有什么问题？这个黑锅我不背，我起的 M……"

"停！"江问源打断李娜的话，"别让我再听到你起的那个名字，我感觉再听一遍能做一晚上的粉红噩梦。你的起名水平，真的很恐怖。"

李娜："？！"难道起名废的称号，我也有份？

早餐桌上陷入寂静，四人动作统一地做出沉思者的姿势，灯光在他们低垂的脸上打下浓重的阴影。直到左知言打破沉默："要不，等我们所有人再次过一轮游戏，再看看是不是'诅咒'吧。"

用过早餐后，左知言单独找江问源到办公室说话："你让信息技术团队帮你查的资料，现在已经有一部分发到你邮箱里了。注意查收。"

江问源拿出手机查看邮箱："谢了。"

邮箱的第一个附件，名称：AJWY 档案。

左知言难得声音带上笑意："之前我就感觉 AJWY 这个论坛 ID 有点奇怪，原来并不是我的错觉。现在证实它的所有者就是陈眠。江问源，你的朋友，恐怕不是个简单的玩家。"

第8章

CJ 组织

AJWY 这个论坛 ID 在 2014 年 12 月 18 日创建, 现在是 2019 年 11 月 22 日, 陈眠在 2019 年 1 月 19 日晚遭遇事故去世, 他成为圆桌游戏的玩家的时间, 满打满算也就四年。

能在圆桌游戏摸爬滚打长达四年还能活下来的玩家, 基本都成了资深玩家。但是 AJWY 在玩家论坛崛起的经历更为传奇, 2015 年 2 月 15 日, AJWY 第一次在玩家论坛引起轰动, 他在三分钟内连发了十六个玩偶的拍卖帖, 玩偶的特殊能力都不低, 他靠这些玩偶一口气敛财超过六千万。

2015 年的六千万的购买力比现在要强得多, AJWY 用这笔钱作为启动基金, 和几个追随者建立了 CJ 组织。即使组织名 CJ 经常被吐槽, 但是绝对没有玩家敢小瞧 CJ。

2016 年 3 月 11 日, 玩家论坛上一个题为《我是圆桌游戏背叛者》的自白帖惊起千层浪, 背叛者的特殊玩家身份第一次公开在普通玩家面前。同年 4 月 1 日, AJWY 发帖说明他有办法可以肃清背叛者, 并在肃清背叛者后可以给出应对背叛者的方法。

如果发帖人换作别的玩家, 恐怕帖子里会有无数质疑的声音, 但发帖人是 AJWY。

AJWY 在过去的一年时间，每个月都会拍卖五到十个玩偶，据说他自留的玩偶数量是拍卖玩偶的数倍。玩家每轮游戏结束后，间隔一到三个月才会有下一轮游戏，每轮游戏有且只有一个玩偶，AJWY 从来都不接带人过游戏的委托，他能拥有那么多玩偶，靠的完全是每轮游戏结束返回圆桌空间时疯狂连点继续下一轮游戏。有些玩偶是在现实世界也能使用的，AJWY 拥有在现实世界寻找背叛者的玩偶也不奇怪。

AJWY 雷厉风行地带领论坛玩家，将活着回到现实世界的背叛者玩家一网打尽，并迅速推出有助于识别背叛者的戒指外挂。背叛者事件，把 AJWY 送上神坛，成为无数玩家敬仰的对象。

其他关于 AJWY 零碎的小道消息还有很多。

AJWY 每月拍卖玩偶的习惯从 2015 年 2 月一直坚持到 2018 年 11 月，突然就原因不明地停止了。还有据说是 CJ 的某成员喝醉后在论坛上发帖吐槽，AJWY 坐拥玩偶后宫三千，却从来都没有在游戏里使用过玩偶，大佬的想法果然不是一般人能猜得透的。后来那个 CJ 成员酒醒后把那个帖子删了，但是看到帖子的人不在少数。有人在好奇心的驱使下向 AJWY 求证这件事的真伪，但 AJWY 从来没有回应过。

从 2018 年年底，AJWY 在论坛的活跃度渐渐下降，但其地位一直没有被其他任何一个论坛 ID 取代。2019 年 2 月，AJWY 在圆桌游戏中死亡的消息在一部分玩家当中传开，大家都默默地隐瞒下这件事情，继续维持着 AJWY 的地位。

AJWY 现实中的信息一直被保护得很好，左知言的信息技术团队能查出陈眠就是 AJWY，全靠江问源提供的线索。江问源使用小丑木偶的特殊能力读到骨雕人偶的记忆时，记下了陈眠那辆路虎的车牌号，并根据他从别墅到银行的行车路线给出别墅可能的几个地址。根据购买别墅和路虎的资金流动链，信息技术团队顺藤摸瓜，成功扒出了陈眠的马甲，AJWY。

左知言的记性真的很好，他和江问源第一次在圆桌游戏里相遇已经过去将近四个月，左知言还记得江问源在那轮游戏里说过的话。左知言玩味地看着江问源："我记得你以前说过，你朋友喜欢拉着你看一千种死法的纪录片，和你一起对死因进行分析，所以你在游戏里面对尸体才能冷静地分析。你说，陈眠该不会是在培养你的游戏素质吧。"

江问源都已经委托左知言调查陈眠，有些事情便没有继续隐瞒的必要了："是的。从五年前开始，陈眠就有意识地对我进行多项游戏素质培养。之前你说我的个人信息进行过专门的维护，那应该也是陈眠替我进行维护的，我没有花过钱在个人信息的维护上。"

听到江问源的回答，左知言陷入短暂的沉思："你的朋友真奇怪。"

江问源挑挑眉："我就当作夸奖收下了。"

"那你准备和 AJWY 论坛 ID 现在的持有者进行联系吗？"左知言问道，"陈眠为你进入圆桌游戏做了那么多先导准备，他拥有那么多玩偶，按道理来说应该留有不少玩偶给你。陈眠不幸去世，你的玩偶有可能被 CJ 的人给私吞了。"

现在持有 AJWY 论坛 ID 的人叫南锐，二十六岁，男性，目前定居在江问源的老家江城，资料档案里附带着他的照片，身形瘦削，眼神锐利，面无表情的侧脸给人一种充满侵略性的感觉。南锐的地址和联系方式在档案中都有记录，左知言的信息技术团队果然十分给力。

江问源熄灭手机屏幕："等我整理清楚之后，再和南锐进行电话联系。不过我应该拿不到玩偶，你最好不要抱有什么不切实际的想法。"

左知言撇撇嘴："绑定共阵营手绳的研究很缺玩偶材料。你要是不能无偿拿到陈眠的遗物玩偶，和 CJ 商量一下，用买的也可以啊。你看看他们的组织名，CJ，陈江，还有 AJWY 的 ID，以你和陈眠的关系，让他们卖玩偶给你的时候打点儿折不过分吧？"

"好吧。我和南锐联系时，会向他转达你的意思的。"江问源起身走向门口，回头对左知言说道，"对了，今天我休息，如果没有什么紧急任务，你就别喊我来加班了。"

左知言目送江问源离开办公室，若有所思地打开电脑上有关陈眠的资料，他刚才向江问源问能否借陈眠的关系向 CJ 买玩偶，一方面确实是有需要，另一方面也是想试探一下江问源的态度。

江问源为陈眠进游戏，可见陈眠对江问源的重要性。但江问源似乎对利用他和陈眠的关系低价求购玩偶的事并不排斥，左知言敏锐地察觉到江问源可能隐瞒了某些事情。不过左知言并不打算深究下去，他关掉陈眠的资料档案，继续做他永远也做不完的工作。

江问源离开左知言的办公室后，没有去进行日常锻炼。他回到自己的房间，躺到床上，双手把手机握在胸前，闭着双眼开始整理他已知的信息。

陈眠 2015 年 2 月开始疯狂地刷圆桌游戏，却在 2018 年 11 月突然停止刷圆桌游戏。江问源记得陈眠带着骨雕无面人偶从游戏里回到现实时穿着的那身衣服，那是他和陈眠在 10 月底逛街时，陈眠买的衣服。11 月时，江问源见陈眠穿过好几次那件衣服。

陈眠拿到骨雕无面人偶的时间，和他停止刷圆桌游戏的时间对得上。陈眠疯狂地刷圆桌游戏，很可能就是为了拿到骨雕无面人偶，并把这个玩偶交给他。

当这个想法在脑海里冒出来的时候，江问源的心就紧紧地揪着疼。

随着这个想法的出现，更多的疑问随之而来。陈眠是怎么知道骨雕无面人偶的存在的？是通过玩偶占卜得知，还是别的方法知道骨雕无面人偶？

陈眠怎么保证他一定能遇到骨雕无面人偶，还是说只是盲目地疯狂刷游戏？

从小丑木偶读取到的记忆中，可以看出陈眠对骨雕无面人偶的态度，陈眠一拿到人偶就打定主意把它送给他。可是陈眠是怎么知道他会进入游戏的？

江问源越深入思考，问题就越多，可是现在这一切都不重要了。

江问源脑子里现在只剩下唯一一件事，在自动国际象棋机那轮游戏结束时，他把陈眠送给他的骨雕人偶，和导致贾争一变成怪物的两件礼物归为一类。圆桌游戏十分危险，陈眠是拿命去赌也要为他准备好退路。可他却对陈眠说了那么过分的话……

下次再见面，他该对陈眠好好地道歉才行。

除了骨雕无面人偶以外，江问源对陈眠从不在游戏中使用玩偶的事也非常在意。

进入圆桌游戏后，陈眠便开始学习各种搏斗技巧，还把他也带上一起练。有过好几次，陈眠重伤入院。陈眠对他的解释是和武术教练加课，没注意好分寸受伤的。江问源向武术教练求证，也得到了肯定的答复，那时候他并没有多想。

可是现在想来，陈眠的重伤应该是在圆桌游戏里造成的。陈眠宁愿自己受重伤，也吝啬去使用玩偶。按照资料里的情报，陈眠积累下来的玩偶数量，应该非常恐怖。陈眠把能力最逆天的骨雕无面人偶都给他了，而且在游戏里总是默默地紧张他的情况，没道理不把其他玩偶也送给他。

陈眠没有把那些玩偶留给他，恐怕是把那些玩偶用在了别的地方。就比如把他和白梅捆绑到邻座的红绳手链，很有可能就是陈眠用玩偶捣鼓出来的成果。数量基数那么大的玩偶，研究出来的成果应该不止红绳手链才对。

江问源想到陈眠在游戏里的状态，他解锁手机，拨通南锐的电话。

一直到六十秒等待时间快要结束时，对方才接通电话，南锐的声音很冷："你好。"

"南锐，你好。我是江问源，陈眠的朋友。"江问源报明身份后，便直奔主题，"我想知道陈眠用他收集的玩偶做了什么事情。"

南锐冷漠的声音从听筒里传来："你打错电话了。我不认识陈眠，也不认识陈眠的什么朋友。再见！"

在南锐把电话挂断之前，江问源飞快地说道："我在游戏里遇到了陈眠！"

江问源的话成功地打断南锐挂电话的动作，电话那端的南锐沉默了一会儿，最后还是选择什么都不说："这位先生，你是喝醉酒发酒疯，还是玩真心话大冒险输了找我来娱乐？我再说一遍，我不认识陈——"

南锐的声音很不自然地停住，大概两秒之后，南锐剧烈的咳嗽声响了起来，他边咳边说道："我的命是陈眠救的，他要做的事情，再危险我也会奉陪到底。他为你付出了太多，你不要辜负他的付出，别再深究……"

南锐的声音，消失在刺耳的喇叭声和刹车声中，一个重物被撞飞了。

在一阵杂音后，江问源听到了混乱的脚步声，模糊的说话声和惊叫声，唯独听不见南锐的声音。

江问源立刻翻身下床，一边穿鞋一边给左知言打电话。左知言给江问源、李娜和易轻舟都设了特殊铃声，无论任何时候都会及时接起电话，他暂停视频会议，接通江问源的电话："什么事？"

"我刚才和南锐通电话，他出车祸了。你帮我查一下他出车祸的具体地点，送到哪里就医，我现在准备回江城一趟，向你请三天假。"江问源边跑边说，声音里带着轻微的喘气声。

左知言微微停顿："南锐的情况查清楚后会发到你的邮箱里，机票从我这边给你订，你准备回来的时候给我个信息，我再帮你订返程票。"

"谢了！"江问源挂断电话，用百米冲刺的速度跑向车库。

江问源把车速飙到限速上限，不断超车飙到机场，踩着检票结束前的最后一分钟成功登机。几个小时后，飞机顺利在江城机场降落。江问源一下飞机，立刻联网打开邮箱，南锐的资料已经发到他的邮箱中。

南锐在中山路被失控冲向人行道的大卡车撞飞，在送往江城第三人民医院抢救的途中不治身亡。当江问源赶到第三人民医院时，南锐的尸体已经被人领走了。

南锐和江问源通话时被拽入圆桌游戏，并在圆桌游戏中通关失败，导致现实中也同样死亡。江问源已经以最快的速度赶到第三人民医院，却依旧没能见到南锐的尸体。江问源心里有种诡异的感觉，就好像冥冥中有某种力量在阻碍他和南锐的联系。

关于 AJWY 和 CJ 组织的情报，除了陈眠和南锐以外，还有其他几个玩家的信息情报。但是谨慎起见，江问源暂时不打算再和 CJ 的玩家联系了。

不去联系 CJ 的玩家，江问源也没打算立刻返回京市。自从他答应和左知言建团去了京市后，时间表就被左知言这个魔鬼排得满满当当，他已经三个月没回江城，自然也很久没见过他爸，也没去看望陈阿姨和陈叔叔了。

江问源分别给两边打过电话，他爸和他未来的继母旅游去了，这几天都不在江城。陈阿姨接到江问源的电话很开心，还告诉了江问源一个好消息，陈叔叔终于愿意放下心中芥蒂，和江问源见一面，让江问源到他们家吃晚饭。

江问源提了许多适合中老年人吃的补品和一个果篮，怀着忐忑的心情敲响了陈阿姨家的门。

给江问源开门的是陈叔叔。陈叔叔自从陈眠的葬礼后就一直对江问源避而不见，他们也将近九个月没见了。陈叔叔比江问源记忆中的模样又显得老态了许多，但精神状态还不错，他敞开门："问源，进来吧，你来得正好，你陈阿姨今天做了好几个你爱吃的拿手好菜，很快就能吃晚饭了。"

江问源把礼品和果篮摆在客厅的桌上，去洗过手后，随着陈叔叔来到饭厅。

陈眠家的饭厅不大，摆的是一张四角可折叠的桌子，人少的时候就折成方桌，人多时可以把折叠的部分翻出来变成大桌。平时陈家用的模式就是长方形的方桌，在较长的两端分别摆着两张椅子。

陈叔叔在他固定的位置落座后，抬手示意他坐对面的位置，对江问源说道："问源，坐下吧。在你陈阿姨做好菜之前，我有些话想和你说。"

江问源怀着紧张的心情，在陈叔叔对面坐下："您说。"

陈叔叔沉默了一小会儿之后，才开口说道："其实我不愿意见你，并不是责怪你。我气的是我自己。那天晚上，我和他吵了一架，让他滚出去，所以他才约你出来的。如果我没和他吵架，没让他滚出家门，陈眠也不会死。"

江问源没想到陈眠出事那晚，还和陈叔叔吵过一架。虽然陈眠的死并非意外，而是和圆桌游戏有关，但江问源并不能说出真相。江问源把错都往自己身上揽，只希望陈叔叔心里的愧疚感能轻一点儿："对不起，陈叔叔。"

陈叔叔摇摇头："陈眠走了已经快有一年，我已经看开了。"

陈阿姨把最后一个炒菜端出来，她左右看看自己的老伴和江问源，两人的眼睛都有些发红。"嘻！你俩干啥呢，我好不容易忙活半天做出这么一大桌子菜，给我开心点儿吃！别丧了！"

江问源被陈阿姨的话逗到："陈阿姨，你也会用丧这个形容词啊。"

陈阿姨动作麻利地装好三碗汤，在陈叔叔旁边坐下："可不，跟你们小年轻学的口头禅，感觉挺有意思的。来来来，都动筷子吃菜！"

陈叔叔拿起筷子，他看着饭桌上唯一的空位，突然感慨道："要是桌子能坐满就好了……"

陈阿姨怪不高兴地扫了老伴一眼，生死有命，她最近已经能完全放下了，老伴在她的影响下也渐渐从阴影里走出来。在江问源来之前，他们已经约定好不提儿子的事，这老头怎么言而无信？

　　陈叔叔对陈阿姨丢过来的眼刀视而不见，他把视线挪到江问源身上，再次重复道："要是桌子能坐满就好了，问源，你说是不是？"

第9章

新任务

　　江问源放下碗筷，双眼注视着陈叔叔，正要说话，却被陈阿姨抢先一步，她在桌子底下踢了踢老伴的脚，笑着对江问源说道："小源，你陈叔叔的意思啊，是让你下次带上女朋友一块到我们家来做客！小源，你今年也有 24 岁了，这个年纪正好适合找对象谈恋爱。"

　　陈叔叔大概是感受到来自陈阿姨的压力，不再继续缠着江问源问桌子坐满的问题。他端起汤，吹掉热气，就着碗口慢慢喝汤。

　　饭桌上，陈阿姨问江问源能不能适应京市的生活，新工作怎么样，累不累，她总有问不完的问题。江问源隐去圆桌游戏相关的内容，对陈阿姨的问题知无不言。也多亏陈阿姨的问题多，才没让这顿饭冷场。

　　江问源确定陈阿姨和陈叔叔身体都还算硬朗，精神上也没有太大的问题后，便以还有工作为由，在晚上八点多离开了陈家。

　　江父家里留有江问源的房间，不过江父和他的未婚妻已经是同居状态，现在他们外出旅游，为了避免遇到不必要的尴尬，江问源并不打算回家，他就近在陈家附近的酒店订了一间大床房，暂时落榻。

　　江问源短时间内不打算离开江城。

　　南锐在圆桌游戏中不幸身亡，这件意外事故来得实在太过诡异。

一般情况下，成为圆桌游戏玩家的时间越长，积累的游戏次数越多，玩家对于即将到来的游戏的时间节点会把握得越来越准确。

玩家进入游戏前的准备工作，也有相当高的要求。

玩家进入游戏时，周围的特殊磁场会发生剧烈变化，进入游戏前应尽可能地独处于某个封闭的区间，或者保证所处的公共区域没有其他圆桌游戏玩家，否则可能导致磁场互斥引发磁暴；若打算两个或两个以上的玩家一起进入游戏，必须以金银类的道具进行捆绑、连接，保证玩家之间的磁场不会发生互斥。

若玩家从过去的游戏中获得玩偶，想要把玩偶带入新一轮的游戏中备用，玩家必须把玩偶放在以其为中心半径十米的区域内，并保证最后触碰这些玩偶的人是自己，才能成功把玩偶带入圆桌游戏中。

综上所述，出于安全考虑，基本不会有玩家选择在公众场所等待圆桌游戏开始。

南锐能获得 AJWY 的管理权，他在 CJ 中的地位肯定不低，便不难推断他资深玩家的身份，以及他大概率拥有玩偶的信息。南锐绝对不会选择在繁华路段等待圆桌游戏开始，他极有可能是在毫无准备的情况下被拉进圆桌游戏中！

圆桌游戏能为玩家实现现实中的任何愿望，江问源毫不怀疑，它对现实世界存在着影响力，但这种影响力应该是受到限制的，否则站在这个世界食物链顶端的就不是人类，而是无所不能的圆桌游戏了。

圆桌游戏可能付出一定代价违背限制，也可能在限制以内，对现实施加了影响，把丝毫没有准备的南锐拖入游戏中。江问源忽然有种荒谬的想法，圆桌游戏不希望他从南锐那里得到某些不利于它的信息，所以才对南锐下手的。

陈眠死在圆桌游戏中，但他是宁愿放弃使用骨雕无面人偶也要继续留在圆桌游戏里的。圆桌游戏只能算是诱因，陈眠那个宁可不要命也要实现的愿望才是他死亡的根本原因。江问源对圆桌游戏印象极差，却也没有冒出过毁掉圆桌游戏的想法，他只是想知道陈眠究竟是为何愿望而死。不承想，圆桌游戏竟然对他的愿望如此忌惮，甚至把这种忌惮上升到江问源这个许愿人身上。

在游戏里，陈眠每次都会以性格不同、外貌也完全不同的形象出现在江问源身边，避免引起圆桌游戏的注意。江问源就是意识到陈眠的处境，才想在现实中查清楚陈眠究竟在做什么危险的事情，可是现在现实的途径也被圆桌游戏给堵上。江问源不可能继续踩着圆桌限制的边缘去试探，因为他的试探，有可能会带来不好的后果。

不过江问源并不打算就此放弃，圆桌游戏也并非无所不能，否则陈眠也不会平安无事地钻了那么多轮空子。江问源打算隐瞒自己的目的，委托他人对CJ进行调查，让接受委托的人再另找人对CJ进行调查，多层委托关系层层递进，圆桌游戏便很难察觉调查真相的人是他。由于调查对象还是AJWY建立的CJ组织，江问源设想的这顿操作非常考验人缘关系，要真正实施起来，恐怕还要很长时间。

江问源打算在江城再待两天，去他和陈眠留下回忆的地方转一圈。等他爸旅游回来，正式和未来继母见一面吃顿饭，让他们放下顾虑安心结婚，然后就返回京市。

江城的许多地方都承载着江问源和陈眠的回忆，江问源独自一人旧地重游，许多被他搁置在角落的记忆都一一浮现起来。

江问源和陈眠的父母是远亲，他们同岁，住同一个院子，两人关系特别要好，还没到学龄时就经常一起玩，上学后从学前班到小学三年级都一直是同班同学，直到江问源父母离婚，他们才不得不结束同学关系。

江问源还记得他搬家那天，他和陈眠不舍地哇哇大哭。江父工作很忙，他母亲爱自己比爱孩子更多，是个非常以自我为中心的人。陈眠哭得非常伤心，紧紧拉住江问源不肯松开，那是江问源第一次清晰地感受到自己被人重视。

经历了小学和初中的分别后，江问源和陈眠终于再次成为高中同学，他们同班、同寝，轮流当他们年级的级草。

江问源和陈眠的大学不在江城，直到临近大四毕业实习，他们才重新回到江城，没想到陈眠就以一种江问源无法接受的方式离开了人世——

直到江问源被卷入圆桌游戏中。

江问源在江城逛了一整天，再次坐在当初陈眠出事的麻辣烫摊子里。由于陈眠的死亡，麻辣烫摊子的老板已经换人，换成一家烧烤摊，而且在摊铺和路边的位置还立起了防护栏。江问源点好晚餐后，拨通了他心理医生的电话。心理医生姓李，在记忆和潜意识方面拥有许多研究成果，是昨晚左知言应江问源的要求介绍给他的权威心理医生。

江问源对李医生说道："李医生，我按照您的建议，根据我成长的时间线重新回忆了一遍我能记起的记忆。这些记忆没有令我感到矛盾的地方，而且我的老邻居、昔日的老师都还记得我，他们对我的回忆并无不妥的表现，我记忆中留在树上的刻痕也还保留到现在。从这些信息，是否能证明我没有被催眠过，我的记忆也没有被修改过？"

李医生有些苍老的声音从听筒里传来："人类大脑是科学研究的宝藏，我们目前对记忆和潜意识的研究只是冰山一角。从你的描述中，成长事件有事实依据、人物依据，整段完整的记忆也没有在逻辑上出现矛盾或过长的空白。严谨地说，我认为你记忆的真实性在88%以上，被催眠、修改记忆的可能性偏低。"

江问源听到李医生给出的答案后，沉默了一会儿："我曾经在说过某句话之后，产生强烈的曾经听过或说过这句话的感觉，可是我仔细回忆，并没有找到与这句话相关的记忆。在我可能接收到这句话的信息源上，我也进行了调查，也没有找到这句话。"

李医生问道："方便告诉我这句话的内容吗？"

江问源那句话是在黑影怪那轮游戏里说的，他都已经来到游戏世界里了，得到新鲜美味的枝叶，不吃白不吃。这话肯定是不能对李医生说的。"不太方便。"

李医生也没有强求，他向江问源娓娓道来。

"你的经历，在我们的研究中称为既视现象，又称既视感，指没有经历过的事情或场景仿佛在某时某地经历过的似曾相识之感。根据调查证明，三分之二的成年人都至少有过一次既视感。

"既视感的出现是因为人们接收到了太多的信息而没有注意到信息的来源。熟悉感会来源于各种渠道，比如某本小说的句子，某个电影片段，有时根本不需要真实的记忆，人类大脑内部就可以制造一种熟悉的感觉。

"你对某句话产生既视感，却找不到其来源，其实很正常。"

李医生给出的解释，并没有让江问源觉得豁然开朗，他依旧觉得自己曾经在某个场景中听过或说过那句话。

第二日，江父和方女士旅游归来，两人和江问源正式见过一面，他们给江问源带回了许多土特产，方女士还给江问源包了个大红包。江问源很替父亲感到高兴，不过他婉拒了两人的挽留，午饭结束后就赶最近的航班飞回京市。

江问源开车回到别墅山庄时，左知言不在，估计不是在公司就是去出差了，这是个大忙人。李娜和易轻舟在吃晚餐，少了江问源和左知言，这两人一起吃饭竟吃出一种约会的感觉。

李娜首先发现江问源，她立刻放下碗筷站起来："江哥，你回来啦！吃过晚饭没？没吃我去喊厨师给你重新准备一份。"

易轻舟坐在位置上屁股都没挪一下，他用饭碗挡住脸，撇撇嘴，不咸不淡地对江问源吐出吃饭两个字，就算是打过招呼了。

"我回来了。"江问源示意李娜坐下，"我中午和我爸吃饭，他嫌我太瘦，我都吃撑了，我等晚上再吃点夜宵，这会儿先歇一下。"

李娜只能作罢，坐回座位上继续用饭。

江问源不打算吃饭，但也没走，他在李娜身边坐下，单手托腮看着李娜对面的易轻舟。易轻舟被江问源看得心里有点毛毛的："你想干什么？！"

江问源说道："等你吃完再说，不着急。"

易轻舟心说，被你这么看着能继续吃下去才叫怪了。他重重地哼一声："你不着急，我着急。有什么事赶紧说！"

江问源说道："我想问下你，有没有关系较好的行动力比较强的玩家组织。"

易轻舟来了点兴趣："只需要行动力强就行了吗？"

江问源予以肯定："足够了。我有个调查委托，涉及灰色地带，需要行动力足够强的玩家组织来完成。"

江问源找易轻舟就找对人了，一看就感觉有阴谋的多重委托调查 CJ 组织的任务，左知言都不一定找得到合适的组织。但易轻舟这个搞事精则完全没压力，他当初能盯上薛又和蓝珍珍，完美地伪造出"简易"的身份，要说那是他一个人的功劳，那肯定不太可能，总而言之，易轻舟背后也是有人的。

易轻舟也没问江问源是什么样的调查委托，他放下碗筷，当着江问源和李娜的面直接拨通联系人备注为永钱的电话，还放的免提模式，和对方寒暄一阵之后，他直奔主题："永哥，我朋友有个调查委托，想要委托给七星。"

永钱大笑起来："简老弟就是爽快，调查委托我可以接，不过报酬我要的不是钱。"

易轻舟和江问源默默交换一个眼神，在江问源点头后，他对永钱说道："永哥想要什么报酬？您说。"

永钱用郑重的口吻说道："我在上轮游戏里受了重伤，再过几天就是你嫂子进游戏的时间，我没办法陪她过游戏。最近我收到消息，你和左知行论坛上联系很密切，而且你们都在论坛上物色新人，你们是打算弄个新组织吧？左知行的能力大家有目共睹，你们组织以后发展起来，肯定不比我们七星差。你们组织里的肯定都是人才，帮我带你嫂子平安从游戏里回来，我就免费接下你的调查委托，怎么样？"

在永钱提到嫂子这个词时，易轻舟立刻用手语描述了永哥的女朋友。那妹子人很好，对谁都很和气，是个治愈系的大天使，但她同样存在很严重的问题，胆子很小，很容易哭泣。讲真，她能活到今天，完全就是永钱拿命换来的奇迹。

带人进游戏的委托，委托人死了都是常事，大家都见怪不怪。

可是永钱爱惨了他女朋友，万一他女朋友死在游戏里，永钱绝对能追杀接委托的人到天涯海角。估计就是因为大家都知道永钱的性格，再加上他那个永远只能拖后腿却没有一点儿作为的女朋友，才没人敢接永钱的委托。

电话那头的永钱等了一会儿没见易轻舟回复，继续说道："我也不是蛮不讲理的人。你嫂子心地善良，她宁愿死也不会接受成为背叛者活下来。所以要是她成为背叛者的话，把她的手机带回来给我，她会在手机上写下我们约定的暗语。只要暗语正确，我不会追究你们的责任。"

江问源朝易轻舟点点头，易轻舟这才对永钱说道："瞧您说的，嫂子怎么可能成为背叛者！带嫂子过游戏的委托我们接了，您就安心养伤，等着我们把嫂子安全从游戏里带回来吧！"

易轻舟又和永钱寒暄几句后，便把电话挂断了。他朝江问源说道："江问源，不是我要泼你凉水，我觉得你和单晓冉接触后，最好想办法从她嘴里把暗语套出来，也好给自己留条后路。"

李娜狠狠地瞪了易轻舟一眼，易轻舟的心真的够脏，不过她也很担心江问源："单晓冉的游戏能力和素质那么差，江哥，你真的要接下这份委托吗？难道真的要和易轻舟说的……"

"永钱说是写下一句暗语你们就信了？这很有可能是个幌子，他们可能约定的是删除某条信息，或者删掉某张照片，或者卸载掉某个 App。"江问源沉稳地说道，"所以，并没有什么后路，只要单晓冉不是背叛者，我就必须把她从游戏里带回来。"

单晓冉进游戏的前一天，江问源带上他唯一剩下的鸟头人玩偶，到根据地同在京市的七星，见到了永钱和单晓冉。永钱刚刚出院，还需要坐在轮椅上，他戴着眼镜，看起来很斯文，和电话中给江问源的印象完全不一样。至于单晓冉，她扎着长马尾，身穿运动服和运动鞋，长得很漂亮，看体形，像是经过加强的体力锻炼，但是唯一让人觉得不靠谱的是，明天才是进游戏的日子，她今天就已经把眼睛哭肿了。

永钱看着江问源简单的背包，惨白的脸色更加不好看了，他语气也很差："你没带玩偶？还是只有一个玩偶？你这包绝对装不下两个玩偶吧？"

江问源把手搭在包上，淡定地说道："我有一个玩偶。"

永钱不想和江问源说话，向他扔了五个玩偶：

#没有玩偶，你还想保护我的天使，是不是没睡醒#
#要是你能安全把我的天使带回来而不用玩偶，我这几个玩偶全送你都成#

江问源知道玩偶和灵魂存在着某种特殊联系，他不排斥使用玩偶，但也绝对不热衷。对于永钱不由分说塞给他的玩偶，江问源向永钱说道："无功不受禄，这几个玩偶还是交给单小姐吧。有玩偶傍身，单小姐的安全系数也能提升很多。"

永钱朝江问源扔了个那还用你说的眼神："晓冉的玩偶我早就准备好了。你把这五个玩偶带上，要是晓冉遇到危险时没能及时使用玩偶，你要立刻把玩偶补上。我不需要你计较玩偶是否会浪费，就算你和晓冉同时使用玩偶能力也没关系，切记不要有等晓冉使用玩偶的心态。危险是不会等人的。"

永钱把话说到这个份上，江问源也只能把玩偶收下。

江问源和永钱说话时，站在永钱旁边的单晓冉又有想哭的冲动了。永钱把他所有的玩偶都交给了她，万一她死在圆桌游戏里，那些寄存在游戏特殊空间里的玩偶全部都会被圆桌游戏回收，永钱将会变得一无所有。单晓冉想着最少要留下一半玩偶给永钱，可是永钱却半点儿没有退让，就连她在出门前想偷偷把玩偶藏在家里，也被永钱识破。

这是永钱的全副家当，她绝对不能死在游戏中。她用手帕擦掉泛出的泪花，和永钱挥手道别，进入永钱进游戏前常用的那间休息室。

你已解锁机器人玩偶

第六轮游戏

恶意学园

流言一旦开始，就会像病毒那样蔓延。

欢迎来到第六轮圆桌游戏，请玩家解锁游戏新人吕珩妙。

第10章

背叛的代价

永钱不喜欢被监控的感觉，但是为了小命着想，他退而求其次，用监听设备取代监控录像，并佩戴实时上传心率、血氧的运动手环，即使从游戏中重伤昏迷归来，也能尽快得到救治。休息室里该有的东西都很齐全，比较引人注目的是一张双人床和一张单人床。双人床大概经常被使用，显旧；单人床外观崭新，连棉被上的标签都没有拆。两张床距离超过五米。永钱把单人床移进休息室的心思一目了然。

江问源和单晓冉进入休息室的时间是晚上八点，刚用过晚餐不久。

江问源触碰确认永钱给他的玩偶的特殊能力，并和单晓冉做好金链捆绑的准备工作后，对终于止住眼泪的单晓冉说道："现在离进游戏应该还有些时间，我们先互相磨合一下吧。你随便聊聊自己的情况吧。"

江问源说话的态度，让单晓冉有种在接受面试的感觉，她局促地搅动手指："我不知道该聊些什么。"

江问源给她一点提示："比如你在圆桌游戏过程中展现出来的优点和缺点，让我知道你擅长的方面和短板。你也可以随便聊聊你独立应对过什么样的游戏状况，是如何脱险的。又或者讲一下遇到什么样的困难，你需要我的帮助立刻到位。"

单晓冉上牙咬着红唇，用力地把唇上的血色都压褪，想来想去，才报出一条自己的优点："我……耐力还不错，可以连续慢跑三小时。我的缺点很多，不擅长的东西也很多，但是我会努力去克服的！"说到后面，单晓冉的声音变得很轻，休息室里的监听也没办法听到她的话，她说："我总不能永远拖他的后腿。"

江问源没有逼单晓冉把她的缺点说出来，他只是借这个问题来试探一下单晓冉而已："你想克服对恐惧的障碍，这是一件好事。不过胖子不是一口吃成的，高手也不能一日练成，我会尽量配合锻炼你的游戏能力，但是如果你撑不下去，一定要记得向我求助。"

单晓冉想到自己即将要面对的恐怖游戏，心里非常害怕。她忍住哽咽："我会努力适应游戏的。"

江问源说道："那我们来约定一个求助信号吧。如果你需要我的帮助，就大声说出'哈哈'两个字。万一你被收走的代价是声音，那就改成用力鼓掌两下。在你发出求助信号以前，无论你多害怕，只要不是必死的绝境，我都不会出手帮你。"

单晓冉呆愣地吐出一声轻笑："哈哈？"

江问源对她解释道："对。在极端恐惧的情况下还能笑出来，这也是一种锻炼。"用"哈哈"来代替救命，这种锻炼，被左知言、李娜和易轻舟全票通过，当选最魔性锻炼的称号。一边被怪物追一边哈哈哈哈哈哈的场景，光是脑补起来就非常魔性。

单晓冉用手帕揉揉眼睛："好，我听你的。就用'哈哈'来当求助词。"

江问源满意地点头："我还为你准备了一件克服恐惧的秘密武器，相信经过一轮游戏，你应该能有所进步。"

"什么秘密武器？"单晓冉问道。别说单晓冉，就连偷听监控的永钱都对江问源的秘密武器很好奇。

不过江问源并没有给出答案："秘密武器，当然在使用前都是秘密。"

两人进游戏的时间，在凌晨五点一刻。

江问源已经很习惯被拽入圆桌空间的过程，坐完一趟过山车，大脑也清醒了。江问源在圆桌座次上这次没能拿到第一位，坐到了第二的位置。

第一位是一个表情轻松、面带笑容的年轻男人，他染着一头银灰色的头发，穿着打扮的风格让人很容易联想到摇滚歌手。江问源注意到第一名闭着嘴，喉咙却持续规律地轻震。江问源有种不可思议的感觉，难道他是在哼歌吗？

不过江问源没有继续在第一名身上浪费注意力，他开始寻找单晓冉的位置。单晓冉的座次比江问源想象的要靠前许多，她是圆桌评价第四位的玩家。江问源不知道永钱到底给单晓冉塞了多少个玩偶，竟然能把综合素质极差的单晓冉给堆到第四位。单晓冉晚上本来就没睡好，她的眼睛和鼻子发红，不知道是昨天哭得太久导致的，还是说她准备开哭。

找到单晓冉后，江问源继续不动声色地扫过圆桌上的其他玩家，一是给他们组织物色新成员，二也是看看有没有人能给他一种熟悉的感觉。结果这两个目的都没能达到，江问源就被坐在他正对面的一位玩家吸引了注意力。

那个身形瘦削的男玩家，穿着普通，头发也是中规中矩的黑色，他把头垂得很低，刘海挡住大半张脸，让人看不清他的模样，但江问源看到他的第一眼，就觉得他十分熟悉！

本轮圆桌游戏的玩偶是一个小男孩外形的布偶。男孩布偶的眼睛是两颗异色的纽扣，嘴巴用红色绣成锯齿微笑状，没有鼻子。男孩布偶收取入场券的方式十分独特，它把自己的右臂拆下来，左手拿着右臂，用右手触碰玩家来收取入场券。

男孩布偶收取第一第二位的代价都是趴在圆桌上，大半身体和头手探到圆桌底下。江问源被男孩布偶收走的是半边肾功能，这个代价还不算太糟糕。就不知道旁边的第一名被收走的是什么代价了。

江问源恢复自由活动的能力，和左右两位玩家确认彼此戒指的位置后，摘下戒指等待游戏开始。男孩布偶坐在空位前的桌面上，按照读秒倒计时的节奏一下一下把断臂拍在桌上。大概是男孩布偶的这副模样太过恐怖，有一个新手玩家承受不住压力，崩溃地冲进圆桌以外的黑暗中。他被啃得面目全非的残肢被甩到圆桌上，其他新手玩家都吓得崩溃大哭。单晓冉胆子极小，也吓得跟着

他们一起哭起来。

读秒结束，还活着的二十二名玩家被送进游戏中。

玩家们集中站在一栋图书馆前，图书馆门口的柱子上竖排钉着几个金色烤漆大字：江大附属高中第二图书馆。旁边停着一辆大货车，几个工人忙碌地从货车里搬出复合板、铁架和椅子，这些应该是图书馆的书架和自习室的桌椅。

工头一边催促着工人们赶紧搬货，一边对玩家们说道："六天后图书馆的新书就要入库，你们都给我抓紧时间好好干活，务必在六天内完成图书馆内装修。现在高三的学生已经离校，校方为我们安排了高三的宿舍。伙食由学校饭堂那边提供，正常一日三餐。"

工头带玩家们认清楚住宿和用餐的地点后，就拍拍屁股扔下玩家们溜了。

游戏世界里正值6月盛暑时分，现实已经入冬，单晓冉脱掉运动服外套，来到江问源身边。她已经把眼泪擦掉，只是脸上还残留着恐惧，看来被圆桌空间的残肢断臂吓得不轻。她的声音都有些颤抖："我们接下来要去哪儿……"

江问源走到图书馆门口的阴凉处："暂时待在这里。"

单晓冉也没问江问源在这里等什么，她安静地待在江问源身边，努力平复恐惧的心情。

江问源和单晓冉在图书馆门口躲凉，也不搭理和他们搭讪的玩家。

有玩家在江问源这里碰过几次钉子后，其他玩家便不再自找没趣。有经验的玩家三三两两地找好本轮游戏的搭档，他们要么进图书馆里看看情况，要么先去把宿舍定下来，胆子大点的干脆就直接去教学楼那边看看有没有人上课。

图书馆门前，一下子就只剩下江问源、单晓冉、那个和江问源一样拒绝了所有人组队邀请的第一名，以及两个还停留在阳光下的玩家。阳光下的两个玩家，男玩家坐在地上，女玩家跪在他身边，扶着男玩家的肩膀，脸上满是茫然的神色。

江问源双臂抱胸，朝阳光下神色痛苦的男玩家打招呼："好久不见，吕英奇。"

吕英奇听到江问源的话，身体止不住地颤抖起来。他挣开扶着他的女玩家，扑到被太阳烤得滚烫的地面上，以手代脚朝江问源爬过去，他一边爬一边向江问源哀求："陈眠，你帮帮我。我知道我求你帮忙很厚颜无耻，可是我没有别的办法了……求求你，帮忙把我的妹妹带回现实里。这轮游戏很危险，靠她自己，肯定活不下去的……"

吕英奇拖着残废的双脚，用手撑着身体爬上图书馆的台阶。他爬到江问源脚跟前，一手牢牢抓住江问源的裤脚，另一只手曲在身旁，半撑起上半身，不停地对着江问源磕头。他磕头磕得很重，没多久下额头就渗出血来。

吕英奇卑微又绝望地说道："陈眠，求求你大发慈悲，帮帮我吧……"

"哥——！！"那个被吕英奇推开的女玩家反应过来，她冲上台阶，想要把吕英奇扶起来。可是吕英奇再次一把甩开她，继续对着江问源磕头。

江问源依旧清晰地记得黑影怪那轮游戏里被吕英奇害死的人，杨橘还替他背了黑锅被玩家杀死。江问源本以为，如果他有机会再次见到吕英奇，无论吕英奇做出什么样的事情，他都能无动于衷地杀死吕英奇。

然而，现在吕英奇整个人趴在江问源面前，他不忏悔自己的罪过，而是把人格和尊严都送到江问源脚底下，任君践踏，他唯一的诉求就是希望江问源能带他的妹妹离开这个见鬼的游戏。

江问源低头看着狼狈的吕英奇。吕英奇祈求他的话里，透露出惊人的信息。由于还有旁人在，江问源没有直接点破："你这一轮游戏，又和上一局一样？"

吕英奇见江问源终于愿意理他，他猛地抬起糊满血的脸，双眼立刻迸发出强烈的光芒："是的，是的！我可以为你提供很多信息，只要你愿意保护我妹妹不被那个怪物杀死，带她离开游戏！那个怪物拥有看的能力，它不受我控制，而且厌恶一切密切的人际关系，我能感觉到，它强烈地想杀死我的妹妹。陈眠，你要小心玩——啊——！！！！"

吕英奇突然惨叫出声，剧烈的疼痛席卷他的全身。吕英奇在地上痛苦地痉挛起来，他全身的皮肤上裂开一道道肉缝，肉缝裂成两道，朝两边扩张，露出中间的巨大眼睛来。这些眼睛大小不一，灰败的眼白上布满红色的血丝，黑色的瞳孔仿佛凝聚着浓烈的仇恨。

在吕英奇身上长出来的眼睛，瞳孔快速地转动起来。吕英奇穿了两层的毛衣从背后裂开，露出那个覆盖了整片肩膀的巨大眼睛。巨大眼睛人性化地做了个眯眼的动作，仇恨地盯着吕英奇的妹妹。

吕英奇的生命力被覆盖全身的眼睛快速吸走，他撑着最后一口气，对自己的妹妹说道："跟着陈眠，听他的话，离开游戏！"

吕英奇的身体以肉眼可见的速度迅速萎缩，当他被眼睛彻底吸干最后一丝生命力，就彻底变成一具焦黑的干尸。那些眼睛满足地合上，从吕英奇身上一一消失，不留半点儿痕迹。

整个过程不到二十秒，吕英奇的妹妹甚至都没反应过来到底发生了什么事，吕英奇就没了。吕英奇妹妹惨叫着跪倒在吕英奇身边，颤抖地朝尸体伸出手。被眼睛吸干的尸体无法承受任何压力，吕英奇妹妹轻轻一碰，尸体便彻底碎成粉末。

那个圆桌第一名站在树荫下看完一场好戏，这才施施然地朝江问源几人走来，他嘴角噙着笑："这个背叛者，连圆桌游戏禁止背叛者向普通玩家泄露游戏内容的规矩都不知道。还真是个标准的炮灰啊！陈眠，有兴趣和我组队吗？我不介意……"他顿了顿，朝单晓冉和吕英奇的妹妹看两眼："你带着拖油瓶。"

这人一上来就句句话带刀，就算他排在第一位，江问源也不觉得这样的人适合当队友。"客气了，您还是去找别人组队吧。"

第一名的笑容垮下来，他摸摸鼻子："哎，是不是我又说错什么话了？对不起啊，我真不是故意的。我有一个玩家好友，他现实里的名字就叫陈眠，他也经常嫌弃我说话不过脑子容易得罪人。你和陈眠同名，我觉得你很亲切，我不想和别人组队，就想和你组队啊！"

江问源算是看出第一名有多不会聊天了，他的每一句话都像是在尬聊。不过，江问源还是改变主意，因为第一名提到陈眠："既然要当队友，那你怎么称呼？"

第一名说道："你不提我差点儿都忘了自我介绍，我叫齐思远。"

江问源看看站着哭的单晓冉，又看看跪着哭的吕英奇妹妹，只能暂缓对游戏故事的调查："我们先去把宿舍定下来，休整休整再做打算吧。吕英奇妹妹，你哥哥把你托付给我，我希望你能记住他的遗言。"

吕英奇妹妹跪在地上，用手捧起一捧灰烬，看着这些灰烬一点点湮灭在空气中，她泪流满面："我要为哥哥收尸……"

齐思远那张杀伤力极强的嘴又开始了："游戏里没有你哥尸体，你要是能活着通关游戏，回到现实世界就能看到你哥的尸体啦。"

"齐思远，你能不能少说点儿话！"江问源头疼地捏捏眉心，这轮游戏陈眠就算装成是死掉的吕英奇，都不可能是齐思远！陈眠在他身边从来没给他添过乱，还会默默地为他做很多事情。齐思远的字典里没有委婉这个词，他每次张嘴都是腥风血雨，极有可能引发团队内部矛盾，江问源只能希望他以后少说点儿话。

齐思远的话虽然很扎心，却是大实话。

吕英奇妹妹坚强地抹掉眼泪，抱着吕英奇破碎的衣服站起身："我知道哥哥是为我而死的，我会遵从他的遗愿跟你们走。我叫吕琦妙，我突然坐在圆桌上，然后突然来到这个奇怪的地方，我什么都不懂，希望你们能教我。我们家就剩我和哥哥相依为命了，如果我不回去，就没人为哥哥收尸了。"

吕琦妙站起来时身高还不到江问源肩膀，脸上的婴儿肥也还没消，估计年龄也就十四五岁，她懂事的表现让人心疼。单晓冉又害怕又难过，吕琦妙都能迅速振作起来，她还有什么资格拖后腿？她忍住泪跟上江问源。

当江问源一行四人离开图书馆，去往高三宿舍时，几只巨大的人眼在图书馆的柱子上睁开，这几只大小、长相都不一致的黑色人眼，看了看吕英奇彻底消失的灰烬，又看了看江问源他们离开的背影，最后缓缓地合上了。

第 11 章

秘密武器

　　江大附属高中的宿舍条件相当不错，六人间，采用上床下桌的床位，装有空调，阳台宽敞，有单间独立卫生间。玩家们分配到的是高三男生宿舍楼的一层，一层有十二间宿舍，通往二层的楼梯锁着铁门，无法通行。

　　本轮游戏只有六天时间，江问源对新团队行动效率不抱希望，所以他直接选择了最靠近宿舍大门的 1001 号宿舍，至少也能少走几步路节约时间。

　　确认入住后，圆桌游戏照例为他们生成合适的衣服，床上用品也一应俱全。

　　江问源几人身上还穿着秋冬的衣服，从图书馆到宿舍也就五六百米的路程，他们就被毒辣的阳光烤得汗流浃背了。江问源找到吕琦妙的衣柜，从里面随便拿出一套夏装递给吕琦妙："这个衣柜里装的是你的衣服，你先去把身上的冬装换下来。"

　　吕琦妙像是对待珍贵的宝物那样，轻轻地把吕英奇破碎的衣服叠好放到桌上，她也没问江问源为什么能找到适合她的衣服，沉默地接过衣服，穿过阳台走进卫生间。看着卫生间那扇合上的防水塑钢门，江问源稍稍松了口气。吕琦妙年纪尚小，又刚刚目睹唯一的亲人以一种诡异的方式死亡，他本来以为照顾吕琦妙会是一件非常麻烦的事情，不过现在看来，吕琦妙不吵不闹、乖巧听话，她成熟懂事的程度完全超越年龄。

卫生间只有一间，齐思远等不及轮流进卫生间换衣服，他窗帘也不拉，直接在屋内把上衣全部脱下，露出完美的倒三角身材。本来齐思远打算连裤子也一起脱掉的，在江问源可怕的眼神下，他才没继续脱。圆桌游戏已经够绝望够恐怖了，江问源不希望单晓冉再受到任何不必要的刺激。

齐思远套上一件灰色的短袖T恤，用遥控器打开空调，站在风口下对着吹，他一脸终于活过来的满足表情："现在是下午三点，距离天黑还有好几个小时呢。陈眠，一会儿我们去哪里走走？"

江问源从自己的衣柜里找出一套纯黑色的夏装，把衣服夹到手臂上："我想去行政办公室或者校长室一趟，主要调查第二图书馆的建馆情况，顺便了解一下近年来学校发生过的影响不太好的事件。"

齐思远面带笑容，津津有味地分析起来，他轻松得过分的态度，仿佛面对的不是生死攸关的绝境，而是一个可以尽情享受乐趣的游戏。

"英雄所见略同，我也觉得第二图书馆有问题！

"通常学校会把建筑工期安排在寒暑假，就算工期较长，需要占用学期时间，也会尽量安排在上学期，或者下学期前半段。可是第二图书馆的工期却在下学期的后半段，施工的噪声、粉尘等污染，会影响学生的学习。

"异常的地方不仅仅是工期，还有新书入库的时间，还有不到一个月就会迎来暑假，学生也更专注于期末复习，对新图书馆的需求度并不高。学校完全可以利用暑假详细研究图书馆的书目配置，没必要急着让图书馆投入使用。

"学校应该不会无故做出这样的决策，第二图书馆的建馆，非常具有调查的价值！"

齐思远的分析很全面，江问源基本不需要补充。他看向单晓冉："扇子，等会儿我们去行政办公室，你和吕琦妙尽可能地调查和第二图书馆相关的文档资料。还记得我们约定的求助词吗？如果遇到危险，你喊出求助词，我会尽快赶到。"

单晓冉局促地点点头，以前她和永钱一起进游戏，都是被永钱护着，什么都没做就通关游戏了。江问源交给她的任务，从某种意义来说，这是单晓冉第一次真正地面对圆桌游戏。她抖了抖嘴唇："我有个问题……"

齐思远早就看出来单晓冉严重依赖他人的毛病，说话又开始不过脑了："扇子小姐该不会连搜索档案资料都需要陈眠陪着吧？你要是再不改掉依赖他人的坏毛病，要是你可以依赖的人都死了，那你不就只能等死了吗？"

被假定死亡的江问源："……"

能用一句话得罪两个人，齐思远的杀伤力真的绝强。

单晓冉的涵养真的非常好，她一点儿都没有因为齐思远的话生气："不是的，我在想吕琦妙为什么那么久还没出来，换衣服而已，都快三分钟了，我有点儿担心她。"

江问源和齐思远立刻冲往阳台，单晓冉哆嗦着腿跟在他们后面。江问源站在卫生间门口，用力敲打卫生间的塑钢防水门："吕琦妙，开门！"

江问源把门拍得震天响，吕琦妙都没有回应，他也顾不得男女之防，抬脚就要把门踹开。江问源刚抬起脚，只见一支钢笔从塑钢防水门的内侧扎透门板，沾血的笔尖卡在塑钢门的正中央，在洒进阳台的阳光下反射着诡异的光芒。

卡在塑钢门上的钢笔动了动，被人从里边拔出。随后，卫生间的门打开了。吕琦妙身上还穿着冬装，替换的夏装掉在地上，她的脸上和身上满是血迹，右手拿着刚刚穿透塑钢门板的钢笔，整条右臂被鲜血浸透，血液滴答滴答地从她的指尖落下。

单晓冉被吕琦妙这副恐怖的模样吓哭了，她边哭边伸手朝半空中摸索："吕琦妙，你你你，我有个治疗功能的玩偶，你等我找一下……"

吕琦妙的表情看起来很平静："我没有受伤，这些血都不是我的。"

江问源把吕琦妙从卫生间里带出来，确认她的确没有受伤后，才对她问道："你在卫生间里遇到了什么？是声音被封闭了，还是你没有向我们求救？"

"我……"吕琦妙紧紧地握住钢笔，"我进入卫生间后，就有种被人偷窥的不舒服的感觉。我想要打开门离开卫生间，可是门像是牢牢长在墙上一样，我用尽力气都打不开。然后那些长在哥哥身上的眼睛就出现了，它们一连串地从墙上、地上和天花板上冒出来。我看到它们就想起哥哥的死，一不小心失去理智，拿出钢笔扎穿一个眼球。我用钢笔把一只眼睛捣碎之后，它就消失了。我当时满脑子都是替哥哥报仇，所以没想起来要求救，对不起。"

齐思远走到卫生间门口，视线朝卫生间里满是血迹的墙面扫过，如果每一块血迹都是一只被吕琦妙扎穿的眼睛，粗略估算下来，这妹子三分钟内至少捣烂了二十只眼睛，简直不是一般的凶残。

江问源叹了口气："吕琦妙，你先把身上的血清洗一下吧。在调查清楚卫生间的情况前，卫生间暂时不能使用。扇子，你别哭了。吕琦妙洗干净血后，你和她在屋里互相帮忙用被单挡一下换衣服。"

得到江问源的允许后，吕琦妙低着头小声地答应一声，她走到阳台的水槽边，也不管身上的血迹，小心地把手里的钢笔拆开冲洗干净后，捧着钢笔跑回宿舍里，从衣柜里找出一块干毛巾把钢笔上的水分吸走，再重新把钢笔组装好。

吕琦妙对待钢笔的重视，只要是没瞎的人都能看出来。

单晓冉跟着走进里间，她擦干净脸上的泪痕，哑声对吕琦妙问道："我这里有笔记本，你要试一下笔还能写吗？"

吕琦妙飞快地点头，从单晓冉手中接过笔记本："谢谢扇子姐。"

她清洗钢笔时没有把墨水挤出来，在纸上写下吕英奇三个字时，从笔尖滑出的墨水里还掺和着眼睛的血糜，看起来十分诡异。钢笔还能写，但笔尖由于多次撞击已经变形，写出来的字效果很差。

吕琦妙的面瘫脸慢慢浮现出难过的表情，单晓冉安慰她："这支钢笔对你很重要吧，没关系，钢笔可以修的，找个懂行的师傅，能把它变回原来的样子。"

吕琦妙闷闷地嗯了一声："这是我哥车祸瘫痪之后，用他的第一笔工资给我买的钢笔。有它陪着我，我才能坚持每天学习十四个小时。下学期我就要跳级到高三，参加明年的高考。我昨天晚上在做题时不小心睡着，所以才把钢笔也带进游戏。我能用钢笔破坏眼睛，肯定是因为哥哥守护着我。"

单晓冉别过脸，抹掉溢出的眼泪："琦妙，我帮你张开床单，你先把身上的衣服换下来吧。"等吕琦妙换好衣服，单晓冉已经哭过一顿了。

江问源和齐思远在阳台上，他们的注意力都集中在卫生间里，没留意到吕琦妙和单晓冉的互动。齐思远胆子极大，他把塑钢门敞开用门扣贴墙扣好，直接走进血淋淋的卫生间。他伸手蘸上一点儿残留在墙上的血，用拇指和食指捻了捻血液感受黏稠度，还非常作死地舔了一下："据我的经验，这应该是人血，味道偏向男性，可能是 B 型或 AB 型。"

江问源："……"

虽然齐思远的能力在游戏里很有用，但江问源一点儿都不觉得厉害，他只想吐槽，齐思远这能力难道是祖上有吸血鬼血统？！

齐思远又挑了另一片和刚刚尝过的血迹深浅区别较大的血迹，再尝一遍，他满是惊喜地道："陈眠，这摊血应该是个女人的，肯定是 O 型血！这些眼睛来自不同的人！等我们调查学校近年发生的事故时，可以缩小范围，只寻找群体性死亡事件。"

江问源在心里劝自己要心平气和，要海纳百川，可是他最后还是没忍住："齐思远，你出来一下。"

齐思远看到江问源一脸严肃的表情，以为他是有什么重要发现，结果刚走出来，就看到江问源取下卫生间里的花洒把血迹全部冲掉了。

齐思远："……"

委屈，难过。

齐思远本来还想把自己关进卫生间合上门，看看眼睛会不会再次出现，但是被江问源断然拒绝了，江问源认为应该向吕琦妙问清楚情况再做决定。等两人结束调查回到里间，吕琦妙和单晓冉已经换好衣服。吕琦妙呆呆地坐在椅子上看着她的钢笔和吕英奇的衣服，单晓冉则望着吕琦妙不停地抹眼泪。

江问源看着哭个不停的单晓冉，再看向表面乖巧听话实则一言不合就拿出钢笔凶残扎眼睛的吕琦妙，他身后还跟着一个嘴炮 MAX、作死能力也很强的齐思远。江问源只要一想到这个糟心的队友阵容，心里就烧起一阵邪火，既然队友的人选已经无法改变，那就改变队友本人吧！

江问源从包里掏出一台电量满格的平板，平板上系着一条挂绳，可以把平板挂在脖子上。江问源走到单晓冉身边，把开机完毕的平板递给她："你从现在开始，只要觉得想哭的时候，就打开它看视频。"

"这是什么……"单晓冉点开江问源准备的某个视频。

只见视频报幕名为主持人直播失误爆笑集锦。

第一个画面就是一句旁白口误：现在，让我们来通过电线连话他。

在一阵爆笑中，第二个画面随即而来，是一个介绍旅游景点的节目，主持人站在大屏幕前，说道："下面请看下一个景点。"可是大屏幕切换出来的却是节目台标。在主持人一脸蒙的表情下，爆笑声更大了……

爆笑声，再加上剪辑时配上的字幕，"笑"果非常强烈。

江问源对单晓冉说道："你很容易陷入负面情绪中，很容易哭泣，这是你本身的性格，不是短时间内能扭转的。所以我就想用外力的手段干涉你的情绪。其实哭也是需要氛围的，这里都是我精心挑选的搞笑类视频。只要你觉得想哭，无论任何情况，你都给我打开视频来看。要是遇到危险情况，你就一边念我们约定的求助词，一边看视频。"

单晓冉："……"

在江问源说话时，视频中的主持人念出屏幕上的文字："XX 运动员左脚踝出现硬性骨折，离重返赛场还遥遥无期，太令人惋惜了，也祝贺 XX……"

齐思远在旁边也看了几眼搞笑视频，听到这一段话，他终于没忍住噗地笑出声来。

单晓冉的泪已经收住，哭！不！下！去！了！

第12章

涂鸦

等单晓冉终于止住哭后，江问源快要到临界点的情绪终于慢慢平复下来。江问源没给齐思远开口的机会，自己向吕琦妙问清楚了她在卫生间里遇到的事情。

眼睛在卫生间的门完全闭合后出现，它们可以把人封锁在眼睛覆盖的密闭空间中无法逃离，但是并不能隔绝从封闭空间外部传来的声音，因为吕琦妙能听到江问源的敲门声。至于能不能从封闭的空间里往外传递声音，因为吕琦妙被困后没有试图求救，所以尚不清楚。那些没被破坏的眼睛，在江问源敲门时纷纷闭合，眼睛全部消失后，卫生间的封锁也消失了。

吕琦妙在卫生间里没受到眼睛的物理攻击，吕英奇死亡的过程还历历在目，吕琦妙疯狂攻击眼睛时没有和眼睛有直接的皮肤接触，所以也没有被眼睛夺走生命力。但吕琦妙也并非完全没有受到影响，在大量眼睛恐怖视线的注视下，吕琦妙感到内心的负面情绪急剧膨胀，直到现在都没能消退。

江问源思索片刻，对吕琦妙问道："你能大概形容一下负面情绪的程度吗？"

他问出这个问题时，也没想到会从吕琦妙口中得出如此沉重的答案——

吕琦妙的声音，冷得就像是从另一个世界传来。

"前年冬天，我爸妈和哥哥开车回家时发生追尾车祸。肇事司机醉驾，违规驾驶，这场车祸，他要负全责。肇事司机只是轻伤，我爸爸妈妈当场死亡，哥哥高位截瘫。可是肇事司机家有钱有势，一直逼迫我们答应和解，给肇事司机减刑。

"我和我哥不肯就范，他家就把手伸向我们的亲戚和朋友。大人们失业、破产，还是学生的被实验室除名、奖学金被撤、被抓住小错退学。最后，我和哥哥孤立无援，被自己的亲人逼着签下和解书。

"在那段黑色的时间，我觉得我每天都活在地狱里，不止一次想过离开这个世界一了百了。哥哥高位截瘫，他比我要痛苦得多，可是他却没有在我面前表现出一点儿消沉，总是努力地保护着我。他从学校退学后，还找到了工作，用第一份工资给我买了新钢笔。

"是哥哥拯救了我，我才能走出极端阴暗的负面情绪，活到了今天……"

听到吕琦妙的话，单晓冉又想哭了，可是这一次她奇迹般地不靠外力忍住了眼泪。因为单晓冉害怕自己一哭出来，就会被江问源逼着打开搞笑视频。单晓冉现在不想让吕琦妙听到任何形式的笑声，吕琦妙这个孩子真的太让人心疼了。

吕琦妙紧紧地握住吕英奇送给她的钢笔，脑袋低垂："我现在的负面情绪，和我们被迫签下和解书的程度差不多。如果其他人被眼睛盯上后，和我拥有相同程度的负面情绪，自杀也不奇怪。"

江问源深深地叹了一口气，对吕琦妙说道："你伸出手。"

吕琦妙乖乖听话，伸出她小小的右手，江问源往她手心里放下几颗彩色玻璃纸包裹的糖果："对不起，让你回答了这么痛苦的问题。如果下次我的问题或行动指令让你感到难受，你一定要告诉我。"

吕琦妙已经把自己的心完全封锁起来，江问源的安慰作用并不大，不过她还是拆开了一颗糖果，把甜甜的糖果塞进嘴里。圆形的糖果被吕琦妙塞到右排牙齿的外侧，右边脸颊微微鼓起，配上她缺乏表情的脸，竟有种说不出的可爱感。

由于眼睛很可能会盯上在密闭空间中落单的人，江问源在卫生间换夏装，没有把卫生间门关上，换完衣服走出来，什么事都没有发生。轮到齐思远换裤子时，他非常作死地把门给关上了。他关门关得非常果断，江问源连阻止的机会都没有。

大约十秒后，齐思远的声音从卫生间里传来，他的语气颇为失落："眼睛没有出现啊……"

江问源站在卫生间门外："……"

齐思远是这轮游戏的第一名，除了综合实力的第一名，也绝对是作死的第一名！江问源就没见过比齐思远还能作死的人。

四人都换上夏装后，便按照计划前往学校的行政办公室。

办公室主任姓刘，是一个面相和善、身材轻微发福的中年男人。江问源对刘主任提出想要看第二图书馆的相关资料后，刘主任很爽快地把资料交给了江问源。

第二图书馆是一位名叫司徒征的学生家长捐建的，图书馆占用的土地、两层的图书馆的建筑和装修，以及第二图书馆的新书，全部都是司徒征出的钱，目前最终结算还没出来，但是计划书上的估算，投入已经超过九百万。

第二图书馆 3 月中旬开始动工，由两个施工队轮班日夜施工，终于在 5 月底竣工。建筑外体建好后，装修队无缝进驻，开始对建筑内部进行装修。现在已经进行到软装修的阶段，等玩家的工作结束，就差新书入库了。

从这份资料就能看出，江问源和齐思远之前的猜测并没有错，司徒征非常急切地想要尽早落成第二图书馆。至于其中原因，还有待考究。

江问源把资料还给刘主任："刘主任，我们想问一下，江大附属高中这个学期有没有发生过什么群体性事件啊？"

刘主任脸上的笑容迅速消失了，态度也突然变差："我看在你们是第二图书馆的建筑工人的分上，才把第二图书馆的资料给你们看的。我接下来还有工作。既然你们没有别的事情，那就请离开吧！"

江问源几人没能从刘主任那里得到群体性事件的情报，不过刘主任的态度也从侧面反映出来，江问源的问题戳中了他的痛脚，江大附属高中的确曾经发生过群体性事件。这也和齐思远尝到来自不同人血的情况相符。

现在刘主任把江问源几人轰出来，他们也不能在刘主任眼皮底下翻办公室的资料。离晚饭时间还有一个多小时，江问源提议道："我们去高三的教室转转吧，现在高三的教室都空出来了。"

江大附属高中本届刚刚毕业的高三一共有十二个班，占用教学楼的五、六层，每层六个班。公共厕所在走廊两端，男左女右。

高三的学生离校之后，教室进行过大扫除，堆在课桌上的课本全部清空，椅子倒扣在整齐排列的课桌上，但学生们在教室里度过一整年的痕迹并没有被彻底清除掉。写着雄心壮志的横幅，记录着激励语的板报，画在板报上假装可以投篮的逼真的篮板，等等。

江问源几人从走廊上把高三的十二间教室都走了一遍，并没有发现什么特别的情况。

齐思远作死的心没能在宿舍卫生间里得到满足，现在又开始蠢蠢欲动："要不我们去厕所看看吧。宿舍卫生间兼具洗澡和上厕所的功能，空间还是大了点儿。教学楼里的厕所，每间厕所隔断的空间非常有限，如果在狭窄的空间里突然出现大量的眼睛，那一定非常刺激！"

江问源现在已经学会屏蔽齐思远的某些用词了。

"齐思远说得对，人在狭窄的密闭空间中，情绪更容易受到影响，眼球对情绪的影响力在教学楼的厕所隔间会得到放大。而且由于空间有限，慌乱之下，被困在厕所隔间无法离开的人，也更容易与眼睛产生接触。所以，我们进入厕所后，扇子，你守在厕所门口，保证厕所门敞开状态，我和齐思远、吕琦妙一起去检查所有厕所隔间。如果厕所隔间里曾经有眼睛的受害者，有可能会留下线索。"

江问源的安排非常妥当，能极大地降低风险，可是齐思远一脸超级难受的表情，他突然捂住肚子，非常假地演道："我感觉肚子不舒服，应该是昨晚吃坏了肚子，我去上个厕所，你们先去女厕那边检查，不用等我。"

江问源三人看着齐思远健步如飞的背影，用脚趾头都能想明白他是要去作死了。圆桌综合评价排名第一的玩家，也轮不到他们去担心。江问源默默地叹一口气，对单晓冉和吕琦妙说道："走吧，我们去同楼层的女厕所。"

江问源在现实中，从未踏足过女厕，圆桌游戏真的给了他许多现实中无法获得的体验。单晓冉按照江问源的安排守在门口，她害怕会有眼睛突然出现在门上，她拿厕所里的水桶装满水把门抵在墙边，再用脚撑在门板底部，然后抖着手按下平板的电源键开机。

搞笑视频的爆笑段子和哈哈哈哈哈哈的背景音，魔性又切实有效地驱散了单晓冉内心的惧意，她微微抬起头，把视线从平板移到江问源和吕琦妙身上。

厕所分成左右相对的两排，隔断成三十个隔间。厕所内的走道不宽敞，可以容下两人侧身并排走过，所以每间厕所的门都是朝厕所内打开的。江问源推开第一个厕所隔间的门，在隔断左侧的三合板灰色的图层上，画有一些小动物的涂鸦，还有不知道哪个学霸留在上面的密密麻麻的数学题。门板背后和右侧隔断上的内容，只有进入厕所里面才能看到。

江问源拿起女厕里的一把拖把，把它交给吕琦妙："等会儿我到厕所里面检查门背后的情况，你用拖把卡住门口的位置，别让门合上了。能做到吗？"

吕琦妙双手握住拖把的木柄，沉默地点点头。

江问源深呼吸两遍，从随身包里拿出瑞士多功能军刀，把最锋利的那面刀刃弹出来，踏上厕所隔间的台阶。

江问源和吕琦妙配合行动，很快就把左排厕所隔间都检查过一遍，并没有什么特别的发现。当江问源一脚踏上右排最靠里的厕所隔间的台阶，正要进入厕所隔间时，他忽然听到一声女人的轻笑，他转过头看向站在女厕门口的单晓冉："扇子，你刚才看搞笑视频看笑了？"

单晓冉茫然地摇摇头，她确实看到了一个疯狂戳中她笑点的段子，可是她能不哭就很不错了，哪里笑得出来！江问源的问题让单晓冉紧张起来："难道有别人在笑？"

江问源可不想单晓冉太害怕导致发生意外，对她说了个善意的谎言："我听错了。"

单晓冉没有笑，吕琦妙更不可能笑，那就是江问源面前的这间厕所隔间有问题。江问源之前还在心里吐槽齐思远作死，其实他自己也挺能作死的，但他比齐思远稍微好一点儿的就是他会在作死时稍微上一层保险。

江问源神色平静地踏进了厕所隔间，确认吕琦妙把拖把卡进厕所隔间内之后，江问源踩在拖把的软毛上，缓缓把敞开的厕所隔间门掩上。

在门背后，大概在江问源肩膀的高度，用红色马克笔写着一行大字：

提问，你们觉不觉得便便女很恶心啊？

在这行字的下面，写着许多侮辱性的话：

超恶心的，我从她身边经过感觉她身上有一股很臭的味道，她这样还算个女生吗……

这条评语的下面，画着许多个正字，每个正字的每一记笔迹都来自不同的笔。这里至少有二十个正字。如果不考虑重复添加笔画的话，使用五层女厕的女生，至少有一百人对这个女孩抱有极大的恶意。

江问源从厕所隔间中走出来，感觉到背后仿佛有一股冰冷的视线在盯着他，他没有回头，对单晓冉和吕琦妙说道："我们走吧，去看看齐思远那边有什么收获。"

吕琦妙和江问源站得比较近，她敏感地察觉到江问源似乎有不太对劲儿的地方，但她没有说出来，沉默地拿着拖把跟上江问源。

三人走出女厕后，江问源被人盯着的感觉并没有消失，他让单晓冉和吕琦妙走在前面，自己殿后。从厕所的拐角走在五层的走廊上之后，江问源用眼角余光看向教室的窗户。在窗户的反光下，江问源看到走在他前面的单晓冉和吕琦妙的倒影，看到了自己的倒影……

在江问源自己的倒影后面，大概三米的位置，还有一个倒影。

那个倒影穿着江大附属高中的女装裙式校服，一头披散的长发挡住脸。她和江问源倒影的距离在渐渐缩短。

"跑起来！"江问源对单晓冉和吕琦妙喊道。

吕琦妙在女厕里就感觉到不对，当江问源喊话时，她反应非常机灵，直接拉起单晓冉的手腕，带着单晓冉一起撒腿往前跑，省了江问源不少事。

他们跑过走廊的一半，刚好齐思远从男厕走到走廊上，他看着江问源三人朝他跑过来，疑惑地朝他们后面张望："你们跑那么快干什么，有东西在追你们吗？"

江问源猛地回头看去，他们身后并没有人，窗户上也并没有什么江大附中女学生的倒影，江问源那种被人盯着的紧张感也消失了。江问源微微把气喘匀，对齐思远说道："你那边有什么发现吗？"

齐思远长长地叹了一口气，非常失落地说道："我把自己关进每一个厕所隔间停留十秒钟，什么都没有发生。你们呢，刚刚朝我跑过来，难道有发现？！"

江问源点头："是有发现，等我们回去再说吧。差不多也到饭点了。"

齐思远没动脚，他站在原地，表情超委屈："你们那边有三个人，人多势众又难啃，眼睛凭啥不先来干掉我这个落单的人啊！"

江问源："……"

吕琦妙："……"

单晓冉："……"

最后一个省略号，由单晓冉独家承包。单晓冉挂在脖子上的平板还在播放着搞笑视频，在哈哈哈哈哈哈哈的爆笑声背景音中，单晓冉十分严肃地思考一个问题，她以前经历过的那些游戏，和现在的这轮游戏，真的属于同一系列的圆桌游戏吗？

有种很难继续在这个破游戏里哭出来的感觉

第13章

眼睛的灾难

　　玩家用餐的小饭堂原本是专门给教师供食的，自从第二图书馆开始动工后，这个饭堂便改为给建筑施工队供食，老师便和学生一起在大饭堂用餐。现在小饭堂里看不到老师和学生，只有玩家和装修工人。

　　江问源四人现在已经明确本轮游戏的调查方向是学校的群体性事件，以及砸钱建第二图书馆的学生家长司徒征。现在这批进行装修的工人和之前的建筑工人不是同一批人，他们和玩家同时进驻江大附属中学，从装修工人身上估计找不到什么有价值的线索。

　　至于是否要和其他玩家交流……

　　齐思远的游戏风格本来就是作死的 SOLO 玩家，他把圆桌游戏真的当成游戏来玩的态度，和其他玩家格格不入。这次和江问源组队已经是破天荒的举动，齐思远根本没兴趣和其他玩家交流。江问源倒是不排斥和其他玩家进行情报交流，不过想想这轮游戏摊上的队友，江问源也提不起精神和其他玩家交流。

　　江问源四人打算尽快用完晚餐，好早点回宿舍去规划往后的行动计划。

　　但是，他们不想搭理别人，不代表别人也不想凑近他们。他们四人当中聚集了圆桌综合排名第一第二的玩家，可是另外两个成员却是一位有些柔弱的大美人和一个十四五岁的少女。在别的玩家眼中，怎么看都让人觉得这个组合有机可乘。

一个长相妖冶的女玩家，把她的手轻轻搭在江问源胳膊上，她一边挑衅地看着单晓冉，一边娇滴滴地冲江问源说道："哥，今天下午我看到你们走上教学楼五楼，那里应该是高三的教室吧……"

江问源冷淡地抽出胳膊，对单晓冉说道："扇子，你是我的亲妹吧？"

单晓冉愣了愣，不明所以地应道："是吧。"

江问源煞有介事地说道："那我们通关游戏回去之后，你可不能因为和你嫂子关系好，就对你嫂子告状。你嫂子那人就爱吃飞醋，要是让她知道有人想挖她墙脚，就算我没有错，她也要对我生气。"

想利用美色空手套白狼的女玩家脸上火辣辣的，她原本以为江问源和单晓冉是那种男女关系，没想到竟然是亲兄妹。不过她能在游戏里活到今天，早就练就出比城墙还要厚的脸皮，江问源委婉的拒绝并没能让她死心，江问源这条路走不通，那还有齐思远呢。正好，从她坐到江问源旁边开始，齐思远就一直盯着她看。

可是没等女玩家调整好表情和姿势，就被齐思远的话万箭穿心。

齐思远认真地对她说道："你这假胸……花了多少钱？隆得有点儿失真啊。"

女玩家受伤地捧着她的胸，万念俱灰地离开了。

等女玩家走远之后，江问源才对单晓冉说道："你没必要太在意刚才的女玩家，就算抛开我们的关系，让我从你们两个当中选择队友，我也会选择你。"

单晓冉对自己一点儿自信都没有，她觉得江问源只是在照顾她的情绪："谢谢安慰。"

吕琦妙还惦记着单晓冉对她的好，她小声说道："我也会选扇子姐姐。姐姐虽然很胆小，也很爱哭，可是姐姐没有逃避，陈眠哥交给姐姐的任务，姐姐也都在努力完成。"

在江问源和吕琦妙的关心下，单晓冉才慢慢振作起来。

"没错。我胆子很小，总是被各种恐怖的事情吓哭，可是我从来没有被吓到晕过去，我还有行动力，我还有玩偶，我可以自救，我并不是一无是处。"

齐思远想说扇子你对自己的要求还挺低，结果被江问源一脚踩在脚背上，没能说出口。

单晓冉没注意到江问源和齐思远的小动作，她放下筷子："刚才那个女玩家挑衅讥讽我的时候，我觉得自己很难堪，觉得无地自容，有种想要死了一了百了的冲动。她的胳膊……"

齐思远立刻扔下筷子，起身朝那个女玩家跑去。他猛地拽住女玩家的胳膊，使她转身面对自己。女玩家吃痛地甩开齐思远的手："干什么？第一名玩家就能对其他玩家要流氓吗？！"

齐思远看着女玩家的两条胳膊，终于在她贴近衣袖的位置找到一片异常的皮肤，那块皮肤的肤色比周围的皮肤暗沉，表皮有些皱巴巴，看起来像是半边眼睛睁开的形状。齐思远撩开她的衣袖，果然，加上藏在衣服下面的异常皮肤，形状正好能拼成一只完整的眼睛。

女玩家顺着齐思远的动作，看到自己胳膊上异常的皮肤，脸色陡然变得苍白起来，她竟然完全没有察觉到皮肤的异变。女玩家害怕极了，只要齐思远愿意救她，无论让她做什么她都会乖乖照办。

不过齐思远还没有那么丧心病狂，而且他更想要独占眼睛的注意，他对女玩家说道："你跟我走，我们去找个地方，检查一下你身上还有没有相同的痕迹。"

江问源三人现在已经完全摸清楚齐思远的想法，现在要是跟过去恐怕还会被齐思远嫌弃，所以干脆就继续吃他们的晚饭。他们解决晚餐后，还不见齐思远回来，便把齐思远那份没吃完的晚餐打包带走，回宿舍去等齐思远的消息。

江问源他们回到宿舍，没过多久，齐思远也回来了。

齐思远脸上失落的表情非常明显，他坐到椅子上，双手紧紧握成拳头，语气里满是悲伤："她身上没有别的异常皮肤，也没有眼睛。然后我问她，她刚才来找我们聊天的时候，有没有感觉到什么异常的地方，她说就在我说出她的胸是假胸时，她强烈地感觉到没办法继续待下去，然后就觉得肩膀突然变得松快起来。"

齐思远想破脑袋都没想到，他苦苦寻觅而不得的眼睛，竟然活生生地被他的嘴炮给怼走了……

突然悲伤……

齐思远现在还能轻松地抱怨遇不到眼睛，那是因为他有第一名的资本和实力可以轻松应对，江问源却觉得不乐观。眼睛不仅能对玩家的情绪造成极大的负面影响，现在还能从玩家身上长出来，必须尽快弄清楚眼睛从玩家身上长出来的原因和条件才行。

江问源对齐思远问道："齐思远，你有没有问清楚她是怎么长出眼睛来的？"

齐思远连着叹了好几口气："我当然问了，她也没给出什么有价值的线索来。我让她详细描述进游戏之后做过的所有事情，她的冬装是在宿舍里间换下的，其他时间她基本和队友统一行动，或者和其他玩家进行交流，没有独处过，也没有去过厕所。现在我有两种猜测，要么是她撒谎了，要么就是她接触过的玩家或 NPC 当中，有人出现了问题。"

江问源摸摸下巴，他挺赞同齐思远的猜测的："不管是哪种猜测，都需要一点儿时间来验证。齐思远，你可别为了见到眼睛，随便打草惊蛇。"

齐思远哼了声："那还用说？我又不是只会一味地追求刺激，作为一名优秀的猎手，放长线钓大鱼，这点儿耐心我还是有的。你们也该和我说说，在教学楼五楼女厕，你们发现了什么东西吧？"

江问源把恶意涂鸦和他们疑似被一个江大附属中学的女同学追赶的事情给说了一遍："等明天白天，我们去把教学楼的所有女厕都排查一遍，看看恶意涂鸦到底是只在高三，还是全校范围内。"

单晓冉又开始放她的搞笑视频了，虽然她下定决心要学会自己去面对游戏，但暂时还不包括明知道女厕有危险也要把所有女厕都检查一遍这么刺激的行动。她朝江问源问道："那明天我和琦妙去行政办公室查资料？"

"不，资料我们今晚就去查。白天只要刘主任在办公室，他是不会让我们查资料的。"江问源说道。

从来没在晚上行动过的单晓冉："为什么？！"

"按构造而言，那些眼睛是人类的眼睛。人类的眼睛很脆弱，有很多弱点，无法夜视，无法接受突然的光暗变化，对刺激性的东西过敏，等等。而且眼睛攻击方式有限，只要做好全身防护，避免单独进入封闭空间，眼睛就只剩下瞪眼这一项攻击方式。如果你遇到眼睛瞪你……"江问源从随身包里拿出两个强光手电筒，一瓶在饭堂现做出来的辣椒水喷雾，以及瑞士军刀，"你可以选择一项你喜欢的方式进行反击。"

单晓冉还没想好，只见吕琦妙指着瑞士军刀对江问源问道："陈眠哥，我可以借你的刀来用吗？"

江问源把瑞士军刀交给吕琦妙："拿去吧。"

"谢谢陈眠哥。"吕琦妙拿到瑞士军刀，爱不释手地抚摸把玩，仿佛已经在脑补把眼睛扎得血肉模糊的画面。

至于齐思远，他准备的道具有点儿匪夷所思，一面直径二十厘米的带手柄镜子，还有眼妆的全套化妆品，让人有点难以想象他打算做什么。

单晓冉默默拿起辣椒水……

第14章

怪物的尊严

江大附属中学的教学楼与行政办公楼为九十度互相垂直的一体建筑，在两栋楼中间区域，是操场和升旗台。江问源四人一直等到高一高二的晚自习结束，教学楼和行政办公楼的灯全部熄灭之后，才悄悄地离开宿舍。

为了防止眼睛的接触性感染，江问源几人又穿回了冬装的长袖长裤，从头到脚包得严严实实。本来齐思远嫌热不愿意穿，结果却被江问源一句话"我会担心"给搞定了。当时江问源也挺意外，后来想想也就明白其中原因，齐思远估计是作死作过头，基本没得到过来自同伴的关心。

他们没有使用照明工具，借着微弱的月光，避开晚上巡逻的保安，悄悄地来到白天来过的行政办公室。江问源早就想好要在晚上来办公室一趟，白天和齐思远配合摸走了刘主任的钥匙。齐思远运气还不错，刘主任那串钥匙十多把，他只试过两把钥匙，就找对了行政办公室的钥匙，打开了行政办公室的门锁。

齐思远打头，江问源殿后，单晓冉和吕琦妙走在中间。在江问源走进办公室时，最后朝走廊的尽头望了一眼，从走廊尽头拂来一缕阴冷的微风，轻轻蹭到江问源脸上。走廊上没有灯光，黑洞洞的通道就像是一个怪物巢穴，仿佛随时会有怪物从那里冲出来。

面对走廊尽头异常强烈的存在感，江问源沉住气，走进办公室后，并没有把门关上，而是将门靠墙敞开，扣到墙脚的门吸铁片上。如果这个时候因为害怕怪物追上来而把门关上，才是真正中了眼睛的陷阱。

江问源径直走到刘主任的办公桌前，打开电脑。他到京市之后，在休息时间跟着左知言的信息技术团队学习电脑技术。江问源的专业就和电脑相关，电脑技术本来就是触类旁通的东西，他学得还算快，现在破解普通的密码已经不在话下。

江问源用刘主任的账号登录学校管理平台，打开学生档案库，在检索栏输入"司徒"二字，搜索页面中央的菊花旋转数秒后，弹出两条学籍信息：一条是司徒静，女，高二（10）班，文科艺术类学生；第二条是司徒谦，男，高三（1）班，理科重点班学生。

司徒静和司徒谦的详细档案中记载了他们的信息。家长联系栏留的紧急联系名字都是司徒，但联系方式并不一样。

江问源对正在调查档案柜的单晓冉和吕琦妙说道："你们先查一下高二（10）班和高三（1）班的班主任工作报告。这两个班上都有司徒。"

行政办公室里没有开灯，单晓冉和吕琦妙调查档案柜用的光源是手机电筒。

单晓冉挂在胸前的平板电脑响起纯笑声集锦的声音，她颤抖着手，按照江问源所说的，打开标着班主任工作报告的档案柜。

刚打开柜门，单晓冉和吕琦妙便看到一只瞳孔比篮球还大的眼睛，覆盖在放有档案盒的隔断板上。在那一刻，单晓冉条件反射地缩回手后退两步；吕琦妙则本能地冲上去，弹出瑞士军刀的刀刃，狠狠地一刀扎进巨大的瞳孔中，并握住刀柄用力地来回搅烂眼睛的瞳孔。鲜血从巨眼的伤口中喷溅出来，糊在吕琦妙身上。

齐思远根本无心寻找情报，他进入办公室后，就开始在办公室内地毯式搜索眼睛，却始终都没能找到。班主任工作报告档案柜他也打开过，压根就没看到眼睛。当齐思远眼睁睁看着吕琦妙凶残地干掉档案柜里的巨眼，却来不及阻止时，他不由得发出一声惨叫："我的眼睛啊——！！"

江问源抽抽嘴角："扇子、吕琦妙，你们把高二（10）班和高三（1）班的班主任工作报告取出来，我们回宿舍再研究。齐思远，你也别再逃避自己被眼睛嫌弃的现实了，跟在扇子和吕琦妙身边保护她们，你才有机会遇到眼睛！"

齐思远非常不情愿地承认了残酷的现实，放弃寻找眼睛，走到单晓冉和吕琦妙身边，对那只变成一摊血糊的巨眼哀悼三秒。齐思远就不信了，有单晓冉和吕琦妙这两个饵食钓鱼，还能没有新的眼睛上钩！

成功转移齐思远的注意力之后，江问源把视线重新投向刘主任的电脑屏幕。

21英寸的电脑屏幕上，从中间裂开一条肉缝，上下眼睑每跳一下，眼睛就张开一点儿。江问源已经和电脑屏幕上的眼睛对视了好几秒，他还需要使用刘主任的电脑，不能让电脑被齐思远抢走，所以一直没有采取行动。

被电脑上的人眼一眨不眨地盯着，江问源心中的压抑感不断积累，不过这种程度的负面情绪还没有达到吕琦妙所说的绝望。也许是办公室的门敞开着，也许是办公室里不止一个人，眼睛对情绪的影响力受到削弱。

江问源在心里评估着眼睛的危险等级，对准电脑屏幕打开挂在手腕上的强光手电筒。在出发来办公室之前，他就把手电筒的照明模式调整到强光聚焦的模式。电源接通，骤亮的炽白光束射进电脑人眼中。在强光引起的剧痛中，电脑人眼沁出血泪，它终究没能扛住强光的刺激，哀怨地看了江问源最后一眼，才不甘不愿地慢慢合上眼睑。

电脑人眼消失后，江问源从刘主任桌上的抽纸盒中抽出两张纸巾，把电脑屏幕上血泪的痕迹擦掉，继续查资料。

等江问源查清想要的情报，朝齐思远三人的方向看去，只见单晓冉已经关停搞笑视频，神色复杂地看着齐思远。吕琦妙打从吕英奇死后痛哭一场后就变成了面瘫脸，她现在看着齐思远的表情，也相当地一言难尽。

"你们在做什么？"江问源起身走到齐思远身边，定睛一看，在齐思远蹲着的墙角上，有两只并排长在一起的左眼。

靠左的那只左眼已经是半死不活的状态，瞳仁浑浊，瞳孔轻微抖动，大量血泪顺着眼角流下，糊满墙角的地面。靠右的左眼体积稍小，以芭比粉和粉紫色的色号，画出充满少女心的立体眼影，深棕色眼线柔和地加深眼睛的轮廓，纤长浓密的睫毛呼扇，显得眼睛可爱又无辜。

化妆真的是一门堪比整容的技术，江问源和电脑人眼对视，收到的是满满的负能量。可是看着这只经过齐思远精心化妆的眼睛，它的眼神水汪汪的，所有的负能量全部被柔和成少女的一嗔一怒，完全无法令人害怕，反而给人一种可爱得想要呵护的感觉。

齐思远举着他那面带手柄的镜子，把镜面凑到右边化过妆的左眼前，愉悦的笑声仿佛恶劣的魔鬼："呵呵呵，以我小有所成的化妆技术，我一眼就看出你是一只钢铁直男眼，怎么样，你的同伴对着镜子把自己瞪废了。来吧，发挥你的实力，让我看看你有没有本事也把自己瞪到报废。"

那只眼睛想要合上眼睑，却不知道齐思远使用了什么手段，它根本合不上眼。它被迫看着镜中宛若纯情少女的眼睛，作为怪物的尊严都丢掉，竟然活生生被一个活人给气哭了。它不哭还好，这么一哭，更加显得它有种我见犹怜的气质，要是把它的照片拍下来放到网上，绝对有一堆网友想要把它捧在手心里呵护。

江问源深深地扶额叹气，他真的是第一次对圆桌游戏里的怪物产生同情心："齐思远，玩够没，我们该回去了。"

齐思远意犹未尽地结束了对带妆眼睛的折磨，见其他三人看他的眼神不太对，冠冕堂皇地给自己的行为找借口："这只带妆眼睛就留着吧，它的眼妆是我留下的标记。要是我们以后还能见到它，就证明这些眼睛并不是随机模拟出来的假眼，而是由真正的人眼变成的。"

虽然齐思远给出的理由非常合理，可是江问源三人没一个人相信他。

四人离开行政办公室返回宿舍，江问源走在后头，回头朝办公室走廊尽头看了一眼，他又看到教学楼五楼走廊镜子上那个穿着校裙的长发女生。她低垂的脑袋比江问源下午见到的时候要抬高了一点儿，露出苍白的下颚。确认那个女生没有追上来的意思后，江问源若无其事地回过头，跟上齐思远三人。

从漆黑的办公楼走到洒满月光的操场上，齐思远借着月光整理他的工具，江问源这才终于看清他那多得夸张的化妆工具："齐思远，你现实里工作是化妆师？"

齐思远的游戏态度一向任性，他完全没想过把现实和游戏完全割裂那么麻烦的事情，江问源也是对他的性格看得明白才问出这个问题的。齐思远语气轻松地答道："我不是化妆师。我的工作是摇滚歌手，我是吉他手兼主唱，只是我的乐队没有名气，所以我还兼职了造型师、化妆师和道具师的工作。"

托齐思远的福，单晓冉对眼睛的恐惧感已经荡然无存，虽然齐思远经常不按牌理出牌，行事作风怪异得很，但也不妨碍单晓冉对他产生好感。单晓冉亲切地问道："你进入圆桌游戏的愿望是和乐队有关吗？我手上有些资源，如果你不介意的话，回到现实之后你可以联系我。"

齐思远眼睛迸发出耀眼的光芒："扇子，你说的是真的吗？那真是太棒了！我也没什么可以回报你的，等我通关圆桌游戏，打算把许愿机会卖掉，如果扇子你有需要，我可以优先卖给你。"

单晓冉愣了愣："你不为自己的乐队许愿吗？"

齐思远的表情渐渐变得严肃起来："我衷心热爱着我的乐队，为摇滚音乐疯狂，为了实现我的音乐梦想，我的确可以付出任何代价。这的确是圆桌游戏感召我的原因，它将我的愿望评判为无法实现的愿望，只有通关游戏才能用万能许愿机会实现我的音乐梦想。可是对我来说，靠自己的努力和才能，再加上一点点机遇，慢慢接近我的梦想，这个过程同样重要。即使最后我的梦想无法实现，我也不愿意用万能许愿机会来救活它，那是对我的音乐梦想的侮辱。"

江问源听到齐思远的话，不由想起陈眠被判定为"不良"的愿望："齐思远，你这么随性的话，恐怕会被圆桌游戏盯上。"

齐思远大概天生就不适合严肃，他这会儿又嘻嘻哈哈地笑起来。

他对江问源说道："陈眠，我现实里那个叫陈眠的朋友，也和我说过类似的话。我刚成为圆桌游戏玩家那会儿，无法接受我的音乐梦想被判死刑，也害怕自己会和大多数玩家一样默默无闻地死在游戏中，所以我彻底放飞自己，在游戏里胡作非为，把游戏搞得乱七八糟，甚至想要许愿毁掉圆桌游戏。

"后来有一轮游戏，我差点儿被背叛者杀死，是另一个陈眠救了我。他知道我的情况后，建议我把许愿机会卖出去，这样就会降低遇到背叛者的概率。我按照他的建议安排好我的愿望之后，遇到的背叛者确实减少了。不过我最开始的游戏风格一直保持到现在，把圆桌游戏当成普通游戏来玩，还挺有意思。"

江问源没想到齐思远和陈眠背后还有这么一段故事，也难怪齐思远看到吕英奇被眼睛反噬还那么淡定，肯定是看到过太多背叛者的下场，所以才见怪不怪。

四人平安回到宿舍后，江问源把高二（10）班的班主任工作报告取出来，在床下课桌上摊开资料："我在学籍管理系统里查到的情况是，在2月29日，高二（10）班注销了穆绵绵的学籍信息。3月2日，高二（10）班又注销了10名学生的学籍信息。3月10日，高二（10）班注销15名学生的学籍信息。3月11日后，高二（10）班剩下的30名学生保留原学籍，实则被拆散安插到同年级的各班。3月15日，第二图书馆的开工批文下来，正式开始动工。此后，高二（10）班的学籍信息还在持续减少，目前只剩下最后一条学籍信息。"

江问源把高二（10）班班主任工作报告中的一张学生简介抽出来，正是司徒静的个人简介。"现在高二（10）班还存在着的学生，就只有司徒静。其他55名学生的学籍信息，全部注销。"

夺走55名学生性命的悲剧，还要从情人节过后的一天，2月15日那天发生的事情说起。高二（10）班班主任工作报告中，详细记录了那天发生在穆绵绵身上的悲剧——在升上高二的新学期，穆绵绵出于某些班主任并不知道的原因受到欺凌。

2月14日晚，穆绵绵被欺凌她的同班同学锁在教室中，教室门外面的锁锁上后无法从里面打开，窗户上装有铝合金防盗栏，把穆绵绵锁在教室里的学生还恶劣地把教室的电闸切断，让穆绵绵无法通过开灯向巡逻的保安求救。

在冰冷的教室里待一晚上，并不是最痛苦的事情。穆绵绵那天肚子不太舒服，无计可施之下，把教室的垃圾桶当作便池上了大厕。

2月15日早上，终于有值日生来教室开门时，穆绵绵已经冻晕在教室里，她发起高烧，被值日生找老师来送到了医务室，她没能及时清理掉自己使用垃圾桶的痕迹。

等穆绵绵在家养好病重返学校时，除了老师以外，再没有人正经称呼她的名字，便便女的称号牢牢扣在穆绵绵的脑袋上，并传遍了整个江大附属高中。无论穆绵绵走到哪里，都会有人对她指指点点、窃窃私语，甚至从她身边经过都要捏起鼻子，仿佛不这么做就会闻到穆绵绵身上散发出来的臭味……

2月28日，穆绵绵从教学楼顶楼纵身跳下，结束了她短暂的生命。

2月29日，穆绵绵的学籍信息从高二（10）班注销。

即使穆绵绵已经用她的生命来控诉那些对她施以肉体和精神暴力的人，依旧有人不知悔改地嘲笑着她。

从那之后，噩梦便笼罩在高二（10）班上。

一个又一个欺凌过穆绵绵的学生相继自杀，接着是那些落井下石的学生，还有那些冷眼旁观的学生。

最后，高二（10）班只剩下司徒静还活着。

第15章

流言

　　根据最近一次录入的月考成绩表上的信息，司徒静目前被安插到高二（11）班。

　　江问源对司徒静的月考成绩稍微有些在意，本次月考她的成绩排在年级第十。江大附属高中是名副其实的重点高中，司徒静是一名艺术类学生，她的文化课成绩能排在文科的年级第十名，可以说相当优秀。

　　江问源追溯到前几次的月考，司徒静此前的月考成绩也算优秀，但一直徘徊在年级二十到三十名之间。在高二（10）班经历过那样残酷的事情，只剩下司徒静最后一个人还活着的情况下，她每日就在原班旁边的（11）班继续上课，难道就不觉得害怕吗，到底是如何做到成绩不降反升的？

　　江问源不信司徒静和穆绵绵的事情毫无干系。

　　第二图书馆为司徒谦建的可能性偏低。第二图书馆的施工期从3月到6月，正是司徒谦即将毕业的关键时期，而且第二图书馆建成后，司徒谦也已经离校，完全享受不到第二图书馆带来的好处。

　　司徒征砸下巨款建设第二图书馆的原因，更可能出在司徒静身上。第二图书馆的工期安排得那么紧张，无非就是想要利用第二图书馆的消息，把穆绵绵死亡事件压下去。

江问源四人定好明日去见司徒静一面的计划后，按照性别互相帮忙守门，保持卫生间门敞开的状态把冬装闷出的一身汗洗掉，便各自上床休息了。

江问源在圆桌游戏中睡觉时很少做梦，今天晚上，江问源却在梦里见到了那个两面之缘的身穿江大附属中学校裙的长发女生。她站在远处，一直朝江问源的方向走来，但是两人的距离并没有缩短。当江问源醒来时，那个女生的头又微微仰起了些，露出苍白的唇。

做了一整晚的梦，江问源第二天的精神有些萎靡。齐思远和吕琦妙的精神状态看起来还不错，不像是晚上梦到过脏东西的模样。江问源对黑眼圈浓重的单晓冉问道："你昨晚没休息好？是梦到了什么不干净的东西吗？"

单晓冉羞愧地低下头："没有，我第一次在游戏里自己一个人睡觉，有点儿不习惯。"

江问源猝不及防地被强行喂了一大口狗粮："……你没事就好。"

四人在早上七点时来到饭堂，此时饭堂里已经有不少玩家了。昨天那个试图引诱江问源的女玩家站在门口，她今天的穿着打扮和昨天大相径庭，全身上下都裹得严严实实，如果可能的话，她甚至恨不得连脑袋也全部包起来。女玩家焦急地伸长脖子朝宿舍的方向张望，看到江问源四人后，她立刻朝几人迎过来。

齐思远对这个女玩家还有印象，他努力思考片刻，也没能想起她叫什么名字："你是昨天那个什么珊来着？"

女玩家的语气十分着急，她飞快地说道："我叫程珊。各位大佬，救命啊！"

"你身上又长出新的眼睛来了？"齐思远感兴趣地看着程珊。

程珊疯狂地摇头："没有没有。我想说的是，我觉得我的队友不是很对劲儿！"

齐思远问道："那就是他们的身上长出了眼睛？"

"也没有，不过……"程珊的话没说完，就被齐思远打断了。

齐思远顿时就没了兴趣："既然没有眼睛，那也不是什么大事。你要么就自力更生，要么就去找别人帮忙吧。大佬也是人，不吃早餐也会低血糖，我们今天还有很多事要忙呢。"

　　程珊被齐思远拒绝后，看准四人当中最好拿捏的单晓冉，她想要拉起单晓冉的手，却被江问源挡开："你们那么厉害，就当是日行一善，行行好和我去看一眼我的队友吧。"

　　程珊的模样十分可怜，单晓冉有些动容，不过她也没替程珊求情。也许江问源和齐思远都有那个能力帮助程珊，但他们的力量并不是单晓冉的力量，她不能越俎代庖替江问源答应帮助程珊。

　　江问源转头对单晓冉说道："扇子、吕琦妙，我们走吧。"

　　江问源用自身把单晓冉、吕琦妙与程珊隔开，他的行动已经充分说明了他的态度。

　　程珊气得眼泪直在眼眶里打转："游戏大佬就了不起啊，冷血，没人性，恶魔！"

　　她狠狠地骂完一通，就哭着跑走了。

　　人们更容易对弱势方产生同情，其他玩家不了解详情，看到程珊哭着跑开，就先入为主地认为是江问源和齐思远仗着自己的游戏排名欺负人，连带着看单晓冉和吕琦妙的眼神都有些不对了。不过圆桌游戏不是讲究爱与正义的地方，就算他们认为江问源和齐思远人品有问题，也没人出来打抱不平。

　　吕琦妙在吕英奇的车祸后经历过一段极其痛苦的时间，因此，她对别人的恶意非常敏感。她打好自己那份早餐，在单晓冉身边坐下来后，举起勺子稍微挡住嘴唇："我感觉到不少玩家都对我们抱有敌意，陈眠哥，我们要不要和他们解释清楚，我们并没有欺负程珊，只是拒绝帮助她而已啊？"

　　江问源摇摇头："就算我们解释清楚事情始末，也会有人觉得强者帮助弱者是理所当然的事情，所以没有必要和他们浪费口舌。你放心吧，不会有人敢来招惹我们的。"

　　果然如江问源所说的，直到他们用完早餐离开饭堂，那些替程珊抱不平的玩家也没敢过来和他们说一句话。

　　江问源四人到高二（11）班时，早读还没开始。学生的学籍档案中都附带一寸的蓝底照片，江问源一眼就看到坐在最后一扇走廊窗户旁边的司徒静。江问源走到司徒静旁边，曲指敲了敲窗户。司徒静听到声音，转头朝江问源看过来，她的黑眼圈很重，脸颊也瘦得有些凹进去，显得颧骨很高。江问源猜错了，司徒静并非对穆绵绵的死毫无触动。

司徒静打开窗户，冷冷地问道："你们是谁？"

江问源朝她微笑道："我们是第二图书馆的装修工人，有些事想要向你咨询一下。"

"装修工人？怕是伪装成装修工人的记者才对吧。"司徒静口口声声质疑着江问源四人的身份，却还是从座位上站了起来，"无所谓了，反正我也有些话说，和谁说都无所谓。这里不方便说话，我们换个地方吧。"

司徒静带着江问源四人去的地方，竟然是穆绵绵跳楼自杀的楼顶。穆绵绵跳楼自杀后，通往楼顶的两扇门把手上就加了一把 U 形锁。也不知道司徒静打哪儿弄来的钥匙，打开 U 形锁，推开了通往楼顶的门。司徒静回过头来："你们先过去吧。"

齐思远用手指勾走还挂在其中一边门把手上的 U 形锁，第一个跨过门槛踏上天台。司徒静对齐思远的举动毫无反应，等江问源三人都上楼顶后，她才面朝楼梯口倒退着跨过门槛，把两扇门扉合上："穆绵绵就是在这里跳楼的，她对这里有阴影，所以不会出现在这里。"

司徒静走到楼顶中央的某个位置，江问源做动画设计的，空间感很好，他几眼便看出司徒静所站的位置，和楼顶的所有墙面同时保持最远的距离。

司徒静站定之后，才继续说道："反正我也快死了，既然你们是记者，那就把我最后的自白书刊登出去吧。穆绵绵在班上受到欺凌，确实和我有点儿关系，但是我认为——穆绵绵的死，我没有任何责任！"

司徒静叙述，她只欺负过穆绵绵两次，但都是事出有因。

第一次是在美术课刚刚结束之后，司徒静对这次课的素描画非常满意，感觉自己比以前进步了，所以下课时翻看起自己的素描练习册。

这个时候，穆绵绵和她的一个朋友说说笑笑从司徒静旁边经过。过道本来就窄，两个女生虽然很瘦，但是并排一走就已经把过道挤得满满当当的，穆绵绵还要和她的朋友说笑打闹，结果一不小心就把手里拧开盖的矿泉水洒到了司徒静的素描本上。

穆绵绵的一瓶水把司徒静的整本素描本都毁了。司徒静气炸了，一时怒急攻心，直接一巴掌扇到穆绵绵脸上。

第二次则是在体育课上，体育老师要求女生分组进行排球训练。素描本的事情还没过去几天，司徒静和穆绵绵又刚好被分到一组。

司徒静很讨厌输，既然是排球对抗，那当然也要赢。结果穆绵绵三番两次拖后腿不说，还把球发到站在前排的司徒静后脑勺上。司徒静忍无可忍，口出恶言把穆绵绵骂得一无是处，让她立刻滚开。穆绵绵离开之后，司徒静的小队比对面少一人，反而打得更好，还赢下了比赛。

自从体育课之后，穆绵绵见到司徒静就绕着走，司徒静虽然讨厌穆绵绵，但并没有主动去找她的麻烦。

司徒静懒得去搭理穆绵绵，别人却不会。打那次体育课之后，班上就开始有人欺负穆绵绵了，他们当中确实有人是存心想要讨好司徒静的。司徒静对那些欺负穆绵绵来讨好她的人一直很冷淡，但也没有帮穆绵绵说话，她本来就看不惯穆绵绵，不对穆绵绵落井下石就已经仁至义尽了。

司徒静的眼神有些麻木："我也没有想到，那些欺凌穆绵绵的人越来越过分，甚至把穆绵绵关在教室里整整一晚上。发现穆绵绵的值日生是我的一个哥儿们，他和老师把穆绵绵送去医务室后，又把穆绵绵留在垃圾桶里的东西给清理干净了。那天他单独找我，把穆绵绵被关的事情告诉了我，委婉地提醒我不要太过分。"

"虽然我不认为自己需要对穆绵绵受到欺凌的事情负责，但我还是和他一起去找把穆绵绵关在教室里的人，让他们下次别这么做了。还有那几个在我哥儿们清理完穆绵绵的垃圾前就已经到教室的同学，我们也去找他们谈过，让他们对穆绵绵的事保密。"司徒静的思绪跟着她的话回到 2 月 15 日那天，"可是我们找他们谈话时，他们当中已经有人把穆绵绵的事情说出去了，不到一天的时间，穆绵绵的事就已经传遍我们班……"

流言一旦开始，就像是病毒蔓延那样，以极快的速度席卷江大附属中学，根本不是司徒静能控制的。等穆绵绵养好病回来，等待她的就是更大的噩梦。

司徒静自嘲地笑了声："我求我爸整理出我们市除了江大附属中学以外最

好的十所公立高中。我把名单交给穆绵绵，让她选一所高中，只要她决定好，三天内就可以办好转学手续。穆绵绵受到欺凌明明不是我的错，可我还是把责任揽到自己身上，连后路都替她想好了，是穆绵绵自己拒绝转学的。"

"穆绵绵最后承受不住压力，跳楼自杀，难道还要怪我吗！"最后一句话，司徒静几乎是吼着说出来的，声音都高得破了音。

江问源说道："司徒静，感谢你愿意把当初的事情告诉我们。我还有最后一个问题，司徒谦和你是什么关系？"

第16章

司徒谦

司徒静转身看向江问源，脸上的表情轻微扭曲：

"你想要嘲讽我就直说，没必要拐弯抹角。我在学校闹出天大的霸凌丑闻，同学相继死亡，现在我就连自己能活到什么时候都不知道。我是司徒家名正言顺的继承人，司徒家也没有放弃我，为我出资建设第二图书馆，但是以后司徒家的大权永远都不会交到我手上，司徒家将来只会属于司徒谦那个私生子。这样的回答，你满意吗？！"

司徒静朝齐思远伸出手："现在我该说的该答的全都已经告诉你们，可以把锁还给我了吧，我要锁门回去早读。"

齐思远并没有立刻把锁还给司徒静，而是等所有人都从楼顶回到楼梯内，才把还插着钥匙的 U 形锁还给她，压根就没掩饰他对司徒静的防备。司徒静周身的气场变得更冷，不过她并没有对齐思远发作，大概是穆绵绵死亡事件彻底把她大小姐的锐气给磨平了。司徒静锁上门后，一句话都没和江问源四人多说，拿着钥匙离开了顶楼。

直到司徒静的身影彻底消失在众人的视野中，江问源才开口说道："江大附属中学的早读时间是二十五分钟，休息五分钟后，八点钟上第一节课。我们等第一节课上课铃响起之后，再去查探教学楼的女厕吧。"

现在教学楼里已经响起语文的朗读声，离第一节课还有不到半小时，拿这点儿零碎的时间去查别的事情也不够用，江问源四人便待在通往楼顶的楼梯口，等时间过去。

由于墙面、地面和所有隔断物上都可能长出眼睛，四人只能保持站立的姿势。罚站干等也挺无聊的，江问源好为人师的小爱好又在蠢蠢欲动，他对单晓冉和吕琦妙说道："我们的效率还挺高的，不满二十四小时就已经查到了不少东西。对于目前我们掌握的情报，扇子、吕琦妙，你们有什么想法，或者有什么疑问，现在可以拿出来讨论一下。"

单晓冉心地善良，刚才听司徒静说起穆绵绵的事情时，她没能忍住红了眼眶，也正因为她同情心泛滥，才更能设身处地站在穆绵绵的角度去思考问题：

"如果司徒静没有说假话，我觉得穆绵绵被欺凌的事情，还有司徒静也不知道的内情。穆绵绵被关在教室里的那天晚上是2月14日。2月14日是情人节，对于思春期的少年男女来说，情人节还挺特殊的。而且穆绵绵成为全校的笑柄，也不肯接受司徒静的帮助转学到别的学校。我觉得江大附属中学可能有着穆绵绵无法割舍的牵挂，这个牵挂还很可能与穆绵绵被欺凌的事情有关。"

单晓冉分析完后，有些忐忑地看着江问源："我的分析……有没有什么问题……"

"你说的挺有道理的，你要对自己更有一点儿自信才好。"江问源都怀疑单晓冉一直没能成长起来，全是永钱的锅了，"司徒静也说过有一部分欺凌穆绵绵的同学是为了讨好她，在司徒静表现出漠不关心的态度后，那些人也应该明白他们讨好司徒静的方式有误，停止欺凌穆绵绵的行为。那些继续欺凌穆绵绵，并在2月14日把她锁在教室里的人，应该是出于别的原因才继续他们的行为的。当然，这个推论的前提是司徒静没有撒谎。"

江问源转而看向吕琦妙："你呢，有什么想法？"

吕琦妙的切入点非常独特，她忽然说起了吕英奇的事。

她的语气十分冷静："我和哥哥经受过残酷的现实，我们都已经基本失去对人性的信任，哥哥把我托付给你，肯定是有原因的。我猜，应该是哥哥以前和你在游戏里遇到过，并且得到过你的帮助，认为你是一个值得信任的人。你愿意帮助双腿残疾的哥哥，也愿意帮助我，是一位很善良的人，为什么……你要拒绝程珊的求助？"

江问源有些意外地看着吕琦妙，这妹子不仅面对怪物时下手狠辣，眼光也非常毒辣，他的确不是无缘无故拒绝程珊求助的。"我和程珊并不熟悉，我直接拒绝程珊的求助，其实是因为齐思远拒绝了她。齐思远你们还不知道吗！哪儿有危险往哪儿凑，作死小能手。齐思远都不愿意去帮助程珊，要么就是太没挑战性，要么就是潜藏的危险太高，作死的话真的会死。至于是哪种原因，吕琦妙，你要是想知道的话，直接问他本人吧。"

齐思远也很无奈，他是真的没想到江问源把他也给分析得透透的，现在江问源、单晓冉和吕琦妙三个人都看着他，等他的答案。齐思远抿了抿唇："以我在圆桌游戏里作死——咯，探索两年的经历，培养出我对危险的直觉。程珊看我的眼神感觉不太对劲儿，她的求救也很有问题，她连自己手臂上的眼睛都发现不了，是怎么察觉队友不对劲儿的？程珊让我感觉到异常危险，我是很爱玩，但还不至于拿自己的命来玩。"

"谢谢陈眠哥和齐哥的解答，我明白了。"吕琦妙受教地点点头，"其实我也感觉到程珊不太对劲儿，不过具体是哪里不对劲儿，她和我们说话的时间太短了，我没来得及弄明白，所以才向陈眠哥求证程珊是不是有问题的。下次再遇到程珊的话，我一定努力搞清楚她不对劲儿的地方！"

其他三人默默交换惊叹的眼神，单晓冉更是在羞愧之中暗暗咬牙，决定奋起。吕琦妙适应游戏的速度，真的快得令人觉得恐怖。

早读时间在他们聊天的过程中悄然流逝，第一节课的上课铃响了。

江问源四人顺着楼梯走下，来到教学楼六楼，高三（7）班到（12）班的楼层。这次是四人共同搜索女厕。来教学楼找司徒静之前，江问源去过第二图书馆一趟，把几把五金工具带过来，现在直接把女厕大门给拆下来，再由两人一组保持隔间门敞开的状态来检查厕所隔间，效率非常高。

一节课的时间，他们就从六楼来到二楼，跳过昨天江问源三人检查过的五楼女厕，他们今天一口气检查了四层楼的女厕。除了高二（10）班所在的四楼女厕以外，每一层的女厕里，都能发现一两个厕所隔间写有侮辱性话语。四楼女厕原本应该也是有那些侮辱性话语存在的，只是被胶漆抹掉了。这证明司徒静去别的楼层上厕所的可能性偏小，否则她不太可能容许这些间接把她的人生搅得一团糟的话继续存在下去。

在下课铃响起时，江问源对其他三人说道："走，我们上五楼。"

五楼是高三的教室，高三学生结束高考离校之后，五六楼的厕所已经暂停清理，在厕所门口挂上暂停使用的牌子。所以江问源四人无须避嫌，直接拆门进入五楼的女厕。

齐思远闻了一节课的厕所味，不适地皱皱鼻子，对江问源说道："你们昨天不是检查过五楼女厕了吗，怎么还来一遍？"

"我们昨天没检查完。"单晓冉想起昨天发生的事情就觉得后怕，大热天的，额头的冷汗都冒出来了，"昨天陈眠检查右排最里面那个厕所隔间时，听到一声女生的笑声，然后我们就跑出女厕，在走廊上和你碰面了。"

齐思远用控诉的眼神看向江问源："竟然还有这事，你怎么没和我说？"

"现在不是带你来了吗？"江问源朝吕琦妙招招手。

经过昨天和今天的配合，江问源和吕琦妙已经非常默契。他们再次来到右边最靠里的厕所隔间，吕琦妙用拖把卡好位，防止隔间门关上，江问源进厕所隔间里，这一次他并没昨天那种背后有人盯着的感觉。江问源拿出五金工具，飞快地把隔间门给卸了下来。

江问源双手握住门板的两边，走下了厕所隔间的台阶，把门板靠着洗手池放在地上，侮辱性的话映入众人眼帘。除去四楼被胶漆糊住的涂鸦以外，和他们走过的其他楼层对比，这块门板上的内容，恶意是最深的。

按道理来说，就算穆绵绵的事传遍学校，大家就算把她当成笑话和谈资，也不至于对她有那么大的恶意，毕竟她是被人关在教室里，无可奈何之下才做出这样的事情，并不是她的错，错的是那些欺凌她把她关在教室的同学。所以其他楼层的厕所留言最多只是嘲笑几句，还有留言反驳那些嘲笑的话。

吕琦妙指着"提问，你们觉不觉得便便女很恶心啊？"这个提问，又连续点出提问下的几个回答，对江问源三人说道："这几句话虽然刻意改变过笔迹，但是有些行笔习惯还是保留了下来，它们都出自同一个人。"

齐思远对着吕琦妙指出的几句话仔细看了一遍，也没看出哪里有相同的地方："琦妙小妹妹，你确定这些句子都来自同一个人？"

吕琦妙点点头："我和哥哥不愿意和解，肇事司机那边就从我们的监护权上动手脚，和我们的亲戚伪造我爸妈的文书。我们那时候没钱找人，我自学了笔迹鉴定，不过最后也没能用上。哥哥找到了工作，他成年了，而且有能力养活我们两个，所以他们拿不走我的监护权。"

吕琦妙每次说起哥哥，都是一堆玻璃碴。江问源摸摸她的脑袋："这些句子之间还夹杂着其他人的回复，应该不是一两天内弄出来的。别的楼层的学生如果对穆绵绵有意见，通常也会在自己的楼层或者穆绵绵所在的楼层辱骂穆绵绵，没必要频繁来到穆绵绵大概率看不到的五楼精分带节奏。那么答案很明显，五楼的女生当中，存在着极端憎恶穆绵绵的人。"

五楼不仅有憎恨穆绵绵的女生，还有司徒静同父异母的私生子哥哥，就读于高三（1）班的司徒谦。

司徒静陷入欺凌丑闻，丢掉司徒家继承人的位置，最大的直接受益人就是司徒谦。而司徒谦所在的五楼，刚巧又有对穆绵绵极端憎恶的女生。穆绵绵在2月14日被锁，外号传遍全校都不愿转校，在江大附属中学有所牵挂。这一切真的有那么巧合吗？

"看来我们接下来的调查重点，要放在穆绵绵和司徒谦的关系上。"江问源对着拆下来的门板说道，"不过，我还有个问题。我进入那个厕所隔间之后，明显是被眼睛盯上了，我见过两次穿着江大附属中学校裙的女生，还在梦里见过她。既然我是在五楼的厕所隔间被盯上的，这就证明穆绵绵知道这块门板上对她的咒骂。穆绵绵落得如此下场，在门板上宣泄情绪的女生恐怕也是推手之一。那为什么穆绵绵连送她去医务室，帮她清理垃圾桶的男同学都杀了，却留着这个咒骂她的女生一命？"

江问源昨晚把本学期注销的学籍信息都拷贝到手机里了，他拿出手机给其他三人看。本学期江大附属中学注销的学籍全部都来自高二（10）班，其他发生变动的学籍信息都是转校，且转校后无死亡情况。高三的学籍信息全部没有变动，没有注销的，也没有转校的，全都顺利地毕业。

"穆绵绵没有报复骂她去死的女生，会不会因为她不知道那个女生是谁啊？"单晓冉猜测道。

单晓冉估计这辈子就没恨过别人的经验，这个世界上不会有无缘无故的爱，也同样没有无缘无故的恨。能恨到一句接一句恶毒地骂穆绵绵的人，和穆绵绵肯定有过交集，而且留下相当不愉快的记忆。穆绵绵又怎么可能找不到那个人？

"你们在女厕所做什么！"一个严厉的声音从女厕门口传来，来人穿着一身黑色的职业套裙，四十岁左右，长发中分扎在脑后，她的眼睛在眼镜下一抽一抽地跳动着，看向江问源四人。

第17章

碰瓷

谁都没有想到，齐思远昨晚为他玩弄眼睛的行为随便编出来的借口，竟然应验得那么快。站在女厕门口那位身穿职业套裙的中年女人，应该是江大附属中学的教导主任。挡在她眼镜下的右眼清爽无妆，但是她的左眼却化着非常梦幻的芭比粉少女眼妆。江问源四人对左眼的眼妆都不陌生，正是齐思远的杰作。

吕琦妙条件反射地弹出江问源借给她的瑞士军刀，想要先发制人冲过去把中年女人的眼睛扎穿，却被江问源一手按在肩上阻止了行动。江问源不慌不忙地对中年女人说道："您是学校里的老师吧，怎么称呼？我们是第二图书馆的装修工人，接到工头交给我们的临时任务，到教学楼排查检修厕所门。你瞧，我们这不是正在排查拆下来的门的问题吗？"

中年女人屈指轻轻推动鼻梁上的眼镜，也不报明自己的身份，只是继续用怀疑的眼神盯着江问源。中年女人对自己左眼上的眼妆毫无所觉，再加上江问源的演技非常自然，她根本不知道自己已经暴露了身份。

"看来老师对我们还是有所疑虑，但是工头让我们来修门的时候，也没给我们出示什么书面证明。"江问源指了指靠在洗手池上的隔间门和女厕门口卸下来的门，"要不这样吧，老师，您在这儿稍等一会儿，等我们把这两扇有问题的门修好后，您和我们一起去找工头，让他为我们做证！"

中年女人皮笑肉不笑地说道："我还有工作要忙，没空等你们修门再去见你们的工头。江大附属中学有正式签有劳动合同的清洁工和修理工，不需要你们这些外来工修理厕所门。请你们立刻从厕所离开！"

江问源为难地看着中年女人，不肯离开女厕："给我们发工资的是我们的工头，工头交给我们的任务是修理厕所门，如果不完成工作任务是要扣工资的。您让我们离开也不是不可以，总得告诉我们您是谁吧，如果工头向我们问起为什么没有完成他布置的任务，我们可以让他和您确认情况，证明我们并不是偷懒。"

中年女人不耐烦地说道："我是高二的年级主任，姓秋。如果你们工头对你们的工作任务有任何疑问，让他来找我。现在你们可以离开厕所了吧？"

"那没问题！"江问源朝女厕门口走过去，他双手抱起立在墙角的女厕门，把门隔在自己和站在女厕门口的秋主任之间，把门板朝秋主任压过去。

秋主任被江问源用门板逼退几步，离开女厕门口："你在干什么？！"

江问源把门板稍微偏开，从门板后探出头看向秋主任："秋主任，不好意思，没碰着您吧。这两扇门我们都已经拆下来了，等我重新装好我们就离开。"

秋主任忍无可忍地从喉咙里发出歇斯底里的声音，就像是怪物的吼叫："这两扇拆下来的门不用你们管，你们现在马上给我离开！"

江问源回头朝单晓再三人使了个眼神，他走出厕所，继续举着门板朝秋主任的方向推进几步。等其他三人都走出厕所，离开秋主任的攻击范围后，江问源才把门板靠墙放在女厕外，对秋主任说道："那我们就先走了。秋主任，再见！"

江问源四人在秋主任恐怖眼神的注视下，顺着厕所旁边的楼梯往下走，离开了教学楼。江问源站在楼下的花坛边，抬头与站在五楼走廊朝下看的秋主任对上视线。秋主任的左眼上有少女妆，不知还能否恢复她原本的眼睛。江问源收回视线，对其他三人说道："我们先回宿舍一趟。"

他们一路快走回宿舍，关门落锁。

单晓再腿软地坐到椅子上，心里非常慌张，没忍住打开平板电脑的搞笑视频。看了十几秒搞笑视频后，她的心情稍微冷静下来："秋主任的眼睛到底怎么回事？！"

齐思远有趣地看着手机上偷拍到的秋主任的照片，可惜照片的风景也属于圆桌游戏，能从圆桌游戏里带走的东西只有金银和玩偶，离开圆桌游戏后，这张照片就会自动销毁，否则他一定要把这张照片列入他的收藏。

齐思远仔细观察照片，得出结论："她的左眼完全贴合在脸上，没有异常的凸起感，她原本的眼睛应该是被那只带少女妆的左眼彻底取代了。秋主任是高二的年级主任，她的办公室在行政办公楼三楼，就算巡视上课情况也不会来到五楼，我们在五楼女厕也没弄出多大动静。秋主任能发现我们在五楼女厕，靠的应该是她异常的左眼吧。"

吕琦妙手上还握着瑞士军刀，她一边收回刀片，一边对江问源问道："陈眠哥，刚刚在女厕，为什么你要阻止我攻击秋主任？她的眼睛被取代，身体没有被取代，我们可以制服她的。"

江问源摇摇头，吕琦妙对上杀死吕英奇的眼睛，总会变得非常激进。"还记得我们刚才讨论的问题吗？那个在五楼女厕辱骂穆绵绵的女生，为什么没有被穆绵绵杀死？秋主任的状态就是答案，那个女生的眼睛很可能已经被取代。穆绵绵跳楼身亡过去三个月，你认为眼睛被取代的人会只有秋主任一个人吗？制服秋主任也许不难，但是打草惊蛇很容易惹来杀身之祸。"

江问源的话提醒了吕琦妙，她微微睁大眼睛："我想起来程珊到底哪里不对劲儿了。她的眼睛怪怪的，我总觉得在别的地方见过。昨天我被困在卫生间里，用钢笔扎坏的第一只眼睛，和程珊的右眼长得很像。"

齐思远放下手机，他昨天和程珊两人独处过一段时间，不过那时候他的关注重点没有放在程珊的脸上，对程珊的长相印象不深。齐思远现在仔细回想程珊的五官，的确，今天早上程珊的五官稍有违和感，所以他才觉得程珊眼神不对。"现在我们要提防的，恐怕不只是江大附属中学的全校师生、第二图书馆的装修工人，还要把玩家们也包括进去了。"

粗略估算下来，他们要面对的潜在危险，藏在江大附属中学的一千八百多人当中。宿舍里的气氛，一下子变得有些沉重。

江问源拍了拍手，把三人的视线吸引过来："现在是考验你们演技的时候了，不求奥斯卡影帝影后，只要牢记'我们没有发现有人的眼睛被取代'的设定就行。那只带少女妆的左眼，连妆都没卸就迫不及待地来找我们，可见智商并不高。只是它们的覆盖范围极广，我们随时都可能落入它们的监视之中。我们做个约定，如果发现眼睛疑似被取代的人，就举左手拇指赞美那个人一句话。从我说完这段话后，禁止口述、书写讨论'眼睛被取代'的话题，直到我举起右手拇指解禁。"

江问源交代清楚约定后，把昨晚他们从行政办公室带回来的两份厚厚的班主任工作报告分成四部分，每人一份："把穆绵绵和司徒谦相关的报告全部找出来，看能不能从中找出他们的联系节点。"

江问源拿走的是高二（10）班上学期的资料。

穆绵绵在上学期的下半学期班干部换届时当上文艺委员。文艺委员负责教室后面黑板的板报，并组织文娱活动。每个年级在公告栏上都拥有一块板报，这块板报每周更新一次，也由文艺委员轮流负责。

穆绵绵能当上文艺委员，她的绘画和书写肯定有扎实的功夫。司徒静是高二（10）班的名人，再加上穆绵绵又是文艺委员，穆绵绵肯定很清楚司徒静的艺术生身份。同为艺术创作者，穆绵绵深知创作的辛苦，她为什么会在司徒静翻看素描本时，拿着没盖上盖子的水瓶从司徒静的旁边经过，还和同学打打闹闹？如果穆绵绵当时盖上水瓶的盖子，或者不打闹，只要做到其中一点，都不会引发那场闹剧。

江问源微微眯起眼，他嗅到了阴谋的味道。

他继续翻找穆绵绵的相关资料。这一次，江问源的关注重点放在了体育上，江大附属中学的田径运动会在10月之后，穆绵绵参加了两个项目，撑竿跳高和投标枪。虽然这两个项目和排球没有关系，但是撑竿跳高的项目非常困难，穆绵绵还能在标枪项目上获得全校女子第四名，足以证明她拥有优秀的运动能力和方向感。

可是在司徒静所说的第二次和穆绵绵的摩擦事件当中，穆绵绵在排球分组赛中表现很差，还在发球时把排球打到了司徒静的后脑勺上，这和穆绵绵在田径运动会上的优异表现并不相符。

就在江问源沉思着究竟是司徒静撒谎了，还是穆绵绵另有隐情的时候，齐思远把一张纸放到他桌上："你刚刚说穆绵绵是文艺委员？司徒谦在高三上学期担任学生会文艺部部长，下学期才卸任的。江大附属中学每年都会在元旦组织文艺晚会，那段时间全校的文艺委员经常要到学生会开会。司徒谦是文艺部部长，穆绵绵是文艺委员，他们肯定有所接触！"

关键的节点找到了。

如果在元旦那段时间，穆绵绵喜欢上了司徒谦，那么她与司徒静的两次矛盾事件的违和感就说得通了——

司徒谦是私生子，只要司徒静不犯错，司徒家的继承人永远轮不到司徒谦来当。

穆绵绵只是普通家境的女孩，以她的能力，根本无法解决司徒谦的烦恼。穆绵绵剑走偏锋，想出自损一千伤敌八百的馊主意，她想利用校园欺凌事件来抹黑司徒静，所以才制造出那两件碰瓷的矛盾事件。当初穆绵绵恐怕无法想到，她会为自己的天真付出多大的代价。

穆绵绵固然愚不可及，不过江问源并不认为这场悲剧的原因出在她身上。

毫无疑问，罪魁祸首是司徒谦。穆绵绵先后两次招惹司徒静，司徒谦就算第一次不知情，也肯定能阻止第二次事件发生，但凡司徒谦对穆绵绵有一点儿好感，肯定会阻止穆绵绵。就是因为司徒谦对穆绵绵没有好感，又觉得这个笨女孩有利用价值，才故意对穆绵绵吐露自己的烦恼，引诱她去给司徒静找麻烦。

当初司徒静不再搭理穆绵绵之后，穆绵绵受到的欺凌还在持续升级，十有八九也是司徒谦的手笔。可怜穆绵绵对此恐怕并不知情，在司徒静想要帮她转学时，还毅然拒绝了司徒静的帮忙。

以上都只是江问源的推理，推理到穆绵绵的跳楼死亡，他有点儿卡住了。

穆绵绵如果是抱着明确的目的自找欺凌，在被欺凌的过程中，获得扭曲的自我满足感，肯定不会轻易失去求生意志。

从司徒静劝穆绵绵转学被拒，到穆绵绵跳楼的那几天时间，究竟发生了什么事情？穆绵绵为什么要跳楼自杀呢？这场自杀难道是一场谋杀？

想要查明其中真相，还需要更多的线索和证据。江问源四人收拾好两班的班主任工作报告，重新走出宿舍时，已经是午饭时间。

高一高二的学生从教学楼里走出来，女同学亲密地挽着手，男生勾肩搭背、嬉笑打闹，朝饭堂的方向移动。充满青春活力的日常画面，在他们眼中完全是另一副模样，在这些青春洋溢的少年男女当中，随时会有几百张脸同时僵硬地转过来，死去的眼睛流下血泪，用怨毒的眼神牢牢盯着他们……

在涌向饭堂的人潮中，江问源看到了司徒静的身影，她走到一半，没有继续朝饭堂移动，而是拐向校门的方向。司徒静不住校，中午和晚上都回家，由司机负责接送。

无须多言，江问源四人默契地跟上了司徒静。司徒谦已经离校，玩家又不能离开江大附属高中的地图，玩家唯一能接触到司徒谦的机会，估计也就只有司徒家来接司徒静回家的时候。

果然，当司徒静走出校门，一个穿着私服的瘦高帅气的男孩从停在校门附近的豪车副驾走出，为司徒静打开豪车后座车门。他的脸，赫然就是司徒谦学籍档案中一寸照片的那张脸。

江问源四人和司徒静、司徒谦的距离有些远，听不清楚他们在说什么。江问源想要往校门口靠近时，忽然觉得有些冷，他往旁边看去，那个身穿江大附属中学校裙的长发女生又一次凭空出现在他的身边，她的脚下没有影子。这一次不仅江问源看到了她，单晓冉三人也看见了。

校裙女生无声地站在原地，她的头又比江问源上次看到的要抬高一些，从长长的刘海中露出下巴、嘴唇和鼻子。虽然看不清她的全貌，但她无疑就是跳楼自杀身亡的穆绵绵。

穆绵绵被厚重刘海遮住的眼睛深深地凝视着——

司徒谦和司徒静。

第18章

优秀学生

　　江问源四人穿着便服站在校门内，还是很显眼的。前来接司徒静的司徒谦似有所感，朝校门内看过来，司徒静注意到司徒谦的动作，也回过头来。

　　当司徒静和司徒谦的目光同时落到江问源几人身上时，穆绵绵变得慌张起来，一转身就消失了。穆绵绵的反应非常奇怪，按目前江大附属中学发生的一连串死亡事件和眼球现象来说，穆绵绵和司徒静、司徒谦之间的关系，应该是前者为刀俎，后者为鱼肉。应该是司徒静和司徒谦躲着穆绵绵才对，怎么现在反而是穆绵绵躲着他们？

　　司徒静看清站在校门内的是今天早读时来找她的江问源几人，朝他们点了点头算是打招呼，弯腰钻进车后座。司徒谦没有跟着坐进后座，他帮司徒静关上后座车门，坐回副驾驶座。这对同父异母兄妹的关系，表面上看起来并没有司徒静所说的那么差，但事实如何，还有待探究。

　　司徒静被司徒谦接走后，江问源对其他三人说道："今天中午我们可能得吃剩饭剩菜了。走，我们去高二的教师办公室。"

　　今天早上在五楼女厕，江问源做戏向秋主任套出她的身份，等的就是现在这个时候。

　　秋主任脸上的少女妆左眼，是齐思远昨晚的杰作，从而推测秋主任遇害的时间，在今天凌晨零点到早上八点之间。秋主任在学校遇害的可能性更高，确认她的身份，圈定她的活动范围，更有利于查清少女妆左眼是如何取代秋主任左眼的。

江问源四人到高二教师办公室时，办公室里还有一位老师没有离开。这位老师不是别人，正是前高二（10）班的班主任云鹤老师。江问源在教职工档案中看到过云鹤的照片，他是个轻微发胖的三十岁男人，天生一张笑脸，看起来十分亲切友善。现在的云鹤却整个人瘦得完全脱形，嘴角下垂，眼神阴郁，全然破坏了原本的气场。

江问源站在办公室门口，敲敲敞开的办公室门。云鹤听到动静，朝办公室门口看过来，他站起身对江问源四人说道："你们是哪位学生的家人吗？现在已经是午休时间，其他老师都去吃午饭了。你们要是事情很急，可以打电话联系那位老师。"

江问源说道："我们是来找秋主任的。她没给我们留电话，老师，您能告诉我们她的座位在哪儿吗？我们把东西放在她办公桌上，再给她留张纸条说明一下就可以了。"

云鹤听到秋主任的名字，动作猛地僵住，几秒之后才恢复对身体的控制。他指着办公室里某张办公桌，干巴巴地说道："秋主任的办公桌在那里，放着一个蓝水晶笔筒的那张桌子。"

江问源朝云鹤道过谢，便朝秋主任的办公桌走去。

云鹤在江问源提到秋主任之后的表现，怎么看都十分异常。齐思远没有跟江问源三人一起去秋主任的办公桌那里寻找证据，他走到云鹤身边，一下子把两人之间的距离拉得很近。他直视云鹤的双眼："云老师，您对秋主任的反应有点过激啊。"

云鹤被齐思远逼退几步："你们到底是谁？你们不是我的学生的家长，我也从来没有见过你们，你们为什么会知道我是云鹤？"

齐思远露出一个非常标准的不怀好意的笑容："别那么紧张嘛，云老师。说不定我们以后还会经常接触呢。我们是……"江问源以为他会沿用司徒静给他们安上的记者身份，结果齐思远给出的答案却十分放飞，他一副神秘兮兮的模样，压低声音对云鹤说："我们是龙组的成员，专门负责调查怪异的群体性死亡事件。江大附属中学高二（10）班的学生连续发生自杀案件，引起了龙组的注意力。你是高二（10）班的班主任，肯定知道不少东西吧。你最近这三个月遇到过什么用科学无法解释的事情，都可以和我们说，我们绝对不会怀疑你压力过大患上精神病。"

江问源："……"

单晓冉："……"

吕琦妙："……"

龙组是个什么鬼设定哦！

齐思远绝对是受到江问源那句"考验演技"的刺激，才激发了演戏的灵感。齐思远演得挺假的，云鹤居然还信了。他动容地看着齐思远，嘴唇颤抖几下，似乎有话要说，但最后他还是选择了对眼睛的问题保持沉默，拿起桌上的手机，道："我还有事，就先走了。各位把东西在秋主任桌上放好，离开办公室的时候，记得把门关上。"

云鹤的话没有一个字提及眼睛，但是在说到秋主任时，明显加重音量，他在暗示秋主任有问题。云鹤假意离开，把办公室交给江问源四人自由搜索，就是不想掺和进他们的调查当中。

齐思远做了个左手拇指朝下的手势，这是他们约定的动作，大概是想说云鹤的眼睛并无违和感。齐思远的语气有点儿嘲讽的味道："云鹤能够活到今天，估计就是因为他很会装傻。"

江问源经历过的几个游戏世界的游戏故事都令人动容，但江问源一直都是冷酷的看客，内心毫无波澜，其实江问源对此也觉得挺奇怪的，他以前看影视剧或者小说的时候，都比较容易代入感情，到了能直接参与进去的圆桌游戏，他反而把感情全部从故事中抽离出来，完全用理性去分析故事。江问源并不想对云鹤做过多的评价，他开始翻找秋主任办公桌上的东西。

江问源很快就发现了一份文件夹，里面文件的标题写着：《关于评选优秀学生的通知》。

在这份通知的后面，是高二年级每个班提交上来的候选名单表格，以及候选人的个人资料。司徒静的名字，赫然就在名单之上，她的所属班级，依旧写着高二（10）班。高二（10）班就剩司徒静最后一个还活着的学生，而且她的学习、体育和艺术特长都有不错的表现，她的父亲司徒征还砸下巨款给江大附属中学建起第二图书馆，司徒静能上候选名单，理由非常充分。

这份候选名单，并不是最终提交到教育部门的名单。由于名额非常有限，仅有六个名额，都不够平分到每个班去，这就需要秋主任慎重考察，从候选名单中择优选出最终的提交名单。

候选名单表格一共二十五行，每一行都代表着一名优秀的学生，按班次从高二（1）班排到（13）班。在表格的最左侧，名字栏的旁边，秋主任用排除法打了十三个×，优胜劣汰，把范围缩小到十二名候选人，再强强对抗，打出六个√。

剩下的六个没被×淘汰，也没被√选中的人当中，就有司徒静。

但司徒静和其他五人并不同，和之前的√×也不同，她的名字前面，用红笔画着？？？——三个大大的问号。

江问源仔细观察候选名单上的记号，他发现在六个√当中，有一个√的红笔颜色比其他√的颜色要深，在打这个√的过程中，秋主任换过笔。

司徒静的？？？和那个颜色较深的√是相同的色度。在司徒静和深色√这两个人之间，秋主任还在犹豫，但最终结果到底是选择了司徒静，还是那个深色√，根据文件夹里的内容并不能分析出来。

总而言之，秋主任就是在决定是否要推荐司徒静参加优秀学生评选时，遭到了少女妆左眼的袭击。但江问源他们没能找到秋主任给出的最终名单，秋主任究竟是因为选上司徒静而遇害，还是因为淘汰司徒静才遇害的，目前还缺乏证据，暂时不得而知。

江问源把司徒静的那份个人资料从文件夹里抽出来，收到袋子里。不管怎么说，在穆绵绵的死亡事件中，司徒静也并非毫无干系。"走吧，我们去吃午饭。"

他们从教学楼到小饭堂时，已经没有什么好菜，剩下的全是剩菜残羹。

程珊和她的队友也在小饭堂，刚好吃完午饭，正要把吃空的托盘放到餐具回收篮。程珊看到江问源四人，十分做作地哎呀一声，对她的队友说道："我还没吃饱，再去添点儿菜，你们再等我一会儿吧。"

程珊抢在江问源四人前面，把剩菜再搜刮一遍，然后捧着装满菜的餐碟，故意从江问源四人身边经过。齐思远的嘴炮精准地击中程珊的要害："程珊，你什么事都要求人帮忙，一点儿贡献都没有，还吃那么多，你和吃了睡睡了吃的猪有区别吗？"

程珊气得牙痒痒，她干脆坐都不坐，站着随意吃了几口，便把几乎没动过的满餐碟的菜倒入餐余回收桶。她把餐碟放好，对她的队友说道："我吃饱了，咱们走吧。"

这回连吕琦妙都没法忍了，她冷冷地讥讽道："丑人多作怪。"

程珊眼眶一红："我不就剩了点儿菜没吃完吗？又不是抢了你们的钱，你们凭什么骂我？！圆桌第一第二名就很了不起，就能随便欺负人吗？"

其实只要了解事情的完整经过的人，就该明白是程珊不对。在饭堂里目睹程珊行为的玩家并不少，但他们却没有指责程珊，反而大部分玩家都对江问源四人投来不善的眼神。齐思远和吕琦妙对程珊的连环驳斥，让江问源看清了他们的处境，才一天的时间，眼睛就无声无息地取代了至少五名玩家。

饭堂里的人，无论是正常玩家，或者是已经被眼睛取代的玩家，还有那些装修工人和饭堂工作人员，都把目光投向了江问源四人，隐隐有种把四人推到悬崖边上的氛围。

江问源不知道穆绵绵在不在这附近，无论穆绵绵受到的校园欺凌是真是假，他都想让穆绵绵知道，面对欺凌该用什么方式应对。

江问源轻轻弯起嘴角，对程珊说道："圆桌第一名、第二名当然了不起，程珊，你三番两次地挑衅我们，我现在给你个机会好好对我们道歉。"

第19章

第二图书馆

江问源的话是笑着说的，他没故意加重语气和音量，也没做出什么威胁的举动，只是站在原地，以稀松平常的态度，淡淡地说出威胁程珊道歉的话。

旁人听着都觉得江问源的威胁十分可恶，更何况首当其冲的程珊。她听着江问源的话，看着江问源神色平淡的眼睛，脑子已经背叛了她的想法，不由自主地开始思考，什么样的道歉才能让江问源消气。

程珊犹犹豫豫的态度看在其他人眼中，更激起了某些人的怒火。程珊的其中一个面嫩的高中男生队友，用手指着江问源的鼻尖："陈眠，我劝你最好善良一点！程珊又没做错事，该向程珊道歉的是你们四个人才对！道——歉——！"他边有节奏地扬手，边拖长声音有节奏地喊起道歉的口号。

不多时，小饭堂里便响起了整齐的掌声，以及配合着掌声的阵阵口号声，声音就像无形的铜墙铁壁，从四面八方把江问源四人给包围起来："道歉！道歉！道歉……"

在一声比一声高的口号声中，站在江问源旁边的齐思远第一个做出反应，他淡定地从兜里拿出一根十五六厘米长的手柄，按住手柄上的按钮，甩臂将手柄往下用力一甩，便弹出1.2米的折叠棒。齐思远把折叠棒舞得虎虎生风，折叠棒划破空气的声音即使在众人的起哄声中都没有被掩盖掉。

　　齐思远表现出来的可怕杀伤力，让饭堂里的口号声陡然变小了许多。紧接着反应过来的是吕琦妙。打从见过被少女妆左眼取代的秋主任后，她就已经做好和 NPC、和玩家开战的觉悟。吕琦妙拿出江问源借给她的折叠刀，弹出不开刃的钝器工具片。

　　单晓再在这种微妙的气氛中思考了好一会儿，参考齐思远和吕琦妙的举动，她终于想明白了该怎么做，她双手往虚空一抱，两只玩偶便出现在她的臂弯之中。单晓再没少在公众场合哭哭啼啼，别的玩家都以为她是个软柿子，可是她却一口气拿出来两个玩偶，大家完全都没有想到，原来看起来最好拿捏的小白花，才是四个人当中最难啃的那块硬骨头。

　　有了三位队友的压阵，江问源什么都不需要做，他只是朝程珊的方向走了几步，对众人的起哄声充耳不闻，双眼依旧锁定在程珊身上："你还没做好决定吗？那就让我来帮你选……"

　　程珊仿佛看到江问源的脸变成一张恐怖的鬼脸面具，她被江问源吓破胆，哆嗦地后退两步，一屁股跌坐下来，后背重重地撞在脏兮兮的餐余桶上。还好餐余桶里装的餐余分量够沉，才没被程珊撞撒在地上。

　　程珊不想在众目睽睽之下失去尊严，她彻底服软了："陈眠，对不起。之前是我不对，仗着你们好相处，就对你们口出狂言。实在很对不起。"

　　现在程珊没坚持住，对江问源低下头，那些起哄喊江问源四人道歉的人再也喊不下去。小饭堂里一下子安静下来，再没人说话，只有餐具碰撞声、走动声和电风扇转动的声音。

　　江问源信步走到程珊跟前，刚才那几个围在程珊身边的队友纷纷退散，只剩下程珊一人和江问源对峙。江问源低头俯视程珊，把她逼退至整个人的后背都贴在餐余桶上才停下来："这就结束了吗？我怎么还没感受到你道歉的诚意！"

　　程珊闻着餐余桶里各种食物和汤汁混杂在一起的馊味，两只眼睛开始变得有些浑浊："我真的错了，对不起。我不应该在剩菜已经不多的情况下再浪费食物，让你们没菜吃。我现在就去大饭堂帮你们打菜好不好？"

　　江问源定定地看着程珊数秒，才轻声说道："还不够。"

　　还不够这三个字犹如千斤之重，压在程珊心头，压得她喘不过气来。程珊换着词道歉了一遍又一遍，可是江问源一直都觉得不满意，直到第十遍道歉道得她都词穷了，江问源才放过她："好吧，差不多就这样吧。"

　　程珊绝望的脸上迅速划过一丝笑容："谢——"

　　没等程珊说完，江问源打断了她的话，用轻飘飘的一句话就把程珊再次推进地狱："为了确认你的道歉是否有诚意，你把刚才的十遍道歉再重复一遍。不要求你每个字都一样，但是至少每句话的意思都相同。我刚刚已经把你的道歉进行了录音，道歉重复得对与不对，有录音为证，我不会故意冤枉你的。"

　　程珊的双眼已经浑浊一片，完全变成死人的眼睛，她流下两行炙热的血泪，却不敢生出半点儿反抗的心思，绞尽脑汁努力回忆自己说过的话，磕磕绊绊地给江问源道歉。

　　江问源极为鬼畜地把程珊折磨了一顿，等她把十遍道歉重复一遍之后，才终于放过她。江问源抽出纸巾，擦掉程珊糊满脸的血泪痕："好自为之吧。"

　　江问源不着痕迹地把那张沾满血泪的纸巾装进口袋，起身对其他三人说道："不好意思，耽搁得有点儿久，我们去吃饭吧。"

　　但是单晓冉三人都没动脚，他们都以非常复杂的眼神看着江问源。

　　可怕的是，江问源居然还读懂了他们全然不同的眼神内容——

　　单晓冉：江问源，我原本还以为你性格温柔体贴，看来我真的大错特错，你哪是温柔体贴？你根本就生性凉薄啊！

　　吕琦妙：齐思远昨晚弄残两只眼睛好歹还有道具辅助，陈眠哥把寄生在程珊脸上的眼睛弄残，靠的只有一张嘴而已！社会我陈眠哥，人狠话剧毒！

　　齐思远眼神亮晶晶的：没想到陈眠你居然是我的游戏同好！为什么要对我隐瞒身份！现在我们已经彼此亮明身份，接下来我们就一起享受游戏的乐趣吧！

　　江问源也以感情复杂的眼神回应他们，归纳为两个字符：……

　　你们对我是不是有什么误会？

　　由于江问源把程珊戏弄了一顿，直到江问源四人吃完午饭回宿舍，都没有人敢再来惹他们。江问源四人回到宿舍，把高二（10）班班主任工作报告里有关司徒静的资料也全部找了出来。

齐思远毫无形象地瘫在椅子上："我今天还是第一次看到那个穿校裙的女生，她就是穆绵绵吧？她给我的感觉和其他眼睛不太一样，她身上缺乏那种强烈的攻击性。陈眠，她袭击过你吗？她的攻击方式是什么？"

江问源仔细回想几次看到穆绵绵的经历："她没有直接袭击过我。"

"穆绵绵的攻击方式就是操控眼睛吗？那还不如眼睛有趣。而且她在校门口一看到司徒兄妹就消失了，也不知道她是害了司徒静感到愧疚而不敢见，还是害怕把她所有价值都压榨干净的司徒谦才避而不见。"齐思远对穆绵绵的兴趣顿时没了，"对了，你把程珊擦眼泪的纸巾带回来干吗？"

江问源对齐思远说道："你很想知道？"

齐思远猛地点头。

江问源："那你求我啊。"

齐思远极其没有节操："我求求你告诉我！"

江问源对齐思远为人的底线又往下降了一些："其实我给程珊擦泪时想的是她的血泪，和她身体的血是不是相同的血。不过现在我们没时间也没设备，没办法做这个检测。虽然检测没法做，但样本都取了，暂时就先留下来呗，说不定以后有用。"

这一次整理的资料只有司徒静的，四人分工合作，很快就把司徒静的资料都找了出来。

在高二上学期的上半学期，司徒静是高二（10）班的班长，穆绵绵担任文艺委员是在下半学期。这个情报江问源上次整理资料的时候就找到了，不过他之前没有细查司徒静的内容，乍看之下上半学期的班长和下半学期的文艺委员根本没啥联系，可是江问源这次仔细排查之后，发现下半学期的班干部并不是全都经过投票选举，有一部分是由上半学期的班干部直接确定的，穆绵绵的文艺委员就是其中之一，并没有经过选举。

单晓冉从某个旮旯里找出一张残缺的纸张，上面记录着高二（10）班在元旦晚会上的表演节目情况。表演节目是文艺委员穆绵绵一手操办起来的，司徒静也参与其中，高二（10）班的小品表演还获得当年元旦晚会的一等奖。有过一起表演小品的经历，司徒静和穆绵绵的关系应该不会太差才对。

穆绵绵在元旦前的那段时间，经常需要到学生会开会，她如果是在这段时间爱上司徒谦的话，司徒静怎么会没有察觉？

司徒静在阳台和他们说起穆绵绵的往事，竟对上学期的事只字不提。而且以司徒静和穆绵绵的关系，当穆绵绵无法继续忍受校园欺凌而跳楼自杀之后，难道司徒静就没有怀疑过这是一个阴谋？

越往下查，江问源就觉得司徒静越可疑。

他们当即决定，午休之后去第二图书馆看看。其实仔细想想的话，就会发现司徒征砸下重金建第二图书馆来保住司徒静的说法根本站不住脚。如果司徒征是想要保全司徒静的名声的话，建图书馆根本没有用，撤热搜撤新闻找水军带节奏，和校领导走关系，把司徒静转学到别的学校或直接出国都可以。人都是非常健忘的生物，再过几年，谁还记得江大附属中学高二（10）班几乎全灭的惨案？

江大附属中学第二图书馆总共两层，占地三百五十平方米。一层切割成三个区域，分别是电脑室、自习室和图书区，二层则全是图书区，以及一些方便阅读的桌椅。现在水电装修、墙面刷漆、地面瓷砖、窗户窗帘等都已经到位，正在组装电脑室和图书馆的书架桌椅。

江问源四人走进第二图书馆，估计是江问源在小饭堂的表现太过高调，他们刚进门就立刻受到装修工人们的瞩目。大部分装修工人的眼神都还算正常，但是那些异常的眼睛，盯着江问源的表情异常恶毒。

第20章

福尔马林里的眼睛

齐思远往江问源跟前一站，替他挡去那些恶意的视线，还故意露出化妆包的一角，笑容贱兮兮的，非常欠揍。自认为拉足仇恨之后，齐思远往旁边走开几步，可是那些恶意的视线并没有跟着齐思远离开，依旧牢牢锁定在江问源身上。

齐思远感慨万分地对江问源说道："我在圆桌游戏纵横两年，在这局游戏以前，我从来都没有遇到过比我还能拉仇恨的人。陈眠，你可真厉害！"

江问源非常无语，齐思远觉得他厉害，他认为齐思远更厉害。他们现在都已经被怪物盯上了，危机四伏，齐思远还有闲心去关心那些有的没的。

江问源顶着十几道恶毒的视线，冷静地说道："如果他们不主动攻击，就不要管他们。现在我们处境危险，不宜分头行动。等会儿我们按顺时针的方向，把第二图书馆走一遍，不放过每一个角落，全部都仔细检查清楚。扇子、吕琦妙，现在图书馆里可能非常危险，但我不能把你们放在外面，万一你们被眼睛用计拆散，逐一攻破，到时候我们在图书馆内也无法及时救援。我希望你们能理解我的决定。"

单晓冉频频点头："我一定会努力跟上你们，尽量不拖后腿的。"

吕琦妙虽然没和那些眼睛直接对上视线，但心里还是不太舒服，负面情绪处于爆发的边缘："陈眠哥，你现在感觉怎么样？那些眼睛……"

江问源说道："没问题的，走吧。"

吕琦妙这个孩子真的太惹人心疼了，由于在现实里经受过磨难，她对游戏的适应能力也非常强，江问源有意把她带回京市，成为他们组织的一员。不过吕琦妙是未成年人，吕英奇一死，她的监护权还不知道会落到谁手上。想要把吕琦妙带到京市，还得想办法拿到她的监护权才行。所以江问源并没有直接邀请吕琦妙加入他们的组织，等他回到现实后，和左知言商量看看能不能直接拿到吕琦妙的监护权，之后再谈加入组织的事情。

江问源四人走进第二图书馆，花了整个下午的时间，把图书馆的两层楼都仔细地搜索了两遍，男厕、女厕都没有放过，可是并没有发现什么异常的地方。整个搜索过程中，那些异常眼睛的视线一直跟着江问源走，并没有采取行动。

时间过得很快，转眼就到了晚饭时间。这一回再没有人敢来招惹江问源四人，他们顺利吃完晚饭，回到宿舍。

关上宿舍门后，江问源从自己的床上把枕头拿下来，在其他三人不明所以的眼神下，拿着枕头来到阳台上。江问源在枕头套上割开一道口子，利用那道口子把枕头挂在阳台的贴墙挂钩上。

江问源曲起拇指，把第一指关节握在四指内，摆好出拳的架势，深呼吸一口气后，雨点般密集的拳击落在枕头上，落拳快得都出现了残影！

将近百拳之后，枕头终于承受不住江问源的重击，枕芯的轻绒全都被打了出来，飞得满阳台都是——

把枕头打到彻底报废后，江问源才深呼吸一口气，收回双拳。

其他三人站在里间，惊疑不定地看着江问源。

刚刚打完拳，江问源的胸腔还有些起伏："我被眼睛盯了一个下午，感觉心情有点儿烦躁。现在我把情绪都发泄出来，就没什么大问题了。"

齐思远看着满阳台的白绒，吐槽道："你确定你的心情真的只是有点儿烦躁吗？"

江问源没有回答齐思远的问题，其实他从进入本轮游戏开始，心情就一直很烦躁。

这股烦躁并不是眼睛造成的，而是因为江问源没能找到陈眠，单晓冉不是，吕琦妙不是，齐思远不是，其他所有玩家都不是。陈眠从最开始的那轮游戏就陪伴着他，为什么这轮游戏不在？他是不是出事了？重重疑问一直在江问源脑子里打转，心情自然也好不到哪里去。好事无双，祸不单行，三个队友都极有个性，还有能够让人的负面情绪爆炸性增长的眼睛，江问源烦躁的心情已经达到顶点。

对着枕头发泄一顿，江问源总算稍微冷静下来。其实仔细想想，陈眠不在这轮游戏也挺好的，江问源对陈眠进入圆桌游戏有满腹疑问，对陈眠不愿意退出圆桌游戏也是心里有怨的，在负面情绪的影响下，如果陈眠在他面前，他恐怕无法克制自己的行为，和陈眠大吵一架，甚至大打出手。能在圆桌游戏以奇迹般的形式与陈眠重逢，江问源不希望和陈眠闹得不愉快。

江问源调整好状态后，对其他三人说道："我们先休息一会儿吧，养好精神，今晚我们再去一趟第二图书馆。"

齐思远嘿嘿笑道："明白！真期待今晚会遇到什么样的刺激事情。"

单晓冉听着齐思远高兴地哼着他自己作的曲子，十分茫然："我们不是已经把第二图书馆搜索过两遍了吗？为什么今晚还要再去一遍？"

吕琦妙比较敏感，她在江问源提出要搜索第二遍的时候就隐约察觉到一些东西，在离开第二图书馆后琢磨许久，也就想明白了："扇子姐姐，我们第一遍检查没有任何收获，第二遍检查的时候，陈眠哥的注意力不再集中到搜索图书馆上，而是分出大半注意力观察那些盯着他的异常眼睛。第二图书馆里有一个地方，我们检查那里时，那些眼睛异常的人，动作明显变得紧张起来。我想我们今晚要去的应该就是那个地方吧。"

齐思远吹了声口哨，他想要摸摸吕琦妙的脑袋，却被吕琦妙躲开了，他不以为意："琦妙小妹妹，你好聪明啊，胆子也够大，再过两年，估计我的圆桌综合排名都要排到你后面去了。"

单晓冉不敢看那些异常的眼睛，在第二图书馆里埋头走路，注意力也被平板电脑播放的搞笑视频吸引，所以并没有注意到什么异常。"那个地方到底是在哪里？"

江问源已经清理完阳台的轻绒，爬上床枕着手闭目养神："今晚去了你就知道了。"

夜深人静，江问源四人驾轻就熟地离开宿舍，没有惊动任何人，往第二图书馆走去。按照规划，第二图书馆的大门是玻璃门。建楼装修期间，装修器材和装修垃圾搬进搬出，容易磕坏玻璃门，所以第二图书馆的大门的安装排到最后一天。这也省了江问源四人开锁的工夫，他们直接走进图书馆。

进入图书馆之后，江问源和吕琦妙迈向了两个完全不同的方向。吕琦妙回头看向江问源："不应该是在一楼的女厕里吗？"

江问源看向吕琦妙："我们已经被眼睛当成眼中钉，它们恨不得立刻弄死我们，它们一直都在监视我们，你觉得眼睛会不知道我们来图书馆是有所图的？我们检查一楼女厕时，它们确实有异常过激表现，不过我更倾向于那是个陷阱。"

"没错。"齐思远把电筒打向借阅台的方向，"我们在宿舍里说不定也受到监视，琦妙小妹妹做得非常好，让眼睛误以为我们上了它们的当。那样它们就不会把我们要找的东西给转移了。因为位置的关系，我们经过借阅台四次，每次那些眼睛都很刻意地表现出不在意的模样。我们就是来撬它们老底的，怎么会不在意？动作快点儿吧，说不定它们很快就来了。"

江问源四人快步走到借阅台，借阅台的桌柜已经摆好，墙上"借阅台"的水晶字也已经镶好。他们绕到借阅台内，下午时他们已经检查过桌柜的抽屉，现在直接开始敲打墙壁和地面，检查有没有空心砖。

江问源率先发现了地面的空心砖，就在借阅台封闭的角落里，这个角落最多可以拿来摆点东西，不会有人朝这里走。江问源拿出工具想要撬起那块地砖："齐思远，你过来搭把手啊。"

在黑暗中，有一个人影在江问源身边蹲下来，借阅台逼仄的角落里，一股寒意朝江问源涌来。江问源侧头看过去，蹲在他身边的人并不是齐思远，而是穿着校裙的穆绵绵！

穆绵绵蹲在江问源身边，似乎没有攻击江问源的意思。她垂着脑袋，头发重新把整张脸盖住，视线的方向对准江问源正在撬的那块砖。江问源稍稍回头，其他三人还在借阅台内到处摸索，似乎没有注意到他这边的情况。

江问源稳住重心，在穆绵绵的注视下继续撬地砖。不多会儿，江问源就把地砖整块撬脱出来。他搬开地砖，露出底下的一个木盒。

此时齐思远三人已经发现江问源这边的情况了，吕琦妙想冲过去往穆绵绵身上捅刀子，单晓冉想掏出玩偶砸过去，但都被齐思远拦下来了："穆绵绵能无声无息地出现在我们身边，她要是想杀我们，早就得手了。我们先等等，看她究竟想做什么。"

江问源掀开木盒，露出里面的东西来。

木盒里别无他物，就只有两个装满福尔马林的密封玻璃罐子，每个罐子里分别装着一只眼球，眼球漂浮在福尔马林溶液中，一根尖锐的铁丝穿透瞳孔中心，从眼球的背面露出来。

穆绵绵看着这两只眼睛，双手捂住眼睛，喉咙里发出含糊痛苦的声音。这两只眼睛的主人到底是谁，自然不言而喻。把穆绵绵的双眼埋在第二图书馆的人，究竟是司徒静，还是司徒谦？

"陈眠，我们该离开了！"齐思远突然喊道。

在穆绵绵的哀号声中，眼睛开始覆盖借阅台的墙面、地面，甚至桌柜上都裂开肉缝，恐怖的巨眼在眼皮底下四处乱转。

吕琦妙连扎两只眼睛，溅得一身的血。单晓冉吓得哭出声，不过这次她竟没有条件反射地躲避，而是举起手上的玩偶就往身边的一只眼睛死命地砸了两下。

江问源想了想，伸手想要拿走其中一只罐装眼睛。穆绵绵突然放下双手，抬头看向江问源，完整地露出她的那张脸。看到穆绵绵的脸，江问源默默把手收了回来："原来是这样。我们走吧，离开图书馆！"

明天，该为这场悲剧画上句号了。

第21章

隐藏关系

单晓冉害怕地拿着玩偶毫无章法地砸了一通之后，终于想起来玩偶不是打怪的武器，而是拥有特殊能力的道具。在墙面、地面和桌柜上的眼睛快要把所有的缝隙都挤满时，单晓冉终于激活了手中小红帽玩偶的特殊能力。

小红帽玩偶，特殊能力：提供一个可以抵抗任何形式攻击的护盾，持续时间三十秒，护盾范围囊括护盾所有者以及与护盾所有者有直接接触的其他人或物。

单晓冉脸上还挂着泪珠，她嘶哑的声音里也透露着惊恐，但该说的东西都说清楚了，并没有遗漏之处："你们快过来，保证每个人都和我有直接的肢体接触。护盾的时间只有三十秒，我们必须尽快突围。"

三人边战边退，快速来到单晓冉身边，吕琦妙拉起单晓冉的左手，齐思远握住单晓冉右手，江问源把手搭在单晓冉肩上。当他们与单晓冉有效接触后，顿时感觉身上无形的千钧重压消失了。

齐思远催促道："我们赶紧走吧。"

单晓冉的声音还带着哭后浓浓的鼻音："我腿软……走不动……"

于是她就被江问源三人架着离开借阅台，以百米冲刺的架势跑出第二图书馆的大门。在他们脱离大门的瞬间，护盾时效结束，排山倒海的恶意就朝他们背后涌来。

单晓冉首当其冲，被强烈的恶意压得跪了下来，连连干呕。吕琦妙比单晓冉要稍微好一点，她硬撑着没有吐，但也跌坐到地上，暂时无法自如行动。齐思远倒是还撑得住，但让他带人一起逃跑恐怕有点困难。

江问源把单晓冉和吕琦妙挡在背后，面朝第二图书馆而站，右手背在身后摸向永钱给他的某个玩偶，沉住气看向第二图书馆。那些追逐他们的眼睛一直蔓延到第二图书馆大门的立柱上，它们轻微抽搐，瞳仁在眼皮下乱转，每眨一下眼睛就会发生移动或者体积膨胀，恶意就是从这些眼睛散发出来的。

眼睛拥挤地布满整个第二图书馆大门，江问源确定它们没有继续朝图书馆以外的地方扩散后，把右手里的玩偶收回特殊空间："这些眼睛无法离开第二图书馆，你们要是觉得很难受无法行动的话，我们在这里休息一会儿再回宿舍。"

单晓冉、吕琦妙和齐思远三个人疯狂摇头，在这么恐怖的眼睛大门面前，能休息得下去就奇怪了。此时此刻，三人的心声出奇地统一：陈眠绝对是表面的温柔隐形的冷厉啊！他话里话外的意思，摆明是要他们靠自己的力量回到宿舍，否则就留在图书馆大门前享受眼睛的精神按摩。

江问源要是知道他们心里在想什么，一定非常无语，他并没有虐待队友的习惯，就算要原地休息，也肯定要稍微挪远一点儿，挪到人眼夜视能力的极限范围之外。不过江问源并没有读心术，他并不知道自己的队友在脑补些什么。单晓冉三个人互相搀扶走在前面，江问源落后一步警戒眼睛，他们走得不快，花了将近二十分钟，才有惊无险地回到宿舍。

回到宿舍，他们四人轮流把身上的脏东西洗干净，并安排好四人轮班守夜时间表之后，才各自睡去。一夜安宁，那些眼睛没有追到宿舍来。

早上出门时，不用江问源提醒，其他三人都默默拿出趁手的武器。江问源对他们说道："为免节外生枝，我们就不去吃早餐了，如果饿的话，我这里有两块压缩饼干，不好吃，但也管饱。等会儿我们直接去高二年级的教师办公室，我有一件事需要求证。"

单晓冉和吕琦妙都没有食欲，江问源的两块压缩饼干全都落到齐思远手中。现在都什么时候了，齐思远还能津津有味地吃早餐，神经也是相当大条。

江问源四人来到高二的教师办公室时，正好是早读时间，除了巡逻早读情况的老师以外，大部分老师都在办公室里。江问源是来找秋主任的，她没在办公室，江问源只能退而求其次，去找原高二（10）班的班主任云鹤。

云鹤还记得齐思远的龙组设定，见他们四个人都安然无恙，对龙组的存在更加深信不疑，他恭敬地看着江问源："几位来找我有什么事？我的课在第三节，我们可以换个地方再谈。"

江问源却一口拒绝了云鹤："不用了。我只是想知道，秋主任提交的优秀学生的评优名单里，有没有司徒静。"

云鹤的表情晦涩不明："这件事……昨天下午秋主任已经向教务处提交了评优名单，有司徒静的名字。不过今天早上，秋主任拿了另一位学生的资料去教务处，那位学生和司徒静一样都是申请优秀学生的，我也不清楚秋主任想把谁替换下来。"

江问源四人仔细分析过秋主任在候选名单上做的记号，如果真的要把谁替换下来，那个人十有八九就是司徒静。江问源假装眼睛痒，用食指轻挠左眼眼周："那秋主任昨天下午和今天看起来有什么不同吗？"

云鹤明白江问源是在暗示秋主任那只有少女妆的左眼，声音都害怕得哆嗦起来："没，没有什么不同……"

"好吧，我明白了。云老师，我们还有别的事情，就不继续叨扰您工作。"江问源转过头对三位队友说道："我们走吧。"

云鹤喊住江问源："几位——就没有别的事情想要问了？"

江问源想要的情报已经基本掌握，他回头看向云鹤，如果事情真如他所想，那云鹤有很多次机会阻止这场悲剧，但云鹤害怕惹祸上身，从一开始就选择了逃跑，只求保全自己平安无事。现在云鹤想要提供情报，估计就是想要以此赎罪，再把所有责任都推到江问源几人身上。江问源都不想听云鹤多说一个字，他冷淡地说道："确实没有想问的。"

离开高二年级教师办公室后，江问源按照学籍档案里的记录，找到司徒谦的电话号码，用他从云鹤那里顺来的手机给司徒谦发了一条短信：穆绵绵的事情，该画上一个句号了。上午九点整，我们和司徒静一起在教学楼楼顶等你。

司徒谦的回复很快，他甚至都不问江问源信息里的"我们"指的是什么人，简单明了地回复两个字：可以。

得到司徒谦肯定的回复后，江问源四人就不需要等到中午蹲在校门口，看看司徒谦来不来接司徒静了。

司徒谦那边搞定后，江问源一直等到早读结束，在五分钟休息时间去高二（11）班找到司徒静。司徒静还记得江问源四人，对他们自然没什么好脸色："你们还来找我做什么？我已经把我知道的一切都说了，没有什么内容需要补充。"

江问源保持微笑："你确定没有需要补充的内容？你好像没有告诉我们，穆绵绵喜欢司徒谦这件事吧。"他晃了晃手机，给司徒静看他给司徒谦发的信息："我们约了司徒谦九点在教学楼楼顶见。如果你不来，那我们就和司徒谦单独商谈。"

司徒静双手撑在课桌上，猛地站起身，椅子狠狠地撞在坐在她后面的同学的课桌上，因为有课桌护住，椅子才没有倒下。司徒静看着江问源的眼神十分恐怖，她咬牙切齿地说道："好，我和你们走。"

司徒静连第一节课都不上了，她直接跟着江问源四人来到通往楼顶的双扇门前，用她随身携带的钥匙打开U形锁。不过这一次司徒静没让齐思远得手，自己把U形锁搭在臂弯中，推开门，踏上楼顶。

江问源和司徒谦约的是九点，现在才八点多，本来江问源想趁司徒谦还没来时，向司徒静套套话，可江问源完全没想到，司徒谦居然会来得那么快。

从教学楼的楼顶，可以看到校门的位置。

八点十五分，司徒家的豪车在校门口停下，司徒谦的学生证还在，顺利通过门岗，进入校园后，他便开始拔腿狂奔，朝教学楼的方向跑过来。八点二十分，才不过五分钟的时间，司徒谦就来到了教学楼楼顶，用力推开楼顶半掩的门。司徒谦的胸腔剧烈起伏，大口喘着粗气，他走到司徒静身旁，喘着气问道："你没事吧？他们有没有为难你？"

司徒静摇摇头："我没事。"

司徒谦确认司徒静不是在逞强之后，便把她护到身后。他神色冰冷地看着江问源四人："穆绵绵的死，我们也很遗憾。警察的调查也已经证实穆绵绵是自杀跳楼身亡，不存在谋杀的可能性！"

"不存在谋杀的可能性？"齐思远仿佛听到了什么好笑的笑话，笑得眼泪都流出来了，"穆绵绵，你可真会讲笑话。你们班其他四十九名同学的死亡，还有那些眼睛被取代不知道是死是活的人，他们难道不是你杀死的吗？"

司徒谦脸上的表情一点儿未变："我是司徒谦，穆绵绵已经死了。别以为你们装神弄鬼，我就会害怕你们！"

江问源瞥了一眼躲在司徒谦背后，却又没忍住探出头来张望的司徒静："我们在第二图书馆的借阅台，找到两只装在福尔马林溶液罐里的眼球。要是我把眼球的存在公布给媒体，你们觉得会发生什么事？"

司徒谦完美的面具终于出现一丝裂痕，但他依旧嘴硬："装神弄鬼！"

江问源对司徒谦的敌意视若无睹，他看着司徒静："司徒静，第二图书馆里的眼球，是你埋的吧。你不用否认，你露出的破绽实在太大，大到让人无法忽视。你——"

"我来说，让我来说！"大概是司徒静的变脸看起来太有意思了，齐思远兴致勃勃地打断江问源，抢过话语权，对着司徒静开始分析起来。

"就书面资料而言，司徒静，你和穆绵绵在高二上学期的关系应该很亲近，我甚至怀疑穆绵绵能当上文艺委员，靠的就是你的举荐。你们关系那么好，你肯定能察觉穆绵绵喜欢上你哥。不仅如此，我认为你们下学期关系变差的原因，就在司徒谦身上。"

"司徒静，我很想知道，在你劝穆绵绵转学时，究竟和她说了些什么话。"

"还有另外一点让我觉得比较疑惑的是，在穆绵绵死后，你为什么不把脏水泼到司徒谦身上呢，而是把所有骂名都揽到自己身上？穆绵绵和司徒谦的关系，你可是一句话都没对我们说过。"

对于齐思远的提问，司徒静沉默不语。江问源怎么容得了她逃避："司徒静，你没有任何道理会去维护司徒谦，你维护的人，其实是用眼睛替换掉司徒谦的穆绵绵！"

单晓冉和吕琦妙犹如遭到五雷轰顶，全都僵在当场。

真相被戳破，司徒静干脆豁出去了："对，我们本来是最好的朋友！我无法忍受司徒谦利用绵绵来对付我！我本来想着，只要绵绵受到欺负之后就会醒悟。可是我没想到，我没能等到绵绵醒悟的那一天，她就跳楼了。"

"司徒谦该死！"司徒静挽住司徒谦，不，现在应该是穆绵绵的胳膊，咬牙切齿地说道，"我用绵绵的眼睛取代了他。我成功了！现在绵绵重新活了过来，至于你们，就死在这里吧！"

在司徒静疯狂的笑声中，江问源淡定地对她问道："你插在穆绵绵眼球里的东西，到底是什么？"

司徒静渐渐收住笑："那是司徒谦的筷子。只有用这种方式绵绵才能取代司徒谦。"

江问源解锁手机，把昨晚以生死时速赶拍出来的照片朝向司徒静，虽然画面有些模糊，但依旧能看清楚穿过眼球的东西是两根细铁丝："那我的想法果然没错，穿透眼球的东西被取代过，所以瞳孔才会破碎不堪。"

"你们竟然对绵绵的眼睛动手，不可原谅！"司徒静不可置信地看着照片，不过她更关心的是穆绵绵的状态，"你现在感觉还好吗？有没有哪里不舒服？"

江问源放大照片的上半部分，那是一只长在地上的巨大眼睛："你觉得我们能在这种状态下更换穿透眼球的东西吗？别再自欺欺人了，这两根铁丝很早之前就被替换了。你不如仔细想想，是谁替换了你的筷子？为什么你插的筷子都被替换了，还能成功地让穆绵绵替换司徒谦？"

司徒静慢慢地松开了穆绵绵的胳膊，她喃喃说道："是司徒谦……只有他知道我非法盗走了穆绵绵的眼睛，还替我善了后……可是他把自己的筷子都替换走了，为什么还会中招？"

从江问源说出司徒静喜欢穆绵绵之后就一直保持沉默的穆绵绵，终于开口："那当然是因为我骗你的。会被我取代的人，是亲手将异物刺进我眼睛的人。"

穆绵绵仇恨地看着司徒静："司徒谦，他是疯了吧。"

第22章

意料之外

　　2021年9月，江大附属高中高二年级按照学生的志愿和成绩，进行文理分班。穆绵绵和司徒静被分到高二（10）班，从陌生的同级生成为同班同学。两人缘分不浅，新学期刚刚开始就成了同桌。

　　经过短暂磨合期之后，穆绵绵和司徒静的友情快速升温，关系十分要好。有时候穆绵绵都觉得司徒静对她太好了，发誓一定要好好珍惜这段友谊。

　　某天偶然闲谈时，穆绵绵得知司徒静有个哥哥。

　　在穆绵绵眼中，司徒静学习成绩、艺术成绩、运动、沟通能力、协调组织能力等，样样出众，可是她却没有参加学生会，穆绵绵觉得十分可惜。司徒静没有隐瞒穆绵绵，直言她有个同父异母的哥哥司徒谦，在学生会担任文艺部长，她不想和司徒谦共事，所以就放弃加入学生会。

　　那个时候，穆绵绵本来是有意向申请加入学生会的，但她和司徒静同仇敌忾，最终放弃了这个打算。

　　高二（10）班是艺术特长生的聚集地，班里超过半数是有意向要朝艺考生发展的，音乐和美术的能手众多，而且每个人都很有锐气，对下半学期的文艺委员之位虎视眈眈。穆绵绵能当上文艺委员，是司徒静直接指名的。

　　司徒静在高二（10）班的威望很高，她指名的人，没人敢质疑。现在回想起来，那应该是穆绵绵和司徒静关系最要好的时光。

12 月，江大附属中学开始筹备元旦晚会，穆绵绵在文艺部组织开会时遇到了司徒谦。这是穆绵绵第一次见到司徒谦，她感觉到爱神的箭笔直地射进她的心脏，这种强烈的感情甚至蒙蔽了穆绵绵的理智。

司徒谦无论对谁都一视同仁，公事公办，态度可谓冰冷冻人。但就是因为司徒谦出色的能力，再加上那张帅得整整蝉联三年校草宝座的脸，他被冠以高冷男神的称号。

可是不知为何，司徒谦唯独对穆绵绵却十分有耐心，虽然态度说不上温柔，却也绝对不高冷。和其他人对比之下，穆绵绵难免产生错觉，认为自己对司徒谦来说是非常特别的人。

慢慢地，穆绵绵和司徒谦的关系越走越近。

某一次偶然的机会，穆绵绵听到了司徒谦和他亲生母亲的通话。那个时候司徒谦手里很多工作要忙，就把手机开成免提。电话刚接通，司徒谦的亲妈就不停地哭，把司徒谦当成垃圾桶来宣泄负能量。

她把生活里的所有不如意都怪到司徒谦头上。她埋怨司徒谦不惦记她这个当妈的，半个月才来看她一次；埋怨司徒谦不争气，总是被司徒静那个死丫头压到头上，以后连家产都分不到；她甚至埋怨司徒谦为什么要出生，如果他不出生，她就不会被他连累。

司徒谦大概已经非常习惯亲妈对他的态度，哪怕她说出那么伤人的话，他还是安慰她几句，等她实在骂不出来了，才把电话挂掉。

挂完电话之后，司徒谦走过来打开文艺部活动室的门，他没有责备穆绵绵的偷听，只是露出一个疲惫的苦笑，希望她能保密。谁都无法选择自己的出身，错的是司徒谦的亲妈，而不是司徒谦。在那一刻，穆绵绵下定决心要呵护这个让人心疼的男生。

元旦晚会过后，司徒谦卸任文艺部部长。但穆绵绵和司徒谦的关系没有疏远，反而越来越亲密，有时候短短的十分钟课间休息时间，穆绵绵也要去五楼找司徒谦说几句话。

两人的关系自然瞒不过司徒静，司徒静本来还试图用委婉的方式疏远穆绵绵和司徒谦。屡试无效之下，她干脆向穆绵绵挑明来说，希望穆绵绵看在她们友谊的分上，别再和司徒谦来往。

穆绵绵了解司徒静的性格，她向来说一不二，如果不答应她，她们的友谊也就走到尽头了。穆绵绵犹豫了很久，都没能做出决定。最后，穆绵绵还是决定忍痛结束这段友谊，她刚开口，就被司徒静打断了。司徒静没给穆绵绵决裂的机会，直接转身离开。

元旦之后，很快就迎来期末考。这段时间，穆绵绵和司徒静的关系降至冰点，两人一句话都没有说过，寒假就到了。本来她们在关系要好的时候约好寒假要一起去玩的，计划都订好了，现在两人友谊决裂，计划自然也跟着泡汤。

穆绵绵没能实现和司徒静去玩的约定，倒是和司徒谦一起去玩过几次，还在他的邀请下几度到司徒家做客，偶然还会遇到司徒静。从那时起，穆绵绵和司徒静的关系便开始变得恶劣起来。

春节过后，江大附属高中迎来新学期。

穆绵绵下定决心要为司徒谦在司徒家赢得立足之地，那个荒唐的计划便应运而生。

回忆到这里，一直狂笑不止的穆绵绵突然止住笑，她用司徒谦的脸面无表情地看着司徒静："你还记得你劝我转学时，对我说过的话吗？你告诉我，司徒谦根本不喜欢我，他从小就有一个喜欢的女生，多年来从未移情。你说司徒谦对我好，只是想利用我和你之间的关系打击、抹黑你，从而抢走司徒家的继承人身份。所以，你希望我转学，从此和司徒谦断绝联系。"

司徒静看着神色冰冷的穆绵绵，她深呼吸道："我记得我对你说过的所有话，我对天发誓，我没有对你撒谎。"

"是啊，你没有撒谎。因为连你都不知道真相是什么……"穆绵绵转头看向某个方向，在那个方向，一个身穿校裙的身影逐渐形成，她抬起头，露出完整的脸，脸上的其他五官还是穆绵绵的五官，但是她脸上的眼睛，明显能看出来，是属于司徒谦那双独特的丹凤眼。司徒谦远远地站在楼顶的边缘，沉默地看着众人的方向。

穆绵绵冷笑着继续说道："司徒谦喜欢你啊，司徒静！我是有多傻，才会不惜伤害自己来帮他！"

司徒静一脸震惊地看着司徒谦，而始终保持沉默的司徒谦终于忍不住爆发出来："事到如今也没有什么不能说的了，你是你母亲外遇生下来的孩子，我们没有血缘关系。我妈想要利用你的身世把你们母女赶出司徒家，是我想办法把你的身世隐瞒下来。司徒静，我们不是兄妹！"

司徒静抱住脑袋摇摇头，她完全无法接受事情的真相。现在她什么都不想听。司徒静陷入混乱，但江问源没有："司徒谦、穆绵绵，我有件事想问你们。秋主任被少女妆左眼寄生，她两度更改司徒静的优秀学生评选决定。学校里的眼睛，是你们俩在操控吗？司徒静的优秀学生评选决定，也是你们两个人博弈的结果？"

穆绵绵的身上冒出无形的死气，周身的空气发生肉眼可见的扭曲："司徒静还参加了优秀学生的评选？司徒静，你真心认为自己的人品当得起优秀学生的称号吗？"

穆绵绵话里的意思很明显，她并不承认对司徒静的优秀学生评选动手脚。司徒谦冷冷地看着她："不是你还有谁！秋主任都把名单定下来了，你还要让眼睛覆盖在秋主任身上，逼迫她把司徒静从名单上撤下来。我重新修改过对少女妆左眼的命令后，秋主任才把原本的名单递上去，结果今天早上，你又修改命令，让秋主任去教务处把司徒静的资料取回来。"

穆绵绵朝司徒谦的方向走了几步，她的怒火几乎能把人灼伤。

"司徒谦，原来你就是这么看我的吗？我说了，我没有对秋主任动手，就没有对秋主任动手！秋主任又没有对不起我的地方，我为什么要杀死无辜的秋主任？"

江问源对两人做了个暂停的手势："我相信你们两人都没有撒谎。这场悲剧，以你们三人为中心以外，我觉得还有第四个人的存在。我觉得最奇怪的一点就是，为什么你们三个人都知道这个方法？"

江问源转向穆绵绵："还有，穆绵绵，你是怎么发现司徒谦喜欢司徒静的？那个时候你的精神状态非常糟糕，以司徒谦不惜性命也要保护司徒静的性格，他一定会小心谨慎，绝对不会暴露，免得你对她不利。"

江问源分析得太有道理了，冥冥之中，仿佛有一只无形的手操纵了这场悲剧。

穆绵绵眉头紧锁，她被全校人取笑的那段时间，精神确实有些浑浑噩噩的。她努力回想司徒静来找过她之后的事情："我记不清楚了，我好像是收到谁给我发的信息，还是无意中听谁说的。我只记得我得到了确切的证据。"

穆绵绵的说法太暧昧了，其他人想要追问细节，却被江问源阻止，他继续问下去："那你还记不记得，你知道这件事之后，发生了什么事情？你为什么会自杀？"

听到江问源的问题，穆绵绵的眼眶红了起来："那天是周六，我得知司徒谦从来没有喜欢过我之后，就打电话给司徒谦约他出来见面。可是没等我见到司徒谦，就遇到了我们班上几个欺负我欺负得最狠的男生。如果不是云鹤老师恰好经过，我恐怕……"

"云鹤？"江问源重复道，"能具体说说当时的情况吗？"

穆绵绵擦掉脸上的血泪："我不是个好学生，但云鹤是个好老师。我记得不是很清楚，只记得那时候是周六晚上十点，在市中心附近，云鹤老师在我被欺负的时候出面救了我。"

江问源把存到手机的教师档案调出来。云鹤，父母早逝，离异，单亲爸爸，女儿今年刚上小学一年级，父女二人相依为命。"云鹤有古怪，晚上十点，他不在家陪女儿，为什么会出现在市中心？"

一个仿佛来自地狱的声音从楼梯口传来："因为我已经没有女儿了，是你们害死了她。"

云鹤左眼的正中央插进一把锐利的锥子，鲜血汩汩涌出。

第23章

隐秘的恶意

云鹤刺入锥子的左眼不停地淌血，不多会儿，鲜血便糊满他的左脸颊，顺着下巴滴落到衣襟上，变成朵朵红梅。可云鹤仿佛感觉不到疼痛，他面容扭曲，嘴角挂着疯狂的笑意，堵在楼梯门口，双手撑在两侧门沿，把楼顶唯一的出口封死："我要你们所有人给我女儿陪葬！"

云鹤微微低下头，左眼流出的血滴落地面，数道一米多长的裂缝围绕着地面的鲜血，像蛇一样扭动着在云鹤脚边成形。几只巨大的眼球从裂缝中露出来，瞳仁转了几下后，分别盯上楼顶上的所有人。

在云鹤说起女儿时，江问源立刻拿出云鹤的手机，他的锁屏就是一个笑容天真无邪的小女孩，小女孩穿着粉色的蓬蓬裙，看起来十分可爱。

穆绵绵一时无法接受云鹤的转变："我连老师的女儿都没有见过，又怎么害死她？"

"你们，还没有一个六岁的小女孩懂事。我的女儿啊，她知道我的工作很忙，所以一直很乖巧听话，每次我回家她都会给我倒水问我辛不辛苦，她病了也自己忍着不想让我操心。可你们呢，呵呵呵，你们瞧瞧，为了那点儿自以为是的情感，你们到底搞出多少荒唐事！穆绵绵，你就更厉害了！"云鹤骂人的时候，他脚边的巨眼仿佛能感受到他的情绪，集体用愤怒的眼神瞪着穆绵绵、司徒静和司徒谦。

江问源皱着眉头看着彻底变成疯子的云鹤，他不惜以眼献祭，穆绵绵和司徒谦完全不是他的对手，被压制得死死的。等穆绵绵几人败下阵来，下一批该遭殃的人就是他们了，必须想办法才行！

云鹤为女儿复仇而来，江问源立刻想到可以牵制云鹤的东西，就是他女儿的遗物。现在夏日炎炎，云鹤穿着轻便，能看出他身上没藏有别的东西。也许云鹤会把女儿的遗物当作念想，放在办公室里。

江问源趁云鹤和穆绵绵三人对峙之时，悄悄靠近齐思远。

他用手语问齐思远：你会攀岩吗？

齐思远回以否定的手势：我恐高。

齐思远不懂攀岩，那就只能江问源自己去一趟。江问源微微用力掐了一下单晓冉的胳膊，单晓冉吃痛，才从惊恐中回过神来。江问源对她说道："扇子，拿出你的玩偶，保护好你自己。我要到高二教师办公室一趟，我会想办法尽快赶回来，你千万小心。"

单晓冉听话地拿出三个玩偶，有些慌张地对江问源说道："你快去快回。"

云鹤没有错过江问源几人的小动作，他怨毒地看过来："你们交头接耳地在说什么东西？"

"我们在商量——"江问源从单晓冉三人身边走开，他从随身包里拿出一台手机，等云鹤看清手机壳的模样后，他猛地把手机朝教学楼窗户那一侧的地面扔去，手机正好就落在云鹤五六米远的位置，"刚才我们借了你的手机，现在把手机还给你！"

在云鹤的注意力全部都转移到手机上的时候，江问源迅速跑到与手机相反的教学楼走廊这面，从随身包里取出登山绳，将打好绳结的钩锁在楼顶边缘的护栏上卡好位，轻身翻出楼顶的边缘，借助登山绳的牵引力，双脚在墙上蹬两下，配合着松手下滑，在没有做任何安全防护措施的情况下轻松落在六楼的走廊上。

江问源虽然顺利绕过云鹤看守的楼梯口，六楼却也有"惊喜"等着他。在走廊的两端，分别堵着十几个穿着校服的学生和一两个老师，他们当中的一部分人动作稍微自然一些，也有人动作僵硬如丧尸。他们都是眼睛被取代的受害者，被云鹤驱使来堵他的。

这些人当中，就有昨天刚遇害的秋主任。秋主任露出僵硬的笑容，舌根僵硬导致发音有些含糊："你们是龙组的调查员，我又怎敢托大认为能靠我一个人的力量把你们堵在楼顶？"

江问源在心里把齐思远骂了八百遍，要不是齐思远乱给他们套人设，云鹤也不会那么忌惮他。从秋主任的表现而言，不难判断云鹤可以借她的眼睛看到六楼的情况。

江问源从兜里拿出一台手机，把屏幕对准秋主任，点亮锁屏，锁屏上那个穿着粉色蓬蓬裙的小女孩，正是云鹤的女儿："刚刚我扔出去的手机，手机壳是你的，但手机是我的。你的手机在我这里。这台手机里一定装满了你和女儿的回忆吧，如果你不放我走，我就把手机格式化，并要求手机运营商注销你的账号，把你存在云端的所有和女儿有关的资料都清空。"

在江问源一脚踢在某个攻击他的学生的太阳穴，仅用一招就致使其丧失行动后，云鹤彻底怕了江问源的威胁。堵在走廊上的学生和老师慢慢地让出一条通道来，江问源从通道走过时，目光在秋主任身上停了数秒，才朝楼下走去。

秋主任不是穆绵绵杀的，也不是司徒谦杀的，那只能是云鹤害死的。

云鹤为什么要弄死秋主任？江问源不认为他是为了对付司徒静才这么做的，秋主任很可能也是云鹤的一个仇人。

江问源想起教务系统里的一则教师请假申请。该则请假申请的请假人是云鹤，请假理由是女儿身体不舒服，需要照顾。批复人是秋主任，她驳回了云鹤的请假申请，并建议云鹤把孩子送去母亲那边休息几天。日期是 2022 年 2 月 12 日，就在穆绵绵事件的前两天。

因为云鹤是高二（10）班的班主任，当时江问源看到这则请假申请时，便随意看了两眼把内容记下来，他甚至都没将这条请假申请拷贝到手机里作为重要资料。

谁能想到，这则请假申请背后竟是一段心酸至极的故事。

江问源没有留在楼顶听云鹤指控穆绵绵三人的罪行，但是结合云鹤认为他们害死他女儿的结论，不难推测中间发生的故事。

2022 年下学期，江大附属中学在各项工作上都做出了严格要求，尤其是教学管理这方面，更是所有工作的重中之重。

穆绵绵却在最关键的时候，闹出欺凌事件，再加上司徒静放任不管，司徒谦在背后推波助澜，欺凌事件一再升级。校园欺凌对教育管理者来说是一件非常棘手的事情，要是处理得稍有不慎，就会引发严重后果。云鹤作为高二（10）班的班主任，他不得不管，还必须管好这件事。

但云鹤个人的力量有限，再加上穆绵绵等人心怀鬼胎，他根本无法很好地解决高二（10）班的欺凌事件。在 2 月 14 日的前几天，正好是穆绵绵受欺负比较狠的时间。云鹤不仅没能解决班上的欺凌事件，还在 2 月 10 日请假照顾孩子，秋主任一气之下就驳回了他的请假申请。

云鹤在穆绵绵自杀之前就已经开始算计她了，云鹤女儿的死，应该在 2 月 10 日至穆绵绵跳楼之前这段时间。

云鹤在请假申请中说明女儿身体不舒服，但他却因为不停地加班未能及时妥善地照顾女儿，导致女儿病情急转直下，最终死亡。云鹤女儿的直接死因和江大附属中学的所有人都没关系，但穆绵绵等学生、秋主任以及部分老师，无疑是间接害死云鹤女儿的凶手。

由于云鹤不敢阻拦，江问源顺利来到四楼。江问源本以为四楼以下人数众多，会比五六楼要更难走。结果四楼的情况一派祥和，现在是上课时间，学生们都在教室里正常上课。

高二教师办公室里，坐着几位这节课没教学任务的老师。

他们对江问源的到来表现得有些冷淡，坐在门口附近的一个女老师对江问源问道："请问您是来找哪位老师的？"

江问源指着云鹤的位置："云鹤老师让我帮他来拿一点儿东西。"

女老师见江问源指对位置，便不继续深究："噢，那你动作轻一点儿，别弄出太大的声音，免得干扰到大家工作。"

在这个世界待了几天，江问源已经能准确分辨正常人和眼睛被取代的人，他在云鹤的位置坐下时，不着痕迹地把办公室里的老师都观察过一遍，他们的眼睛都没有被取代，全是正常人。

江问源随意翻找着云鹤的抽屉，装作闲聊家常的模样，对那个招呼他的女老师问道："你觉得云鹤是一个什么样的人？"

女老师叹了口气，深有感触地说道："云鹤是个老好人，我们办公室就没人不喜欢他。他也是个可怜人，他这辈子最倒霉的事就是当上高二（10）班的班主任。"

江问源还想继续问，但女老师已经不搭理他了。江问源把云鹤的东西全部都翻了一遍，没有找到任何有价值的东西。他抬头环顾一周办公室里的老师们，总觉得哪里不太对劲儿。

如果云鹤一心要为女儿复仇，在大仇即将得报的时候，又何必去费心维持学校表面的平静呢？其中必有古怪。

除非——为女儿复仇以外，云鹤还有别的目的！

现在仔细回想起来，云鹤不对与欺凌事件无关的人下手，至于云鹤对其他牵扯到欺凌事件的人的复仇，想想高二（10）班全体死亡的人，或者想想其他被眼睛所取代的人。相较之下，云鹤对穆绵绵、司徒静和司徒谦的复仇实在太复杂了。

云鹤精心挑选合适的时机把司徒谦喜欢司徒静的事透露给穆绵绵，设计穆绵绵在市中心遇到那几个欺负她最狠的男同学。等穆绵绵心如死灰，萌生出想要自杀的念头时，云鹤便巧妙地把下咒的方法送到穆绵绵手中。穆绵绵想要成为司徒谦喜欢的人，她把修改过的诅咒放到司徒静能发现的地方，然后就决绝地自杀了。

冷眼旁观这一切的云鹤，没有忘记要把司徒谦也加进来。在司徒静用司徒谦的筷子刺穿穆绵绵的眼睛后，云鹤才把真正的方法透露给司徒谦，会被眼睛取代的人，是将异物刺入眼睛的人，而且诅咒一旦开始，就无法停下。司徒谦得知真相，必会替司徒静献身。

云鹤为何会对穆绵绵三人进行如此变态的折磨？

江问源立刻想到了眼睛诅咒的效果，被异物刺穿眼睛的人，将会被那双眼睛所取代！用它来复仇的确非常合适，但是从另一个角度去想，这也算是一种复活死者的方法。云鹤既能利用它复仇，顺便也能测试复活的效果，试验对象，正好就是穆绵绵三人。也正是因为有着女儿复活的盼头，所以云鹤才尽量维持学校表面上的平静。

想明白其中关窍，江问源马上动身，直接用滑扶手的方式从四楼下到一楼。

云鹤一直用其他眼睛留意着江问源的动向，当他察觉到江问源朝第二图书馆移动时，整张脸顿时变得煞白起来。以他现在的体力，根本无法承受高强度运动。在江问源看不见的地方，云鹤握住穿透左眼的锥子的手柄，发狠地搅动半圈，眼球彻底被破坏，鲜血如同喷泉。

那些眼睛被取代的玩家和第二图书馆的装修工人，接到来自云鹤强烈的命令，全都追着江问源朝第二图书馆跑过来。

如今穆绵绵和司徒谦发现云鹤突然转移目标，便觉得机会来了。玩家和装修工人与云鹤女儿的死无关，他们是被穆绵绵弄死的，所以穆绵绵对他们更有掌控力。两股力量在那些眼睛被取代的人体内交锋，便给了江问源机会。

江问源打晕几个被眼睛取代的玩家，冲入第二图书馆内，他毫不迟疑地往借阅台跑去。云鹤想要保证女儿的"复活"万无一失，必然会参考穆绵绵这个已经成功复活的例子，把女儿的眼睛藏在相同的地方，等待复活的时机。

借阅台内，江问源昨晚撬开的地砖已经被放回原位，是司徒谦或穆绵绵命令眼睛被取代的人重新盖好的。江问源再次撬开那块地砖，盒子还在，盒子里的眼睛也没被转移。

司徒谦、穆绵绵和云鹤斗法斗得热火朝天，都分不出力量来对付江问源。

江问源想找的并不是穆绵绵的眼睛，他撬开盒子周围的混凝土，把盒子整个取了出来。在这个盒子的下面，还藏着另一个盒子。江问源掀开盒盖，露出里面的东西来——

一眼看去，那是两个和装着穆绵绵眼睛的福尔马林溶液密封罐完全一样的玻璃罐，在玻璃罐里，一双属于孩子的小小的眼睛，漂浮在福尔马林溶液中。这双眼睛没有被任何东西刺穿，也没有被异物刺穿拔走后留下的创痕，两只小小的眼球完好无损，应该就是云鹤女儿的眼睛。

也许将云鹤女儿的眼睛破坏，本轮游戏就能通关了，但江问源不敢冒这个险，万一破坏云鹤女儿的眼睛也无法结束游戏，那在楼顶和云鹤对峙的齐思远三人就会非常危险。江问源思考了一会儿，取出云鹤女儿的双眼放入随身包，然后把穆绵绵的一双眼睛也给带上。

当江问源走出第二图书馆，和云鹤斗得两败俱伤的司徒谦、穆绵绵才悔不当初。现在所有人的命脉都捏在江问源手中，但凡他们敢有一点儿动作，恐怕江问源就会毫不犹豫地破坏他们重要的眼睛。

即使有了共同的目标，司徒谦、穆绵绵和云鹤双方也无合作的可能，他们各据一方，把齐思远三人困在楼顶中央，等着江问源的到来。

当江问源重新回到楼顶，他二话不说，先把装有穆绵绵眼睛的玻璃罐扔到云鹤怀中："云鹤，为了你的女儿，你给我看好他们。"

同时牵制住云鹤和穆绵绵三人之后，江问源才越过云鹤走到队友们身边，对他们问道："你们还好吧？"

齐思远单睁左眼，右眼紧闭，有血水渗出："我没什么大问题，回去检查一下右眼就可以了。陈眠，你可以啊，竟然抓住了云鹤的命门，你肯定不知道你进入第二图书馆的时候云鹤有多慌张。"

齐思远话那么多，还中气十足，看来是真的没什么问题。江问源又把视线转向单晓冉和吕琦妙，齐思远把她们俩护得很好，外表看起来并无大碍。单晓冉说道："我用了一个玩偶保护我们，没问题的。"

确认完队友的状况后，江问源才转向云鹤和穆绵绵三人："现在，该想想怎么为这场悲剧收场了。"

江问源一本正经地对云鹤胡说八道："如你所知，我们是龙组的调查员。你们使用眼睛下咒，这是触犯禁忌的做法。我们有义务阻止你们，并消灭邪物。云鹤，你现在可以破坏穆绵绵的眼睛，同时杀死穆绵绵和司徒谦，为你女儿报仇。"

云鹤并没有立刻动手，而是对江问源问道："杀死穆绵绵和司徒谦之后呢，你们打算把我和司徒静怎么办？"

江问源继续瞎扯："你们害得超过百人死亡，事情结束之后，你们会被收押到特殊监狱服刑改造。"

司徒静已经万念俱灰，她最好的朋友竟然想要她死，她最讨厌的人竟然从很久以前就在保护她，而她竟然因为任性行事，导致云鹤老师日日加班到深夜，耽误他女儿的病情，最终不治身亡。司徒静觉得自己真的活得非常糊涂。她对江问源说道："我会承担起自己的罪孽，可是司徒谦是无辜的。你们能不能放他一条生路？"

司徒谦对司徒静摇摇头："我能感觉到我和穆绵绵的联系，我们已经是共同体，她死，我死。她不死，我也可能死。就让我和穆绵绵一起离开这个世界吧。"

穆绵绵面容扭曲："我不同意，凭什么我要死！我要活着，我不要再死第二次了！"

可穆绵绵的抗议并没有用，云鹤已经打开那两个密封玻璃罐，将穆绵绵的眼球连带福尔马林溶液一起倒出来。他捡起穆绵绵被刺穿的两颗眼球，轻轻一捏，两只破碎的眼睛便在他手中化作两摊血水。看到那两摊血水，江问源的眼神微微闪烁。

"啊——！不——！！！！"穆绵绵捂着双眼，从喉咙发出凄厉的惨叫声，她的眼睛灼烧起来，很快就蔓延到整张脸、整个头部，然后是身体，从体内到体表，全部灼烧起来，穆绵绵脱力地跪在地上，"我不想死，不想死——！！！"

穆绵绵的身体在灼烧的同时，远远站着不敢接近司徒静的司徒谦，他的身影也在逐渐消失。在穆绵绵彻底被灼烧成一团灰烬时，司徒谦最后对司徒静说了一句话："对不起……"

司徒静泪流满面，她爱过的、恨过的人都走了，她自己也间接害死了自己的同学，对于未来，她真的非常迷茫。

云鹤没有理会哭泣的司徒静，他双膝跪地，朝江问源爬过来："我知道我罪孽深重，死不足惜，但我的女儿，她才六岁，她还不知道这个世界有多精彩，就离开人世了。我求求您，让我复活我的女儿吧。我保证，绝对不会再有无辜的人死亡了。"

司徒静听到云鹤的话，她抹掉眼泪，对江问源说道："老师没有撒谎，我也参与到了事件之中。就让老师的女儿用我的身体来复活吧。反正我活着也没什么意义了，而且就是因为我们弄出那么多荒唐事，老师的女儿才会送医不及时，不治身亡。"

江问源否定了司徒静的请求："你是司徒家的小姐，云鹤的女儿才六岁，她回来之后，只会被当成精神病，送去精神病院，云鹤也没资格照顾她探望她。"

"不用司徒静的身体，用我的身体来复活我女儿。我无父无母，也已经离婚了，现在孑然一身，就算有什么异常，也不会有人来过问。"云鹤看向司徒静，"司徒静，如果你想赎罪的话，等我走后，你就好好照顾我的女儿！"

司徒静根本没有犹豫，直接答应下来。

江问源左右看看这对师生："你们都不先问一下我的意见吗？"

云鹤和司徒静双双跪在江问源面前："求求您大发慈悲吧！"

江问源想了想："好吧，我可以答应让你们复活云鹤的女儿，但是有一个条件，你们必须使用我提供的东西对眼睛进行穿刺。那是我们龙组的研究成果，如果云鹤的女儿想要用诅咒的力量杀人，她就会遭到反噬，暴毙而亡。"

云鹤犹豫一会儿："你先把东西给我看一下。"

江问源从随身包里取出两把锥子，递给云鹤。

云鹤拿到锥子，观察了一会儿之后，用锥子在手臂上划出一道伤口。他观察了一阵，确认伤口流出来的血颜色鲜红，并无异样。云鹤咬咬牙："我答应你。"

江问源做了个请的手势："那就开始吧。"

云鹤小心翼翼地擦干净双手，从玻璃罐中取出女儿的眼球，他深呼吸一口气，将锥子刺入瞳孔之中。但是这一次，竟然发生异变！眼球从锥子刺入的位置开始发黑，并迅速蔓延整颗眼球。

在云鹤发蒙时，江问源顺势踢翻装着另一颗云鹤女儿的眼球的玻璃罐，握住云鹤的手刺穿他女儿的眼球。云鹤急怒攻心，左眼渗出大量鲜血："我的女儿——啊——！！！！"

江问源松开云鹤的手，后退几步，在齐思远三人五味杂陈的眼神中，平静地说道："游戏也差不多该结束了。我们等一会儿吧。"

单晓冉和吕琦妙都不敢发表想法，齐思远非常不怕死地对江问源感慨道：

"陈眠啊陈眠，为什么你能这么残忍呢？"

"我并不残忍，如果可以的话，我也希望云鹤能复活他的女儿。"江问源摇摇头，"我上来楼顶之前，去了一趟化学实验室。除了取化学药剂以外，我还做了一个小实验。我把装着穆绵绵的眼睛和装着云鹤女儿的眼睛的两个玻璃罐靠在一起。你猜发生了什么事？"

江问源自问自答地继续说道："穆绵绵的眼睛在福尔马林溶液中渐渐移动，朝着远离云鹤女儿的眼睛的方向移动。重复几次，都是同样的结果。穆绵绵的眼睛在害怕云鹤女儿的眼睛。云鹤女儿的眼睛，没有被穿刺的痕迹，按理来说应该是浸泡在福尔马林里的普通眼睛，穆绵绵的眼睛凭什么要害怕它？"

单晓冉讷讷问道："所以云鹤女儿的眼睛并不正常……"

江问源沉稳地点了点头："云鹤自身也并不正常。司徒静也参与到了事件当中，但她并没有获得操控眼睛的能力。可是云鹤呢，以他表现出来的对眼睛的控制力，甚至能超越司徒谦和穆绵绵，他又是当中的哪一环？"

单晓冉看着失魂落魄跪在地上的云鹤，心里有些不忍："我觉得云鹤没有撒谎啊，他是真心想要复活自己的女儿。陈眠，你是不是多心了？"

江问源很肯定地摇摇头："不是我多心。云鹤女儿的眼睛存在异常是客观事实。云鹤的愿望也许真的是复活女儿，但那是他被诅咒欺骗后所产生的错误认知。也正因如此，能打破诅咒的人也只有云鹤。"

现在江问源心里都还有些后怕，如果他最后没能发现云鹤女儿的眼睛存在异常，没能毁掉眼睛，而是让云鹤实现复活女儿的愿望，到底会发生什么事……

齐思远脑子转得快，一会儿就想明白陷阱何在，他不由倒抽凉气："嘶——现在的圆桌游戏都这么难的吗？！"

江问源有种强烈的直觉，他认为齐思远说的并不对。他仿佛知道这个故事，主角就是云鹤，云鹤的女儿不治身亡后，云鹤对一系列仇人进行复仇，并在最后成功复活女儿。到这里为止，整条故事线已经非常完整了。圆桌游戏为何要多埋一层非常多余的暗线，把云鹤女儿的眼睛设定成隐藏 BOSS？

江问源有种自己被圆桌游戏针对的感觉，他心中有些焦虑，不由得想到他找遍这个世界都始终没能找到的陈眠。以陈眠的性格，他怎么会在这个世界没跟过来？难道他是出什么事了？

在云鹤的哭泣声中，云鹤和司徒静一起化作点点荧光，一个小男孩布偶出现在荧光中。

这一次，江问源不需要向任何人询问，他直接弯腰捡起小男孩布偶。这个玩偶是属于他的——

第 24 章

礼物

江问源在圆桌空间里取回自己的肾功能，抱着小男孩玩偶选择回到现实世界。

现实世界里的时间是凌晨五点十五分，江问源睁开眼睛，从床上坐起身来，解开手腕上又长又重的金链子，对远在房间另一端的单晓冉说道："扇子，你回来了吗？感觉怎么样？"

单晓冉对江问源的话半点儿反应都没有，她呆呆地坐在床上，好一会儿之后，忽然开始又哭又笑，情绪异常激动。江问源点亮屋里的大灯，按下装置在隔壁间的门铃按钮，通知在隔壁等候的永钱，这才拿着一屉抽纸来到单晓冉床边，把整屉抽纸塞到单晓冉怀里，让她哭个痛快。

永钱来得很快，他控制电动轮椅冲进屋里，绕过家具障碍物，飞快地来到单晓冉的床边。永钱把电动轮椅开得就像是在飙车，熟练程度让人不得不怀疑他经常受伤。永钱身体还没有康复，熬了一夜未睡，眼底一片青黑，脸上是掩不住的倦容。他艰难地从轮椅移动到床上，十分紧张地检查单晓冉的情况："冉冉，你哪里受伤了？"

单晓冉摇摇头，她抱着抽纸屉，痛快地哭过一阵把情绪全部发泄出来后，才慢慢地止住眼泪："亲爱的，我很好。我没有受伤，就是感觉有点儿精神不济。"

永钱紧绷的神经总算放松下来，他执起单晓冉的右手，在手背上落下一吻："那就好，你没事就好。冉冉，谢谢你平安回到我的身边……"

在永钱和单晓冉温存之时，江问源已经把永钱给他的五只玩偶装回手提箱中。待两人的情绪稍微缓和，江问源才把手提箱交给永钱："这是进游戏前你给我的玩偶，现在原数奉还。"

永钱打开手提箱，里面整齐地排列着五只玩偶，竟是一只未少。永钱将手提箱重新合上，强硬地把手提箱塞到江问源手中："我说过，只要你一只玩偶都没使用，这五只玩偶都送你。我永钱做人，从不食言。"

江问源愣了愣，有些吃惊地对永钱说道："我是没有使用你给的玩偶，可是扇子用玩偶了，她使用了两只玩偶。这样能算一只玩偶都没使用吗？"

永钱比江问源还要震惊："我刚才是幻听了吗？你说冉冉只用了两只玩偶？！"

单晓冉有点儿生气地拧了一把永钱腰上的软软肉，永钱吃痛，却甘之如饴："我的冉冉真棒！江问源，这五只玩偶你带走吧。按照我们的约定，它们现在已经属于你了。"

单晓冉认同地点点头，她的眼睛还有些红肿："江问源，你就收下这份礼物吧。如果你觉得过意不去的话，我有份委托想交给你，你多尽点儿心力，少收我点儿费用就好啦。"

"什么委托？"江问源并没有一口答应下来。

单晓冉认真地说道："我想拜你为师，跟着你离开七星训练一段时间，等我能够独立进游戏之后，再回到七星。我不想永远当拖后腿的人。"

永钱又是高兴又是难过："冉冉，我能保护你，你没必要……"

江问源在心中默默盘算，如果把单晓冉放在自己身边，永钱应该会更加尽心地去调查 CJ 组织的情况，他不等永钱和单晓冉慢慢商量，直接同意下来："原来是这个委托，当然可以。扇子和永哥进过那么多轮游戏，虽然扇子一直处于被保护的状态，但她已经锻炼出可以适应游戏的精神强度，这轮游戏扇子也帮了我不小的忙。恕我直言，扇子没能在游戏中自立，很大一部分原因都在永哥你的身上，你把扇子保护得太好了。永哥，你强烈地希望能够保护扇子，扇子想要保护你的心情也是相同的，请你不要无视她的心意。"

单晓冉不给永钱反驳的机会，坚决地说道："江问源所说的话，也正是我想说的。亲爱的，我不想永远只当你的负累。这次和江问源一起进游戏，我还认识了两个玩家，他们让我明白一个道理，圆桌游戏并没有我想象中的那么可怕，我想要像他们一样，变得强大起来。"

永钱能感觉到单晓冉坚定的态度："这件事情，容我再想想吧。冉冉，刚从游戏里回来，你一定很累了。你去泡个澡好好睡一觉吧，我还有些别的事情要和江问源商谈。"

单晓冉知道永钱是在紧张她，所以也没有极力要求现在就把委托的事决定下来。等单晓冉离开后，永钱重新回到轮椅上，他瞬间变脸，一副冷若冰霜的表情，刚才那个冲单晓冉傻笑的模样仿佛是江问源的错觉："你的算盘打得很响嘛，把冉冉留在你身边，让我不得不为你尽心办事。你想要委托七星调查的事情，到底是什么？"

江问源不甚在意地回以微笑："我更想将之称为双赢。至于调查委托……如果你不介意现在还不到早上六点的话，我们换个地方再谈吧？"

永钱一夜未眠，精神的确有些疲惫，不过他还是想尽快把事情落实下来，便带江问源去七星的会客室。

由于永钱行动不方便，江问源很自觉地承担起泡茶的工作。因为永钱晚些还要休息，他泡的是温和的花茶，分别给永钱和自己满上一杯花茶之后，江问源才说道："我想委托七星调查CJ组织，主要的调查方向是他们自行留用的玩偶，到底用在了什么地方。其他方面的情报，也越多越好。"

只要长期关注玩家论坛的玩家，无人不知CJ组织的大名。永钱自然也不例外，他挑挑眉："江问源，你胃口不小啊！"

江问源并不在乎永钱怎么看待他："我还有一个要求，请你们务必不要暴露调查CJ的人是我。这个要求的优先级别在调查成果之上。我宁愿七星的调查一无所获，也绝不能暴露我是委托人。"

永钱为了获得足够的力量保护单晓冉，七星没少接过脏活，江问源还是第一个敢把目标对准CJ的，他的要求自然也就不难理解。永钱缓缓说道："按照我们之前的约定，你的委托我接下了，不收委托费。不过按照你的要求，我就不能让冉冉跟你走了，以冉冉和我的关系，万一七星调查CJ的事情败露，他们很容易从冉冉查到你身上。"

永钱给出的理由合情合理，不过江问源也明白，永钱不愿意让单晓冉跟他走的真正原因，还是因为他对CJ有着不可告人的目的。江问源也没勉强，他和永钱签下一式两份的调查委托书，喝完一杯花茶，便起身向永钱告辞。

江问源没有和单晓冉告别，他身上携带着七只玩偶，不宜在外逗留太长时间。他离开七星之后，早餐也没吃，直接到停车场把车开回左知言的别墅山庄。

刚巧，江问源前脚才把车停好，左知言的车后脚就到了。

左知言今天没有让司机来给他开车，江问源便在停车场等他把车停好。江问源从回老家之后，就一直没见过左知言，再加上游戏里的那三天，江问源总觉得他已经很久没见过左知言了。左知言一如他记忆中的模样，全身上下每一个细节都在诠释着什么是社会精英。

左知言知道江问源去七星接带人过游戏的任务："游戏顺利通关了？"

江问源肯定地点点头："那当然。"

左知言说道："下次别那么冲动，我们组织还不成熟，你贸然去别人的大本营，万一任务失败，你要怎么全身而退？"

"是是是。"左知言训起人来总是没完没了，江问源立刻转移话题，"我回老家这趟，你帮了我不少忙，我有份礼物要给你，你跟我来。"

江问源把左知言带到他的房间："你在门口等我一会儿。"

左知言在每个人的房间里，都装了嵌入式的保险柜，专门用来存放个人的玩偶。江问源把随身包和手提箱一起放进保险柜，然后从保险柜里取出上上轮游戏中获得的机器人玩偶，交给左知言："给你，礼物。"

左知言拿到机器人玩偶时，它的特殊能力立刻深深烙印在他脑海中，他脸上难得地露出怔愣的表情："你确定要把能力这么特殊的玩偶送给我？"

"你以为我得到这个玩偶有多久了？这是我上上轮游戏获得的玩偶。"江问源大方地说道，"拿到它的时候，我就想把它送给你了，感谢你为我做的一切。"

左知言一直都不是矫情的人，但是这一次他也不能免俗，脸上露出明显的笑容："那我就收下你的这份礼物了。"

两人边说边来到饭厅，李娜和易轻舟都在。易轻舟消息非常灵通，江问源刚回来，他就已经知道七星里发生的一切："江问源，你可真牛，我都听说了，你居然从永钱那个一毛不拔的守财奴身上赚到五只玩偶，真是发大财了！"

江问源面带微笑："这算什么！我还在这轮游戏里找到了我们组织的新成员。不过要把她接到京市来，还有些麻烦。吕琦妙未成年，她的父母、哥哥都死了，我们要想办法弄到她的监护权之后，才能把她带来京市。"

易轻舟怀疑地看着江问源："你要让一个未成年人加入我们组织，要我们带孩子？江问源，你真的不是失心疯了吗？"

"你可别小瞧未成年人。"江问源把吕琦妙在游戏里凶残的表现给三人说了一遍。

在死一般寂静的空气中，再也没有人敢小看吕琦妙这个十四岁的未成年人了。

拿到吕琦妙监护权的任务，自然落到左知言的身上。不过非常奇怪的是，以左知言的能力，时间都过去半个月了，获取吕琦妙监护权的事情竟无半点儿进展。

在此期间，易轻舟物色到的组织成员候选人也被别的组织截和，气得他脸上都冒出一颗很大的痘痘。不只是易轻舟，就连左知言和李娜也没捞到半个新成员的影子。

久违的早餐会议。

江问源四人以思考者的姿势坐在各自的老位置上，每个人都面沉如水。

易轻舟沉重地说道："现在，你们该承认我所说的话了吧。"

李娜有点儿崩溃："怎么会有这么荒谬的事情？"

江问源这就有点儿不同意了："圆桌游戏的存在不是更荒谬吗？我们的组织这样，又有什么奇怪的？"

左知言的人生字典中，第一次出现妥协这个词："我们组织总不能永远都只有我们四个成员。先找到组织新成员的人就拥有组织命名权，这个赌约作废吧。我们的组织名，我会请专门的艺术团队提供组织名字的名单，再由我们抽签决定。"

易轻舟对此十分怀疑："你确定这样做，我们就能摆脱'诅咒'？"

"试试不就知道了吗？"左知言淡定地说道。

赌约作废的第一天，左知言聘请的艺术团队刚刚开始拟定组织名字的名单，左知言便收到消息，他申请吕琦妙监护权的事情终于有了进展。只需要半个月的时间，等手续都办完后，吕琦妙的监护权就归左知言所有了。

再过一天，易轻舟当初被别的组织截和的玩家，又改变主意，想要加入他们组织。不过这个时候易轻舟已经看不上他了，这种朝三暮四的玩家，不是他们组织需要的。

等艺术团队把拟定好的名单送到左知言手中，江问源给他们组织带来了一位编外成员，单晓冉。易轻舟和单晓冉交情还不错，他熟稔地对单晓冉问道："嫂子，你怎么到我们组织来了？和永哥吵架了？"

单晓冉脸上怒容未退："我们没有吵架，只是彼此的观念有冲突。等我跟师父学成之后，他总会理解我的。"

易轻舟不解："师父？你师父是谁？"

江问源淡定说道："当然是我。扇子，再过几天，吕琦妙也要来京市了。"

单晓冉一脸惊喜的表情："你们拿到琦妙的监护权了？那太好了！"

左知言轻咳两声，打断几人的聊天，他站在一个披着红绸的直立圆盘前："正好我们全部人都在，也该决定我们组织的名字了。"

左知言掀开红绸，露出一个被平均分成九十九块扇形的转盘，每块扇形上都写着一个名字："来吧，我们四个人，每个人投一次飞镖。用飞镖随机选出四个名字之后，我们四个人再投票选出最终的名字。"

左知言四人都摆出非常严肃的态度，看得单晓冉有些莫名，她为免崩人设，只能在内心疯狂吐槽：为什么组织的名字要用这种方式决定？

江问源四人分别在快速旋转的转盘上投出飞镖，转盘停下来之后，结果让单晓冉简直惊呆了。四支飞镖，竟全部落在了同一格扇形之上，都不需要投票

决定了。

那格扇形的名字，不是这些名字中最华丽的，也不是听起来最有气势的，它只是一个非常普通的两字词语：青鸟。

青鸟是一种常见的小型鸟类，体形和麻雀相仿，羽毛多为青蓝色，声音清脆婉转。

神话传说中，青鸟是西王母取食传信的神鸟。

对于这样的结果，江问源四人当然也很诧异。

不过和单晓冉相比，他们又多出另外一种感觉。江问源看到青鸟二字的第一刻，便认可了这个名字。其他三人也是，虽然易轻舟稍稍有点儿不满意青鸟的气势，但也是打从心底里接受了青鸟作为组织的名字。

作为组织的老大，左知言郑重地向在场的人宣布："从今天起，我们的组织就是青鸟！"

决定组织的名字后，左知言接到理事会的电话，没能在别墅山庄久留就离开了。少了一个人，江问源三人也不好撇开左知言去庆祝组织名定下，便把庆祝会延期。李娜和易轻舟各自去忙。

大堂里一下子就只剩下江问源和单晓冉两人，江问源对单晓冉说道："你要在别墅山庄里待很长一段时间，我带你熟悉一下环境吧。"

"你先等等。"单晓冉从带来的行李箱中取出一个档案袋，"在你带我认路之前，我有份资料要交给你。这是永钱让我转交给你的。"

江问源接过档案袋，档案袋上封着密封条，没有被打开过的痕迹。在档案袋的左下角，写着一个小小的字母C，CJ组织的C。江问源掂量一下档案袋，里面的分量并不轻，这是永钱在提醒他，希望他善待单晓冉。

你已解锁小男孩布偶

第七轮游戏

高温森林

你所看到的世界，并不是真实的。

欢迎来到圆桌游戏—112745，
请玩家解锁游戏大佬江问源。

第 25 章

无 NPC 游戏

江问源陪着单晓冉大概熟悉一圈别墅山庄的环境后，把她带到事先布置好的房间，即 208 号房："以后你就住在这里。等吕琦妙来到京市，她就住你隔壁的 209 号，你们也好互相照应。刚刚我们在大堂里见过的李娜，她住在最靠近楼梯的 201 号。我们毕竟性别不同，你要是生活上有什么不方便的地方，可以去找李娜帮忙。"

单晓冉和李娜只打过一次照面，对她的观感还挺好的："这样会不会太麻烦李娜……"

江问源帮单晓冉把行李拎进屋里："不会。我已经和李娜打过招呼，让她多关照你。以后吕琦妙来了也是她负责照看，多你一个也没什么区别。"

单晓冉还要整理她的行李，江问源也不多打扰，他把一份计划书交给单晓冉："从明天起，每天上午的体能训练，你和李娜一起跟着教练进行加强训练。下午是针对游戏各种项目的学习，我已经为你制订好下午的学习计划表格，你按照计划自行学习。每周我都会对你的学习成果进行考核，并根据你表现不足的地方进行重点训练。"

单晓冉翻了几页江问源给她写的计划书，里面的内容十分详尽，总共有三十二页，而且很多都是针对她个人的特殊情况设定的训练项目。这份为她量身定制的计划书，并不是短时间内能完成的。

单晓冉想起她前天和江问源通话，重提永钱从中作梗而不了了之的拜师委托，这也才两天时间，根本不够江问源完成这份计划书。所以说，江问源在还不确定她是否会重提拜师委托时，就尽心尽力地为她制订计划书。单晓冉感动得无以复加："江问源，不，师父，我一定努力训练，不会辜负你对我的期待！"

被人叫师父的感觉还挺酸爽，江问源再交代单晓冉几句之后，便回到位于楼梯另一侧的男生住宿区。江问源走进自己的房间，把房门关上，便迫不及待地拿出永钱转交给他的调查资料。

永钱的调查资料也很厚，不过里面的内容却是一篇治理环境污染的论文，乍看之下，和CJ毫无关系。这是江问源要求的，所有情报必须进行特殊加密。他们有两套解密系统，解密的途径分别是中外两部著名的古典文学。如果送来的资料的页数和写在扉页上的日期的和是奇数，则资料的奇数页使用本国的古典文学解密，偶数页使用外国的古典文学解密；如果页数和日期的和是偶数，则奇数页使用外国的古典文学解密，偶数页使用本国的古典文学解密。

由于CJ的特殊性，也减少机密外泄的可能性，永钱没有让第三人来对情报进行加密，而是亲自对情报进行加密。江问源拿出那两本新买的古典文学，对照永钱送来的论文进行解密。二十七页的论文，解密后只有短短的几百字：

> 我们找到一名被CJ除名的外围成员，他只记得自己被除名的原因是触犯了CJ的禁忌，但他完全想不起来是在什么时候具体做出了什么事情。七星有心理医生职业的玩家，他判断该名CJ外围成员被深度催眠，所以才会忘记自己触犯了什么禁忌。我们尝试对他解除催眠，但他被下了心理暗示，一旦想要向他人透露秘密，就立刻自杀。
>
> 我们只问出少量内容，他就试图咬舌自尽，差一点儿就让他自杀成功了。我们把人救回来后，对他进行二次催眠，让他忘记我们曾经找过他的事情。另外，我们委托其他组织对CJ进行调查，没有任何收获。
>
> 我们从那名CJ外围成员口中问出的情报是：CJ的老大是刷

圆桌游戏狂魔，除去那些卖掉的玩偶以外，他还拥有几百只玩偶。但 CJ 的老大进游戏时从不带玩偶，他的玩偶全部锁在地下仓库中。在好奇心的驱使下，CJ 外围成员悄悄跟在几名进入仓库的核心成员后面，偷看仓库的情况，他看到仓库里的玩偶全部被肢解——

然后那名 CJ 外围成员就试图自杀，情报就断了。

报告完毕。

江问源看完他手写的解密情报，长长地吐出一口浊气，把治理环境污染的论文和解密情报拿进厕所，点火将这两份资料烧成灰烬，然后冲入下水道去，不留半点儿痕迹。

陈眠不使用玩偶，并把它们全部肢解的原因，江问源也能想象一二。那个卖绑定同阵营手链假货的玩家，用的就是类似的手段，他制作手链的材料，就取自玩偶身上的布料。现在这个玩家被左知言拘着，没日没夜地研制如何才能制作出真正能够绑定同阵营的手链，至今仍未有成果。

江问源想起他和白梅进游戏前佩戴的那对红绳手链，确实是有效果的。陈眠不惜毁掉几百个可以保命的道具，除了研究出那对红绳手链以外，应该还有别的研究成果。至于研究成果是什么，江问源立刻联想到了陈眠现在的状态，这两者之间无疑存在着联系。

圆桌游戏的玩家，和普通人并没有差别，他们没有因为进入圆桌游戏而变得更聪明，更强壮，也没有获得任何特殊的能力。玩家在现实中是怎么样的，进入游戏后就是怎么样，玩家想要和游戏中的怪物对抗，能仰仗的只有拥有特殊能力的玩偶。

正因如此，陈眠现在的状态才会显得异常诡异。江问源现在十分迫切地想要知道陈眠对玩偶的研究成果，只有了解清楚玩偶和陈眠现在状态之间的关系，他才能想办法帮助陈眠。但是想要了解其中真相，并没有那么容易，不论江问源现在的心情有多急躁，都只能沉下心来，耐心地等待七星那边的调查结果。

单晓冉性格极好，她来到青鸟不过短短三日，就俘获了李娜的心，两人每日同进同出，如胶似漆。也正是因为单晓冉把李娜的时间全部占走，易轻舟才终于明白自己为什么总喜欢欺负李娜，但是看到她哭的时候又心里难受，原来他喜欢李娜。

易轻舟明白自己的心情之后，对待李娜反而变得畏缩起来。李娜对易轻舟全无男女之情那方面的想法，她不清楚易轻舟为啥躲着她，不过她觉得这样更好，她就不需要浪费精力去应付易轻舟了。

江问源把两人的关系看在眼里，却并不想推他们一把。他们都拥有着可以为之豁出性命的愿望，所以才会进入圆桌游戏，如果他们成为情侣，万一哪天其中一个人不幸死在圆桌游戏中，那另外一个人该怎么办？是继续坚持自己原本的愿望，还是把愿望更改成复活恋人？无论选择哪个愿望，都会非常难受。

江问源尤其讨厌复活某人这种愿望，所以他对易轻舟和李娜的关系变化视而不见。单晓冉也敏感地察觉到易轻舟和李娜之间的某种情愫，同时她也察觉到江问源的态度，便和江问源一样保持沉默。至于左知言，他日理万机，整日忙得不见人影，这点儿女情长，他压根就没察觉到。

今天左知言难得回到别墅山庄，因为青鸟正式的新成员要来了。

吕琦妙的老家离京市不远，她已年满十四周岁，新的身份证也已经办好，她拒绝江问源过去接她，自己买动车票，自己乘坐动车，顺利到达京市站，单晓冉和别墅山庄的司机一起去京市站接她。

当单晓冉牵着吕琦妙的手走进别墅大堂，江问源看到了比游戏中瘦了一大圈的吕琦妙。江问源向吕琦妙伸出手："青鸟的目标是收集玩偶，活到最后，通关游戏，获得万能许愿机会！吕琦妙，欢迎你加入青鸟。"

吕琦妙伸出手，轻轻地和江问源握了握，她眼神无比坚定："谢谢你，问源哥。"

吕琦妙年纪虽小，但身上有种锐不可当的气质，再加上她干净利落的行事作风，短短半日时间便获得了青鸟其他人的信任，不再因为她的年龄而小看她。

左知言对吕琦妙也非常满意，他原本打算见过吕琦妙一面之后就抓着江问源继续去工作的，结果和吕琦妙见面之后，他改变了主意，决定取消今天的工作，和他的监护对象培养培养默契关系。

吕琦妙带来的行李很少，身上的衣服也很旧，都已经不太合身了。眼看着马上就要过年了，左知言当即做出决定，推迟吕琦妙的欢迎会，先去别墅山庄附近的购物中心，帮吕琦妙把所有需要的东西都添置一遍。日常生活用品别墅山庄里都有，左知言非常豪气地给吕琦妙买了衣服、鞋子、围巾、帽子、手套、手机、电脑、手表和一些吕琦妙想要的高考辅导书。

江问源长这么大，还是第一次见识左知言买衣服的方式。

左知言站在一家专卖少女服装的专柜前，问吕琦妙："你喜欢什么款式的衣服？"

吕琦妙已经很久没买过新衣服，而且在父母死亡哥哥瘫痪后就做好了拮据生活的觉悟，刻意地避免关注一切好看的衣服，左知言的问题，真的把她给难倒了。吕琦妙有点儿蒙："什么款式的衣服都可以。"

左知言思考了下，他不喜欢把时间浪费在没意义的事情上，与其浪费时间去选出适合吕琦妙的款式，不如直接包圆。左知言对专柜的导购员说道："你们专柜今年的全部新款，按照她的尺寸全部准备一套，然后送到指定的地址来。"

那个被巨额订单砸中的导购员很蒙，当她和左知言签完送衣服的单子，刷卡收下左知言的一万元定金后，才终于有种真实的感觉。

左知言在购物中心逛了半圈，轻易就成为所有人瞩目的焦点。当他按照买衣服的模式，在某家运动鞋柜给吕琦妙买鞋时，女导购员被左知言无形间撩得芳心乱颤，她娇羞地轻声对左知言说："先生，您对您的妹妹真好。"

左知言瞥她一眼："这是我女儿。"

女导购的笑容顿时僵住："先生，您保养得真好，看起来真年轻……完全没看出来你已经有一个十几岁的女儿了……"

江问源几人在旁边看着这一幕都快要笑疯了。和青鸟的人在一起，江问源心中无尽的阴霾也变得没有那么重，对即将到来的新年也有了些许的期待。

在青鸟这个新生组织即将迎来第一个新年之前，江问源还有两道难关必须跨过去。

第一道难关，即将到来的属于他的圆桌游戏。

第二道难关，圆桌游戏结束后，陈眠的一周年忌日。

算上永钱赠予的五只玩偶，还有江问源自己在游戏里获得的鸟头人玩偶和小男孩玩偶，这一轮游戏，他将带着七只玩偶一起进游戏。

绑定共同阵营的手链实验尚未成功，这一轮游戏，江问源还是独自一人进游戏。

游戏当天，左知言那个工作狂自己进游戏前不愿意浪费时间就算了，还十分魔鬼地在江问源进游戏这天也给他布置了一堆工作任务。江问源只能把这些工作当成对精神的磨炼，在游戏准备室内对着电脑敲敲打打，就在这时，熟悉的失重感袭来。

不管进入过多少遍圆桌游戏，江问源始终很难适应进入和离开游戏时的坠落感。眩晕过后，江问源不着痕迹地观察起圆桌的情况来。本轮游戏存在空位，一共有二十七名玩家，算是难度较高的游戏。江问源本轮的游戏综合排名是第一位。

在圆桌吊灯的灯下黑处，一只绵羊玩偶嗒嗒地蹬了蹬蹄子，慢吞吞说道："咩——欢迎各位玩家来到圆桌游戏—112745。"

说完欢迎词后，这只绵羊径直朝着江问源的方向走过来。它没有触碰江问源，冲他咩咩地叫起来。绵羊玩偶叫了大概五秒钟才停下来，当它的叫声消失的那一刻，江问源身体的束缚被解开，与此同时，他眼前的景象瞬间陷入一片漆黑之中，他双眼的视力被作为代价收走了！

即使江问源现实里在教练的陪同下进行过双眼失明的日常训练，但此时此刻，江问源还是变得慌张起来。他听着绵羊的叫声渐渐远离，又渐渐接近，最后绵羊玩偶蹬着蹄子刚好站在江问源身旁的空位前："六十秒读秒结束后，游戏开始。祝各位玩家都死在游戏里！咩——"

从现实里进入圆桌空间会有失重感，但是从圆桌空间进入游戏里却是无缝切换，江问源看不到读秒数，可他能清晰地感觉到自己已经进入了游戏——

天空中下着细雨，冰冷的雨滴打在江问源的脸上。他站在雨中，这里已经是游戏里了。

　　江问源站在原地等了一会儿，却没能等到引导 NPC 的发话，反而是玩家开始骚动起来。

　　"怎么没有引导 NPC？"

　　"那我们是不是该沿着这条路继续走？"

　　"往哪个方向？这条路前后都看不到尽头，玩家又不是同时面朝一个方向。"

　　"那……我们还是往左走吧。"

　　"凭什么大家要陪你走你的方向？"

　　"一直站在这里淋雨也不是个事啊。"

　　这一轮游戏，竟没有引导 NPC。

　　江问源深呼吸了一口气，上一轮游戏陈眠就不在，这一轮陈眠也不一定会在，无论如何他都不能在这里死去，他只能想办法自救。江问源的脑子开始飞快地思考起来，他本轮游戏的目标不是通关游戏，而是活到别的玩家通关游戏的时候。如此一来，他可以拿玩偶当作筹码，寻找一名导盲同伴。与此同时，他必须表现出即使失去视力也依旧不好惹的实力来，时刻警惕着被导盲同伴反噬。

　　江问源深呼吸一口气："我是本轮圆桌游戏第一……"

　　他的话还没有说完，就感觉到一个人穿过雨水来到他的身边。那个人用他被雨水湿透的左手，轻轻地握起江问源的右手。

第 26 章

重逢

那人牵手的方式，和江问源记忆中的某人如出一辙。

江问源润湿眼角的泪混入雨水中，他用力地回握着那人的左手。

"我是陈眠，请问你叫什么？"

低沉的男声在江问源耳边响起："我叫陆羽。正好我们在林间小路上的方向一致，不如我们就组队一起行动吧。"

在江问源和陆羽互换姓名时，其他玩家也终于争吵出一个结果来。既然现在看不到引导 NPC，而面朝小路两个方向的玩家人数都差不多，那玩家干脆就分成两拨，按照各自面朝的方向走。

江问源直觉玩家分出两个方向来肯定有特殊意义，可是他什么都看不见，无法根据两个方向玩家的性别、年龄和周围的环境去分析现状。

随着游戏场次的增加，圆桌游戏的老玩家占全部玩家的人数大幅上升，大家多少都会关注圆桌综合排名前位的人。

本来有一部分和江问源面朝相同方向的老玩家暗中观察江问源，想要和他攀关系，但是他们发现江问源动作不协调、双眼无焦距，手中又无拐杖，便纷纷打消了和江问源组队的念头。大佬固然厉害，可是被收走双眼视力的大佬，可能比新人玩家还要不如。

　　玩家们各自找好本轮游戏的队友，按照自己面朝的方向前进。江问源被陆羽带到路边，听着玩家们从他身边经过又走远的脚步声，最后只剩下他和牵着他的陆羽还站在原地。这一轮游戏，江问源的队友也就只有陆羽了。

　　等到脚步声都消失后，江问源才对陆羽说道："我们差不多也该出发了吧。"

　　陆羽却并不着急，他慢条斯理地给江问源介绍起目前的情况："现在天上阴云密布，看不出时间是上午还是下午。按照现在的雨势，雨应该会一直下到今晚。我观察过周围的环境，小路是铺着碎石碴的泥路，不是特别平坦，现在路面已经积有不少水坑了。小路两旁都是茂密的森林，不过并没有大型野兽的气息。你拿出防身武器，站在原地等我一会儿，我去砍一根合适的树枝做手杖给你，很快就回来。"

　　江问源没有松开陆羽的手："等等，我现在看不见东西，为防有怪物冒充你来欺骗我，我们约定一个暗号。"说着，他摊开陆羽的手心，在上面写了一个字之后，才松开陆羽的手："等你回来找我，我会问你一个问题，不管我问你的是时间、天气还是别的任何问题，你都必须回答我们的暗号。"

　　陆羽叹气："我已经能想象你会问什么问题了。"

　　"哦，看来你还挺了解我。"江问源从随身包里摸索出他新买的瑞士军刀，原来那柄瑞士军刀已经送给吕琦妙了。

　　陆羽离开之后，就只剩下江问源一个人站在雨中。在无尽的漆黑世界中，一人独处的时候，仿佛时间都变慢了。江问源感觉等了很久很久，才听到脚步声的接近。

　　"我回来了。"听着像是陆羽的声音。

　　江问源用瑞士军刀指着声音的方向："你是谁？"

　　陆羽有点儿不情愿地吐出一个单字："朱。"

　　江问源仿佛根本听不出他语气当中的委屈，收起瑞士军刀，朝陆羽伸出手："暗号正确，我们该赶路了。"

　　陆羽先拉起江问源的右手，把削好的手杖放到他手心里，江问源语气很淡："我以为，你找不到我了。"

陆羽说道："……怎么会？我肯定能找到你的。时间不早了，我们走吧。"

有陆羽牵着走，还有手杖引导，江问源顺利发挥出跟教练训练出来的成果，走得十分稳当，速度也没比正常人慢多少。

两人冒着雨小心地走了许久，陆羽带着江问源放慢脚步。

"用时二十一分钟，我们到了。距离我们大概三十米的位置，有一座三层的老洋房。不过洋房的颜色不是常规的红瓦墙，而是通体漆成介于纯白和鹅黄之间的过渡色，有几面墙壁长满爬山虎。在二楼的位置，已经有好几扇窗户透出灯光，应该是入住的玩家。"

江问源停下脚步，拽住陆羽的手带他一起停下来："你再好好观察一下，这座老洋房还有别的什么特别的地方吗？"

陆羽冒着雨又仔细看了看："还有就是保养得比较干净吧，老洋房附近没有什么杂草，东南面的墙角有翻新过的痕迹。这么说来，老洋房里应该有NPC。"

江问源思考了一会儿，继续问道："你刚才说老洋房里已经有人开灯了，所以现在天色已经暗下来，快要到晚上了吗？"

陆羽答道："那倒不是，是云层不散导致天色有些暗。根据我的判断，最少应该还有三个小时才会天黑。"

江问源牵着陆羽的手，右手的拐杖在地上点过半圈，带陆羽掉头："那时间还挺充裕，我们去小路的另一端看看情况，再返回都来得及。还有，你用手机记一下时间，看我们从这里走四十分钟，大概能走到小路另一端的什么位置。"

对于江问源的一项又一项的指令，陆羽没有半点儿不耐烦："好，我都听你的。不过，有件事情……"

"有事直说。"江问源表面淡然，心里想的却是另一回事，但凡陆羽敢对他说"你眼睛不方便就不要操心太多"的话，他一定要和陆羽原地干架。江问源始终记得过往每轮游戏当中陈眠的表现，陈眠非常顾忌暴露实力和身份。现在就算他眼睛失明导致基本丧失行动力，就算他的心里叫嚣着尽情依赖陆羽，江问源都没有妥协，他还是想要靠自己立住根本，把陆羽的实力藏起来。要是陆羽敢不领他的情……

陆羽轻轻拉过江问源，往回转了45度角："你刚才转身转过头了，我们该往这边走。"

江问源："……"白跟自己生气了！

两人又马不停蹄地往回走了将近四十分钟，陆羽对江问源说道："四十分钟的时间到了，我看到大概五百米的地方，有一幢白色的建筑物。远远看着，这幢白色建筑物和小路另一头的老洋房有些相似。"

"这么说来，我们进入游戏的位置，大概就在连通这两幢建筑物的小路正中间。"江问源不由得加快了脚步，"我们快过去看看，那幢白色建筑到底长什么样。"

陆羽只能赶紧跟上："你走慢些，前面有水坑，别摔着！"

两人来到白色建筑前，已经彻底被雨淋成了落汤鸡。

陆羽非常尽责地当江问源的眼睛："这幢白色建筑和我刚才看到的老洋房是相同风格的建筑，而且我猜想它们建起来的时间应该也是相仿的。不过这幢老洋房有四层楼，占地面积也比另一边的要稍大一些。我们还要回另一头的三层老洋房吗？"

江问源摇摇头："既然两座老洋房相差不大，那我们就在这里住下来吧。我们再继续淋雨就要生病了，得不偿失。"

"那好吧，我们就在这里住下来。"陆羽带着江问源走到四层老洋房前，"接下来有三层三十厘米高的台阶，你小心点儿。"

江问源训练过眼盲状态时如何走台阶，他很轻松就连续踏上三层台阶，头上终于有了挡雨的屋檐。紧接着在平地上稍微走了一小段路之后，江问源听到了"吱呀——"的推门声，这声音有些沉闷："是木门吗？"

陆羽说道："是的，双合木门。"

江问源哦了声："开门声听起来，这木门已经有些年头了。"

陆羽轻快地说道："嗯，你猜得没错，门确实很旧。我们进去了。"

陆羽进到四层老洋房后，便不再言语，他带着江问源在一楼走了一圈，把每扇门都推开，进去看一眼之后又合上门。在江问源数到十二时，陆羽才轻声说道："一楼没住玩家，而且也只有我们现在所在的一间卧室。"

"那为什么没人住？"江问源问道。

陆羽有点儿一言难尽地说道："可能因为这里是主卧吧，充满了哥特式风格的主卧。至于具体长什么样，我就不跟你形容了。我们就在这儿住吧。"

江问源能从陆羽的语气中听出他对这间主卧的不适应，但他现在行动不方便，也没办法换到二楼去住。江问源琢磨了一会儿，想到一个能让陆羽尽快适应卧室的办法。这个世界上，也就只有江问源，才会觉得一个能在圆桌游戏里拿到几百只玩偶的玩家需要安抚。

江问源对陆羽说道："我们淋了那么久的雨，先把澡给洗了。"

陆羽并不放心江问源一个人行动，他带着江问源从衣柜里拿出换洗的衣服，才带着江问源一起走到浴室。主卧自带的浴室很大，陆羽边给江问源讲解浴室里的格局，边盯着江问源。

陈眠还活着的时候，他想方设法地锻炼江问源的各项能力，那时候江问源什么苦都肯吃，身材特别好。陈眠去世，江问源的精神受到打击，体形迅速消瘦下来，很久都没能补回来。

江问源无意中进入圆桌游戏之后，对体能的训练陡然提高一个台阶，比陈眠活着时还要刻苦。到了京市，那就更加夸张。有多名专业教练陪同训练，训练结束有按摩医师的保养，一日三餐有营养师专门制定营养套餐，江问源的体重稳步恢复，身材也比陈眠没出事前要强健得多。不仅如此，江问源的皮肤也很好，夏天时他时常顶着烈日晒得肤色深了两个色号，养了半个冬天就养回来了。

陆羽看着江问源，好嫉妒他身上的每一块肌肉。

然而，他只能佛系地给江问源当眼睛："刚才我们进来老洋房时，大堂里有四个玩家。他们的反应有点儿奇怪，我们站在门外推开门时，他们完全没有注意到我们。直到我们双脚都踏进屋里，他们像是吓了一跳，才反应过来有人开门进屋。"

"还有，你应该也听到的。"陆羽十分狗腿地给江问源递洗发液，"洋房里没有找到 NPC。"

第27章

诱饵

两人洗完澡换上轻薄的夏装后，陆羽牵着江问源走出浴室。他带着江问源在主卧内走了很长一段距离，在主卧唯一一张床上坐下。

"现在天色已经完全暗下来，这座老洋房里没有供电设施，仅靠蜡烛照明。床头两侧的墙上各有一盏蜡烛壁灯。整张床的正上方都没有吊灯，你可以在床上放心活动。不过，除非必要，你尽量不要靠近床的另一侧。在床的另一侧约六米左右，是主卧的全景落地窗户，那里摆着几张沙发、一个小书架和茶点小桌，上方的天花板还有一盏分量不轻的吊灯。你眼睛看不见，万一有人从外面扔东西砸窗户，或者吊灯砸下来，都很危险。"

陆羽仔细向江问源交代清楚需要注意的事情后，用手指在江问源手心写下两个字："我现在去找些吃的东西回来，你在这里等我一会儿。我回来之后，要是你对我有任何疑问，和我确认新暗号。"

江问源攥紧手心，像是要把陆羽写的那两个字牢牢抓在手里："你去吧，我等你回来。"

在黑暗中，江问源慢慢松开陆羽的手，床上一轻，一阵沉稳的脚步声后，房门开合，屋里就只剩下江问源一人了。

江问源坐在原位没有动，为了避免陷入眼睛失明带来的恐惧，他强迫自己冷静下来，开始思考整理现在的情况。

这个游戏世界最特别的地方，就是没有引导 NPC。

江问源得知 AJWY 是陈眠的论坛 ID 之后，就把 AJWY 的所有帖子都看过一遍。AJWY 从不灌水，他的帖子大多为收费科普帖和免费科普帖。但是其中有一个非常特别的帖子：悬赏帖。

这个悬赏帖的标题是《有偿收集无 NPC 圆桌游戏详情》，每一例游戏悬赏金折合人民币就是十万元之多。帖子里的回复，基本都是在讨论无 NPC 的圆桌游戏是否存在，就算有玩家接下悬赏，最后也被爆出是为了高额悬赏金而胡乱编造故事。后来由于质疑无 NPC 圆桌游戏根本不存在的声音太多，这个悬赏帖就不了了之沉帖了。

现在摆在眼前的事实证明，无 NPC 圆桌游戏的确存在。那么 AJWY 没能悬赏到无 NPC 圆桌游戏的案例，那只能说明两件事：无 NPC 圆桌游戏的轮次并不多，而且这类型游戏的存活率……极低。

江问源无意识地拽紧床单，即使他视力没被当作代价收走，想要通关本轮无 NPC 圆桌游戏都绝不轻松，更何况是现在。如果说上轮游戏那个隐藏极深的陷阱，只是让江问源心存怀疑的话，此时此刻，江问源明确地感受到，圆桌游戏在针对他。

如果圆桌游戏是因为他的不良愿望而针对他，为何不像对待齐思远那样，密集地安排背叛者局？上轮游戏江问源一点儿都不认为是背叛者局，圆桌游戏再次把吕英奇送到他的面前，还把吕琦妙也安排进同一轮游戏，就是让他亲眼看到吕英奇是怎么被逼死的，因为吕英奇在黑影怪那轮游戏把背叛者的情报泄露给他。

圆桌游戏针对江问源的方式，在江问源心里有两层解读：其一，圆桌游戏对他恶意极深，想置他于死地；其二，就是把他当作诱饵，引诱陈眠上钩！

江问源深呼吸两下，没有继续深思下去。现在他身为局中人，无论圆桌游戏有什么阴谋，他都只能被动应战。与其去想那些还摸不着边的事情，还不如想想看该如何通关本轮游戏。

本轮游戏的地图是封闭式结构，圆桌出现在一条小路的中间，小路两端各有一座风格相同的白色洋房，小路和两座洋房都被郁郁葱葱的森林所包围着。这样的地图设计，有意要把玩家分成两拨，一定存在着某种特殊的意义。

除了地图以外，还有气候的问题。江问源才刚刚洗完澡，这会儿又热得有点儿想出汗了。陆羽说过，这个游戏世界的室外温度在 35 ~ 40 摄氏度，连持续的降雨都不能带来降温。如此异常的气候，也需要花点儿心思去调查才行。

在陆羽离开之后，江问源就用可以脱网工作的智能帮手定下闹钟，每隔十分钟一次提醒。这第三次闹钟都过了，陆羽还没有回来。

江问源有些坐不住，他摸索到架在床头柜的手杖，双手握紧手杖，强迫自己冷静下来。陆羽迟迟未归，肯定是遇到麻烦被绊住脚。他现在的状态，找人都不方便，就算找到人自己也只会是个拖后腿的累赘。如果陆羽始终没有回来，再过一个小时，他就拿着玩偶去和其他玩家交涉，去寻找陆羽。

还好，手机闹钟又响过四次之后，陆羽终于回来了。

失去视力之后，江问源的其他感官变得敏锐许多，陆羽身上有淡淡的血腥味。江问源挂着手杖站起身来，用手杖探路朝门口的方向走了几步："陆羽，你受伤了？"

"我没有受伤。"陆羽连忙迎上来，牵住江问源的左手，他的手还残留着水迹，"老洋房里没有食物，也没有食材，我就去老洋房后面的那片森林走了一趟，摘了点儿果子，还猎到一只兔子。那只兔子我刚杀了放进锅里煮，你先吃点儿果子吧。"

陆羽放轻动作带着江问源重新坐回床上。江问源放下手杖，摸到陆羽身上的衣服："你出去了那么久，要不先洗个澡吧。"

陆羽把果子塞到江问源手中："我先换身衣服凑合一下就可以了。我还得去守着厨房里的那只兔子呢，你先吃点儿果子，还要一段时间才能把兔子给做好呢。"

玩家无法把一些高杀伤力的东西带入游戏中，除了身上的衣物鞋子和饰品以外，其他能携带的东西必须统一收纳在同一个背包或箱子内，并且总质量也不能超过10千克，否则就会遗在现实世界里无法带入。玩家需要带的东西很多，最后能分给食物的分量并不多。现在老洋房里没有食物，玩家很容易陷入缺少食物的危机中。

看守厨房那只兔子十分有必要，不过江问源等了陆羽一个多小时，已经不想继续等下去了："陆羽，你厨艺好吗？"

陆羽干笑两声："煮熟，能吃。"

江问源重新拿起手杖，再次站起身来："我和你一起去厨房看着那只兔子吧。我厨艺还行，我来教，你按我说的来做。"

陆羽想了想："那好吧。"

陆羽很快把衣服换好，带着江问源到厨房时，厨房里有一个玩家眼巴巴地守在兔子锅前。因为老洋房里只有厨房能够生火，想要吃兔子也得在这里做熟才能吃，而他也把厨房检查过一遍，并没有可疑的调料。而且玩家也不能从现实世界里把毒药带进游戏，所以陆羽并不担心兔子会出问题。

不过陆羽也没有想到，会有玩家如此光明正大地觊觎他的兔子。

那个玩家不好意思地挠挠头："两位大佬好，我叫徐洲，是刚通关一轮游戏的新人。我带的求生工具太多了，就没留出重量分给应急干粮。我去森林里转了一圈，也没收获什么食物……我看大佬放在锅里煮的兔子，兔肉的处理方法不对，那样兔肉吃起来会很腥，要不，我来做兔肉火锅，两位大佬分我几口兔肉呗。我厨艺很好的！"

江问源抬起右手，将手杖在地面敲了两下，把徐洲的注意力吸引过来："我们可以分一些兔肉给你，不过，除了做兔肉火锅以外，我还有别的条件。"

徐洲诧异地看了江问源一眼，他还以为江问源和陆羽两人当中，陆羽才是处于主导地位的那个人，没想到，竟是江问源处于主导地位。江问源双目失明还能强势立足，实力绝对不容小觑，徐洲的态度变得越发恭敬起来："您先说说是什么样的条件，只要是我能完成的，我都答应您。"

江问源慢条斯理地说道："不用那么紧张，我行动不方便，陆羽需要照顾我，这就导致我们的行动力下降。本轮游戏无 NPC，我需要大量的情报。你想要食物，就拿情报来换。你能得到多少食物，就取决于你给我提供的情报有多大的价值。用情报换食物，这个约定长期有效。"

如果是别的资深玩家，对江问源的约定肯定会有犹豫，毕竟他们也是有实力可以争夺玩偶的。但徐洲不一样，他才通关一轮游戏，对玩偶基本没有太大的野心。徐洲毫不犹豫地答道："谢谢大佬，我愿意用情报交换食物！那我开始做兔肉火锅了？"

在江问源点头许可之后，徐洲挽起袖子，洗干净手后，把锅里煮得半熟的整兔捞出来放入冷水中清洗，一边麻利地处理兔肉，一边绞尽脑汁地抠情报。

"在两位大佬来之前，往我们这个方向走的玩家一共有十三个。我们找遍四层老洋房，一个人都找不到，而且老洋房里完全没有食物。只有走得快，又比较机灵的玩家幸运，在老洋房某几面外墙上长有爬山虎，这些爬山虎和现实里的爬山虎有区别，上面结有一些果子，那几个玩家把果子全部摘下来，独占了老洋房唯一的食物。因为果子只有十几个，数量不多，所以才没闹起来。"

老洋房里没有食物，反而是爬山虎上长有少量果子，这还挺奇特的。江问源对徐洲问道："那你有没有见过那些果子长什么样子？"

徐洲说起果子那叫一个恨呀。

"我是最先到达老洋房的玩家之一，不过我太笨了，都没想到要先检查厨房，让那几个玩家抢了先机把果子摘了。爬山虎上长的那些果子，颜色偏深红，但形状都不一样，才十几颗果子，圆的、扁的、长的、尖的，什么形状都有。不过有一个共同点，这些果子都很好吃，而且没有果核。果子好吃是吃果子的玩家说的，我也不是很清楚是什么味道。我的情报也就这些，没别的了，能值多少兔肉，大佬您看着给吧。"

江问源略微思考一会儿，对徐洲说道："你帮我盯着那几个摘下果子的玩家，我可以再给你多加一些兔肉。"

徐洲对那几个独占果子的玩家本身就没有好感，帮江问源监视他们，一点儿也不会觉得良心不安："好的大佬，我会好好地盯梢他们的！"

在厨艺上，徐洲的确没有撒谎，他做的兔肉火锅，味道特别香。

兔肉火锅端上桌后，江问源说道："这锅兔肉，你可以拿走四分之一。不过因为我行动不方便，肉多的部分要留给我。"

能分到四分之一的兔肉火锅，徐洲已经很满足了，哪还会挑剔肉多不多？徐洲想着大佬也是要面子的，肯定不喜欢被外人看到自己狼狈用餐的模样，他用一个空盘装走自己的那部分兔肉，给江问源掂量过分量，允许他带走后，才心满意足地离开了厨房。

等徐洲走远之后，一直保持沉默的陆羽才笑开来："你没必要这么防着我吧。"

江问源没理陆羽的话，他在桌上摸到另一个和徐洲拿走的盘子相同的盘子，双手托着盘子凑到陆羽面前："帮我装我那份兔肉。"

陆羽给江问源装好兔肉后，江问源掂了下盘子的重量，确认重量只比徐洲的重上一点儿之后，才摸到勺子，慢慢地就着盘子吃起晚餐来。骨头的部分大都被徐洲拿走，江问源按照徐洲取走的重量分走自己的那部分，坚决不肯多吃，陆羽也只能把剩下的那部分兔肉给吃掉了。

陆羽猎到的这只兔子还是幼兔，没什么肉，江问源只吃到半饱就没了，只能啃陆羽摘回来的味道很涩的果子充饥。至于随身包里的干粮，江问源并不打算动，有必要将其留下来以备不时之需。

第二天早上，江问源睡够七个小时，生物钟便自动叫醒他。江问源往旁边一摸，陆羽的位置已经没有残留的体温，落地窗那边清晰地传来雨打窗户的声音。这场雨，竟然从昨天一直下到现在都没停。

江问源艰难地按照记忆的路线去浴室洗漱，折腾了将近二十分钟才算结束，早早起床外出的陆羽也终于回来了。陆羽看到江问源从浴室里走出来，也没有多说什么，以江问源要强的性格，肯定不愿意过度依赖他。陆羽朝江问源走过来："我去森林里逛了一圈，只摘到一些果子，没猎到动物。今天早餐只能随便对付一下。"

江问源碰了碰陆羽的身体，他仿佛在河里游了一大圈才爬上岸，全身湿透。不过这次江问源并没有催他洗澡换衣服："吃完早餐后，我们回去我们那个方向的三层老洋房一趟吧，看看那边的情况是不是和这边的四层老洋房一样。"

陆羽也正有此意："那等你吃完果子，我们就出发。"

这个世界实在奇怪，气候高度湿热，阴雨绵绵，陆羽找遍四层老洋房，竟一把伞都没能找到。他们都没有带应急雨伞，只能继续冒雨前行了。

江问源已经在小路上走出一定的心得，由陆羽牵着，辅以手杖引导，他今天走得比昨天还要快一些，基本能和普通人的步行速度保持一致了。

然而非常奇怪的是，他们在小路上走了很久，都没有到达三层老洋房。

江问源停下脚步："陆羽，我感觉不太对劲儿，你快看看时间。"

陆羽一看手表，语气有些严肃："我们在七点十五分出门，现在已经八点二十分了。"

一小时零五分的时间，江问源走得比昨天还要快一些，可是他们却没能走完昨天花了四十二分钟的小路。

江问源皱着眉："不对劲儿。这路有问题！"

陆羽抹了一把脸，把脸上的雨水拭去："我们再走一个小时吧，如果再到不了三层老洋房，我们就原路返回。"

江问源隐隐明白他们已经落入陷阱之中，其实他对找到三层老洋房已经不抱多大希望，不过再怎么没有希望，也不能放弃。江问源咬咬牙："再走两个小时吧。不过不是在小路上走，你不是说小路两旁都是森林吗？我们沿着小路的方向，走森林！"

第28章

血字

　　陆羽轻轻叹了口气："我也打算走森林，但是我的想法和你有一点儿区别。我们两人牵着手，我来走森林，你在小路上走。如果用这种方式能走到对面的三层老洋房，那就证明小路确实存在空间错位的问题；如果走不到对面的三层老洋房，那就等我们返回四层老洋房之后，我自己再另外找一个时间沿着小路在森林里走一遍，验证完全脱离小路能否到达对面的三层老洋房。"

　　陆羽的计划安排得挺有道理，不过江问源却觉得陆羽不让他走森林，还有别的原因。江问源朝陆羽问道："昨天晚上我就觉得奇怪，为什么徐洲会找不到食物？森林里不是有果子和野生小动物吗？就算不会打猎抓小动物，摘点儿果子总不成问题吧。徐洲是第一批到达四层老洋房的人，却连一点儿食物都找不到，那肯定是这片森林有古怪。你别瞒我，这片森林里到底有什么问题？"

　　陆羽心中又是无奈又是骄傲，无奈的是他想要保护江问源远离危险却被轻易戳穿，骄傲的是江问源即使双目失明也能保持足够的敏锐："我就知道瞒不过你……森林的异常状态用语言无法完整诠释，要不，你到森林里来亲自感受一下吧。"

　　陆羽握着江问源的手没有松开，先一步探脚走下地势比小路要低一截的森林，随后才引导江问源走下来："你小心些，森林的地势要比小路低。森林地势不平，高度落差在二十厘米到三十厘米之间。"

江问源站在路边，右手收回向前探路的手杖，使其与地面垂直，在小路地面上点了点，丈量高度后，将手杖探进路旁的森林，直到手杖底端触到森林的地面。江问源再次垂直手杖点了点森林的地面，以确认森林和小路的高度落差。森林里的泥土非常松软，江问源几次在相同的位置点下手杖，落地的深度都有轻微的偏差。

江问源在森林的泥地里拄稳手杖，同时借助陆羽的力量，慢慢屈膝探脚走向森林。当江问源双脚都踏上森林的泥土时，鸡皮疙瘩一瞬间占领了全身的皮肤。即使双眼的视力被收走，江问源依旧能强烈地感受到森林的怪异之处。

从玩家进入游戏之后，雨一直没停过，再加上持续不退的高温，在小路上冒雨行走其实是一件很难受的事情。可是从小路踏进森林，江问源感觉到一股热流扑面而来，森林里的温度比小路上的温度要高得多，就连空气仿佛都变得黏腻起来，雨水打在身上也无法带来一丝清凉。森林里的泥土也不像泥土，江问源踩在泥地上，竟觉得柔软而富有弹性，非常有质感。江问源觉得自己仿佛站在了某个巨大怪物的背上，感觉极度恶心，又非常恐怖……

等江问源在森林里站稳，陆羽牵着江问源朝某个方向走去："你跟我来。"

陆羽带着江问源没走几步便停了下来，他轻轻揽住江问源的肩膀，改牵手为握住江问源的左手腕，把江问源的左手贴在某个物体上才松开手。

江问源触碰到物体的第一感觉就是温热。江问源和陆羽牵手走了很久，手心滚烫，但这个物体，它的表面温度比他的体温还要高。江问源用手掌仔细抚摸物体的纹理，在他的生活常识中，见过类似的纹理："这是树干？"

陆羽轻声说道："是的。我接触过的树木，基本上每一棵都处于高温状态。"

江问源松开贴在树干上的左手："所以说，你接触过温度正常的树？那棵树在哪里？"

"就是我砍下树枝给你做手杖的那棵树，那棵树就在小路中心点旁边的森林里。"陆羽说道，"本来我是想着等我找到那棵树，再和你说这件事的。那棵树少了一截树枝，而且就长在路边，应该不难找才对。可是我们今天往对面的三层老洋房走时，我留心路旁的树，始终没发现那棵树。"

　　身处在这片森林里，江问源一直处于不安的状态中，仿佛随时都会被巨大的怪物吞噬，他强迫自己重新冷静下来。

　　江问源说道："我有个玩偶，可以根据破碎的部分找到其主体。有我的手杖在，就一定能找到那棵温度正常的树。不过我现在暂时不想使用那个玩偶，我们还有别的事情需要调查，也不可能一直待在户外，万一使用玩偶找到那棵常温树后，等我们返回老洋房休整，再次去寻找常温树时，常温树可能又找不着了。我们还是先自己想办法找到那棵常温树吧。我眼睛看不见，就靠你了。"

　　"好，我都听你的。现在时间有限，你在森林里行动太慢，浪费时间。"陆羽不给江问源心理准备的时间，直接拦腰把江问源抱起，几步走到小路边，大步跨了上去。

　　放下江问源，等他重新在小路上站稳之后，陆羽再次牵起他的手，轻松地跳入森林："我们快些走吧，森林里太热了。"

　　江问源握着陆羽的手，把手杖探向前方的路，边走边说道："我刚才还有个问题没问你。陆羽，你摘给我的果子，也是从那些高温树上摘下来的吧。我拿到那些果子时，它们的温度是正常的，那你刚摘下那些果子的时候，它们的温度怎么样？"

　　"希望我的回答不会影响到你的食欲。"陆羽微微感慨，"那些长在高温树上的果子，和高温树一样，拥有着相同的高温。果子离开高温树之后，温度会逐渐降低，我切了一点儿果肉喂给昨天逮到的那只兔子，它吃过之后并没有出现异常状态，所以我就把果子带回来当食物了。事实上我们吃了两天也没啥大毛病。"

　　对此，江问源也只能捏着鼻子认了，毕竟老洋房里根本就没有食物，他们带的应急干粮也不多。吃果子，和吃以果子为食的小动物，从结果而言也并没有什么差别。

　　两人一人走小路，一人走森林，时间又过去两个小时。

　　别说三层老洋房了，就连那棵被砍下树枝的常温树都没能找到。

　　江问源已经被雨淋得精神有点儿蔫蔫的，陆羽轻轻一跃，跳上小路："我们先回去吧，我们走出来那么远，原路返回都要到下午了。小路旁的树都不结果子，也看不见小动物的影子，我还得去一趟森林深处去找食物。"

江问源也明白有些事情心急不得："那就回去吧。"

本来两人都已经做好长时间坚持的准备，谁知道他们返回时，才花了不到二十分钟，就回到四层老洋房。

在陆羽提醒江问源注意台阶时，江问源反而停下来："陆羽，你还记得昨晚洗澡时，你对我说过的话吗？"

陆羽有点儿小尴尬，其实他当时的注意力都在江问源身上，和江问源说话只是为了转移自己的注意力。

要是江问源的视力没被收走，此时必定甩给沉默的陆羽一记眼刀："你和我说，我们进入四层老洋房时，屋里有四个玩家。我们推开门时，那四个玩家压根就没有注意到我们；当我们完全踏入屋里之后，他们表现得很奇怪，像是被我们的出现吓了一跳。我怀疑老洋房里存在着一个无形的包围圈，当我们走进老洋房，就会被封锁进这个包围圈内，无法离开一定的范围，所以根本无法到达对面的三层老洋房。"

陆羽想了想，他昨晚确实和江问源说起过这件事："那我们去问问徐洲，以他的胆子，应该不敢离开老洋房太远，看今天有没有从小路对面走过来的新面孔。如果没有，对面的三层老洋房和我们这边应该是相同的情况。"

陆羽把江问源送回一楼主卧去洗澡之后，又马不停蹄地出门去寻找新的食物了。江问源自行洗完澡，换上干净的衣服，从浴室摸回床上，一直等到湿润的头发晾干，陆羽才终于回来了。

陆羽在雨里待了太长时间，他走的每一步，江问源都能听到水从他身上淌下来的声音。陆羽先拐去浴室，一阵流水声后，他又折返回江问源身边，把手里洗干净的果子塞给他："今天中午还是没抓到动物，没肉吃，看来要等临近黄昏的时候再去碰碰运气才行。"

江问源啃了一口果子，明明满嘴的涩意，心里却是又难受又感动："你去把澡给洗了吧。下午我们不出门，在老洋房里找找看有没有什么文字资料。等你明天自己走森林探路时，我也可以留在老洋房让徐洲给我读文字资料，看看能不能从中找到什么线索。"

陆羽知道江问源这是在拐着弯关心他，以前江问源也总是这样，即使再怎么和他生气，和他冷战，都不会忽略他的身体健康。"好，我们下午就留在老洋房里找线索。"

在陆羽洗过澡换上干净的衣服的时候，江问源站在门外和他商量道："无NPC圆桌游戏深浅难测，我又被收走视力，你出去找食物时，我慎重考虑过了。本轮游戏我的目标是活到游戏通关的时候，而不是通关游戏获得玩偶。我想把我们知道的线索无偿分享给四层老洋房里的所有玩家。陆羽，你觉得呢？"

陆羽打开浴室门，裹着浴巾就从里面走了出来："我觉得挺好的，不过，我觉得我们只提供简略情报就够了，如需详细情报，就让他们拿食物来换吧。"

陆羽才是他们两人当中辛苦寻找食物的那一个，他需要长时间地停留在森林里，他提出用食物交换详细情报的意见，江问源当然不会反对。

无NPC圆桌游戏难度极高，连具体的游戏时限都没给，江问源和陆羽都没有睡午觉的心情。他们吃完难吃的果子之后，便开始在老洋房内地毯式地搜寻文字资料，顺便在老洋房里每遇到一个玩家的时候，通知他们下午三点在老洋房一楼大堂集合。

江问源和陆羽，再加上听到风声赶过来给二人当帮手的徐洲，三人把除了有玩家入住的房间以外，老洋房上上下下每个角落都找过一遍，别说一本书了，就连一张纸都没有找到。不过有一处藏在某张沙发后的墙面上，写着两个大大的血字：**快逃！**

从血迹的新旧程度判断，这两个血字的书写时间已经非常久远，而且上面有水冲刷过的痕迹，但只是造成字迹的边缘稍微模糊，并没有洗去血字。

徐洲看着这两个血字就觉得毛骨悚然，逃跑？他们能往哪里逃？诡异的小路，恐怖的森林，哪里不比老洋房更危险？

下午三点，玩家们陆陆续续到一楼大堂集合。

徐洲看过一圈后，用周围玩家都能听到的声音对江问源说道："玩家已经到齐了，在这里的玩家都是昨天就在这里住下来的玩家，没有新面孔。"

江问源坐在大堂正中央的单人沙发里，徐洲和陆羽分别站在他的两旁，他双手交叠撑在手杖上，面容沉着："既然人已经到齐，那么按照约定，为了大家齐心协力通关本轮无 NPC 游戏，我会把我掌握的情报分享给大家。"

江问源语言简练地把昨日他们从小路另一端的三层老洋房走过来，今日却无法返回三层老洋房的事情，以及高温树、常温树，还有墙上血字，全部都说了出来。"事情就是这样，如果你们想要更详细的资料，可以用食物来交换。在森林深处，有一些树结有果子，还有一些小动物可以猎食。森林里并非全然安全，请各位注意安全。"

在场的玩家纷纷夸赞江问源深明大义，但是用食物换详细情报，他们是不打算做的。在这个游戏里待了一天之后，他们深刻地明白这个世界的食物有多么难找。

江问源也不强求他们非要拿食物来换情报不可，在玩家纷纷离开之时，江问源喊住其中一个玩家，这个玩家是徐洲指出来的，就是他把爬山虎上的果子都给摘走了。江问源说道："罗通，我有事与你商量。"

罗通摘果的动静很大，四层老洋房里的人都知道是他把爬山虎的果子给独占了，他一副疑惑的模样，明知故问地说道："大佬，您有什么事要和我商量呀？"

江问源从随身包里拿出两块分量不轻的压缩干粮，放到桌上："据说你一顿吃四颗果子都只有六分饱，我用这两块干粮和你换两颗果子，应该不算占你便宜吧。"

罗通眼珠子一转，就想明白江问源要果子的目的不是用来吃的。从他独占爬山虎果子，就可以看出他自私自利的性格。罗通正琢磨着该怎样敲竹杠换得更多的食物，却被陆羽一个冷淡的眼神给吓得后背直冒冷汗，这人绝不是善茬！罗通赶紧把不该有的小心思收起来，卑躬屈膝地讨好江问源："当然能换，当然能换！用一块压缩干粮换一颗果子，您真的太慈悲了！"

罗通解开随身背着的袋子，从中挑出两颗最小的果子，将其交给陆羽之后，拿起桌上的两块压缩干粮，连声招呼都不打，就飞快地跑了。

江问源挂着手杖，从沙发上站起来："徐洲，你自己也想办法去找一些食物吧。想想墙上的那两个血字，万一老洋房里真的有危险，你总不可能还躲在这里不逃跑吧？我和陆羽还有些事情需要商量，就不和你一道去森林里觅食了。"

徐洲没能从江问源这里拿到食物，却也没有太大的失落。徐洲看得开，大佬帮他是情分，不帮他是本分，他还没有罗通那么不要脸。徐洲已经饿了一整个白天没吃东西了，他抄上顺手的家伙，鼓起勇气再次踏入森林去觅食。

江问源和陆羽回到房间后，立刻对那两颗爬山虎的果子进行研究。

陆羽从森林里摘回来的都是有核、圆形的青色果子，而这两颗爬山虎果子，江问源放在手里转过一遍，其中一颗上圆下尖，只有婴儿拳头大小；另一颗个头稍大一些，整体呈椭圆形，很扁。

江问源把果子还给陆羽："反正有两个果子，你要不要尝一个看看？"

陆羽有点儿嫌弃地把果子收好："还是不了吧。虽然颜色看起来很诱人，但是不带核的果子，这里又没有人工培育，也不知道是怎么来的。不过等晚上我抓到猎物，可以喂它吃吃，看会怎么样。"

两人忙活一整个白天，这会儿也有些累了。江问源便提议先休息一会儿，等到和昨天差不多的时间，陆羽再去森林里看看能不能猎到动物。两人才躺上床没多久，就有人把他们的房门拍得震天响，徐洲慌张地说道："陈眠、陆羽，森林里出事了！你们快跟我过去看看！"

江问源迅速坐起身，推了推身边有些不愿意动弹的陆羽："你快点儿起来。"

陆羽长长地叹一口气，双手用力地拍了两下脸颊振作精神，这才翻身下床。

两人跟着徐洲冒雨走进散发着不祥气息的森林，就在老洋房后面的那片森林里，大约深入森林五百米左右的位置，好些玩家围着某处。

江问源虽然失去视力，却也明白这里发生了不好的事情，他能闻到刺鼻的酸臭味，能听到和雨声有着明显区别的吱吱声。江问源放缓呼吸节奏，适应了一会儿之后，才对陆羽问道："那里究竟有什么？"

陆羽不想把恐惧带给江问源，他把声音里的所有情绪都抹掉，用冰冷的语气说道："那里有两具被明黄色黏液腐蚀的尸体。黏液的腐蚀性很强，他们两人被黏液覆盖的躯干部分，衣服、皮肤和肌肉都被腐蚀，已经能看到肌肉之下的骨头了。"

"谁是第一目击者？说说到底发生了什么事。"江问源对在场的人问道。

江问源无偿分享情报的大佬形象犹在，那个第一目击者很快就站出来："大佬好，我叫沈六。因为您说陆羽在这片森林里摘到果子，我们大家就一起进入森林里寻找果子。事发当时，我离这两个玩家挺近的，我听他们的交谈，似乎是在旁边的这棵树上发现了果子。因为高温树的高温让人觉得恶心，他们就一个骑在另一个的肩上，伸手去摘果子。结果果子没摘到，他们就……"

从老洋房里过来的人除了江问源和陆羽之外，还有一个前来看热闹的罗通。

经过干粮换果子那出，罗通本来就对陆羽有意见，现在他更是整个人都跳起来："好哇，陆羽，你以森林有果子、有小动物为由，把玩家们骗进森林里，就是想让大家都死在强酸腐蚀之下。陆羽肯定是背叛者玩家！陈眠，你可长点儿心吧，你被人利用了！"

由于刚死了人，又有沈六证明是摘果子死的，大家不由得朝陆羽投出怀疑的眼神。罗通见众人倒向自己，连忙大声嚷嚷："这里有谁是陆羽的左右位，站出来，让陆羽说出你们的戒指位置。但凡陆羽说不出你们的戒指位置，他就是背叛者无疑了！"

可在场的人并没有回应罗通的，陆羽冷声说道："和我邻座的两个玩家，都在对面的三层老洋房里。"

罗通跳得更加厉害，一字一句就是要把陆羽往死里逼："好哇，连这个你都算准了！分明是你把对面的玩家都给杀了，然后利用眼盲的陈眠，装作自己不是背叛者！你说小路对面也有一幢老洋房，我看分明就是骗人的。我们也有人朝对面走了，怎么就没看到你说的老洋房？"

"呵——"江问源冷笑一声，"罗通，你说陆羽是背叛者？你的意思是，连我都发现不了的事情，你都能发现，所以你比我这个圆桌综合排名第一的玩家还要厉害？"

江问源一顶大帽扣下去，罗通就不敢吱声了。不过他的话已经引起别的玩家怀疑，如果不把他们心里的疑虑解决，接下来的游戏将很难齐心协作。

江问源朗声解释道："首先，大家都知道，一轮圆桌游戏最多只存在一名背叛者玩家。所以我和陆羽是不可能串通的，这点是最重要的前提，我希望大家能明白。其次，对面的老洋房是不是白色的，我不清楚，但它一定存在。因为我踏上过三层台阶，摸到过一扇和我们这边相同的门。从对面走到我们这边来查看情况，也是我要求的。再次，绝对没有背叛者敢拿我来当挡箭牌，即使我双眼失明，也绝不好惹。"

话音刚落，江问源便朝罗通的方向走去。刚才罗通闹的声音非常大，江问源早就锁定了他的位置，他抬起手杖，用手杖快速在罗通的肩膀、腰窝和膝盖弯三连击，打得罗通直接跪在了地上。这一招听声判位、快速打击，江问源跟着教练吃了很多苦头才练成的。其实这招杀伤力并不强，只是为了用来武装自己，让自己看起来强大而不容侵害。

江问源慢慢地收回手杖："罗通，我再问你一遍。在本轮游戏里，到底是你更厉害，还是我更厉害？"

罗通就是个欺软怕硬的小人。江问源也是吃准了他的性格才会果断出手的。罗通这下都被打蒙了，哪里还敢和江问源、陆羽树敌："您厉害，当然是大佬您更厉害！是我瞎了眼，才会怀疑陆羽是背叛者。"

江问源转头对陆羽说道："我和大家在这里检查尸体，你去重新摘几颗果子过来，让大家认清楚果子的样子，避免再误摘到死亡炸弹。"

江问源最后这手恩威并施，切实地赢得了玩家们的心。那两个玩家的死，便被归结为不幸的意外，再不会有人往江问源和陆羽身上做文章。

陆羽深深地看了江问源一眼，其实即使江问源不替他出头，他也有办法继续游戏，可是江问源却不遗余力地维护他。陆羽心里无比柔软："好的，我这就去摘果子。劳烦大家照看好陈眠。"

等江问源经众人口述大概了解清楚尸体的情况，陆羽就回来了。他手上拿着五颗果子，大方地分给了在场的玩家团队，至于罗通，早就灰溜溜地跑回老洋房里了。

等一切尘埃落定，江问源和陆羽回到房间。

陆羽问江问源："你刚才撒谎了，你根本没有踏上对面的石阶。其实罗通的怀疑很有道理，你不怕我是背叛者吗？"

陆羽提起这件事，本意是想提醒江问源，在圆桌游戏里千万要小心谨慎。结果江问源的回答，却着实让他有些难受。

江问源的声音很冷："背叛者能在我手心写出那么决绝的暗号吗？"

陆羽说道："不管你怎么想，那都是我的真心话。"

陆羽昨天在江问源手心里写的暗号是：骨偶。

不管他们在圆桌游戏里共同经历过多少风雨，陆羽始终坚持想要江问源用它离开游戏。所以江问源才不愿意和他对这个暗号，他也在用行动无声地拒绝离开。

江问源知道自己留在游戏里会成为陈眠的弱点，他离开游戏的话，陈眠就不会有弱点。可是，如果江问源不是陈眠的弱点，他和陈眠就真的彻底没有关系，即使陈眠再次消失在圆桌游戏的某个角落，他也无能为力……

第29章
三层老洋房

江问源在现实中和陈眠也有意见相左的时候，但他们从不用冷战来解决矛盾，他们会大吵一架。跟教练训练之后的吵架，他们甚至还会比画拳头。等他们把所有的负面情绪发泄出来之后，事情就此翻篇。

可是这里是游戏空间，玩家们的一举一动都在圆桌游戏的监控之下。即使是吵架，江问源和陆羽都必须非常克制，不能引起圆桌游戏的注意，以免暴露陆羽的身份。

陆羽打开江问源的衣柜，看着满衣柜的黑色衣裤，心里又是一阵针扎似的疼，他把干净的衣服放到江问源手中："你重新洗个澡，换上干净的衣服吧。我刚才把摘到的果子都分给其他玩家了，要重新去找我们今晚的晚餐。"

陆羽把话说完，也不等江问源回应，直接转身离开了主卧。江问源把手里的衣服拽得死紧，这是他们第一次吵架冷战。而且双目失明，无法阻止陆羽离开的无力感，让江问源回想起当初他无法挽留陈眠的生命。那种痛彻心扉的感觉，江问源不想再体会一次了……

江问源拿着衣服慢慢摸到浴室，重新洗过一遍澡，然后回到床上坐着。在等陆羽回来的这段时间，江问源暂时把他和陆羽的事放到脑后，收拾好情绪，专心整理他目前所获得的情报。

本轮的游戏地图包括三个组成部分，小路、小路两端的两座老洋房，以及把小路和老洋房全部包围起来的森林。

森林里长满高温树，泥土像肉质一样松软而富有弹性，空气和雨水都让人感觉到黏腻恶心，还有那不知从何处而来的腐蚀酸液。那两个死于酸液的玩家，他们的皮肉和衣服全部都被酸液腐蚀干净，只留下两具发黄的粗糙骨架。据徐洲所说，那些酸液最后全部渗进泥土里，一滴都没有留下来。

高温森林虽然危险重重，但是最让江问源在意的并不是高温森林，而是看似安全的小路和两座老洋房。

江问源不知道，小路另一端的三层老洋房是否也和他们现在所在的四层老洋房情况相同。单就四层老洋房和江问源目前所掌握的情报而言，江问源认为这个地方并不是用来住人的，它更像是一个陷阱。

首先，老洋房里的生活设施基本齐全，唯独少了一件最重要的工具。从他们来到这个游戏世界之后，雨就一直没停过，可是他们找遍整座老洋房，都没能找到一把伞或者一件雨衣。如果老洋房是住人的地方，以这里的气候，又怎么会没有雨具呢？

其次，他们在老洋房里寻找文字资料的时候，不止一次发现书架的存在，就连主卧里也有一个小书架，可是他们却找不到任何文字资料。唯一的文字信息，就是那个藏在沙发背后的二字血书：快逃！

失去视力真的是一件非常麻烦的事情，有些情报信息，只通过他人的转述，是无法准确获取的。江问源想分析血字的落笔和笔迹，揣摩还原那个写下血字的人是在什么样的状态下写下这两个字的。他是在被怪物追赶的情况下，匆匆写下二字，继续逃跑，沙发是后来追赶他的怪物挡上去的？还是说他发现老洋房有异常，自己挪开沙发，在墙上留下血书后，再把沙发放回去的？

可是江问源看不见，也就别提什么笔迹心理分析了。虽然无法还原那人写下血书的具体情况，江问源却有种直觉：血字警告后来者逃跑，应该和他们无法到达对面的三层老洋房脱不了关系。

为了弄明白其中关系，往后他们需要集结玩家的力量，一起寻找能到达三层老洋房的路。江问源定下接下来的行动方针后，又坐在床上等了很久，每十分钟报一次的闹钟,他一直数到十九,陆羽才终于回来了。

陆羽刚打开门,江问源就立刻闻到一股香到骨子里的味道,那是一道做得极好的红烧肉菜。陆羽把落地窗那边的桌子和沙发搬离吊灯之下,将烧好的肉菜放在桌上,带着江问源来到沙发坐下:"我带晚饭回来了。等了那么久,你一定饿了吧。"

江问源反手抓住陆羽的手腕:"你哪里受伤了?"

陆羽走近后,除了食物的香味以外,江问源还闻到淡淡的血腥味。

陆羽轻描淡写地说道:"我在打猎的时候不小心沾到一点儿腐蚀酸液,就把那块皮肉给削下来了。你别担心,我身上沾到酸液的面积不大,把坏掉的部分削掉就没事了。"

怎么会没事?这个世界的雨恐怕会一直下个不停,又没有雨具,身上的伤口长时间沾水,很容易发炎感染的。只是为了用一道肉菜向他道歉,有必要做到这个份上吗?

陆羽仿佛拥有读心术一般,认真地说道:"有必要。"他点到为止,没有继续往下说:"我去洗个澡,很快就回来。"

江问源一直等到陆羽洗完澡重新处理好伤口后,才和他一起分享了今天的晚餐。江问源心想,无论陆羽怎么惹他难过,他始终都是牵挂陆羽的。不过江问源并没有把这句话说出来,两人短暂的冷战,也就算翻篇了。

进入游戏的第三天,陆羽准备自己走一趟森林,看能不能找到通往小路另一端三层老洋房的路。江问源知道即使陆羽身上带伤,他也必须走这一趟,所以也就没有多劝:"你去探路这段时间,我也有事情要做,你帮我把徐洲找来。"

陆羽也不多问,把徐洲带到江问源面前后,便离开了老洋房。

江问源昨天教训罗通那一顿,在徐洲心中留下了非常深刻的印象,所以徐洲明知道江问源眼睛看不见,还是不自觉地做出点头哈腰的动作:"大佬,我们今天要做什么呢?"

江问源这两天用步数强记下老洋房一层的格局,他在昨天集结玩家时所坐的那张沙发上再次坐下来,对徐洲说道:"你在老洋房里重新给我找一根手杖,我想把现在这根手杖换下来。"

徐洲观察了下江问源现在拄着的手杖，用树枝削成的，有些粗糙。徐洲心想大佬就是大佬，哪怕是在危险的圆桌游戏里，也十分注重生活质量。他是一点儿都不敢吐槽江问源对细节过于挑剔的。

昨天徐洲跟着江问源和陆羽地毯式地搜索四层老洋房，老洋房里并没有现成的手杖，他只能想办法自己现做一根给江问源。徐洲暗暗庆幸自己手工活还不错，他拆了一张椅子的脚，给椅脚安上一个手柄，由于椅脚太沉，他还稍微把椅腿刨细一些，减轻新手杖的重量，又保证其不会轻易折断。

徐洲动作很快，才一个多小时的时间，就把新手杖给做出来了。徐洲兴奋地想要给江问源献宝，结果他跑到大堂时，却被大堂里的惨状狠狠地吓了一跳。

两个下半身被腐蚀掉大半的玩家，嘴里发出凄厉的惨叫声，从玄关爬进老洋房里。随着他们的爬动，大量的鲜血混着淡黄色的腐蚀黏液从他们下半身流下淌在地上，他们哀声哭泣："好疼啊，好疼……救救我啊，救命，我还不想死……"

徐洲喉咙呃了一声，他连忙捂住嘴，把吐到喉咙的食物又咽回肚子。去森林里寻找食物的玩家落得这个下场，他又怎么敢浪费食物！江问源听到徐洲的声音，冷静地说道："他们伤得怎么样？还有救吗？"

徐洲被江问源的话从梦魇中惊醒，声音颤抖地答道："其中两个玩家下半身都已经被腐蚀完，只剩下两条腿骨了。还有一个跟在他们后面的玩家，右手掌已经被腐蚀掉大半，还能救。"

"那就去救那个还有救的玩家。带他去把那些沾到酸液的皮肉全部削掉，再用大量清水冲洗伤口。"江问源的命令对那两个下半身被腐蚀的玩家而言十分冷酷，但是把时间浪费在两个必死之人身上，那个右手掌被腐蚀的玩家很可能会因为救助不及时而死亡。

有江问源这个强大的主心骨在，徐洲也终于冷静下来。他不忍去看地上那两个已经奄奄一息的玩家，绕过他们去把门外那个右手掌被腐蚀的玩家带进老洋房，去一楼的厨房，那里有刀具，切掉坏死的皮肉后，可以即刻冲水。

等徐洲帮那个玩家处理好右手的伤口，包扎起来之后，那个玩家已经彻底疼晕过去了。徐洲只能任劳任怨地把这个玩家抱出厨房，送佛送到西，把他送回他的房间休息。等他重新回到一楼大堂时，那两个下半身被腐蚀掉的玩家已经彻底没气了。几个玩家围着那两具尸体，正激烈地讨论着今后的生存问题。

一个中年男玩家担忧地说道："现在怎么办？森林里那么危险，陆羽能从森林里抓两只动物回来，我们可没那个本事。以后我们的食物该怎么办？"

"我再也不想去森林里了，呜呜呜呜……"一个长相姣好的女玩家崩溃地哭起来，换作往常，早就有男人心疼地安慰她了，但是现在，谁都没有那个心情去撩妹。

现在已经连续有四名玩家死在酸液之下，还有一名玩家生死未卜，江问源这才意识到高温森林的危险程度。陆羽多次查探高温森林，就是在万丈悬崖上来来回回走钢丝，可是陆羽却始终没有告诉他高温森林有多危险。真是个自以为是的……笨蛋！

玩家们合作把大堂的两具尸体搬走，在清洗大堂的血迹时，江问源对徐洲问道："刚才那两个玩家，有没有爬到大堂中间的地毯上？"

徐洲有些不明所以地答道："爬到了。"大佬关心这个细节问题干什么？他真的完全跟不上大佬的思维。

江问源微微弯腰，用手抚摸了一下脚边的地毯："这张地毯应该是动物毛编织而成的，我想知道那两个玩家爬到地毯上后，地毯上受到的腐蚀程度怎么样。"

徐洲心里一惊，在江问源的提醒之下，他才发现有所不对。

两个分到清理地面的玩家发生口角，他们一个说地毯只有血迹，没有破损，上面肯定没有酸液，就留在那里，让大家注意避开地毯血迹就得了；另一个玩家则不同意，他认为应该把有血迹的那部分地毯剪下来扔掉。

徐洲刚才给那个右手掌被腐蚀的玩家处理伤口，他非常清楚酸液的腐蚀强度，只要沾上一点儿腐蚀酸液，如果不尽快处理，酸液会迅速朝正常的皮肉腐蚀，流动的血液更是沾到一点儿酸液，酸液就会在血液里迅速扩散。其实那个右手掌被腐蚀的玩家，徐洲也不确定能不能救回来，因为他一直喊手臂疼。

酸液的腐蚀性这么强，能迅速腐蚀皮肉、衣服、皮革，怎么会腐蚀不了地毯呢？

徐洲赶紧向江问源报告，他非常肯定地说道："大佬，地毯没有被酸液腐蚀！"

江问源嗯了一声："你刚才是在哪里帮那个手掌被腐蚀的玩家处理伤口的，带我去你处理伤口的地方看看。你过来，让我搭着肩膀。"

徐洲毕恭毕敬地给江问源送上肩膀："我就在厨房里给他处理伤口的。"

两人去了厨房徐洲处理伤口的洗手池。徐洲割下的坏死皮肉，已经彻底不见踪影，只剩几块指骨卡在出水口。至于洗手池本身，以及徐洲用来切割皮肉的刀具，都没有被腐蚀的痕迹。

徐洲把洗手池的情况全部告诉江问源，他的心里大大地松了一口气，看来这座老洋房能有效对抗腐蚀，就算下酸雨，只要躲在老洋房里就不会有问题了。

江问源却没有徐洲这么乐观，如果老洋房这么安全，为什么会有人留下"快逃"的血书？不过现在也缺乏完整的信息链，江问源也就不和徐洲说太多猜测，免得徐洲觉得他危言耸听。

徐洲突然一拍脑门："大佬，刚才事出突然，我都忘记把做好的新手杖给你了。"

江问源拿到新手杖之后，也没放开陆羽给他做的手杖。他试着用椅脚手杖探路走了几步，适应良好："徐洲，你手工还不错。"

徐洲腼腆地挠挠头："哪里哪里，大佬过奖了。您还有什么吩咐吗？"

江问源说道："有的，帮我生个火。"

徐洲十分期待："大佬要做吃的吗？"

江问源："……你想多了。"

徐洲用厨房里的木柴在灶台生好火之后，江问源用手感觉火势强度，调整好距离后，把陆羽削给他的树枝手杖架在火上烤干。

徐洲真的完全被江问源给搞蒙了，这是在做什么？

就在江问源差不多要把树枝手杖的水分烤干时，离开一整个上午的陆羽终于回来了，他还带回来一些青果子。徐洲拿到陆羽分给他的两个果子，正准备离开，江问源却喊住了他："徐洲，你留下来吧。如果我的实验成功的话，我还有一件事要拜托你。陆羽，你独自走森林，找到通往小路另一端的路线了吗？"

陆羽一边解开包裹着手臂伤口的绷带，用干燥的毛巾擦掉雨水和血水，一边说："我在森林里探了四个小时，身体已经达到极限了才返回小路，我没能找到三层老洋房。"

江问源并没有太过失落，圆桌游戏自然不会那么简单。

"现在已经是本轮游戏的第三天了，我们用玩偶来找那棵常温树吧。找到那棵常温树，应该也就能找到通往对面三层老洋房的路了。只是我的这个玩偶使用起来有些特殊要求，需要获得从主体掉落下来的部分，点燃并使其持续燃烧，通过燃烧产生的烟引导路线。这根树枝手杖就是常温树的树枝，激活玩偶的能力后，我们必须举着遮挡物挡雨，保持它持续燃烧。我和陆羽两个人无法完成这项工作，徐洲，你愿意加入我们吗？"

徐洲现在只要一闭上眼睛，就想起那几个惨死在酸液腐蚀之下的玩家，以及那个被腐蚀掉右手掌生死未卜的玩家，对于高温森林，他是彻底怕了。"那我们需要走森林吗？"

江问源如实答道："我还没激活玩偶的特殊能力，所以我也不知道是否要经过森林。"

徐洲一脸歉疚："两位大佬帮了我那么多，按理说我应该不遗余力地回报你们才对。可是……我实在太害怕高温森林了。对不起，我不能和你们一起去探路。"

徐洲不愿意帮忙，江问源也不能强行摁头让他帮忙："那你帮我们另一个忙吧。帮我告诉其他玩家，以大堂的时钟为准，我们会在下午三点去寻找常温树。如果有愿意一起来帮忙的玩家，就让他们两点五十分在大堂等候。"

这个忙徐洲自然是能帮的，下午两点五十分，陆羽午休养好精神之后，牵着江问源一起来到一楼大堂。除了那个还在昏迷当中的右手被腐蚀的玩家，住在四层老洋房里还活着的玩家都来了。

过了一日之后，罗通对江问源的惧意减退不少，他这会儿又开始作妖了："我不知道其他人怎么想，我就代表我自己说句话吧。陈眠，如果玩偶指引的路线是小路或小路边缘的森林，我就跟你去；如果玩偶指引的路线是深入高温森林，恕我不奉陪。"

其他玩家没有一个人站出来反驳罗通的，在高温森林里待的时间越久，他们就越觉得高温森林恐怖，再加上已经有四名玩家牺牲一名玩家生死未卜，除非万不得已，他们也不愿意冒险进森林了，反正天塌下来也有高个子撑着。有大佬在，通关游戏的任务落不到他们的身上。

江问源不蠢，他自然明白这些玩家在想什么，即使没人愿意帮忙，他们也必须去这一趟。他从特殊空间拿出一只招财猫玩偶，这是永钱送给他的其中一只玩偶，激活玩偶的能力后，那根烤干的树枝手杖，自动从尾部开始燃烧起来，冒出来的烟雾飘出老洋房大门，与小路的方向呈九十度垂直，飘往高温森林深处。

罗通吹了声口哨："我退出！其他人你们愿意去就赶紧报名吧。"

江问源和陆羽等了半分钟，一直没有人愿意站出来与他们共同前往高温森林。陆羽单手举起拆下来的衣柜板，对江问源说道："把树枝手杖给我，我们准备走了。"

他们早就考虑过需要陆羽负责保持火势的情况，他双手腾不开，早就在自己和江问源腰上拴上一根绳子，江问源只能靠绳子和手杖自行前进了。

"哎，等等啊！你们再等一会儿！"罗通喊道，他从兜里拿出一柄折叠伞，"这伞是我进游戏前忘记拿出兜的，没想到会在这个时候还能派上用场！陈眠，我知道自己是小人，不过我也不会无耻到要求你用玩偶来换雨伞，就用你们两人身上所有的食物来换雨伞吧。"

徐洲站在一旁，咬牙看着罗通这个无耻小人。罗通肯定早就在算计陈眠和陆羽的食物了，他说出"如果玩偶指引的路线是深入高温森林，恕我不奉陪"的话，还故意刺激其他玩家内心的恐惧，等的就是现在这个时候。

陈眠和陆羽现在已经把玩偶使用了，他们肯定找不出第二个能够引路的玩偶，所以现在他们两人必须深入高温森林。可是陆羽单人护火已经够呛，陈眠眼睛不方便，又没人愿意加入，高温森林还极其危险。他们要是拿到罗通的伞，就能两人共同打伞护火，危险程度一下就降了下来。也正因如此，罗通才敢坐地起价，狮子大开口要求他们把所有食物交出来。

徐洲在内心里对自己大声地说道：快站出来，和他们一起进森林，阻止罗通的阴谋！

可是徐洲却站在原地，深深地垂下脑袋，什么都不敢说，什么都不敢做。

陆羽朝罗通走了两步，罗通警惕地看着他："你想干吗？硬抢吗？你敢抢，我现在就把伞给烧掉！我可是知道的，老洋房里没有伞，其他玩家也没有伞！"

陆羽取出身上所有的果子："把伞拿来。"

罗通这才笑开来，他扬扬得意地说道："我说的是你俩的全部食物！把你包里的东西全部倒出来，还有陈眠包里的东西，我全部都要检查！"

陆羽把袋子一倒，里面全是一些工具，的确没有食物。

江问源的声音冷冷地响起："我刚才没听清楚，罗通，你再说一遍，你要检查什么？"

听到江问源的声音，罗通昨天被打的地方又开始隐隐作痛："没，没有。我只是想要大佬您的食物而已。"

江问源把包里所有的干粮和两颗从罗通那里换来的红果子都拿了出来，但是其中那枚较小的红果子，江问源并没有放下："这颗果子在你的定义里是食物，不过在我这里，它是通关本轮游戏所需要收集的情报材料之一，所以，我要留下一枚果子，你没意见吧？"

罗通当然是有意见的，不过他已经占尽便宜，再拿乔恐怕其他玩家会群殴他，到时候他可能一点儿食物都拿不着反而还把伞赔出去。罗通把折叠伞抛给陆羽，把桌上的所有食物全部拢进包里，飞快地跑回二楼的房间，闭门不出，谢绝所有玩家。他就借大佬的东风，在屋里惬意地躺在床上，等着通关游戏回到现实世界。

和罗通的纠缠，已经浪费了一些时间，江问源和陆羽不再理会其他玩家。他们结伴走出老洋房，撑伞顺着烟气飘往的方向走去。

玩偶指引的路线都是安全的，只是方向非常诡异，两人往左走了一段路，再往上走一小段，结果又往右折返回来。明明是一片能用肉眼看见的森林，却像是在走一个无形的迷宫。

两人走了将近两个小时，直到陆羽手中的树枝手杖快要燃尽的时候，他才终于说道："我看到那棵常温树了！还有一百米！"

江问源撑着伞，顺着陆羽揽着他肩膀的方向加快脚步前进。停下脚步后，江问源伸手摸上面前的树干，的确，这棵树的温度和高温森林里的高温树不一样，它的温度是正常的。"陆羽，你快检查一下周围的树，看看是不是都是常温树。这一片区域没有高温森林的恶心黏腻感。"

江问源等了一会儿，却没听见陆羽回答。"怎么？发生什么事情了吗？"

陆羽低沉的声音响起："我可能知道本轮游戏世界的真相了。我看到小路另一端的三层老洋房了。"

还记得第一天他们从小路中间去往三层老洋房时，用时超过二十分钟，就算江问源走得再怎么慢，从小路中间到三层老洋房都有两公里之远。而且小路并非完全直路，有森林交叉阻隔视线，站在小路中间，是绝对无法直接看到小路尽头的三层老洋房的。

第30章

置之死地

江问源对陆羽非常信任，不过三层老洋房涉及本轮游戏世界的真相，谨慎起见，他还是多问了一句："我们现在的位置应该是小路中心点，三层老洋房距离中心点超过两公里，我们站在常温树的位置，以肉眼应该看不见三层老洋房才对。你看到的是真正的三层老洋房，还是海市蜃楼？"

在江问源的提醒下，陆羽也明白自己因为无NPC游戏心急了，有些话不该由他说出口。

陆羽不再提自己知道本轮游戏的真相，而是给江问源解释道："这个世界的环境和气候不符合形成海市蜃楼的条件，但不可否认的是，这个世界的确存在虚假现象。第一，我们在小路两端分别看到两座老洋房；第二，进入四层老洋房后，不管在小路还是森林里沿着小路的方向走多久，都无法找到对面的三层老洋房；第三，现在我们站在常温树的位置，不仅能看见三层老洋房，也能看见我们那边的四层老洋房！这三条相互违背的信息当中，肯定存在虚假信息。"

"不只是三层老洋房，你还看到了四层老洋房？！"江问源沉思了一会儿，"那你描述一下，你看到的两座老洋房是什么样子的。"

陆羽切入的视角不是老洋房本身，而是连接两座老洋房的小路："从我们的位置到四层老洋房，能完整地看到小路连接到四层老洋房大门的石阶，距离大约只有二百米远，三层老洋房离小路中心点的距离也差不多。和我们第一遍走完整段小路测量的结果一样，两座老洋房基本以小路的中心点对称。老洋房和小路的接壤很清晰，所以我才非常肯定地排除了海市蜃楼的可能。"

江问源没有继续顺着陆羽的话问下去，转而对他问了另外一个完全不相关的问题："每次你在外面结束单独搜索时，你是怎么回来的？重点说说你手臂沾上酸液之后的情况。"

陆羽按照江问源的要求，前略后详地答道："在我手臂沾上酸液之前，我返回老洋房时会选择和出发时不同的路线，沿路搜索的同时顺便找找看有没有果子或者小动物。我手臂受伤之后，就没那么从容了。我昨晚是在抓草鸡的时候受的伤，我抓到草鸡的位置离小路还算比较近，所以我就立刻跑到小路上，以最快的速度跑回四层老洋房。今天早上我全程走森林寻找去往三层老洋房的路，因为在雨里待的时间太长了，我的伤口有点儿难受，返回四层老洋房时，把手臂护在胸前埋头跑回来，跑得比昨晚还要快一些。"

"把你的伤臂给我好好放在雨伞下，别淋着雨。"江问源沉默了一会儿，把伞完全倾斜向陆羽那边。他把手杖夹到腋下，然后才从随身包里拿出一个小巧的单眼望远镜，将其递给陆羽。

在陆羽接过单眼望远镜后，江问源说道："既然你能明确看到小路和老洋房接壤，那就证明两座老洋房不是对眼睛起作用的视觉幻象。不过还不能完全排除它们是直接针对大脑起作用的幻觉。由于每个玩家的行动有差别，这类型幻觉肯定不能做到统一所有人对全部细节的认知。现在的四层老洋房和我们刚到四层老洋房的区别，如果你能说出我想要的点，那我就承认你现在看到的两座老洋房不是幻觉。"

江问源的话，其实已经给陆羽圈定了范围。他和江问源对老洋房的认知差别，出现在他们分开行动的时候。江问源在他单独离开老洋房的时间段，活动范围很可能就集中在一楼大堂、主卧和厨房。

陆羽调好望远镜焦距，着重观察这三个地方，才过一会儿的工夫，就放下了望远镜："我找到差别了，厨房的窗户原本是完好的，现在有一扇窗户被打碎了。我的回答正确吗？"

江问源微微点头，肯定了陆羽的回答。

厨房的窗户，是他今天早上在厨房烘烤树枝手杖之前亲自敲碎的。江问源信任陆羽，却不会盲目信任别人，即使徐洲表现得非常无害，江问源还是防了他一手。因为江问源眼睛看不见，为免徐洲把厨房变成密闭空间用一氧化碳把他毒杀，他亲手敲碎窗户的一块玻璃，保证厨房通风顺畅。

厨房的窗户是那种旧式的向外敞开的两扇窗，而且是今天早上陆羽离开时打破的。陆羽今天上午结束搜索回来，由于手臂上的伤口疼痛难忍，根本不会分出注意力去关注窗户的问题。所以陆羽能说出厨房窗户被打破，江问源就相信他看到的不是幻觉，而是真正的四层老洋房。同理，另外一边的三层老洋房应该也不是幻觉。

江问源眉头紧锁："两座老洋房之间的距离在缩短！我们无法到达三层老洋房，也看不到三层老洋房那边的玩家过来找我们。两批玩家被无形的屏障隔绝开来，无法到达对面的老洋房。四层老洋房的墙壁上的'快逃'血字……"

江问源觉得他也快要接近这个世界的真相了。

持续不断的降雨，恒定不变的高温，两座对称且距离不断压缩的白色老洋房，以及大面积的高温森林。森林里有腐蚀性的酸液，两座老洋房和老洋房里的东西都不会被酸液腐蚀。

江问源本来怀疑高温森林可能是某个巨大怪物的后背，可是现在，他有了全新的视角，本轮游戏世界依旧是巨大怪物的一部分，只是这部分不是怪物的后背。江问源轻声对陆羽说道："我们是在怪物的口腔里？"

陆羽严肃地回道："极有可能。"

异常的高温，是怪物的体温。

持续不停的降雨，是怪物的唾液。

长满高温树的森林，是怪物的口腔。

两座白色的老洋房，是怪物的上下排牙齿，所以江问源之前才会觉得老洋房不像是给人住的地方。

现在两座老洋房之间的距离变短，是因为怪物正在缓缓合拢嘴巴，位于两座老洋房里的玩家，就是怪物口中即将被咽下肚子的食物。为了防止食物逃跑，怪物将两座老洋房的玩家隔离开来，防止玩家们意识到自己的处境！

江问源觉得这个真相实在是太恐怖了，怪物把他们视为食物，根本不可能放过他们。可是他们就在怪物的口腔里，还能逃到哪里去？

江问源摸出随身包里的爬山虎红果子，最后挣扎道："如果白色老洋房真的是怪物的牙齿，那爬山虎就是怪物的牙缝。牙缝里的东西会是什么？"

深呼吸一口气之后，江问源把红果子塞进嘴里，轻轻咬下一块，软弹的口感根本不像是在吃果子，更像是在啃一块肉，怪不得徐洲说爬山虎果子是红色的，怪不得红果子没有核。怪物把牙齿伪装成人类居住的老洋房，它的猎物当然是人类，那么这块肉是什么品种，自然不用多说。

江问源把嘴里的果肉吐出来，眼不见为净地把红果子塞回随身包里："这个怪物的身体构造很特殊，它没有舌头，但是胃部和口腔很接近，所以不时会有玩家被它的胃液腐蚀。我们现在所在的位置，气温明显比高温森林要低，这里可能是怪物的嘴角部位。我们先确定这一片区域到底有多少棵常温树吧，这里就是我们最后的防线。"

江问源和陆羽同撑一把伞，开始围绕那棵被砍下树枝的常温树绕圈向外确认常温树的数量。两人都没有提起四层老洋房里的玩家，那些玩家中了怪物的诡计，认为外面的高温森林危险重重，只有老洋房是安全的。

但凡他们多探几次小路的长度，或者愿意站出来和他们一起寻找常温树，也许还有机会逃过一劫。可是他们什么都没有做，他们宁愿拿树叶树皮充饥，守在老洋房里龟缩不出，期待着别人通关游戏，带着他们一起离开。现在等着他们的，只有死路一条。

不是江问源见死不救，而是能引路的玩偶，他只有一只，即使陆羽强记下从老洋房到常温树的路线，也不能保证这条路线是否一直保持不变。江问源无能为力……

两人走完一圈，直到接触到高温树，便立刻退回常温树地带。常温树的区域并不大，一共只有三十二棵树。

此时天色已经完全暗下来，江问源怕陆羽找食物迷失在森林里，不准他去找食物。两人撑着伞坐在最外围的一棵常温树下。折叠伞的伞面毕竟有限，两个大男人共撑一把伞，不免会被淋湿。虽然身体很难受，肚子也很饿，但是能活着，感觉也没那么讨厌了。

两人大约守了半小时，江问源直起腰："陆羽，快起来，这棵常温树变热了！"

陆羽有些迷糊，他摸了下树干："不热啊。"

江问源伸手沿着陆羽的肩膀摸向他的脸颊，入手一片滚烫，陆羽发烧了。

陆羽不是铁人，三日以来一直持续高强度地探路，体力消耗巨大，而且手臂还沾到怪物的胃液，割下坏肉之后伤口又反复被怪物的唾液雨侵蚀。陆羽能坚持到现在，已经是一件非常不可思议的事情了。

江问源扶着陆羽站起来。陆羽忍不住咳嗽两声，声音也变得沙哑起来："两座老洋房的灯光比刚天黑的时候又接近了许多。我现在体温太高，感觉不到树木温度的变化，虽然你眼睛不方便，但还是要靠你来判断安全区域。"

陆羽的身体恐怕已经不舒服到极点，但他还是坚持和江问源再次把最外围的常温树都确认一遍，原本的三十二棵常温树，一下子减少六棵，只剩下二十六棵了。

按照常温树锐减的速度，可能都等不到游戏的第四个白天，怪物的嘴巴就会完全合拢。陆羽三天积累下了太多的疲惫，病来如山倒，他想要时刻监视两座老洋房的距离，却连保持清醒都很难做到。

江问源不顾陆羽的反对，架着他走到常温树区域中央的一棵树下。他让陆羽坐在树下，并把伞留给陆羽。江问源从随身包里拿出登山绳，在陆羽头上的树干上捆上结实的绳结，然后拄着手杖朝外围走，每遇到一棵常温树，江问源就用登山绳在树干上绕一圈，再继续朝外围走，一连缠绕了四棵常温树后，便到了常温树区域的最外围。

江问源站在最外围的常温树下，右手拄着手杖，左手掌贴在树干上，把剩下的登山绳架在左手臂弯，在雨中安静地守着常温树的变化，也守护着烧得迷迷糊糊的陆羽。

每十分钟响一次的闹钟响到第七遍，江问源守着的常温树的温度逐渐升高，他们的安全区域又往里压缩了一圈。江问源没有惊动陆羽，沿着登山绳的方向往安全区域退回一棵树的距离。

江问源没想到第三次常温树升温会来得那么快，不过二十分钟，他手掌下的常温树以极快的速度升温起来。安全区域是呈圆形从外围向里压缩的，现在它的范围，只剩下陆羽所在的那棵树以及他周围几棵树而已了。

江问源不知道下一次升温会在什么时候来，而且雨水的性质也发生了轻微的变化，接触到雨水的皮肤虽然没有被腐蚀，但也会感觉到轻微的疼痛。

江问源顾不得让陆羽休息了，他沿着登山绳回到陆羽身边，用力摇了摇陆羽的肩膀："醒醒，我们现在很危险！"

在江问源锲而不舍的呼唤下，陆羽艰难地克服身体的不适，摇晃着站起身来。他把身体的大部分重量都压在江问源身上，滚烫的气息吐在江问源耳边："谢谢你帮我守着常温树的变化，我休息了一会儿，感觉好多了。"

江问源信他才怪，陆羽的体温比他刚才摸到的还要烫，不过病人需要体贴，江问源就没和他抬杠："不客气。两座老洋房的距离还有多远？"

现在已经深夜时分，两座老洋房里的烛光都灭了，陆羽拿出强光手电筒，两边看过之后，才对江问源说道："还有八十米。很快就会结束了。"

江问源承受了陆羽的大部分重量，他拍拍陆羽的后背："你要是难受的话，再休息一会儿，我想把常温树的数量再确认一遍。现在普通的雨水已经向酸雨转变，我不知道这个巨大怪物是不是和青蛙拥有相同的特性，能把整个胃部都翻出来，万一它把胃酸全部吐出来，我们必须把最安全的地点确认下来。"

陆羽拥着江问源，不肯动："不用，我知道安全位置在哪里，两座老洋房中心点旁边的位置，也就是我们现在站的位置，不需要离开。"

第四次常温树升温来得很快，五分钟，安全区域便压缩到只剩下江问源和陆羽所站的这棵常温树。陆羽冷静的声音响起："还有最后十米！"

报完两座老洋房的位置后，陆羽稍稍拉开了和江问源的距离："爬到树上去。"

江问源不放心地说道："那你呢？"

"我当然和你一起爬上去，这些树虽然不壮，但是能耐高温，它们很结实的。"陆羽帮助江问源爬上树后，自己也跟着爬了上去。

两人刚爬上树，两座老洋房便剧烈地碰撞到了一起，就连旁边的森林也受到影响，就像八级地震一样剧烈地颤抖起来。

江问源眼睛看不见，完全不知道到底是一个怎样的画面，他只能牢牢抓住常温树的树枝。树枝在江问源手心里慢慢升温，如果连最后一棵常温树都沦陷，那还有哪里是安全的？

"陈眠，过来！"陆羽扔掉伞，揽住江问源的腰腿把他抱起来，他配合着地面从下往上的一次震颤，沉腰蓄势，把江问源往斜上方抛去。

当怪物的嘴即将完全闭合时，那层像云一样覆盖在怪物嘴周的薄膜会被挤破，想要逃离被吞食的命运，就只有这一次逃跑的机会。最后染上高温的常温树，是距离怪物嘴角最近的位置，距离树冠只有一米高。可是江问源眼睛又看不见，能用来逃跑的时间又太短太短，根本不够两个人爬到怪物的嘴唇外。从一开始，陆羽就决定要牺牲自己换江问源活命。

然而陆羽万万没想到，在他把江问源往上抛时，自己眼前一花，身体腾空，在激活使用玩偶的点点荧光中，他凭空落到了江问源怀里，摔到怪物闭合的嘴巴外。

在怪物恐怖的吞咽声中，那些没能逃离怪物嘴巴的玩家，全部丧命，无一幸免。

江问源轻轻地在陆羽耳边说道："陆羽，你以为我是谁？只要我愿意去想，就算我眼睛看不见，我也能想明白你在想什么。你觉得同样的事情，我会让它再发生第二次吗？"

江问源从陆羽在常温树下抱着他开始，就感觉到不对。陆羽在游戏里一直都表现得非常克制，江问源不相信他会因为生病而变得软弱，肯定是发生了什么变故，陆羽才会有这样的表现。

从常温树区域不断缩减时，江问源就非常明确，这片安全区域并非真正的安全区域，他们依旧在怪物的嘴巴里。可是陆羽一直都没有提过要怎么离开怪物的嘴巴，他肯定是看到了什么东西，却不告诉他。再联想陆羽的表现，江问源便想明白了，陆羽想要牺牲自己来救他。可是陆羽自己也不确定，要是他再在圆桌游戏里死一回，会是怎样的结果。

幸好，江问源的小男孩玩偶的功能是：找回你失去的任何东西（仅限在使用玩偶的游戏中丢失的东西）。

"陆羽，我告诉你，在这个游戏世界里，你可以不相信任何人，但你必须信任我！这不是请求，也不是命令，我只是在陈述客观事实。"

陆羽注视着江问源，即使江问源的双眼视力被收走，他还是觉得江问源双眼里的光芒，耀眼得刺痛了他的眼睛，让他忍不住想要流泪。

陆羽没有回应江问源的话："我们该离开游戏了，我的身体需要及时的治疗。"

江问源看不见场景切换，不过从气温骤降便明白他已经回到圆桌空间。他伸手摸向面前的托盘，触碰到功能水晶。水晶碎裂，江问源失去的视力终于拿回来了。

原本摆着二十八张椅子的巨大圆桌，现在就只剩下三张。

一张是江问源坐着的，另一张是陆羽的，还有一张是原本就无人的空位。

无NPC圆桌游戏都已经这么难了。江问源有点儿不敢想象，当圆桌坐满人之时，游戏究竟会难到什么程度。刚刚经历一场身心俱疲的游戏，江问源实在不想选继续下一轮游戏，他真的不知道陈眠究竟是靠什么意志力坚持一轮又一轮游戏的。

江问源点下休息的选项，眨眼之间，便回到了现实。在游戏世界里淋了很久的酸雨，现在他周身皮肤疼，实在无心应付左知言布置给他的工作。

江问源刚刚抱着绵羊玩偶走出游戏准备室，便看到单晓冉在他门口来回走动。

单晓冉看到江问源带着玩偶出来，愣了一会儿，才惊喜地说道："你从游戏里回来了，还拿到玩偶，太好了！"

"谢谢。"江问源露出微笑，"你找我有什么事吗？是我给你的计划表进行得不顺利？"

单晓冉摇摇头："不是的。你进游戏带的是备用手机，永钱打你现实里常用的手机你没接，他就打电话给我，让我转告你，有空之后立刻给他回电话。"

　　江问源以为永钱是故意借打不通他电话的机会，和单晓冉卿卿我我，他挽起毛衣的袖子给单晓冉看他被酸雨灼得有些发红的皮肤："我先去医院那边洗个澡做个皮肤检查，然后就给他回电话。"

　　单晓冉拦住江问源："不是的，江问源，我没和你开玩笑。永钱的态度很严肃，我问他是什么事，他不肯告诉我。我说我怕转告不清楚，他就回了句，是关于 C 的事情。"

　　江问源立刻掉头返回自己的房间，拿起常用手机，拨通永钱的电话。

第31章

随笔记录

电话接通后，江问源没有浪费时间和永钱寒暄，直奔主题。不过为了防止接电话的人不是永钱本人，江问源没有直接说出CJ组织，而是隐晦地问道："你有什么新情报？需要见面谈吗？"

电话那端的永钱稍微沉默了一阵，才施施然地说道："江问源，恭喜你又通过一轮游戏。其实我要告诉你的事，很快就会在论坛引起轩然大波，我就是提前通知你一声，CJ那边出事了。"

江问源心里一沉："什么事？"

"大约一年前，创建CJ的AJWY论坛ID所有者在游戏中不幸罹难。几个月前，CJ又有一名核心成员去世，此后CJ一直处于动荡状态。"也正因为CJ的动荡，永钱才能趁乱摸出不少CJ的情报，永钱语气严肃地继续说道，"我刚刚收到消息，CJ出现一名叛徒，他卷走锁在仓库中的全部玩偶零部件，打算把这些玩偶的零部件和AJWY的研究成果打包抛售。"

CJ是陈眠建立起来的组织，江问源对CJ的叛徒本能地感觉到不舒服，不过他没有把自己对叛徒的情绪表现出来："我想买下他的情报，只要价格不过亿，我总能想到办法的。不过我不方便直接露面，和对方的接洽还需要请你帮忙。"

江问源现在一共有六只玩偶，全部卖掉，应该能获得一笔数额不菲的钱。要是还不够，再向左知言借一些，总能凑得齐的。

"很抱歉，江问源，这个忙我们七星不能帮你。这也是我接下来要和你说的重点。"永钱解释道，"我的人已经和他接触过，向他咨询过价格。他喊的价格只有九位数，有时拍卖一只能力极品的玩偶都不止这个价，可以说价格优惠得连我都有些心动。但是他有一个条件，向他买玩偶零部件和情报的个人或组织，必须在论坛上先实名公布个人身份或组织信息，并表示自己获得 AJWY 的研究成果。在论坛公示 12 小时后，他才肯出手。"

这个叛徒直接把他打的坏主意摆在台面上，他背叛 CJ，肯定会被 CJ 视为必须铲除的对象，所以他干脆祸水东引，把锅扔给想要 AJWY 的研究成果的个人或组织。CJ 不会对 AJWY 研究成果的流失坐视不理，肯定要优先回收研究成果，再处理叛徒的事。到时候叛徒已经拿着钱远走高飞，世界那么大，CJ 想要追回他恐怕就难了。

要是有人或组织买下 AJWY 的研究成果，就是公开宣布和 CJ 为敌。CJ 虽然失去 AJWY 和一名核心成员，但瘦死的骆驼比马大，肯定会吓退一大批潜在买家。永钱的七星就属于这个行列，和 AJWY 的研究成果相比，他还有更重要的人需要去守护，自然不会蹚这浑水。不过圆桌游戏的疯子玩家也不少，永钱不愿意出手，总会有人出手的。

江问源深呼吸一口气，压下胸腔中燃烧的怒火，对永钱说道："我明白了，谢谢你告诉我这件事情。你把那个 CJ 叛徒的情报发给我，我会自己想办法的。我在游戏里受了点儿伤，还要去处理。如果情况有变，还麻烦你随时给我电话。"

"你赶紧去处理伤口吧，我这边也还有事要忙。"永钱脑补成江问源身受重伤还要优先了解 CJ 的情报，这种执着还不是一般的深，"我答应过无偿帮你调查 CJ 的事情，就会说到做到。看在我这么尽责的分上，也请你帮我好好照顾冉冉。她——"

以前在永钱说起单晓冉时，江问源还会耐心地听几句，不过鉴于永钱撒起狗粮来就完全不记得自己说过有事要忙的话，说上半个小时都停不下来，江问源现在一点儿都不想吃狗粮，他道别都没说，直接挂断电话。

江问源洗完澡去医院找值班医生做皮肤检查时，刚好看到两位值班医生拿着一份报告小声讨论。他们的声音很小，江问源听不太清楚，但是通过唇语，江问源读出他们在讨论左知言。左总的情况不太好……

两位值班医生听到动静，便停下谈话，把那份报告也收了起来。

江问源走过去："马医生，你们刚才说左总怎么了，他有什么情况不好？"

马医生推了推眼镜："这个啊，我们在聊左总的体检报告，他工作太拼命，身体积累了很多疲劳，长此以往对身体有害。江秘书，你也多劝劝左总，让他别仗着年轻就不把身体当回事，要注意休息，要对自己的身体负责。"

江问源对此也深有同感，自打上次他从老家回来之后，左知言就一直连轴转，忙个不停，所有时间都被工作和身体锻炼排满，一个月下来都难得休息一天。左知言自己忙就算了，还带上他一起忙，这次进游戏之前他就陷入工作旋涡中无法抽身。等他处理完皮肤的问题，写完游戏报告后，还得继续去工作。

江问源向马医生承诺道："我会好好规劝左总的。忠言逆耳，你们也要多说说他！"

江问源在医院刚检查完皮肤的情况，正等着马医生给他开药，永钱又给他发来一条论坛网址，并附带信息：CJ官方账号在论坛发声了，真没想到会是这样的真相，我估计这下不会有人向那个叛徒买AJWY的研究成果了。

江问源本来还在思考是否要联系CJ叛徒购买陈眠的研究成果，如果圆桌游戏极力阻止他挖掘陈眠的相关信息，只要他在论坛直接公布自己的信息，圆桌游戏就会立刻警觉起来，对那个叛徒下杀手，那样就能保住陈眠的研究成果不流失。如果当初南锐的死是个意外，圆桌游戏并没有把手伸到现实，那他只需要付出公布自己信息的代价，就能得到陈眠的研究成果，可行性非常高。

然而还有一个问题，江问源还没有做好暴露身份的准备，他现在并不是孤身一人，而是青鸟的成员。如果他公布个人信息，有很大的可能性会连累青鸟。

江问源心中尚未有决断，CJ竟已经有所动作。

他把论坛网址复制发送到备用机，用备用机登录论坛查看CJ官方账号发的帖子。

CJ官方账号：关于CJ叛徒窃取AJWY的研究成果的声明

江间源快速把整篇声明浏览一遍。现在 CJ 的掌权人在组织的动荡期上位，是个狠角色。他在声明中直接公布了 CJ 一直以来极力隐瞒的事情。CJ 官方账号以论坛 ID 指代现实身份，公布陈眠和南锐等人的死讯——

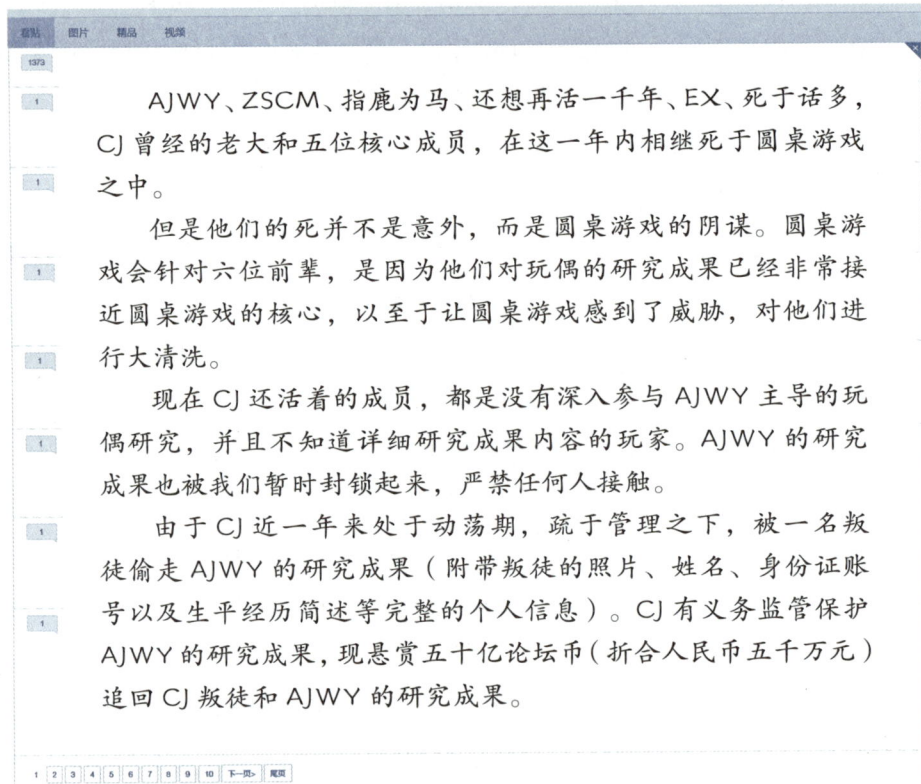

AJWY、ZSCM、指鹿为马、还想再活一千年、EX、死于话多，CJ 曾经的老大和五位核心成员，在这一年内相继死于圆桌游戏之中。

但是他们的死并不是意外，而是圆桌游戏的阴谋。圆桌游戏会针对六位前辈，是因为他们对玩偶的研究成果已经非常接近圆桌游戏的核心，以至于让圆桌游戏感到了威胁，对他们进行大清洗。

现在 CJ 还活着的成员，都是没有深入参与 AJWY 主导的玩偶研究，并且不知道详细研究成果内容的玩家。AJWY 的研究成果也被我们暂时封锁起来，严禁任何人接触。

由于 CJ 近一年来处于动荡期，疏于管理之下，被一名叛徒偷走 AJWY 的研究成果（附带叛徒的照片、姓名、身份证账号以及生平经历简述等完整的个人信息）。CJ 有义务监管保护 AJWY 的研究成果，现悬赏五十亿论坛币（折合人民币五千万元）追回 CJ 叛徒和 AJWY 的研究成果。

CJ 的这个声明一出，谁还敢去向那个叛徒买 AJWY 的研究成果？那个叛徒的行为，也被解读成找替死鬼，替他试一下 AJWY 的研究成果是否真的有危险。

就算还是有不怀好意的玩家想要买 AJWY 的研究成果，恐怕也会在买到东西之后，强迫叛徒先把 AJWY 的研究成果全部看一遍，再把他关起来观察一年半载，确定 AJWY 研究成果的危险性。

不管 CJ 是否对 AJWY 的研究成果的危险性撒谎了，短时间内，那个叛徒都很难出手，这也就给了 CJ 足够的时间追回 AJWY 的研究成果。

声明帖下面的吃瓜群众，针对 AJWY 的研究成果的危险性进行了激烈的讨论。

有一些玩家说 CJ 公布的死讯是真实的，一下子死了那么多核心成员，本来就是很沉痛的事情，难道 CJ 会丧心病狂到拿先驱者的死亡来做假文章吗？但这些声音毕竟是少数，绝大部分玩家的观点都是 CJ 在耍计谋，阻止叛徒贩卖 AJWY 的研究成果。

与尚在观望的吃瓜群众不同，江问源十分确信，CJ 官方账号的声明是真的！

他滑动手机屏幕，返回声明帖叛徒个人信息的页面。林志成，瘾君子。照片中的男人外貌邋遢，眼神呆滞，脸色蜡黄。林志成现在的财路已经被 CJ 断了，他又是瘾君子，肯定很需要钱。江问源现在不出手，更待何时。

江问源拿到马医生给他开的洗剂和药膏之后，给左知言发了条信息请假半天，回到自己的房间把门锁起来。他把准备工作做好后，按照永钱给他的联系方式，用备用机拨通了林志成的电话。

电话接通后，对面的人发出一个短促又沙哑的语气词："喂？"

江问源直接说明来意："林志成，我想要 AJWY 的研究成果，你开个价吧。"

林志成呵呵地冷笑两声："你们刚发完声明帖，这么快就派人来试探我。你们真的觉得我会上当吗？这个时候，谁还敢买 AJWY 的研究成果？！"

江问源说道："那我要怎样才能证明自己的诚意，你才肯相信我呢？"

林志成现在的处境，已经不敢再提让江问源在论坛公布个人信息的事情，他回道："我不需要你的诚意，就算你是 CJ 派来的人也无所谓。给我打一千万，我把东西放到某个地方的垃圾桶里，再把地址发给你。某行账号：××××××××××……"

"稍等。"江问源说道。左知言帮他建的不透明账户里，前不久才收到大笔进账，那是单晓冉和永钱主动给他打的学费，这笔钱加上江问源以前的一些积蓄，勉强能凑齐一千万。江问源打了五百万到林志成的卡上："现在能证明我的诚意了吗？剩下的那一半，等我拿到 AJWY 的研究成果之后，再打给你。顺便提醒你一句，你等下吃完饭离开玲玲快餐店，朝东走二百米，然后向南拐，在第二个十字路口就有某行的营业厅。"

林志成被江问源的话吓出一身冷汗："你在监视我！"

江问源有林志成的详细个人信息，以及从永钱那里得知林志成从江城逃到京市，再借助左知言强大的信息技术团队，想要在CJ之前先一步找出林志成，并不是太困难的事情。"这回你总该相信我和CJ没关系了吧，如果我们之间有瓜葛，你早就被当场抓住了，我何必再打钱给你。我劝你一句，该出手就尽早出手，既然我能找到你，CJ想要找到你也只是时间的问题而已。"

林志成咬咬牙："好，你的这笔交易，我答应了。但是我不可能等你拿到货之后再收钱，再过一个小时，你把剩下的五百万打过来，我再把货的地址发给你。"

林志成可能是在欺骗他，不过江问源并不介意，这是他最接近真相的时候，就算一千万付诸东流，那又算得了什么。"成交。"

林志成不再多说，直接挂断了电话。江问源听着电话里的忙音，他有些不明白，为什么林志成这样的人渣，也能加入CJ。

一小时后，江问源坐在车上，系好安全带，准时地把剩下的五百万打进林志成的账户。江问源拿着手机等了几十秒后，林志成用信息给江问源发来一个定位：在从左往右数第二个绿色垃圾桶里。

拿到定位后，江问源设好导航，飙车前往目的地。那里是一处废弃的工厂，江问源直接把车停在靠墙摆放的一排垃圾桶前。戴上帽子和口罩，鼻梁上架着墨镜，下车之后，他直接将目标垃圾桶放进汽车后排座，也不确认里面是否有他要的东西。

江问源没有把车开回别墅山庄，而是开到废弃工厂附近的停车场。停好车后，江问源到后座把垃圾桶里的东西全部倒出来，在垃圾堆里寻找林志成放进去的东西。

林志成竟没有骗他，真的把AJWY的研究成果给放进了垃圾桶里。

一个麻袋里，全是玩偶的断臂残肢，这些断臂残肢不能被镜子倒映，不能被手机拍摄记录，它们是真正的游戏玩偶。那么和它们放在一起的那份文字档案，就是陈眠对玩偶的研究成果记录了……

这并不是正式的研究档案，而是其中一个研究成员的手写随笔记录。

他有时寥寥几笔记录一下对浪费几百只玩偶进行实验的心痛，有时又大篇幅记录实验内容，有时还暴躁地骂几句陈眠是个魔鬼。随笔记录的内容并不全面，但可以从中看出陈眠对玩偶的研究面很广，如玩偶是什么，如何分解玩偶，分解后的玩偶是否还有特殊作用，从玩偶身上截取的材料可以用来做什么，等等。只要能想到的实验，陈眠都做了。

江问源从第一页一直翻到后半部分，他看到一段狂用惊叹号的话：

> 陈眠他肯定是疯了！不然怎么会想出那么丧心病狂的实验？！玩偶到底是什么东西，我们至今仍然不知道！他竟然敢入口？！来人啊！快阻止那个疯子！！

江问源心里咯噔了一下，继续往下翻几页，找到这段话的后续：

> 没想到老子会有不顾形象和人争着抢着研究排泄物的一天……全员检查完毕，陈眠他吃下的玩偶碎片，全部都不见了……惊奇！

在随笔记录的最后一页，只写着一句话：

> 陈眠一共吃下九十九只玩偶，再多吃一点儿玩偶材料，都会全部吐出来，他的身体已经达到极限。

看到这里，江问源下意识地曲起拇指。

陈眠怎么什么都敢吃，而且还吃到九十九只玩偶！

江问源合上随笔记录，里面虽然记录了陈眠吃玩偶的事情，却没有说明陈眠吃玩偶的目的。陈眠一定有着非常特殊的目的才会这么做，这个目的很可能无法通过圆桌游戏的万能许愿机会实现。否则陈眠只需要使用玩偶通关游戏就足够了，根本没必要吃掉它们。

陈眠的目的究竟是什么……

第 32 章

新年

陈眠对玩偶的研究成果危险性极高，而且来路不干净，江问源不打算让青鸟的其他人知道这件事情，不过有一个人是江问源没办法瞒过去的。

信息技术团队的老板是左知言，江问源的不透明账户也是左知言帮忙办理的。江问源动用信息技术团队和不透明账户的事情，左知言肯定知情。不仅如此，由于江问源此前委托左知言调查陈眠的事情，左知言还知道陈眠和 AJWY 的关系。现在都不必江问源主动坦白，左知言就已经对江问源做的所有事情了然于心。

在青鸟，所有成员每次从游戏里回来，在身体和精神都恢复健康状态后，需要写一份游戏报告存入游戏资料库，以便作为往后游戏的参考。现在游戏资料库里基本上都是左知言以前的报告，正在逐渐添加其他人的游戏报告。

易轻舟大学毕业之后就再没动过笔，对这些文字报告最是不耐烦，不过左知言明确告诉他，不写游戏报告的人无权使用游戏资料库。易轻舟就算再没心没肺，也明白资料库的含金量，只能不情不愿地写游戏报告。和易轻舟相比，江问源的态度就积极很多，他不仅会尽可能详细地记录游戏过程，并且还习惯在通关游戏后和左知言进行交流。

上次江问源从眼睛游戏里回来之后，和左知言交流时，还提过齐思远多次遇到背叛者局的经历，问左知言要不要花一笔钱向齐思远购买背叛者情报。左知言给江问源转了一笔非常可观的资金，不过江问源和齐思远加过论坛好友后，齐思远就一直没有上过线，现在他们的背叛者情报库里，也就只多添了那条"背叛者不得主动向普通玩家透露身份和游戏剧情"的信息而已。

这次从无 NPC 游戏回归，江问源临时翘掉工作和游戏报告。暗搓搓搞完小动作后，江问源有点儿心虚地以最快的速度完成落下的工作，写出一份非常漂亮的游戏报告，这才有胆子去找左知言例行游戏后交流。

因为江问源今天要进游戏，所以左知言一整天都在别墅山庄里待着。江问源找到左知言的时候，左知言正在体育馆的恒温泳池里游泳。

江问源是个旱鸭子，他使用救生圈的话，还是可以下水游泳的。但是江问源很讨厌水漫头顶的感觉，心理医生也不建议他用以毒攻毒的方式来学会游泳。所以江问源来到京市几个月时间，这还是第一次踏进游泳馆。

左知言身穿黑色的四角贴身泳裤，头戴同色的泳帽和泳镜。左知言正在二百米泳道内进行中速自由泳，他常年坚持锻炼和保养的完美身材，在水花中若隐若现，画面十分养眼。

江问源在泳池边的长椅上坐下，耐心地等左知言四种泳姿都轮换过一遍，在左知言上岸时，非常殷勤地给他递上大浴巾。

左知言摘下泳帽和泳镜，随意地甩了甩短发上的水。他披上灰色的浴巾，胸腔还在剧烈起伏，有点儿明知故问道："你请假的事情办完了？"

江问源脸皮已经锻炼得十分厚实："办是办完了。不过还留有点儿尾巴，可能还要麻烦你帮忙。"

江问源说的可是大实话，他为了得到陈眠的情报，不顾退路地和林志成联系。江问源和林志成的通话不知道是否被录音，他转账给林志成的记录也是真实存在的。等林志成不幸被 CJ 的人抓住，那下一个跟着倒霉的就是买走 AJWY 研究成果的江问源。

左知言淡淡瞥了江问源一眼："陈眠已死，誓死追随他的那些核心成员也死得七七八八，CJ 一朝天子一朝臣，就算你和陈眠是朋友，你想拿走 AJWY 的研究成果，CJ 恐怕也不会同意。青鸟刚刚雏鸟展翅，还没资格和 CJ 抗衡，你就是知道我会给你擦屁股，才那么肆无忌惮地对 AJWY 的研究成果下手的。"

江问源耍的心机都被左知言看穿了，他还能说什么呢！对，他还能给左知言打 CALL："什么都瞒不过你，大佬英明啊！那我的安全问题解决了吗？"

左知言被江问源恶搞的打 CALL 行为戳中笑点，不由笑出来："信息技术团队那边黑进林志成的手机，删掉了你的录音，通信公司那边的通信记录也抹消了。你把备用机扔掉，重新换台新的。还有你的不透明账户，里面的钱不多，我就没有取出来，免得留下线索，现在已经注销了。只要你和林志成接头时没暴露身份，CJ 那边就查不到你头上。"

"我做事，你放心。"江问源说道，"我和林志成通话时用了变声器。汽车也是使用的大众品牌，车牌也特地换成假车牌。垃圾和垃圾桶都扔到和我们不相干的地方，玩偶材料我都检查过了，没有追踪器。"

左知言再次肯定，江问源就是故意留出点儿烂摊子让他处理的，他当初到底是看中江问源什么地方，才会和这个喜欢耍无赖的家伙建团的？算了算了，不生气，自己作的死，被坑了也得继续下去。而且左知言也是有好奇心的，他一边擦干身体，一边朝淋浴室走去："你花一千万拿到的东西，怎么样？"

江问源跟着左知言一起走进淋浴室，在左知言淋浴隔间外头等他："陈眠拿他获得的几百个玩偶进行实验，林志成偷走的是一部分玩偶的残肢断臂和其中一位研究员对玩偶实验的随笔记录。那部分玩偶材料，可以废物利用起来，继续做我们的实验。至于研究员随笔记录的内容，我认为 CJ 的官方声明没有撒谎，那的确很危险。"

明知道随笔记录会危及生命，江问源也还要去看。左知言想起他们开诚布公谈起彼此的愿望时，江问源说过他是为了追查朋友的死而进入游戏的，本来左知言还觉得有些荒谬，但是现在看来，真的就是那么回事。

左知言没有江问源那么疯狂，没继续追问随笔记录的内容，这个话题到此为止。"你拿着游戏报告过来，是这轮游戏又有什么新发现了吗？"

江问源嗯了一声："还记得我以前和你讨论过的 AJWY 的悬赏帖吗？"

左知言略微回想片刻："那个收集无 NPC 游戏情报的帖子吗？"

"是的。我刚刚结束的游戏，就是无 NPC 游戏。"江问源说道。

江问源话音刚落，左知言立刻加快洗澡的动作，两分钟后便披着浴巾走出淋浴间，去更衣室穿衣服。他边走边道："详细说说你的游戏经历。"

江问源隐去陆羽的真实身份，用以前合作过的玩家来指代他，省去他和陆羽的一些对话，把其他情况详细地和左知言说了一遍。

在江问源讲述的过程中，左知言一直保持沉默。等江问源说完之后，左知言才感慨道："这种整个游戏世界都是怪物身体一部分的游戏模式，确实和我们平时经历的游戏不一样。我怎么觉得，你们这轮游戏的绵羊玩偶很喜欢你呢？"

江问源只要回想起活在漆黑中的那儿天，就觉得是一场恐怖的噩梦，要不是有陆羽在，他能活下来的概率绝对不足5%。"把我的视力全部收走，哪里喜欢我了……"

"如果不是你双目失明，陆羽也不会在小路中心位置砍下树枝给你做手杖。当你们沿着小路走进怪物的口腔后，就算你们能通过多次走小路，确认返回老洋房的时间变短，从而发现老洋房在移动的真相，可是你们不会知道小路中心有常温树，也无法通过寻找本体的玩偶找到前往小路中心的路。无NPC游戏时间段，又不提示时间限制，你们需要多长时间才能找到脱困的办法？"左知言笃定地分析道，"可是所有困难，在你双目失明之后，全都迎刃而解了。你们知道森林里有常温树，又有找到常温树的方法，还愁无法通关游戏吗？"

左知言的分析非常有道理，江问源一下子都想不到可以直接反驳他的话："这应该是个巧合吧，玩偶怎么会对玩家有喜恶呢？在黑影怪那轮游戏，我身上就被花仙子撒下很多荧光粉。那个世界的黑影怪就是通过光影认知猎物的，按照你的说法，花仙子就很讨厌我。"

左知言想了想，江问源说的似乎也没错："总而言之，无NPC游戏完全跳脱我们平常对圆桌游戏的认知，无NPC的游戏形式可能还不止你经历的这一种，所以才会导致经常出现玩家全灭的结局，以至于现在论坛上关于无NPC游戏的情报少之又少。"

江问源有点儿沉重地点点头，他现在知道了陈眠对玩偶做的实验，肯定已经被圆桌游戏视为眼中钉肉中刺，他都有点儿不敢想象接下来的游戏到底会有多难了。

尽管如此，江问源也不后悔买下陈眠的研究成果。他迅速调整好心态，对着左知言上下打量了一会儿，发现左知言的神色间果然带着一抹疲色："我亲爱的左总啊，我今天去医院检查皮肤，和马医生聊了一会儿。马医生说你工作太拼命，身体积累了很多疲惫，还让我劝你多休息休息。钱是赚不完的，身体更重要。如果工作实在太忙，你可以考虑从公司里提拔有能力的人，如果公司里没有合适的人选，也可以找猎头公司聘职业经理人，别把自己累垮了，你是青鸟不可或缺的存在。"

左知言淡淡说道："我信不过外人。"

信不过外人活该累死啊！这句话江问源是不敢说的，他只能委婉地说道："那我总不算外人吧，李娜和易轻舟也不是外人，你要是忙不过来，也可以把一些工作分派给我们。"

江问源的本意是让左知言体会一下自己人的工作能力，以左知言的完美主义，见识过他们低下的工作能力后，肯定会痛定思痛，选择更专业的外人来帮他分担永远做不完的工作。可是左知言断章取义，从当天起，李娜和易轻舟依旧没什么事，江问源的工作却在原来的基础上增加一倍，而且新增工作有不少都和公司决策相关。

江问源本来是技术岗，只能硬着头皮边学边工作。还好他脑子聪明，学得还挺快的。最终导致的结果就是，左知言空闲的时间多了，江问源从原本的一周工作三天变成一周工作六天，还得抽出时间来锻炼身体，还得关照单晓冉的学习进度，忙得不可开交。

临近除夕，陈眠的一周年忌日就要到来之际，江问源足足瘦了三斤。

左知言呢？过得太舒服，养胖了一斤。

江问源对着常规体检单默默无语："……"

马医生，你误我啊！

陈叔叔和陈阿姨即将迎来儿子的忌日和第二个没有儿子的除夕，对于两位老人来说，这是一个坎，江问源想要回去陪伴他们，顺便也给许久不见的江父和继母拜个年。江问源向左知言请了十五天的假期，带上简单的行李飞回江城。

江问源飞回江城后，没有先回家，而是直接带着行李，买上一束温室反季向日葵，来到陈眠所在的墓园。江问源也没想到，竟会在陈眠的墓碑前和陈叔叔、陈阿姨不期而遇。

江问源在墓碑前放下向日葵："陈叔叔、陈阿姨，好久不见。"

往常爱笑的陈阿姨，在儿子的墓碑前，也笑不出来，她正要和江问源打招呼，却被突然发狂的陈叔叔打断。陈叔叔一脚踢开江问源的向日葵，从喉间挤出一个字："滚！"

江问源就算在恐怖的圆桌游戏里，都没有现在这么手足无措。

陈阿姨连忙拉开想要狠狠揍江问源一顿的陈叔叔："老伴，你怎么了？儿子的事是一场意外，上次我们请小源到家里吃饭，不是已经说开了吗？过去的事就让它过去，我们总要向前看的。"

"我们请江问源吃饭？老伴，你记忆错乱了吧，我就是死都不会和江问源同桌吃饭！"陈叔叔狠狠地往江问源身上啐了一口唾沫，他打从骨子里深深憎恨着江问源，"陈眠怎么死的，你陈阿姨不知道，江问源，你自己还不清楚吗？以后别让我再看到你，你也没资格来给陈眠扫墓。你马上给我滚！"

陈阿姨双手搂住陈叔叔："你陈叔叔状态不太好，小源，你先走吧。"

江问源木木地握着行李箱的手柄，转身离开墓园。上次他为南锐之死返回江城，陈叔叔放下心中芥蒂，和陈阿姨一起请他到家里吃饭。江问源本以为就算他不能完全取得陈叔叔的谅解，起码也能稍微缓和一下关系，让他替陈眠多照顾两位老人。

可是陈叔叔的表现却像是完全不记得他们一起吃过饭的事情，吃饭的事情陈阿姨也记得，并不是江问源臆想出来的。那为什么陈叔叔会完全不记得呢……

江问源忽然回想起陈叔叔在饭桌上说过的话，他说："要是桌子能坐满就好了。"

当时江问源以为陈叔叔话里的潜台词是"要是陈眠还活着就好了"，可是现在想起来，桌子坐满的情况并不止饭桌坐满这一种，还有——

圆桌最后的空位也坐满之时。

陈叔叔的异常，江问源在另一个人身上也见过。

在自动国际象棋机的那轮游戏，利用玩偶的特殊能力假扮陈眠的关山。关山当时的状态很奇怪，他问江问源，要不要向圆桌许愿复活陈眠。当江问源给出否定的答案后，关山就表现得非常生气。其实当时以关山的立场，他哪里有那个胆子和资格对江问源生气？

原来从很久以前，圆桌游戏的 GM 已经渗透到他的身边了。

以陈叔叔现在的精神状态，江问源陪伴他们度过新年的计划只能取消，他回到自己家。江父和继母已经领证，成为合法夫妻。继母还有个女儿，刚读大一，寒假时回到家里，虽然房间刚好够住，但是江问源始终觉得不适应。待了三日，他便以还有工作为由，除夕也没过，就直接飞往京市。

不知不觉之间，青鸟已经成为江问源心中非常重要的一部分。青鸟和江父的家相比，甚至让他更有归属感。

江问源万万没想到，当他回到别墅山庄时，不仅左知言和吕琦妙在，家也在京市的易轻舟，就连和他一样回家过年的李娜也在。他们把食材搬到饭厅，正在一起包饺子。

往常高高在上的左知言左总，现在就是一个和面工，还别说，手法挺专业的。

易轻舟这个五谷不分四体不勤的家伙竟然负责擀面皮，他擀的面皮那叫一个不均匀，每次都得李娜重新再擀一遍。

可是李娜并没有赶走添乱的易轻舟，她不厌其烦地给易轻舟示范正确的擀面皮方法，擀到足够的面皮后，便和吕琦妙一起用剁好拌匀的饺子馅包饺子。

吕琦妙过过苦日子，她小脸表情严肃，认认真真地包起饺子，动作像模像样的，包的饺子竟比李娜包的还要好一些。

几人听到江问源回来的动静，同时朝他看过来，竟异口同声地笑道："江哥 / 江问源，欢迎回来！"

江问源愣了愣，朝他们回以大大的笑容："我回来了。"

无须多言，他们在圆桌游戏中挣扎求生，努力接近自己愿意为之付出生命的愿望。这种特殊的共情，即使是他们有着血缘关系的家人也无法给予他们。只有在青鸟，他们惶恐不安的内心，才会得到一丝的安抚。

　　江问源放好行李后，便回到饭厅和大家一起包饺子。江问源的厨艺还不错，有他一个人加入，所有人都能空得出手来包饺子。在五双手的共同劳作下，很快就包好了一托饺子。

　　江问源用沾满面粉的手拎出手机，对着摆满的奇奇怪怪的饺子拍了张照片。"不如我们来选出最好看的饺子吧。"

　　江问源本以为自己肯定能获得第一的，结果最好看的饺子的名头，被一只包成兔子形状的饺子夺走。吕琦妙都少有地露出了属于孩子的笑容："兔子好可爱，是谁包的呀？"

　　大家你看看我，我看看你，却始终不见人承认。被他们排除在互相看看的对象之外的易轻舟磨磨牙："这只饺子是我包的。"

　　李娜一脸的不信："怎么可能呢？你连擀面皮都做不好。"

　　易轻舟哼了声："这是我妈教我包的。"

　　在场的人除了后来的吕琦妙还不了解，其他人都知道，易轻舟的母亲很早就去世了。不过也正是如此，吕琦妙才能迅速让气氛回暖，她渴望地看着易轻舟："易哥，能不能帮我也包一只兔子饺子？兔子好可爱，我也想要一只。"

　　"没问题。"易轻舟一直都对失去所有家人的吕琦妙非常宽容，哪怕吕琦妙有时候很凶残。他动作麻利地用两张饺子皮一起包出一只更大的兔子饺子："喏，这只大兔子是你的。"

　　今天晚上，江问源难得把所有悲伤和痛苦忘却到脑后，过得十分快乐。

　　吃完饺子后，他们把阵地转移到家庭影视厅，一边享受堪比电影院的视听，一边瞎扯淡。

　　有件事情，江问源很早就想说了，不过他回家之前一直忙得团团转，分不出精力来，现在正好可以拿出来聊聊："话说之前我们争抢组织命名权的时候，你们不是都很积极寻找新成员吗？怎么青鸟的名字定下来之后，你们却都变懒惰了！最新的成员还是我找来的吕琦妙。"

　　易轻舟懒洋洋地说道："找了那么久没找到，我腻了。"

　　李娜撇撇嘴："想要找我加入组织的，我看不上。我看得上的人，人家又看不上我呀。我怎么能找看不起我的人当队友呢！"

左知言也很绝："都是仇人。"

吕琦妙一本正经地掺一脚："6月高考。"

江问源："……"

　　快乐的时光并不长，在腊月二十八，左知言感受到他的新一轮圆桌游戏即将到来，就在大年初一。除夕当天，江问源也同样感觉到，他的游戏也在年初一这一天。有些玩家的游戏轮次密集，有些玩家一年才两三轮游戏，这都说不准的。

　　除夕守夜时，青鸟的气氛反而没有几天前江问源刚回来的时候那么好。

　　江问源心里有落差，左知言却适应得很好，他拿出一个木盒，坐到正在看春晚的江问源身边："给你。"

　　江问源打开木盒，里面装着一条黄绳编织的手链，他的视线落在左知言的左手腕上，另一条相匹配的手链，正戴在左知言左手腕上。

　　左知言放下三吨重的社会精英包袱，慢慢地在沙发上葛优瘫坐下来："这是用你提供的玩偶材料做的共阵营手绳，实验效果未知。这次也不知道我们会进同一个游戏，还是进入不同的游戏，就先这么戴着吧。"

　　江问源默默把黄绳手链套在右手腕上。春晚上除夕最后的六十秒倒数结束，一片欢声笑语中，他轻声对左知言说道："新年快乐！"

　　"新年快乐。"左知言从沙发上站起来，又恢复了平日做事雷厉风行的模样，"我去自己的游戏准备室了，我们现实里再见。"

　　江问源向其他人也道过新年快乐之后，跟着回到自己的游戏准备室。他有些睡不着，又把随身包里的东西重新整理一遍。等心情稍微平复下来，江问源才背着随身包和衣穿鞋躺到床上，闭上眼睛。

　　凌晨四点二十二分。

　　江问源像是意识到了什么，从梦中惊醒。他猛地睁开双眼，熟悉的失重感袭来，无形的大手狠狠地将他拽入黑暗的深渊。当视野恢复之后，江问源不顾自己还处于眩晕状态，立刻在圆桌上寻找左知言的身影。

　　江问源自己就坐在圆桌空位下的第一位，他侧头看去，左知言赫然就坐在他的旁边！

左知言偏过头，朝他露出微笑，在玩家的声音被彼此隔绝之下，用唇语对他感慨道：江问源，你已经完全超越我了啊……

在左知言和江问源第一次相遇之时，江问源就以新人的身份，位列圆桌排名第二。

不过大半年的时间，江问源就以一种非常恐怖的速度成长起来，现在，他的圆桌游戏综合评价，已经在左知言之上了。

你已解锁绵羊玩偶

致命交响曲

怀疑的种子一旦播撒，就会牢牢扎根。

欢迎来到第八轮圆桌游戏，请玩家解锁高能齐芯左知言。

第33章

音乐高中

江问源明确知道圆桌游戏针对自己之后，看到左知言和自己进入同一轮游戏，脑海里冒出的第一个念头就是圆桌游戏有阴谋。不过江问源很快便冷静下来，他们戴着最新版的共阵营手链，而且左知言还拿着他送的机器人玩偶，他们是肯定会被分到相同阵营的普通玩家身份。江问源排除心中杂念，开始关注起圆桌的情况来。

本轮游戏人数不多，一共只有十二名玩家。不过值得注意的是，即使综合实力排在最末尾的几个玩家，都表现得非常淡定。还有他们整齐的衣着和身上的行囊，足以证明他们老玩家的身份。这轮游戏竟一个新玩家都没有。

圆桌中央的灯下黑处，传来一阵悠扬的小提琴声，一只身穿黑色长裙礼服，缺乏脸部、手部和脚部细节的木质玩偶放下架在肩膀上的迷你小提琴。它沉默地走到空位前，小心地放下小提琴和琴弓，然后双手提着裙摆转身，裙摆在空中划过优美的弧度。它朝着空位左手边本轮游戏综合评价最低的玩家走去。

礼服玩偶收取代价的方法是最普通的触碰式。不知道是否和它的小提琴演奏者设定有关，它没有收取会影响演奏乐器的功能，所有玩家的视觉、听觉、心肺功能和手脚功能都被保留下来，这让玩家的整体生存率又得到了不少的提高。

江问源被收走的代价是二分之一的肝功能和全部的胆功能，基本不会对他的行动造成影响。获得行动的自由后，江问源和左知言确认了彼此的戒指位置。

礼服玩偶回到圆桌空位前，拿起它的迷你小提琴，重新开始演奏音乐。悠扬的音乐声清晰地传到每位玩家耳中，这只从头到尾都没有说过一句话的玩偶，一直演奏到六十秒倒数结束。它用这首奇妙的能引起共情的小提琴曲为玩家们送行。

切换至游戏世界后，玩偶演奏的那首小提琴曲还在江问源耳边回响着，十分激荡人心。江问源看向周围的玩家，从他们的表情就可以看出来，他们和他的心情是相似的。

玩家们集中站在一座废弃已久的学校前，已经长满藤蔓植被的校门上，挂着一块已经掉漆的牌子——常青音乐高中。

"感谢各位校友愿意参加本次追忆母校的活动！我是本次活动的负责人，本校毕业的周章。"一个身穿西装、鼻梁架着无框眼镜的男人对玩家们说道。他看起来年纪大约三十岁，面相儒雅，得体的说话态度很容易让人心生好感。

周章富有感情地说道："不知不觉之间，我们的母校已经荒废了十年。为了追忆常青音乐高中曾经的辉煌，本次追忆母校的活动，我们将会在荒废的母校生活五天，除了每天的固定行动以外，剩余的时间可以自由活动。请各位用视频、音频或者文字的方式，记录下这五天的生活。活动结束后，我们会将大家的素材收集起来，制作成一期纪念节目公布到网上作为留念。

"请大家放心，我们已经取得入校许可，在几天前就把宿舍清理出来，供水供电都没问题，食材和做饭的条件

也齐全，只是由于预算问题，我们没有聘请厨师做饭，所以一日三餐都需要我们自己动手。不过我相信，这点儿小小的困难肯定难不倒我们的！"周章的安排十分妥当，基本上方方面面都照顾到了。

不过江问源始终记得这里是游戏世界，他站的位置刚好离周章比较近，仔细观察过周章的双手后，江问源发现周章的手上有几处老茧，再加上放在他脚边的大提琴盒，不难猜测他现在的工作。

周章拿起脚边的大提琴，对玩家们说道："走吧，校友们，让我们一起重返教育我们成才的常青音乐高中！"

江问源并没有立刻跟上去，玩家们陆陆续续走进校门，直到人都走得差不多了，江问源还没动。左知言走到他身边："这么出神，在想什么呢？"

"我在想玩偶演奏的那个小提琴曲子片段，这首曲子一直在我脑海里回荡，再加上本轮游戏的地图是音乐高中，引导 NPC 又是一个大提琴演奏者。我不认为这只是个巧合，其中必定有古怪。"江问源把自己的担忧告诉左知言。

江问源看得出来的东西，左知言当然也能察觉到，所以他才没催促江问源进学校："那你打算怎么办？"

有靠谱的同伴在，江问源信息数据狂的属性又在蠢蠢欲动："既然我们的身份设定是音乐高中的毕业生，那我们应该都会演奏某种乐器才对。小提琴演奏者玩偶没有收走我们演奏所需要的生理功能，我们可以自己创造条件造成无法演奏乐器。我们来做个对照组吧。"

江问源从随身包里拿出瑞士军刀、消毒酒精，以及止血绷带："我来给你左手食指上割一道伤口，放心，我技术到位，不会让你感觉到太疼的。手指受伤之后，游戏期间的五天时间，你在先决条件上没办法演奏乐器了，刚好可以和我形成对照组。"

在江问源分出这两组对照组的时候，其实他心里已经偏向无法演奏乐器的状态会更加安全了。和左知言组队行动，风险共担，江问源无所谓谁更安全一些。更何况还能趁机小小地报复一下左知言这个工作狂，何乐而不为呢？

左知言把江问源手里的东西全部夺过来："还是你来当无法演奏乐器的参照组吧。万一出现需要演奏乐器的情景，与其听没学过乐器演奏的你乱弹乱拉折磨我的耳朵，还不如我自己来。"

"这……"江问源无法反驳，别墅山庄还有一个小音乐厅，钢琴、小提琴和大提琴、双簧管等管弦乐器齐全，其中大半左知言都会演奏，而且还很精通。江问源只能朝左知言伸出左手食指："那你轻一点儿，别割太深。等游戏通关回到现实之后，还有一大堆工作在等着我呢。"

"你以为我是你吗？"左知言无情戳穿江问源暗戳戳的小心思，用酒精对江问源的左手食指和瑞士军刀消毒后，在他左手食指的第一第二指节划出一道约1毫米深的伤口。有这道伤口在，江问源五天内肯定是无法演奏乐器了。就算被强制要求演奏乐器，手指伤口的疼痛也能提醒江问源情况有异。

左知言下刀的动作很快，江问源还没感觉到疼痛就结束了。等江问源止血缠上绷带后，周章已经带着其他玩家走远。江问源和左知言收拾好，跑着追上大部队。

周章没有察觉队伍里有两个人掉队，这时候他正面带微笑和一个女玩家解释："常青荒废了十年，疏于维护，电路早就老化不能使用，水管也生锈破裂，水电都是我们重新拉的。为了节约成本，我们就把宿舍定在离总电路总水管比较近的一幢男生宿舍楼里。不能男女宿舍分开，还把宿舍定在男生宿舍楼，给你们女生追忆高中住宿生活的体验留下遗憾，我感到很抱歉。"

周章的暖男男神气场极为强大，被他搭话的那个年轻女玩家，有些娇羞地低下头："学长，您没必要为此道歉。能参加本次追忆母校的活动，我们已经很荣幸了。当年读高中的时候，我们没有机会来男生宿舍一探究竟，现在有这个机会，也挺好的。"

这个年轻女玩家，江问源记得她是圆桌第四位，在全是老玩家的局里能排第四，她的综合实力绝对不差。江问源一下也分不清，她到底是在重重因素的影响下，已经代入常青毕业生的角色，还是说她在故意撩周章。

在圆桌游戏里，还有一小群走邪道攻略游戏的疯狂玩家，因为圆桌游戏背景故事的真相，往往就和游戏世界的NPC有关，他们认为辛辛苦苦地去搜集线索推理真相，还要承担相当大的生命威胁，那还不如直接把主意打到NPC的身上。

NPC 又不是真人，无论把什么手段用到他们身上，都不需要负法律责任，比面对怪物要安全得多。虽然有时候 BOSS 就在 NPC 当中，导致玩家玩脱丢掉性命，但大部分情况下，面对 NPC 都是相对安全的。然后这个派系的玩家还分成两大阵营：一类就是直接用血腥的手段对付 NPC，另一类则是通过情感征服 NPC。

后者还在论坛里衍生出一个江问源看得头大的灌水讨论帖。

该帖名字江问源只看过一遍，他估计这辈子都不会忘：和 NPC 发生关系会怎么样？

当初那个帖子盖起非常恐怖的高楼，楼主发完帖之后，就再没有回复过。她后来究竟怎么样，成了一个谜。

江问源看着快要粘到周章身上的年轻女玩家，就不可抑制地想到这些，从而无法分清她现在的状态，究竟是在玩弄 NPC，还是受到游戏的影响而自动代入学妹的角色。

周章带着十二名玩家来到宿舍："这里一共有三间宿舍可用，每个宿舍都是六人间。我们一共十三人，女生三人，男生十人。其中一间宿舍分给女生，男生平分两个宿舍。大家没意见吧？"

就玩家本身而言，男女之防在生命面前根本不值一提。其中一个女玩家是和某个男玩家绑定进游戏的，她想和自己的队友同房，本想要反驳周章的决定，最后却被她的队友阻止了。

江问源只要和左知言一个宿舍就行，剩下的舍友是谁其实无所谓。

由于本轮游戏的引导 NPC 周章给人的感觉非常好，他又是本轮游戏的唯一 NPC，男玩家们都挺乐意和他同宿舍的。一番互不相让的争抢之后，江问源、左知言和另

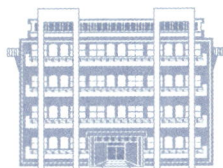

外两个男玩家住同一间宿舍，剩下的五名男玩家和周章住在一起。

玩家们在宿舍安顿好后，周章便组织大家到男生宿舍旁边的饭堂开会。就和周章告诉他们的那样，饭堂里清扫得很干净，这里以后就是他们每日用餐和开会的地方了。

在众人都到齐后，周章把一些资料放在桌面上："这是我们向过去的老师收集到的一些老旧纪念物，你们来一起看看吧。"

这些纪念物大多数都是照片，还有几块奖牌和几座奖杯，都是和音乐相关的奖项。

坐在江问源身旁的男玩家从那些照片当中找到一张拍立得照片。他拿起照片，照片上数名少年都穿着短袖夏装，冲着镜头比手势，笑得十分开心，右下角标记有时间，应该是暑假时拍的照片。翻到照片背后，上面用炭笔写着一行字：我们这一年过得棒极了，不是吗！

这个拿起照片的男玩家和江问源同宿舍，他们互相通过姓名，他叫连城。连城看着照片，脸上露出怀念的表情，敞开心扉说道："我高中暑假的时候，和几个哥们约了同班的女生一起去游乐园玩。我在鬼屋里恶作剧捉弄了我死党喜欢的女生，不小心把她弄哭了，后来我死党和我大吵一架，大家不欢而散。现在回想起来，那段时光真的是我人生中最开心的日子。我们好不容易能一起去游乐园玩，我当时肯定是脑子进了水才会做那么无聊的恶作剧。要是时光能倒流，我绝对要好好珍惜那段时光……"

在连城起头后，几名玩家也纷纷有感而发，向大家分享了他们在暑假里的美好时光。和连城一样，他们在那段美好的时光里也留下遗憾，表示后悔当时为何要那么做。

周章见大家讨论得热火朝天，也十分开心："我们组织本次活动时，曾经拜访过老校长，老校长说当初废校时，有不少东西都留在学校没带走，这几日我们可以慢慢逛校园淘金。这些东西我都已经看过了，你们先看着吧，我去准备午餐，让大家品尝一下我的手艺。方纯，你能放开我的手臂了吗？"

方纯就是刚才盯上周章的那个女玩家，她站起身来："怎么能让学长一个人做十三人份的午餐呢？就让我来帮忙吧。我的厨艺非常不错哦。"

周章一想也是，便没有拒绝方纯的帮忙。

两人离开之后，剩下的玩家便继续热火朝天地讨论着高中暑假的美好回忆。

江问源没有参与讨论，不过听他们聊天也挺怀念的，在这个时候，江问源注意到了一个玩家。他身上穿着破旧的冬装，露在衣服外的皮肤黝黑黝黑的，双手也十分粗糙，一看就是重度体力劳动者。他一直不耐烦地抖腿，等了几分钟后，发现大家根本没有打算停止高中暑假的话题，忍无可忍地低吼道："我说你们到底有完没完！我们是来通关游戏的，不是来怀念高中时代的！"

这个玩家的话成功破坏了饭桌上温馨的气氛，饭桌上陷入短暂的沉默。

一个烫着大波浪卷红发的女玩家，用手指卷着自己的长发，她的回忆只说到一半，就被打断了，现在心情极为不快。她上下打量男玩家一番后，用极为不屑的语气说道："你吼什么吼，我们聊我们的天，你不爱听就堵上耳朵呀！嘿，瞧瞧你的寒酸样，一个穷鬼，别是没上过高中，嫉妒我们拥有高中的回忆吧。"

男玩家被她的话说得哑口无言，黝黑的皮肤都挡不住他面红耳赤的难堪模样："我家境贫困上不起高中又怎么样？我张铁牛行得正坐得直，努力工作为国家做贡献。没上过高中而已，这又不是我的错，没道理要被你讽刺！"

张铁牛根本待不下去，他把话说完，便起身离开了饭堂。张铁牛走后，饭堂里的气氛也无法恢复刚才的温馨，反而因为张铁牛的离去而变得有些尴尬。玩家们不再谈论高中暑假的回忆，沉默地查看桌面上的照片、奖牌和奖杯资料。

江问源一直仔细观察玩家们，他并没有错过连城的动作。连城是第一个拿起那张少年合照，并引发高中暑假话题的玩家，他还悄悄把少年合照塞进了自己的口袋里。

不知不觉,时间便来到中午,周章和方纯已经做好丰盛的午饭,可以开饭了。

张铁牛被气跑之后,就再没有回过饭堂。江问源主动站起身,意有所指地说道:"我和左知言去找张铁牛回来,希望张铁牛回来之后,大家不要再说那么过分的话了。"

然而,当江问源和左知言找到张铁牛时,江问源在饭堂里说的那番话,已经失去意义了。

张铁牛死在从饭堂回宿舍这段短短的路上——

张铁牛趴在地上,喉咙的位置积起一摊血泊,暗红的鲜血还没有完全凝固。

死因:割破喉咙、颈动脉,失血过多而死。

江问源俯身检查张铁牛的伤口,伤口的痕迹明显是利器所为。张铁牛周围并未找到与伤口相符合的利器,可以基本排除自杀的可能性,那就是他杀。张铁牛究竟是什么原因非死不可?

第34章

资深背叛者

江问源和左知言戴上手套，合作把张铁牛的尸体面朝上翻转过来。

张铁牛的面部和胸部在血泊中浸泡过，糊满鲜血。江问源用干净的手帕把他脸上和伤口附近的血迹清理掉，左知言则快速检查张铁牛身上有没有其他伤口。

"张铁牛身上没有其他受伤的痕迹。"左知言来到江问源身边蹲下，和江问源一起看着张铁牛那张神色痛苦而惊恐的脸。张铁牛脖子上的伤口位于脖子的左半部分，从左下方割破颈动脉，斜向上划破喉咙为止，致命，且完美阻止了张铁牛在彻底死透前大喊大叫求救以引来其他玩家。地面除了张铁牛倒地之后的血泊之外，还有尸体旁边的溅射状血迹，应该是张铁牛被匕首割喉时喷出来的。那之后张铁牛就倒在地上，全然动弹不得，无声无息地失血而亡。

江问源指着张铁牛唇周的指印，客观地分析道："凶手是个右撇子，他从后面袭击张铁牛，左手捂住张铁牛的嘴，并施加压力强迫他抬起头，所以才会留下如此清晰的痕迹。然后凶手用匕首或其他锐器割破张铁牛的颈动脉和喉咙。血液喷溅在地面上的痕迹很完整，凶手杀人的整个过程，身上恐怕没有沾上一丁点儿血液。割喉并不会立刻致命，张铁牛完全没有挣扎的痕迹，凶手可能在凶器上抹了麻药。"

左知言十分认同江问源的分析："陈眠，你觉不觉得，凶手的杀人手法，不像是怪物所为……"

江问源点点头："确实不像是怪物的手法，不过也不能百分之百排除怪物的嫌疑，也许这就是怪物的高明之处，使用类人的作案手法，让玩家们对彼此疑神疑鬼。但这种可能性相对较低，只占了20%的可能性。"

还有80%的可能性，就和左知言所说的一样，张铁牛的死是玩家所为。

在游戏中，普通玩家之间除非结下血海深仇，一般都不会对玩家下杀手。因为游戏里有背叛者的存在，在所有玩家的精神状态都紧绷到极限的情况下，一旦出现玩家与玩家之间的致死事件，杀人者很有可能连自证清白的机会都没有，就被其他玩家视为背叛者玩家，当场被围攻至死。

本轮游戏只有张铁牛一人是高强度的体力劳动者，以其他玩家的社会身份，和张铁牛在现实中基本不会有过多的接触，接触都没有，更遑论有杀人泄愤的矛盾了。至于是否在游戏里结下深仇大恨，江问源在饭堂里仔细观察玩家时，并没有感受到张铁牛对哪个玩家有特别的关注。

当时，张铁牛只是对其他玩家互相分享高中暑假回忆的行为表现出极大的不满——

"如果张铁牛的死真是玩家所为，你觉得那个玩家杀死张铁牛的原因是什么？"江问源对左知言问道。

左知言不答反问："那你是怎么想的？"

"张铁牛没上过高中，他不愿意留在饭堂听其他玩家回忆高中暑假，但是为了安全起见，他也没有走远，而是藏在可以看到饭堂的角落，用树荫把自己挡起来。而张铁牛离开，到我们发现他的尸体，一共将近两个小时，玩家们回忆高中暑假的兴致被张铁牛败坏，三分之二的玩家都出入过饭堂，趁还没到饭点，寻找一下附近有没有什么有价值的线索。"江问源顿了顿，才继续说道，"玩家进出饭堂如此频繁，张铁牛躲的地方离饭堂又不远。那个杀死张铁牛的玩家，不惜冒着很容易被发现的高风险，也要将张铁牛置于死地，一定有着非常特殊的原因。"

左知言没有像江问源说得那么含蓄，他直接说破江问源口中杀死张铁牛的玩家身份："因为张铁牛的存在，让背叛者玩家感觉到威胁，所以宁愿承担身份暴露的风险，迫不及待地杀死张铁牛。"

张铁牛在本轮圆桌游戏的排名处于中下水平，没有上过高中，文化水平不高，他的身上究竟有什么特殊之处？江问源的大脑高速转动起来："张铁牛和我们之间最大的区别，应该就是没上过高中吧。仔细回想张铁牛在饭堂里说过的话，他说：'你们到底有完没完！我们是来通关游戏的，不是来回忆高中时代的！'"

江问源把张铁牛的话重复念了三四遍，摘掉沾满血迹的手套，揉捏阵阵钝痛的太阳穴，在疼痛稍微缓解之后，他立刻拿出巴掌大的小本子，在本子上把张铁牛的话记下来。江问源看着本子上的句子："不对劲儿，这很不对劲儿。连城拿到那张几个少年的暑假合照后，玩家们就开始热烈地讨论高中暑假的回忆。不仅如此，主动讨论暑假回忆的玩家和连城一样，他们的暑假回忆都留下遗憾，还很一致地表示后悔没有好好享受那段美好的时光。我没有参与讨论的欲望，是因为我的暑假都过得很完美。但是我听他们讨论暑假回忆，也听得津津有味。但这是不对的，我们都错了！"

"张铁牛的话才是正确的。"江问源在张铁牛宝贵的遗言下标注"正确""真理"并打钩和用叹号进行着重强调，"要回忆高中生活，等游戏通关之后我们多的是时间可以回忆，游戏时间只有五天，哪有时间可以浪费在无关紧要的事情上！我们的精神状态被污染了，污染源应该就是连城拿走的那张照片。因为张铁牛没有上过高中，所以照片无法对他的精神状态造成影响。我认为精神污染源应该不止那张照片一个，玩偶演奏的曲子现在还间歇性地在我脑海里响起。如果张铁牛不死，以他抗精神污染的特殊性，游戏的通关难度会大幅度下降。普通玩家一旦通关游戏，背叛者的任务就算失败，所以才会在慌乱之下杀死张铁牛。"

江问源的声音不大，却像重锤一样狠狠地敲进左知言的脑袋。左知言沉默了一会儿，才对江问源感慨地说道："我们组织成立之后，你到底在游戏里经历了什么？"江问源的成长速度实在太恐怖了，左知言在这一刻才切实地感受到圆桌游戏综合实力排名中，江问源的综合实力，已经凌驾于他之上。

江问源合上本子，慎重地将其放进随身包最安全的夹层："我不是每轮游戏回来都会向你汇报圆桌游戏的情况吗？除了我本人以外，"江问源微微停顿，"最了解我的游戏经历的那个人不就是你吗？走吧，我们出来了那么久，回饭堂看看情况。本轮游戏可能存在背叛者的事暂时还是别告诉其他玩家，以免打草惊蛇。张铁牛离开之后，我把注意力都放在周章带来的资料上，没仔细看是哪些玩家离开过饭堂，你也一起看看他们的脸回想一下，等晚上我们想办法把嫌疑人的名单整理出来。"

江问源和左知言摆弄尸体时，身上沾到了些许血迹，当他们走进饭堂，却不见张铁牛的身影时，注意到这一细节的玩家脸色微变，他们已然明白了张铁牛的下场。

NPC 对玩家的印象，被圆桌游戏进行过淡化处理，他们只对活着的拥有基本行动能力的玩家有反应，至于死去的或者濒死的玩家，NPC 一概当作不存在。这是合理的处置，否则一旦有玩家死去，故事背景又刚好是法治社会，那玩家们就会全部都被带到警察局接受调查，甚至可能会被当作嫌疑人拘留起来。自由都被限制了，还怎么探索圆桌游戏故事的真相？

此时在周章的心中，张铁牛这个人已经不存在了。他站起身来，对江问源和左知言露出温和的笑容："你们回来了！现在人都到齐了，那我们开饭吧。快来尝尝我做的菜，我对自己的厨艺还是很有自信的。"

方纯坐在周章旁边，故意气哼哼地说道："学长，难道我没帮忙吗？"

周章失声笑道："对，还有方纯学妹的帮忙，她炒了两个青菜，你们都尝尝。"

三张二比一长宽的饭桌并在一起形成一张宽大的桌子，上面摆着十二道菜，五道全荤菜，五道荤素菜，两道素菜。一顿饭吃下来，周章的厨艺果然了得，不比江问源去过的星级餐厅吃过的菜差。至于方纯被周章很不给面子抖出来的那两道素菜，就是用盐油加水煮熟的菜，没有任何技术含量。

本来玩家在圆桌游戏能吃到正常的食物就已经非常幸运了，对食物的味道要求也不会很高，奈何方纯的水煮青菜的比较对象，是周章做的色香味俱全的十道菜。有对比就有伤害，方纯的厨艺输得极为惨烈。不过她也厉害，找到一个非常有说服力的借口："学长做的菜比专业大厨还好吃，不过我们是重返母校来体验校园生活的，我做的菜是还原当年饭堂的大锅水煮菜，高中饭堂也是校园生活中的一个环节呀！"

在方纯的带动下，一部分玩家开始对高中饭堂的饭菜大吐苦水，只有番茄没有蛋的番茄炒蛋，饭怎么会掺有沙子，等等，也是深有所感。不过大部分玩家并没有参与讨论的心情，他们还记得张铁牛的死。在周章收拾碗筷离开之后，几个玩家找到江问源和左知言，向他们询问张铁牛的情况。

江问源和左知言已经彻底检查过张铁牛的尸体，也拍有照片留下证据，凶手想二次回现场破坏证据基本是不可能的事情。所以江问源直接把张铁牛所在的地方告诉他们。至于张铁牛不是高中生，可以免疫精神污染的情报，江问源并没有透露给他们，因为背叛者的身份尚未明确，敌暗我明，贸然向其他玩家暴露他推理出来的情报，很容易引来杀身之祸。

午饭过后便是自由行动时间，江问源和左知言没有浪费时间去午休，而是去教学办公楼查看情况。

主要调查的方向是常青音乐高中废校的原因。

据周章所言，今年正好是废校十周年。

连城拿走的那张照片，是在十年前暑假时用拍立得相机拍下的。既然这张照片也属于常青音乐高中的资料，那就是说常青高中在十年前的暑假还在正常运营，还组织了学生的暑假活动。常青音乐高中出事并导致废校的结果，应该是在那个暑假时发生的。

确定好重点搜查的范围之后，江问源便和左知言积极展开搜索。

在积满灰尘的校长办公室，他们找到一份资料，常青音乐高中游行乐团暑假的演出计划。计划书中详细记录了游行乐团的情况，并附带一张他们在学校音乐礼堂的集体照。该乐团一共由三十名成员组成，他们身穿统一样式的乐团制服，拿着各自的乐器看向镜头。由于他们是游行乐团而非管弦乐团，为了方便游行时演奏，并保证音量，游行乐团使用的乐器为小号、圆号和长号等铜管号，以及各类打击乐器。

十年前的信息传播速度远没有现在这么发达，常青音乐高中想要借助游行乐队的游行演出来宣传学校，以招揽更多的学生。所以游行乐团的演出任务并不轻松，从 7 月到 8 月，他们一共有 12 场演出：10 场游行演出以及两场在学校音乐礼堂的演出。平均下来，游行乐团不到四天就有一场演出。

也许是演出任务太繁重了，游行乐团向校长递了一份告知书，在 8 月 30 日的音乐礼堂那场演出，他们将演奏一首新曲子：《昏厥交响曲》。告知书发出的时间是 8 月 20 日。

校长在告知书上给出明确批复，驳回《昏厥交响曲》的演奏，批复下面手写着 8 月 22 日。不过这份告知书并没有送出去。也不知道是游行乐团拒绝接受校长的批复，还是在校长把批复发出去前就出事了。

江问源把夹在计划书中间的游行乐团合照拿出来，把乐团成员的每张脸都看过一遍，确认这些人当中并没周章之后，便立刻把它夹回计划书当中。江问源闭了闭眼睛，在他经历过连城那张少年合照之后，对照片便产生了警惕之心，再加上张铁牛的死，江问源给自己建筑起精神护壁。他的精神护壁说不上牢不可破，但是面对精神污染，江问源还是有自信能抵抗一二的。

可是在江问源查看游行乐团的照片时，玩偶演奏的音乐片段又在他的脑海里回响起来，不仅如此，这段激昂的小提琴音乐片段，部分音调发生了变化，还加入了小号的声音。这段音乐片段表达的情绪，正在逐渐改变。而且江问源甚至有种感觉，他仿佛曾经在现场听过游行乐团的演奏。所以，江问源才不得不放下交响乐团的照片，继续看下去的话，他的精神状态肯定会被污染！

江问源拿出他的小本子，翻开张铁牛的遗言，在脑海中模拟张铁牛的声音一遍遍默读他的遗言，直到玩偶演奏的音乐片段从脑海中消失，江问源才放下小本子。江问源长出一口气，他的后背已经被冷汗浸透，他对左知言说道："下一份照片，就由你来看吧，我需要休息。"

左知言只看了计划书的部分文字资料，并没有查看照片，这是他和江问源事先的约定。由于常青音乐高中的相关照片可能是精神污染源，他们两个必须有一个人保持清醒，所以每次遇到新照片，只能由一个人查看，另一个人负责监察对方的精神状态，并在其精神受到污染时，想办法及时唤醒对方。

左知言对江问源观察片刻："要和我聊聊你对高中游行乐团的看法吗？"

"谢谢，还是免了吧。还好我抽身及时，没陷进去。"江问源眼神清澈，吐字清晰地说道，"我们这轮游戏恐怕会很艰难……"

江问源把自己查看游行乐团集体照时的各种反应告诉左知言："玩偶演奏的小提琴片段，和游行乐团的《昏厥交响曲》绝对有干系。我认为玩偶在六十秒倒计时拉小提琴，是背叛者玩家对玩偶的指示。我们本轮游戏要面对的背叛者，可能是一个从多轮背叛者游戏中活下来的资深背叛者。"

背叛者玩家和普通玩家的游戏路线完全不同，他们的游戏通关目标是杀死所有普通玩家。背叛者玩家在游戏进行的过程中，会受到许多约束，同时也享受许多权力。但圆桌游戏并不会在一开始就把这些约束和权力全部告知背叛者玩家，经过多轮背叛者游戏的积累之后，背叛者才会逐渐掌握这些情报。

在临近除夕之时，和江问源加完论坛好友就再没有上线的齐思远突然上线。

好几个月前，江问源在私聊页面写下自己想要购买背叛者情报的事情，并给齐思远留下联系方式。齐思远根据留言给他打了电话，以非常实惠的价格把他的情报卖给江问源，但他对江问源有个要求，必须保证这份资料的机密性，绝不能大肆分享给其他玩家。一旦资料泄露，很容易导致背叛者实力大增，造成普通玩家的困局。至于为什么齐思远会愿意把资料分享给江问源，那是他的经验使然，他一眼就看出吕英奇这个背叛者是圆桌游戏弄出来针对江问源的，江问源拥有"不良"愿望，不会成为背叛者。

江问源拿到的背叛者情报，在青鸟只有他和左知言两个人知道。

至于为什么没有隐瞒左知言，那是因为江问源之前并不知道背叛者情报的恐怖性，已经把齐思远的事情透露给左知言。再加上左知言所拥有的信息技术团队，如果左知言有心想要知道资料的内容，江问源根本阻止不了，所以他干脆删掉一部分比较恐怖的内容，把删减版的背叛者情报交给左知言。

背叛者玩家在进入圆桌游戏之前，就已经知道游戏的背景故事，在圆桌之上，背叛者可以对玩偶下达简单命令。如果命令能被玩偶理解，玩偶就会按照背叛者的命令去行事，但玩偶并不能和背叛者玩家交流。

这条情报就在删减版的背叛者情报上。

江问源对左知言说道："玩偶通常只会在收取代价上做文章，本轮游戏的玩偶竟然演奏和《昏厥交响曲》有关系的小提琴曲，我认为这是背叛者玩家对玩偶的命令。因为玩偶拥有小提琴，所以他的命令被顺利执行了。本轮游戏的背叛者玩家，一定是资深背叛者玩家。我们的行动必须更加小心谨慎才行！"

左知言轻轻笑了一声："那你就没怀疑过，掌握大量背叛者情报的新手背叛者玩家？"

背叛者玩家的情报在论坛的流传少之又少，左知言所说的怀疑对象，分明就是他们彼此。

江问源直言道："你的左手戒指在无名指上，玉石戒指。那么你的回答呢？"

"右手，食指，金属戒指。"左知言也很快答道。

在确认过彼此的回答正确之后，危险警报解除，屋里的气氛才缓和下来。

两人继续把办公楼搜过一遍，并没有更多有价值的发现。

玩家们的晚餐，依旧是周章掌厨。有周章这个大厨NPC在，玩家是傻子才会去和他抢活。在方纯大力地忽悠下，周章决定承包接下来四天的伙食，引来一众玩家的称赞。

吃饱喝足后，江问源实在不想继续行动了。和精神污染进行对抗，其实是一件非常累人的事情，他打算早点洗洗睡，等明天再继续探索游戏。左知言没看过游行乐团的照片，精力尚足，他便撇下江问源去独自搜索。由于不是两人统一行动，左知言并未查看任何照片，只是对校园整体进行踩点，所以也没有太多收获。

当左知言回到宿舍时，他看到倚在枕头和棉被叠起的靠枕上的江问源，不由得噗地笑出声："这身衣服可真不适合你。"

江问源冷漠脸："你以为你就不用穿了吗？这可是——校服啊！"

常青音乐高中的校服十分有毒，剪裁是中山装的款式，但是颜色却是嫩绿色的。

为了和邮差、军人进行区别，校服的颜色非常一言难尽，再加上还有一顶同色系的学生帽，和精神污染完全没有区别。

第35章

诡异的合照

本轮圆桌游戏为玩家们提供的衣服都是统一制服，男玩家的都是嫩绿色的中山装，女玩家的则是改良的上白下嫩绿的两件套旗袍。虽然颜色有点儿怪异，但是所有人都穿起相同的衣服后，这种怪异感奇异地消失了。玩家们住在旧时代的寝室里，穿着旧时代风格的校服，在浓厚的怀旧氛围中，不由得被勾起高中时代的回忆。

江问源所在的宿舍里，除了他和左知言以外，还有两名男玩家，分别是私藏少年合照的连城，以及和连城搭档组队的金鑫。晚上的休息时间，宿舍里已经熄灯了，连城面朝墙壁侧躺在床上，用厚厚的棉被蒙住头。微弱的光芒从连城的被窝缝里泄出，他在看什么东西，其实并不难猜。

连城悄悄私藏拍立得照片的举动，江问源还记在心里，他都不用猜，就已经确定连城躲在被窝里看什么东西。江问源二度经历相片的精神污染，对连城手里的少年合照敬谢不敏。江问源也不打算费力气去唤醒连城，一是因为连城受到照片的影响最深，精神污染状态难以清除；二是因为本轮游戏存在背叛者玩家的概率极高，若他高调行事，清除其他玩家的精神污染状态，枪打出头鸟，他极有可能被背叛者玩家视为眼中刺肉中钉，被视为需要优先排除的对象。

江问源和左知言知道常青音乐高中的部分相片是防不胜防的污染源，金鑫可不知道。

差不多半小时过去了，连城被窝里的光芒始终不见熄灭。金鑫有些按捺不住，他掀开棉被翻身下床，拖着棉鞋来到连城的旁边，伸手推了推连城的肩膀："连城，你手里那张拍立得照片，我也想看看。你已经看那么久了，借给我看看呗。"

连城被窝里的光芒熄灭，他掀开棉被坐起身来，疑惑地看着金鑫："你在说什么呢？什么拍立得照片？我在打手机单机游戏，不能把手机借给你，你自己难道没带手机吗？"说着，连城解锁手机给金鑫看，手机屏幕弹出来的第一个界面正是某款最近火爆销售的单机游戏。

金鑫一声不吭，突然对连城出手。他伸手握住手机，两秒后才松开手："你的手机根本不烫，你没有在玩手机游戏。你也别和我装傻，我都看见了，在饭堂的时候，你趁大家的注意力分散到被气跑的张铁牛身上，悄悄把那张拍立得照片据为己有！拍立得照片是周章向常青音乐高中的往届师生收集的，那张照片属于所有玩家共有的资源，而非某个人的私有物。我有权利查看属于玩家集体所有的共同资源，快把拍立得照片交出来！"

说到最后，金鑫的语气逐渐变得严厉起来，左膝盖已经压在连城的床上，右手撑在床沿外侧，大半个人笼罩在连城头上，封死连城的退路。金鑫的状态不太对劲，如果连城稍微有点儿危机意识的话，就算不立刻把照片送出去，也得想办法优先安抚好金鑫的情绪。可连城的状态也不正常，他对照片表现出了极大的占有欲，直直地对金鑫喷回去："是谁规定了游戏世界里的东西就是玩家的共同资源？谁先拿到的东西，就属于谁。照片是我的东西，不可能给你！"

金鑫和连城，两人谁都不肯让步，一言不合之下，直接在床上扭打起来。他们拳拳到肉，简直就是要把对方往死里打。

放任他们继续打下去的话，江问源丝毫不怀疑结果是金鑫和连城至少会死一个。金鑫和连城打得太狠了，江问源没有贸然上去拉开他们，而是拿桶去接了小半桶水，提着桶冲回屋里，直接把水泼到已经亮出利器的两人身上。大冬天的冷水浇在身上，直接把金鑫和连城浇了个透心凉。

两人想要置对方于死地的愤怒并未退去，但江问源的半桶水浇过来，他们湿身不要紧，重要的是那张拍立得照片，都已经是十年前拍的照片了，被水浇湿，那还能好吗？

金鑫先主动松开连城，紧张地说道："快看看照片还好吗？！"

连城把手上的水全部蹭在干棉被上，才伸手进衣兜里，从里面拿出照片，仔细检查之后，才如释重负："还好，还好没事。"

在两人的情绪相对没那么狂躁之后，早就在一旁等着机会的江问源和左知言同时出手，以最快的速度镇压金鑫和连城，并用绳子把他们给捆了起来。江问源和左知言一起跟教练训练，青鸟的其他成员都跟不上他们的训练强度，时间久了，他们也就培养出相当的默契。这次武力镇压，可以说两人配合得非常完美。

那张少年合照，在江问源和左知言的行动过程中，落在了地上。金鑫和连城即使被捆住，他们更担心的也不是自己的人身安危，而是地上那张拍立得照片。照片正面朝上，金鑫双眼的视线牢牢盯在照片上，贪婪地看着画面中朝着镜头微笑比手势的几个少年，露出诡异而满足的笑容。金鑫的模样，活像是中了邪。而同样被捆起来的连城，脸上的表情非常愤怒，他扭动身体，想要接近照片，把照片给藏起来不让任何人看见。不过江问源和左知言跟登山教练学过多种捆绑方式，连城根本挣扎不动。

金鑫从未直接接触过照片，精神污染就已经严重到这个地步了，这张照片留下来就是个祸害。江问源从一张空床铺上扯过一条枕巾，用其盖住少年合照。

江问源严厉地说道："你们俩长没长脑子？为了一张照片争得你死我活，连利器都亮出来了,这是脑子被猪啃了想要弄出人命吗？！其实你们要打要杀，闹出流血事件，被周章收回照片，再被赶出常青音乐高中，那都跟我没关系，但这里是我的寝室，弄脏我休息的地方，我让你们吃不了兜着走！"

江问源的话可谓尖锐至极，他就是故意把话说得很难听的，就是想要试探金鑫和连城的状态。结果这两人对江问源大部分的话都没有反应，只有那句"被周章收回照片"刺激到了他们的神经。

连城从喉咙里发出一声痛苦的呜咽，他对江问源苦苦哀求："陈眠，你不能把我的照片夺走，照片是我和我的几个哥们在暑假去游乐园之前拍的。我们在游乐园里不欢而散之后，被我恶作剧的那个女同学和我哥儿们分手了，我哥儿们很喜欢那女同学，他无法原谅我，就和我决裂了。这张照片是我和我哥儿们决裂前最后的回忆，照片背后那行字还是我哥儿们写的，他说我们的假期过得很棒，可是我却毁了我们的暑假，毁了我们的友谊。我和我的哥儿们已经回不到从前，这张照片对我非常有意义，你不能夺走它……"

江问源有些头痛地捏捏眉心，他在饭堂看到过那张相片，照片里的四个少年，都长得挺好看，他不记得有哪一个和连城长得相像，就算男大十八变，或者整形，也不可能双眼皮割成单眼皮，高鼻梁长成塌鼻梁吧。

"不！"金鑫双手被反剪绑在身后，他半跪在地，低声吼道，"连城，你撒谎，那张照片怎么会是你的？那明明就是——"

连城也朝金鑫怒目而视，要不是他被绑着，早就把照片收好，冲过去继续和金鑫干仗了："好，你要是不信，就让陈眠掀开枕巾让你看个清楚，看看照片中间那个穿红色短袖棉衫做鬼脸的人是不是我！我小时候很顽皮，在额角的位置磕有一道疤，你看看！"

江问源还没有动作，左知言便走过去，掀开了地面的枕巾，露出枕巾下的照片来。江问源建设好心理防线之后，朝地面上的照片看过去。他的视线落在照片上的瞬间，视觉出现瞬间的扭曲模糊，这个过程很短，短到江问源觉得是他产生的错觉。照片中间那个少年，左额角的确和连城一样有着一道很浅的疤痕，仔细观察少年的五官，的确能看出连城的轮廓。

江问源和左知言的目光在照片上停留片刻后，便果断切断视线。可连城和金鑫的视线却像强力胶水一样，牢牢粘在照片上，撕都撕不下来。连城喜悦的表情和金鑫有些心灰意冷的表情，形成了鲜明的对比。连城摆出胜利者的姿态："照片里的人是我，这样足以证明照片是我的东西了吧，你们谁都别想抢走我的照片！陈眠、左知行，现在你们可以把我松绑了吗？至于金鑫，我建议继续把他绑住，免得这个居心不良的小偷半夜偷袭我。"

江问源还记得，在他们中午去饭堂之前连城和金鑫友好相处的模样，现在的两人，却为了连城的暑假照片彻底决裂。不仅是连城和金鑫队友关系破裂，江问源还感觉连城在暑假拍下来的照片总有哪里怪怪的，可是却说不出奇怪的点在哪里。江问源对那张照片的警惕性再次提高，他得想个办法看能不能毁掉那张照片才行。

连城虽然证明了自己就是照片的所有者，但并不能完全排除他的危险性。这里能住人的寝室只有三间，隔壁男寝的张铁牛死了之后，空出一张床位来，但是这 1.2 米宽的床，实在不能同时挤下江问源和左知言两个大男人，他们也暂时不想破坏周章定下来的规则，去女寝跟女玩家们同住。两人只能继续在现在的寝室住下去。他们商量之后，还是把连城和金鑫同时松绑了，这两人水火不容，可以牵制彼此，就算出现什么危险情景，他们的第一目标也是对方，也足够江问源和左知言做出反应。

此时已经夜深，寝室危机暂时解除，连城的床被江问源泼了半桶水，不能继续睡，他便把床换到江问源的对面。其他三人也各自整理好自己的东西，上床休息。

江问源今天一直保持大脑的活跃度和精神污染抗衡，虽然没什么高强度的体力活动，大脑却非常疲惫，他一沾上枕头，就迷迷糊糊地睡了过去。在意识即将远去之时，江问源忽然回想起在自动国际象棋机的那轮游戏，他被关山用玩偶的特殊能力彻底改写意识。和玩偶特殊能力的抗衡，就像是一把神奇的钥匙，打开了江问源大脑的神秘盒子，他的精神强度像是坐火箭一样飞速提升，所以才能在本轮到处都是精神污染的圆桌游戏中保持理智和清醒。

不过这么一想的话，左知言也相当厉害呀。江问源在自动国际象棋机的那轮游戏结束后，与左知言讨论过精神控制和意识改写的话题，左知言以前并未有过此类玩偶或游戏的经验。左知言第一次经历精神污染的游戏，就能保持精神不被影响，真不知道圆桌游戏为什么要把左知言排到第二位。难道就是因为他对精神污染类游戏有过类似的经验吗……

江问源睡了数小时，忽然感觉到一股冰冷的气息。他慢慢地睁开眼睛，寝室里没有窗帘，黯淡的月光透过窗户洒进屋内。三个穿着短袖短裤的男孩站成一排，背对着江问源站在他对铺前。他们垂着脑袋，凝视着在床上熟睡的连城，而他们踩着月光的脚下，没有影子。

江问源和左知言睡在同一侧的邻铺，头挨着头，他悄悄地伸手越过床头栏杆，无声地推了推左知言的肩膀。左知言在游戏里睡眠一向很浅，立刻就醒了过来。他没有发出任何声响，在江问源伸过来的手背上轻拍一下，表示自己已经醒了。

两人就这么保持着原来的姿势躺在床上，在棉被底下摸出武器。如果那三个男孩有异动，他们也能及时保护自己。不过三个男孩并没有动，只是静静地凝视着连城，大约半小时后，站在最中间的男孩伸手指了指连城床铺靠着的墙壁。做完这个动作后，三人排着队转过身，穿透关着的寝室门，离开了寝室。

在他们三人转过身时，江问源才看清他们的脸——

他们的脸上没有五官的细节，只是模糊的一片，什么东西都没有。可是他们身上的衣服，还有衣服正面的图案，江问源却是记得的，就在连城的那张拍立得照片上，他们三人的穿着打扮，和照片里的人一模一样。

连城对三个男孩的到访毫无所觉，盖在他身上的棉被有规律地起伏着，睡得很熟。

第二日天亮后，他们在连城床铺靠着的墙壁上，发现一行用马克笔写下的字，字体有些幼稚，就像是连城那张合照背后的那行字的笔法。墙上写着：

你过得还好吗？

连城看着墙上的那行字，半点儿不觉得恐惧。他蓬头垢面地坐在床上，又哭又笑，就连江问源把三个男孩站在他床边的事告诉他，都不能引起连城的反应。连城已经完全沉浸在自己的内心世界中，看起来就像是个已经无可救药的疯子。至于金鑫，他今天出奇地安静，也没有继续针对连城。

寝室里诡异的平静没能持续多久，江问源和左知言不过去洗漱的工夫，再回到寝室，连城已经自杀了——

他坐在床上，用匕首在自己的身上连续捅了好几刀，当江问源和左知言走进寝室时，他正好将最后一刀送入心脏。重要器官全部被破坏，必死无疑。连城躺在床上，鲜血一下子浸透了他身上的衣服，他把那张照片贴在自己的胸口，眼泪从眼角滑落。连城的整个自杀过程，充满着诡异的仪式感。

江问源看着躺在血泊中的连城，感觉连城的周围仿佛有一个无形的旋涡，只要稍微靠近一点儿，他的脑袋就会产生被针扎一样阵阵细密的疼痛。

江问源和左知言都暂时无法接近连城，金鑫却完全不在乎，他走到还没死透的连城面前，面带笑容地掰开连城的手指，残忍地将他手里的照片抠了出来。金鑫小心地擦拭掉照片上的血迹，将干干净净一点儿都没受到血液污染的相片展示给江问源和左知言看。

金鑫说道："你们看，这张照片分明是我高中暑假时拍的照片。连城用障眼法欺骗了我们，企图强占我珍贵的相片，所以他该死！"

位于相片正中央的红色短袖棉衫男孩，不知何时，他的脸已经换成了少年版金鑫的脸。

第36章

班级年鉴

这张拍立得照片实在太危险了，江问源和左知言眼神短暂接触，同时朝金鑫攻去，他们必须尽快毁掉照片！江问源和左知言 vs 金鑫，人数二比一，且前者长期共同训练，正面攻击金鑫自然不在话下。可是金鑫的力量和速度不明缘由地暴增，江问源和左知言都挂了点彩，费尽九牛二虎之力才将金鑫制服，夺走那张诡异的照片。

金鑫被江问源用坚韧的登山绳结结实实地捆住。他趴在地上，大幅度地扭动身体，剧烈地挣扎，喉咙里不断发出野兽般的嘶吼声："把我的照片还给我！那是我在高中暑假时拍的照片！你们没有权利夺走它！强盗，小偷，不得好死！"

江问源身上好几块被金鑫打到的地方都在隐隐作痛，他直接屏蔽金鑫的发言，也不去捡起在打斗中落到地上的照片。他把昨天盖过照片的枕巾拿出来，用防水打火机点燃枕巾的一角后，便把它直接扔在那张照片上。

当火势从枕巾蔓延到照片上时，异变发生了。

还在疯狂咒骂江问源和左知言的金鑫突然惨叫起来，他的皮肤以肉眼可见的速度变红、产生烧伤反应。他疯狂在地上打滚："啊——！好烫！放过我吧，我不想死，好烫啊——！"

江问源被金鑫的身体反应吓了一跳，他连忙把覆盖在照片上燃烧着的枕巾踢开。

那张本来是背面朝上的照片，不知何时竟变成了正面朝上。被火焰灼烧过的照片完好无损，可是照片中的少年版金鑫，不再是面带笑容的表情，而是变得非常痛苦，手臂和脸上都出现了烧伤的痕迹，这些痕迹和照片外的金鑫烧伤的位置完全一模一样。

这张诡异的照片不仅占领了金鑫的精神世界，还侵蚀了他的肉体。

左知言在不断发出痛苦呻吟的金鑫旁边蹲下来，一边检查他的伤势，一边开解江问源："陈眠，你不用觉得良心不安，你不毁掉照片，金鑫的结局也是死。"

江问源稍稍平稳情绪，从随身包里拿出他的瑞士军刀。既然燃烧照片会导致与照片建立起精神和肉体联系的金鑫产生烧伤反应，那在保留红色短袖棉衫少年完整性的前提下，把照片切碎，能否保护金鑫的安全？江问源心里也没底，可是左知言说得对，不毁掉照片的话，金鑫绝对是死路一条，那也只能奋力一搏了。

看起来破破旧旧随便就能撕碎的照片，江问源落刀下去，仿佛能听到金属碰撞的声音。他往刀柄上施加压力，在照片上划出一道口，黑红黏稠的液体从刀尖经过的切口涌出来。那边呻吟声才刚刚减弱下来的金鑫又尖叫起来："好疼，我好疼啊——！！！求求你们给我一刀来个痛快，不要再对我使用千刀万剐的酷刑，不要再折磨我了。我只是想保护我的照片而已，呜呜呜呜……"

江问源收起瑞士军刀，他刚才落刀的地方只是拍立得照片边缘的空白部分，连照片的彩色部分都还没有碰到。江问源身上是有一个可以解除异常状态的玩偶，使用玩偶可以令金鑫恢复正常，可是玩偶只有一个，就算救得了金鑫一次，能保证他接下来不会再次被精神污染吗？

"他的伤势怎么样？"江问源站起身，对左知言问道。

左知言大致把金鑫的身体检查过一遍："算不上很严重，只要不受到更严重的伤，他能撑到回现实治疗痊愈，最严重的后遗症就是留疤而已。"

"那就继续把他捆着吧。"江问源背对金鑫的方向，向左知言比手语：照片不能毁掉，交还周章很可能会再次流入其他玩家手中，我们随身携带的话也有精神污染的风险，在找到妥当的处理方法前，暂时先把照片留在这里吧。

在比画手语的同时，江问源嘴上却是另一番话："这张照片我们还是还给周章吧。还有，现在情况特殊，这里实在没办法住人了，我们去找女玩家商量一下，和她们同住吧，她们那边的床位还够用。"

左知言把手脚都被捆住的金鑫扛回他的床上。江问源俯身假装捡起照片，实际上却把照片弹进某张床底下。他在金鑫恐怖的眼神中做出把东西放进随身包的动作，让金鑫误以为他把照片拿走了。江问源无视金鑫，和左知言用一床棉被把连城的尸体盖住，便留下金鑫离开寝室。在他们走出寝室时，金鑫恐怖的视线一直锁定在江问源身上，嘴里不停地发出低声咒骂。

江问源和左知言在寝室耽搁了不短的时间，等他们去饭堂时，早餐都不剩多少食物了。现在江问源已经完全适应尸体，除非是死状特别恶心的尸体，否则都不会对他的食欲产生影响。

两人很快用完早餐，左知言收拾好餐具："我们继续去探索地图吧，昨晚我发现一个地方，想今天白天时再去看看。"

左知言觉得金鑫饿一顿不吃早餐也没问题，不过江问源出于不慎伤害到金鑫的愧疚心，还是带上一份早餐回宿舍给金鑫，顺便看看他的情况有没有变化。"宿舍不远，回去一趟也不会耽误多少时间。"

在江问源的坚持下，左知言便没反对，两人带着金鑫的早餐回到寝室。他们出门前反锁上的寝室门现在虚掩着，里面也听不到金鑫的声音。江问源猛地推开寝室门，寝室哪里还有金鑫的身影，他的床上只剩下一团散乱的登山绳。金鑫不见了！

江问源立刻冲进寝室里，俯身朝照片所在的床底看去，照片也不见了！

江问源在离开寝室时用一出戏欺骗金鑫，让金鑫认为照片在他身上。金鑫当时恨不得吃他的肉喝他的血，可以充分证明江问源的演技成功欺骗了他，也间接证明照片单向掌控金鑫的精神和肉体，金鑫却无法感应到照片的存在。江问源这出戏就是为防出现金鑫挣脱登山绳的束缚的情况，按理说，以金鑫对照片的狂热程度，他获得自由后一定会立刻来找江问源，而不会注意到床底下的照片。

可是金鑫并没有来找江问源，床底的照片也不见了……

江问源心里高度警惕，金鑫究竟是怎么逃脱的？金鑫又是怎么发现照片在床底而不是被他拿走的？

左知言走向阳台："我们太大意了，我以为以金鑫对照片的重视程度，他不愿意照片被更多的人觊觎，不会向旁人求救，所以就没把他的嘴堵上。他应该是向外面的人求救了，你看阳台的围栏，有动过的痕迹。"

江问源站起身，跟着走到阳台上。他们的宿舍位于一楼，围栏大约到腹部的高度，从天花板到围栏的敞开区域里，并没有安装防盗窗，要是有人想从外面进入寝室，轻轻松松就能做到。在围栏上，残留有一片脏泥印，看来是有人进屋来救金鑫了。

江问源深呼吸一口气，金鑫挣脱他的"保护"，他没有义务再浪费时间去寻找保护金鑫了，不仅如此，他们还必须警惕金鑫的反扑。"要是我们再遇到金鑫，想办法从他嘴里挖出是谁救了他。那个玩家有相当程度可能是背叛者玩家，因为他知道金鑫被我们保护起来，如果不解放金鑫的话，他很可能会活到游戏最后，这是背叛者所不容许的。背叛者的事情暂时放一放，你不是说昨晚发现了奇怪的地方吗？是什么地方？我们去看看吧。"

左知言就站在阳台上，伸手指向他们的位置能看到的一栋二层小楼：

"那是常青音乐高中的教学楼。常青是高中当中少有的音乐高中，所以每个年级只有一个班，一楼是普通教室，二楼是音乐教室。因为每个年级只有一个班，所以他们的班别直接用入学年份作为班别代号。一楼最左边的教室是十年前那一届的教室，我昨晚在教室外面经过时，用电筒照见讲台上有一本书。

"常青音乐高中十年前废校，那张害死连城的照片也是在那个暑假拍的，常青高中的游行乐团也是在那个暑假进行游行演出，而且据你所言，游行乐团的照片也同样存在精神污染的情况。种种异常全都和那一年有关系，我想那个教室里的书应该也是线索之一。"

左知言的分析很有道理，他们必须尽快找出常青音乐高中存在的各种精神污染，并从中找到污染源头，才能对症下药。两人当即前往教学楼，来到教室。

教室里已经有别的玩家先到一步，那是两男一女的玩家组合，他们三人正一起围在讲台前，翻开讲台上的书。三位玩家面带笑容，专心致志地翻看讲台上的书，边看边聊天。就连江问源和左知言走进教室，都没能引起他们的注意。

他们当中唯一的女玩家抽抽微酸的鼻子，感慨地说道："乔四、卜刀刀，这个班级年鉴写得真好，让我想起来我高中当班长组织我们班集体活动，虽然很辛苦，但是同学们都获得了快乐。我们班也非常团结，这让我觉得我的努力很有意义。"

乔四羡慕地说道："万怜，你还当过班长啊，真让人羡慕。我高中时就是一个学渣，学习不行，还整天闯祸，班上大多数人都不待见我。于是我憋了一个大招，在我们年级举行班级篮球赛时，我带着我们班的学霸们一路打到决赛，成功夺得第一名！我记得我得分最多的决赛，单人足足拿了六十八分，比我考试的分数还要高！"

卜刀刀撇了撇嘴："乔四，你还要羡慕万怜呢，你这个经历，都够你吹一辈子了。哪像我，都没啥值得拿出来说的。学习普通、运动普通，也就长得还可以，就是谈过四个女朋友而已。"

单身的乔四、万怜："……"

这完全是赤裸裸的炫耀！

江问源趁三人说话的时候，顺势加入话题："你们在看什么？能让我也看看吗？"

不过三位玩家就像完全没听到江问源的话，继续往下翻班级年鉴。

他们的状态绝对不正常，江问源和左知言暂时还没找到能有效帮助他们摆脱精神污染的方法。左知言走到江问源身边，对他说道："既然他们已经完全忽视我们了，那我们就不看班级年鉴，把他们看到的内容用手机拍摄下来，回去之后再分析视频。"

左知言的建议就等于完全放弃帮助这三个玩家，虽然有些残忍，江问源也只能接受。从这两天的经历能推出一个显而易见的结论，本轮游戏世界可以对玩家造成精神污染的物件并不止一件，他们救得了眼前的人，也救不了在别处被污染精神的人。他们唯一能做的，就是尽快通关游戏，带着幸存的玩家离开这个恐怖的精神污染世界。

江问源把手机相机调成录像功能，在合适的角度架好手机，让摄像头能清晰地记录下三个玩家手中的班级年鉴，便不再看手机屏幕，更不去直接看班级年鉴的内容。

江问源和左知言站到稍远的地方，重点观察三位看班级年鉴的玩家。

三人大概翻过十页后，脸上轻松的笑容消失不见，怀念的表情逐渐被尴尬取代。

万怜重重翻过一页，有点儿恼怒地说道："怎么能把女生误进男厕的画面拍下来，还留言评论骂那个女生比猪还笨呢？谁没有犯小错误的时候？"

"你那么激动，该不会你高中的时候也遇到过这种事情吧……"乔四调侃万怜，结果翻过一页后，报应就来了，他愤怒地说道，"这几页班级年鉴究竟是谁写的啊，简直有病啊。怎么能把同学打架的照片也放上来，还把同学受到的处分也记录下来？班级年鉴是让班上的同学传阅的，这是在羞辱那个犯错的同学啊！"

乔四表现得那么愤怒，就像是在说他自己的事情那样。万怜冷哼了一声，没说啥。卜刀刀则劝乔四："别生气，都是过去的事情了。"

说着，卜刀刀把班级年鉴翻到下一页。江问源和左知言看不到班级年鉴上的内容，但是他们可以从三位玩家变得非常难看的表情得知，这一页的记录比之前的两件事都要过分。

这一页应该是文字居多图片较少，三位玩家沉默地看了几十秒后，卜刀刀愤怒地一掌拍在桌子上："写下这篇记录的人就是人渣啊！他怎么有脸把这件事情写出来！因为看不顺眼同桌受女生欢迎，设计诬陷同桌是小偷，还惊动了警察。虽然警察后来证实了那人的清白，但是其他同学看待那个同桌的态度都变了，他不再受女生欢迎，还老被人用小偷这个绰号来喊他！"

江问源默数他们翻过的页数，他们的情绪出现转变后，大约翻了二十页。

这二十页当中，前十页是学校里各种让人感到尴尬、懊恼和愤怒的事情，后十页则是对高中毕业后的寄语，但这些寄语并不是祝福和祈愿，而是直接说起三位玩家高中毕业后发生的事情，并对他们进行人身攻击。三人都不再念出班级年鉴里的话，而是指着班级年鉴就骂起来。可是在他们如此生气的情况下，他们也没有放弃继续阅读班级年鉴。

三位玩家的精神状态已经出现严重问题，江问源认为不能再继续下去。他朝三位玩家走去，却被左知言按住肩膀。左知言说道："他们在接触到班级年鉴时，精神就已经被污染了。而且看他们现在的状况，如果你贸然去阻止他们继续阅读，他们不仅不会感激你，而且很可能会对你进行攻击。你想想今天早上的金鑫，我们两个人合作都差点儿没制服他。现在他们三我们二，从人数上就已经完全没有胜算了。"

在左知言说话时，三位玩家像是中毒了一样，继续往下翻班级年鉴。

他们的表情再次出现明显的变化，又困惑，又惊恐。

万怜有些慌张地说道："乔四，你是这个班的学生吗？"

"我，我……不是啊？"一个否定句，乔四却硬生生说成非常不确定的疑问句。

卜刀刀说道："那为什么班级年鉴里会有你杀人的照片……肯定是知情人士知道你要回常青音乐高中参加追忆母校的活动，所以才把你的夹带进来。"

乔四恼怒地否定道："我没有杀人！这个照片肯定是合成的，把我的脸 P 到别人杀人的照片上。"

乔四强硬地把班级年鉴往下翻了几页，可让他感到绝望的是，后面的图竟然是他杀人的完整连续的抓拍，这根本不是能合成出来的图片。

卜刀刀冷冷地说道："还说不是你，一张照片可以 P，杀人全过程多方位的照片也能全部 P 得天衣无缝吗？你分明就是杀人了！"

卜刀刀继续往下翻班级年鉴，想要继续看看乔四杀人照片的后续，但他万万没想到，后面的照片不是乔四杀人，而是他被人虐待得浑身是伤，可他脸上却是痛苦又沉迷的表情，他在渴望更多的伤害。

乔四疯狂地笑了起来："哈哈哈哈哈哈，卜刀刀，你这个变态！"

乔四和卜刀刀都红了眼，两人扭打到一起，在他们大动作幅度下，班级年鉴又翻过几页。同他们两人一起看班级年鉴的万怜也出现在上面，她怔怔地看了好一会儿，才痛苦地捂住自己完好的右膝盖，慢慢蹲下来，泪水涌出眼眶："我的右腿没了，全没了，我被截肢了……"

在万怜的哭声中，乔四和卜刀刀终于稍稍冷静下来。

乔四安慰她："万怜，你在说什么呢？这种照片肯定是假的。照片上右腿被截肢的人怎么会是你？你的腿不是好好的在你身上吗？"

卜刀刀也跟着说道："是啊，你的腿好好的，大长腿，很美呢。"

万怜压根不信他们的话："那我为什么感觉不到我右腿的存在？"

见安慰无效，卜刀刀又灵光一闪："你想想啊，万怜。如果照片里的人是你，为什么前面的班级年鉴页都看不见你，就只有最后的右腿残疾女人的照片是你？"

同理，卜刀刀的说法也能在他自己和乔四身上证实。他们之前确实没有在前面的页面看到自己的照片。如果前面没有他们的照片，他们现在或将来的照片出现在后面不是很奇怪吗？

三人又重新聚到班级年鉴面前，合上它，又重新从前面开始翻阅。

万怜："这个班长……"

乔四："这个打篮球的人……"

卜刀刀："这个被女生围起来的人……"

照片中这几个人的脸，就是他们少年时的脸！

"我们就是这个班的学生啊，那，后面照片里的事情，都是真的？"

三人眼中的光芒逐渐黯淡下去，经历过那样难堪的事情，活着还有什么意义？

他们放下班级年鉴，重新将其合上，端端正正地摆回讲台，动作机械地排着队走出教室。

"等我一会儿，我们一起跟他们去看看，他们到底要去做什么。"江问源把自己的手机拿回后，停止录像，又对着班级年鉴的封面拍了几张照片。

可是当他们离开教室时，三位玩家的身影都不见了。江问源和左知言不过是在教室里滞留了不到二十秒，怎么会一转眼就不见了呢？常青音乐高中能遮挡视线的建筑物并不多，他们到底跑哪里去了？

"我们分头找吧，效率更高一些。"左知言建议道，"分头行事时，我们都不要看任何照片，否则自己的精神被污染了都不知道。无论找没找到，十五分钟后，我们回到这个教室门口集合。你往东找，我往西找。"

江问源没想到他们会在短短二十秒内消失得无影无踪，也只能同意左知言的建议了。

十五分钟后，江问源一无所获，回到76级教室门口。左知言回来得稍慢一些，他的表情并不太好："我找到他们了。可是我去得太晚，他们都死了，互相杀死对方。"

江问源含着满嘴的涩意："我明知道精神污染对玩家的威胁很大，我不该把他们当作试验品的。如果我能早点儿阻止他们阅读班级年鉴，他们也许就不会死了。"

左知言认真地对江问源说道："玩家进入圆桌游戏，都是背负着各自的愿望而来，都已经做好随时为愿望付出生命的觉悟。玩家之间，从来没有互相救助的义务，所以你不必为他们的死自责。再退一万步来说，你想过要救他们的，是我强势地阻止了你。要说需要对他们的死负责，那个人也绝对不是你，而是我。这个恶人就让我来做吧。现在我们两个人齐了，就看看你录下来的视频吧。"

由于不确定视频是否也会污染精神，两人并没有同时看录像，而是左知言先看，江问源后看。

在三位玩家第一次翻看年鉴时，前面的照片里的人是完全陌生的人，可是第二次他们翻看年鉴时，前面的班长、篮球手和班上受欢迎的男生，他们的脸全都发生了变化，变成了三位玩家的脸。

左知言看过两遍后，把手机递给江问源："精神污染无法通过视频蔓延，我感觉精神状态没问题。"

　　受到三名玩家的死亡打击，江问源精神状态并不好，他注视着手机屏幕，看了一会儿之后，突然点下暂停，然后反复看暂停前后几秒的画面。

　　暂停的画面上，是几个学生逛街的照片，他们身穿短袖衣裤，人手拿着一根冰棒，齐刷刷地冲着镜头笑。可是江问源关注的并不是这几个学生，而是照片角落的地方——

　　在那个位置，江问源看到了熟悉的乐团制服，这是常青音乐高中游行乐团的制服。那个人单手执小号，鼓着腮帮子吹奏，这是游行乐团正在街上进行游行演出！

第 37 章

昏厥交响曲

江问源按着又开始抽疼的太阳穴，他只是在手机录像中看到常青游行乐团的小号手在吹奏的画面而已，那段时不时会在脑中播放的玩偶小提琴曲，再次响了起来。江问源甚至还出现幻觉，仿佛相片中游行乐团领头的小号手随时会从相片的边缘走进中央的位置。

江问源耳中的小提琴曲不停地发生变化，逐渐从小提琴弦乐过渡成游行乐团的吹奏打击乐；在演奏乐器被逐渐替换的同时，这段音乐的部分音符被扭曲替换，单循环音乐时长也从原本的 60 秒扩展到 80 秒、90 秒，就像是有谁在江问源脑中胡乱延续作曲，让他听得十分难受；最糟糕的是，音乐的音量跟着逐渐变大，此时音量已经大到即使身处闹市也能清晰听到的程度，震得江问源脑壳疼。

虽然还没经过验证，但江问源基本已经可以断定，玩偶在圆桌空间演奏的小提琴曲，就是常青游行乐团的《昏厥交响曲》片段！

如果放任《昏厥交响曲》继续在脑子里肆虐，江问源迟早会步上那些精神受到污染玩家的后路。江问源熄灭手机屏幕，双手用力地捂着耳朵，《昏厥交响曲》的音乐越来越诡异，声音越来越大，再不采取有效行动，他就危险了。

左知言担心地看着江问源，嘴巴一张一合对江问源说话，可是《昏厥交响曲》已经占据江问源的大脑，他根本听不到左知言在说什么，甚至连分出一部分注意力去关注左知言的唇语都做不到。

江问源的精神被逼至极限，可他依旧没有掏出那个可以解除异常状态的玩偶，反而无比冷静地去思考一个问题，能与音乐抗衡的东西，也只有音乐。那什么样的音乐才能足以成为武器呢？不是他最喜欢的歌手的新歌，也不是承载着他和陈眠甜蜜回忆的曲子，而是无比神圣的一首歌——

江问源连后路都没留给自己，他完全不去碰存放玩偶的特殊空间，放开嗓子，朗声唱起歌，唱了整整十遍，直到声音嘶哑，直到《昏厥交响曲》混沌扭曲的音乐被新的旋律取代，才终于停了下来。江问源放下捂着耳朵的手，连着咳嗽了几声，对抱着一只玩偶在旁边守护他的左知言露出一个有些苍白的微笑，第一时间向他分享喜悦："我很好，我没事的，你不用担心我。我成功地对抗了《昏厥交响曲》。"

左知言把手中的长颈鹿玩偶塞到江问源怀中，江问源碰到长颈鹿玩偶后，它的功能立刻浮现在脑海中，长颈鹿玩偶的特殊能力相当惊人，它的能力也和状态有关系。

长颈鹿玩偶特殊能力：把某个特定目标（可以是任何物品或生物）的状态恢复至 3 ~ 29 秒前的状态，仅限游戏世界中使用。至于具体会恢复到多少秒之前的状态，看本玩偶心情而定，主人，你就自求多福吧。

长颈鹿玩偶如果使用不当，就是废物一件；可是用得好的话，甚至可能活死人肉白骨。如此特殊的玩偶，左知言为什么要交给他？江问源有些不明所以地拿着长颈鹿玩偶，对左知言说道："你把它给我干什么？"

左知言淡定地解释道："你是没看见自己和《昏厥交响曲》对抗的样子，所以你都不知道自己刚才的模样多狰狞多像个神经病。我不要面子啊？你拿着它，要是我不幸中招，陷入精神污染的状态，你就把它用在我身上。它的特殊能力，因为不好把控时间，在这个世界不太适合自己用在自己身上。"

江问源只能默默地将长颈鹿玩偶收回他的特殊空间："你刚才看录像的时候，没有对那个处于临界点的画面产生不适吗？就是三个受害者的情绪从轻松愉快转变为尴尬不适的临界点画面。你看到那个画面时，没有产生玩偶演奏的那首小提琴曲幻听吗？"

左知言摇摇头："我产生小提琴曲幻听的频率并不频繁，一天只有三四次。我观看录像时，没有产生精神上的不适。"

江问源沉思一阵，和左知言对比的话，他接收到的信息非常明确，只有唯一一件东西："那我的问题，应该出在我们昨天在校长室看到的常青游行乐团合照上。不过我们晚些再去确认常青游行乐团的事情吧，现在先去看看三名班级年鉴受害者的情况。走吧。"

左知言刚才寻找三位玩家就花了不少时间，又要在十五分钟内赶回那个教室和江问源会合，只来得及确认三人的死亡事实，还没有详细检查他们尸体的情况。

当左知言带着江问源来到他发现三名受害者尸体的地方，尸体却不翼而飞了。如果尸体是被挪走的话，那还能用热心肠玩家路见尸体帮忙收拾来解释。可是地上留下的痕迹，却完全不是别人搬走尸体所能留下的痕迹。

地面上有大量的血迹，还有一只被血浸透的白袖子。这些血迹并没有形成血泊，而是呈现出拖曳的痕迹，还有一些血手印。也就是说他们的尸体不是被人搬走的，而是在受伤倒地后，立刻朝着血迹拖曳的方向爬动，所以才没有留下血泊。

三名受害者的行动如此诡异，左知言却没有和江问源说，江问源的目光落到左知言身上，等待他的解释。左知言朝血迹拖曳的方向走去，冷冷地说道："我看到他们三人的时候，他们正在互相残杀。我判断他们的伤势已经无法挽回生命，而且十五分钟的约定也差不多到了，所以我就回教室去找你。要是我知道他们受到致命伤倒地后还会拼死爬走，我肯定不会回去找你。"

江问源叹了口气，换位思考的话，他其实也有点儿不愿意观察三个活人痛苦死去的过程，这也不能怪左知言确定他们必死后便直接离开。只是左知言还是有些残酷，他对江问源说自己找到他们时，直接把他看到的三个濒死玩家定义为已经死亡。

两人沉默地沿着血迹走了一段不远的路，拖曳的血迹最终停在常青音乐高中独立的音乐礼堂门口。音乐礼堂的门虚掩着，江问源远远地站在音乐礼堂几十米开外的地方，就已经有一种非常不舒服的感觉了。

江问源拒绝心里不断催促他进音乐礼堂看看的声音，一边默唱，一边对左知言说道："这个世界的异常很可能都是由《昏厥交响曲》引起的，音乐礼堂就是《昏厥交响曲》占绝对优势的地盘，在那个环境下，我们可能连控制自己的意志去唱歌都无法做到。我认为在找到可以守护精神不被污染的屏障之前，最好不要贸然进入音乐礼堂，你觉得呢？"

左知言神色严峻地摇摇头："音乐礼堂里肯定有重要的线索，我还是想进去看看。我没有直接接触过和常青游行乐团相关的精神污染源，你又验证过唱歌对《昏厥交响曲》有一定的防御效果。我拥有明显的优势，不进去看看我不甘心。"

如果江问源处于左知言现在的状态，肯定也会尝试进入音乐礼堂一探究竟，所以他也没有多劝："那我们做个约定吧。我希望你进音乐礼堂之时保持默唱或明唱。无论里面有多少值得探究的东西，五分钟之内，你都必须出来。精神污染会导致互相残杀或自杀的结果，你把身上所有会致命的武器和工具都交出来，只留一柄警棍用来防身就够了。警棍可以用来杀人，自杀却非常费劲，很适合你带进去。"

左知言听着江问源絮絮叨叨地向他交代注意事项，嘴角不经意勾起一抹笑，在江问源还没注意到的时候，这抹笑意很快又消失不见。左知言把身上所有尖锐的武器和工具都交给江问源暂代保管，拿着一根警棍便朝音乐礼堂走去。

人对时间的感知非常奇妙，快乐的时光白驹过隙，痛苦的时候度日如年。

江问源在等待左知言时，没有把左知言交给他保管的东西暂时放进随身包里，而是把自己身上能够一击毙命的危险工具也整理出来，那两只可以消除精神污染的玩偶也提前拿出来。如果五分钟后左知言还不出来，他会进入音乐礼堂去寻找左知言。那三名班级年鉴受害者玩家，江问源可以冷酷地见死不救，可左知言不一样，如果左知言在音乐礼堂里遇险，无论里面有多么恐怖的精神污染源，江问源都不会退缩。

在手机秒表读到五分钟的最后几秒，江问源屏住呼吸，随时准备进入音乐礼堂。

就在读秒结束，江问源的手马上就要碰到音乐礼堂虚掩的门时，左知言从内侧拉开门。他走出音乐礼堂后，立刻重重地合上音乐礼堂的门。

音乐礼堂门开合的时间极短，江问源只觉得眼前一花，只看到音乐礼堂里面似乎有好几个人。不过江问源顾不得音乐礼堂里的情况，左知言出来之后脸色极差。他撑着墙壁走了一段路，来到旁边的花坛，弓背弯腰剧烈地呕吐起来。左知言往常就算看到死状非常恐怖的尸体都能面不改色地吃东西，现在他却把今天吃的早餐全部都吐了出来，音乐礼堂里的精神污染源的危险程度可见一斑。

江问源等左知言终于吐不出来东西后，带他离开音乐礼堂一段距离。直到大脑中那种毛骨悚然的感觉消失之后，江问源才扶着左知言在路旁的石椅坐下，把他刚刚用手机录下来的清唱歌曲外放。他一边不着痕迹地观察左知言的状态，一边询问他："你现在感觉怎么样？"

也不知道是不是歌曲起了抵消负面状态的作用，左知言的脸色稍微变好一些："还行。音乐礼堂里不仅有刚刚死掉的那三个玩家，还有张铁牛、连城和金鑫。他们坐在观众席上，全都已经死了。在表演台上，摆着30张椅子，每张椅子上放着一件游行乐团的乐器。"

在本轮游戏世界，玩家们就是《昏厥交响曲》的听众——

第38章

音乐礼堂

左知言和江问源说了几句话之后，就陷入了长时间的沉默。虽然他的表情没有表现出极度的痛苦，也没有异常的自残行为，但是从他失焦的眼神就可以看出来，他正在内心世界中和某种东西进行对抗。

江问源深知精神持续受到污染的痛苦，也很明白精神污染需要靠自己的力量去战胜，用外力强行干涉的话，也只能使用玩偶的特殊能力介入，否则可能会导致更加糟糕的情况。江问源只能暂时放下心中对音乐礼堂的诸多疑问，拿着玩偶在旁边守候左知言。

大约过了十多分钟后，左知言的眼神才逐渐变得清明，不过他的脸色还是很差，精神状态也不好。左知言重新整理了一下面部表情管理："陈眠，我现在头很痛，我想我可能需要休息一整个下午。"

"没关系，你只管好好休息。我下午独自探索时，会尽量避免接触精神污染源的情况，而且我抵抗精神污染也算是比较有经验，你不用担心我。"江问源搭把手把左知言从石椅上拉起来，对他建议道，"我们宿舍血腥味太重，给人的感觉很不舒服，隔壁男寝室现在最少也空出来三张床。要不下午我们就搬到隔壁去住吧。"

"不搬。"左知言脱口而出，停顿几秒后他才补上不搬的理由，"我现在精神状态不好，如果再接触到精神污染源，可能就拉不回来了。隔壁男寝的玩家，说不定也有人和连城、金鑫一样，拿到精神污染源的载体。那些手里拿着精神污染源的玩家，比我们寝室的血腥味要危险得多。"

江问源沉默了一会儿，他当然知道隔壁寝室肯定有精神污染的受害者，他希望左知言搬到隔壁，就是想着左知言在下午休息时，顺便可以观察出入寝室的玩家，看看到底有多少人受到了精神污染，精神污染的程度又怎么样，而且还能重点关注一下周章的情况。在刚进入游戏时，周章就向他们介绍过，自己是常青音乐高中学生。周章带来常青的乐器是大提琴，大提琴并不属于游行乐团的乐器，但江问源认为他身上还有值得深扒的线索，所以他想把这份工作也打包交给左知言。

咳，把这么艰巨的任务托付给需要好好休息的左知言，江问源承认自己是有些压榨人了。不过江问源还是想狡辩一句，左知言在现实中是工作狂，在游戏中也是游戏狂，别人对他的印象核心词就是高效率，江问源也是基于对左知言的印象提出的建议，不过左知言不愿意接受的话，江问源也不会强求。"那我们就继续在原来的寝室休息吧。你说连城的尸体被人搬进音乐礼堂，那我们回去把他的床铺清理掉，再通通风去异味就可以了。"

今天午饭时，江问源在饭桌上默默点了一下人数。他已知的死亡玩家有被谋杀的张铁牛、被少年合照蛊惑的连城和金鑫，还有陷入班级年鉴精神污染旋涡的万怜、乔四和卜刀刀，共六名玩家。本轮玩家一共十二人，现在左知言在宿舍休息，饭桌上的玩家总共五人，和死亡人数是对得上的，没有更多的玩家死在江问源所不知道的地方。

可是现在的游戏状况依旧非常不容乐观，今天才是本轮游戏的第二天，玩家的人数就已经锐减一半。更糟糕的是，饭桌上带上周章一共六人，除了江问源以外，其他人都在热烈地讨论高中时代的回忆，他们享受抒发个人感情的感觉，倾听别人的经历时也津津有味，饭桌上的气氛无比融洽。把地点换成餐厅，把大家身上的嫩绿色校服换成普通装束，完全就是同学聚会的现场，半点儿违和感都没有。

张铁牛没有上过高中，本轮游戏的精神污染对他是无效的，如果张铁牛现在还活着，他绝对能够保持清醒，并尝试使用自己的经历来唤醒大家。背叛者玩家杀死张铁牛的这一步棋，真的走得绝妙。

　　江问源吃饭时没有参与玩家们的讨论，但他也没有闲着。他仔细观察每个玩家的样子，排除掉他自己和左知言，还活着的玩家就只剩下他面前的四个玩家，背叛者玩家就藏在这几个人当中。随着玩家存活人数的减少，背叛者玩家的藏身之处也在逐渐压缩。江问源对一直跟在周章身边的方纯是有所怀疑的，但他并不打算浪费时间去辨别谁才是背叛者玩家。

　　背叛者玩家是谁并不重要，只要江问源通关游戏，就是背叛者玩家的死期！

　　午饭后，江问源把左知言那份午饭带回宿舍。左知言把一张纸交给江问源："我重新整理了一遍在音乐礼堂里看到的东西，把我能记得的都写了下来。班级年鉴的异常现象就是从含有游行乐团的照片开始的，你接下来搜索时，可以重点关注一下别的地方有没有和游行乐团、音乐礼堂里的东西相关的线索。但是你要记住，在我好起来之前，千万不要一个人进入音乐礼堂。"

　　江问源简单浏览了一下左知言整理出来的音乐礼堂情报，他把音乐礼堂的整体布局、陈列的座椅、乐器和表演演奏台上的详细情况都整理了出来，却没写下音乐礼堂里六名死者的情况。江问源不确定左知言忽略掉六名死者是不是精神污染造成的后遗症，因为精神污染的其中一个环节就是让被污染对象忘掉它的危险性。就像是那几个还活着的普通玩家，他们全然忘记这里是生死难测的圆桌游戏，游戏进度停滞不前，脑子里想的全是他们高中时代的甜酸苦辣。

　　左知言还能记得他们的目标是通关圆桌游戏，证明他的内心还是属于他自己的。江问源相信左知言内心有足够的力量去克服精神污染，他不想强行介入左知言的精神世界，便不向左知言追问音乐礼堂里六名死者的情况。他把左知言写的纸条折叠好放进随身包里："你放心，我有分寸的。你好好休息，晚上我给你带饭回来。"

　　江问源离开宿舍后，第一个去的地方就是饭堂。

　　周章和方纯还没有离开，他们正在收拾碗筷，打扫厨房卫生。厨房的门敞开着，再加上搞清洁的噪声，江问源走进厨房的动作很轻，两人都没注意到饭堂里多出了一个人，他们有说有笑地聊着高中时代的回忆。

"我当时都蒙了，我收到的那封情书，竟然经过三个男生转交才到我手上。当我尴尬地问过一圈之后，才发现那封情书竟然是我男神写的！"方纯绘声绘色地说道。

周章问道："然后呢，你们就在一起了？"

"没有……"方纯沉痛地说道，"我们班当时还有一个和我名字不同读音相同的学生，男神的情书是写给那个人的。猝不及防的我就失恋了。"

周章被方纯可怜兮兮的模样逗笑了："名字都叫方纯，还挺巧的。"

方纯没有接话，她像是被按下暂停键，动作和说话都停住，她的眼神流露出一丝茫然。那件荒谬的高中情书事件，那个学生的名字并不读作方纯。方纯是她的马甲，她现实里的名字并不是方纯。

江问源不知道方纯会不会是背叛者，因为知道他来了，所以才故意把意识和精神污染产生冲突的样子演给他看的。不过江问源没有把内心的想法表现出来，而且他也不是为了验证方纯的身份而来，此行他是来找周章的。江问源抬手敲了敲厨房门，在两人同时看向他时，开口说道："打扰一下两位，我有事要找周章商量，希望占用你一点儿时间和我去一个地方。"

厨房的后续工作已经基本完成，周章仔细擦干净手，热心地对江问源说道："要去什么地方？半小时后我需要午睡一会儿，现在走动走动正好可以消食，只要去的地方不是特别远，我可以陪你去一趟。"

"没有多远，就在我们高中的音乐礼堂。"江问源说这句话时，看着的人不是周章，而是方纯。除了睡觉时间以外，方纯这两天一直独占周章，在周章答应江问源的请求时，她隐隐表现出不愉快的情绪来。江问源忽略掉方纯明显的敌意，对她说道："方纯，你要不要一起来？"

方纯冷哼了一声："我不去。谁知道你是在打什么坏主意？"

方纯不去，也正合江问源的意。厨房的卫生已打扫干净，三人便在饭堂分开，方纯朝宿舍的方向走去，江问源和周章则往音乐礼堂走去。去往音乐礼堂的路上，两人边走边聊。

江问源问周章："周章，你是这里的学生。你知道常青音乐高中在十年前暑假发起的游行乐团游行演出计划吗？"

周章怀念地说道："我当然记得！我原本也是游行乐团的一员，可是游行乐团暑假进行游行演出时，我已经毕业，退出游行乐团了。没能参加游行演出，为母校传播名声，一直是我非常遗憾的一件事情。"

江问源继续发出询问："可是游行演出计划之后，常青音乐高中没有扩招，反而废校了。你知道其中的变故吗？"

周章微微有些不快，但他表现得非常克制："我们是来追忆母校的，不是来玩侦探游戏的。你要是好奇这个问题，可以等我们追忆母校的活动结束后再去调查。而且常青音乐高中废校那段时间，我人已经在国外继续深造了，所以我也不清楚发生了什么事情。"

"对不起，是我失言了。"江问源立刻向周章道歉，"我向你问这个问题，是因为我探索校园时，在校长办公室看到游行乐团写给校长的申请书，他们希望能在音乐礼堂里演奏《昏厥交响曲》，这个申请被校长驳回了。在我的记忆中，游行乐团在公开场合演奏过《昏厥交响曲》，那是一首非常糟糕的曲子。直到我看到校长驳回游行乐团的申请书，我才明白是游行乐团不顾校长的反对，强行演奏了《昏厥交响曲》。所以我才会对你说出那样的疑虑。"

周章沉默许久："你要我陪你去音乐礼堂，就是想和我聊游行乐团和《昏厥交响曲》吗？"

"不完全是。"江问源看出来周章并不想聊这两个话题，便把话题转移到音乐礼堂上，"我想知道的是，音乐礼堂在追忆母校的活动中扮演着什么样的角色。你们把音乐礼堂恢复成原来的模样，花了不少钱吧。我希望我们的活动能圆满结束，所以想和你商量要不要弄一些特别的活动。"

周章停下脚步，深深皱起眉头："陈眠，今天不是愚人节，你不要和我开玩笑。我们的活动经费紧张，怎么可能把钱砸在音乐礼堂上？更何况那里以后基本不可能用来举办演奏会，重新装修也只是浪费钱。"

"那到底是谁在花钱维护音乐礼堂？"江问源演出一副震惊的模样，"周章，如果我是在骗你，你自己去音乐礼堂里看一下就立刻知道真相了。我有什么必要撒轻易就能戳破的谎？"

周章被江问源的话说服了，他决定去音乐礼堂一探究竟："我们快些走吧。"

江问源的目的成功达成一半，还有一半就是让周章带着他的手机进音乐礼堂走一圈，把里面的景象录下来。可是周章的设定是不懂手机的人，即使江问源向他解释手机的使用方法，他也完全无法理解江问源的手机是什么东西，也不懂得它该如何使用。

最后江问源找了个借口没有进音乐礼堂，周章也没有带上江问源的手机，就独自进入音乐礼堂。江问源在外面等待了半个多小时，周章才终于从里面走出来。周章的表情放空，步履迟缓，整个人仿佛踩在云上，精神恍恍惚惚。那张害死连城和金鑫的少年合照，原本是周章持有的，他对少年合照的精神污染免疫，结果进音乐礼堂走过一圈后，整个人都不正常了。音乐礼堂的精神污染源，竟然如此恐怖。

周章是NPC，江问源不会用对待左知言的温柔来对待周章。周章完全无视江问源的存在，越过他朝宿舍的方向走去。江问源直接拉住周章的胳膊："你现在要去哪里？音乐礼堂里面的情况怎么样？"

周章眼神呆滞地看着江问源："音乐礼堂的昨日重现非常完美，和我毕业时一模一样。我要回宿舍拿我的大提琴，等游行乐团表演时，我也想参与演奏。音乐礼堂里已经有其他听众在等待游行乐团的表演了，他们也和我一样想要参与演奏，我必须加入他们。"

周章和左知言精神污染的表现完全不一样，这个问题暂时往后放放，江问源现在最想知道的还是那几具尸体的情况："周章，你看到的那几个听众到底是怎样的，你能和我说说吗？"

可是周章全然不理会江问源的问题，直接掰开江问源的手，加快速度返回宿舍。

江问源没有跟过去，而是在音乐礼堂外等待，没过多久，周章果然回来了，他还带来了他的大提琴。周章完全无视江问源的存在，带着大提琴走进音乐礼堂。一阵窸窸窣窣的动静后，音乐礼堂里传来大提琴的调音声。大提琴音准调好后，里面便安静下来。

整个下午，江问源哪儿都没去，他就一直守在音乐礼堂外面。

音乐礼堂不大，里面没有空间留给厕所，人有三急，只要周章还活着，他总会有上厕所的时候，那时他就会从里面出来。江问源已经做好充足的准备，只要周章一出来，他就能立刻把他控制起来。可是整个下午，周章都没有从里面出来。在音乐礼堂里随地大小便也是不可能的，周章表现得非常渴望参加游行乐团的表演，他不可能会去做出亵渎音乐礼堂的事情。

江问源只能往最坏的可能去想，周章也死在了音乐礼堂里。

江问源看看天色，已经临近傍晚时分，左知言休息了整个下午也没来找他，精神污染的情况肯定也十分严重。不能继续耗下去了，江问源再次把两个消除异常状态的玩偶从玩偶空间里拿出来。他站在音乐礼堂门外，深呼吸了一口气，双手推开了大门——

第 39 章

我怀疑你

前后见证过左知言和周章进入音乐礼堂后的反应，江问源对音乐礼堂的警戒心已高至极点，以至于他和音乐礼堂里的精神污染源从一开始就处于对抗状态。江问源刚踏入音乐礼堂，看到里面的景象，浑身的鸡皮疙瘩就起来了。

音乐礼堂的布局，和左知言告诉他的一样。

内部空间整体呈规整长方形的音乐礼堂，被切割成两个部分，离音乐礼堂正门最远的三分之一空间，是表演演奏两用的舞台。此时台上弧形排列着三排椅子，总共 30 张，每张椅子上都放着一件属于游行乐团的乐器。

剩下的三分之二空间，则是观众席。观众席与大门正对的地方空出一条通道，通道两旁分别整齐地排列着可移动的带靠背折叠椅，加起来总共约有二百张。

音乐礼堂里的布置再普通不过，不普通的是观众席上的情形。六名死者的尸体分散在观众席不同的位置上，他们面朝舞台坐在椅子上，用尸体扮演着听众的角色。江问源沿着观众席的通道往里走，从玩家们的尸体旁经过。

三名班级年鉴受害者的尸体坐在江问源左手边靠后排的位置，从地上拖曳的血迹就能看出来一件事情，他们是自己爬进音乐礼堂，自己坐到椅子上，然后迎来最后的死亡。他们坐成一排，脚下是汇聚在一起的血泊。

连城和张铁牛的尸体都是被别人搬进来的，而且他们被搬进来的时候已经形成尸僵，他们坐在观众席中段的位置，坐姿僵硬且不自然。

唯独金鑫的尸体最为特别，他的尸体和周章都坐在观众席第一排，而且他们手上都有乐器。这两个人最大的不同点，就是金鑫死了。

江问源忍着排山倒海而来的负面情绪，忍着剧烈的头痛和恶心，来到周章面前。和精神污染进行对抗耗尽江问源的所有力量，他已经没有办法去想什么套话的说辞，简单粗暴地问道："周章，你想自杀吗？"

周章起初根本没有理会江问源，一心一意地护理他的琴弓。直到江问源重复问了五遍相同的问题，周章变得暴躁起来，对着江问源就是一顿骂："你神经病吗？问的什么傻问题！你可有多远滚多远吧，别打扰我做琴具护理！"

受到精神污染后，此时的周章和进入音乐礼堂前的周章，已经不是同一个人了。周章从温文尔雅变成暴跳如雷，但他并没有自杀的倾向，而是一心一意地期待着游行乐团的表演。

与精神污染源的对抗，让江问源的头疼变得更加剧烈，疼得他的视野里甚至都出现电视雪花点，但江问源还有很多疑问。过早使用玩偶解除异常状态，可能很快就会迎来第二次异常状态，江问源决定继续忍耐一阵，等实在无法忍耐精神污染的地步，再撤退到安全区域使用玩偶。

江问源沿着第一排的方向，慢慢地从周章身边移动到金鑫的位置。金鑫和周章不同，他们都拿着乐器，可金鑫死了。金鑫和音乐礼堂里的其他玩家死者都不同，虽然他们都死了，可是其他死者手中并没有乐器，有乐器的人只有金鑫一个。

金鑫就像是被独立出来的个体，他和周章不同，和其他死者也不同，他是音乐礼堂里最特殊的存在。金鑫不是在外面死后被带入音乐礼堂的，他脚下的血泊比三个班级年鉴受害者形成的血泊还要大，且血泊界线分明，没有移动过的痕迹。金鑫的死亡地点就在音乐礼堂里，他坐在椅子上，匕首刺入心脏而亡。

江问源虽然失去了大部分的思考能力，但他还是能辨别出来，匕首刺入心脏的角度不像是金鑫自杀而形成的，更像是别人把匕首刺进他的胸腔。但非常矛盾的是，匕首刺入心脏并不会一击致命，如果金鑫不是自杀而是被杀害，那为什么他不自我抢救？为什么不挣扎？从他脚下的血泊，就可以看出他完全放弃求生。

金鑫的死扑朔迷离，江问源没有更多的时间可以消耗在金鑫的身上，他暂且记下其中异常，转过身来，走上音乐礼堂的舞台。江问源在观众席兜转好几圈，早已确定精神污染源就在舞台上。

"你要做什么？！"一直对江问源爱理不理的暴躁周章，忽然冷冷地开口说道。

江问源捏着藏在衣袖下的瑞士军刀："我眼神不大好，想凑近看看这些游行乐团的乐器。看看它们到底是仿十年前的风格重新做出来的新乐器，还是游行乐团使用的旧乐器。"

"那你小心一点儿，别碰坏游行乐团的乐器。"周章严厉地警告江问源一句后，又继续他的护理琴具的工作。

江问源没有对周章撒谎，只是没有把话说全，除了他告诉周章的原因以外，他上台还有别的目的。这些乐器不是新乐器，岁月在它们身上留下的痕迹，绝对超过十年，而且最为特殊的是，它们都在显眼的位置印着清晰的字样：昏厥交响曲。江问源走到一面小鼓前，在周章的怒吼声中，直接用瑞士军刀狠狠地划破鼓面！

本轮游戏世界有着许许多多的污染源，究其根源，就是《昏厥交响曲》。

本轮游戏只要破坏掉精神污染的根源，大概率就能通关游戏。可是这件事说起来容易，实行起来却非常困难。江问源不过是划破一面小鼓的鼓面而已，脑子就像是被重锤狠狠砸下，剧烈的精神冲击甚至直接影响到肉体，导致江问源溢出两行鼻血。

30件乐器如果全都要江问源一个人破坏的话，他恐怕连一半都坚持不住就脑出血而亡了。江问源忍受着精神和身体的双重折磨，一脚踢开疯狂朝他扑过来的周章。

上天仿佛听到了江问源的祈愿，在周章狠狠地砸在几张椅子的巨响声中，音乐礼堂的门再次打开——休息了整个下午的左知言走了进来。

然而江问源却没有因为左知言的到来而流露出半点儿的开心，反而在帮手到来之时，抱起随身包里的鸟头人玩偶，激活它的特殊能力。

鸟头人特殊能力：消除活人的不良状态（仅限使用玩偶特殊能力当局的不良状态），仅限游戏中使用。

左知言沉默地看着江问源，江问源在用实际行动对他说：我怀疑你。

"你什么时候发现的？"左知言平静地问道。

第40章
机器人玩偶

江问源沉默地看着左知言，其实理智上他从很早之前就对左知言产生怀疑了，但是在感情上始终无法接受左知言是背叛者的可能性。

江问源对左知言怀疑的开始，是张铁牛的死亡。

当时是追忆母校活动的第一顿饭，周章做得很丰盛，所以将近花了两个小时才完成全部菜式。不是所有玩家都能在饭堂里干等两个小时，超过三分之二的玩家都离开过饭堂。其中大部分的玩家都是结伴离开，结伴回来。只有少数的几个人是单独离开的，左知言就属于其中一个。左知言离开的时间不长，但是张铁牛的死亡地点就在饭堂附近，他离开的时间，足够他直接杀死张铁牛或者诱导张铁牛自杀。

江问源怀疑左知言杀死张铁牛的原因，当然不只是他曾单独离开饭堂。在张铁牛的尸体被发现前，不少玩家都离开过饭堂，当时玩家们受到的精神污染还不深，再加上张铁牛字字诛心的警告，他们还记得自己是玩家，目的是通关游戏。离开饭堂的玩家除了解决生理需求以外，更多的还是去探索校园，可是一直没人发现张铁牛的尸体，直到江问源和左知言去寻找张铁牛时才发现。

找到张铁牛的人，正是左知言。在左知言说出那个角落有具尸体之前，江问源并没有注意到张铁牛的尸体。那么多玩家都没能察觉张铁牛的尸体，江问源也没注意到，左知言一下就发现了。这个细节本来没有值得推敲的价值，可是在江问源基本认定左知言是背叛者玩家后，才发觉这是左知言给他挖的坑。

即使江问源没能找到张铁牛的尸体，也能从张铁牛的失踪和玩偶演奏《昏厥交响曲》，推理出本轮游戏存在背叛者玩家。左知言主动把他用不明手段藏起来的尸体暴露出来，就是想要撇清自己和背叛者的关系。哪个背叛者会把自己的把柄交出去呢？

张铁牛的死只是引起江问源对左知言的怀疑而已，他们互相确认戒指位置后，江问源又把他对左知言的怀疑放了下来。再度引起江问源对左知言怀疑的事情，就是金鑫和少年合照的失踪。

金鑫是被背叛者玩家放走的，那床底的少年合照又是怎么失踪的呢？

江问源假装拿走少年合照的演技，很明显把金鑫给骗了。背叛者玩家和普通玩家通关游戏的条件不一样，但背叛者的身份也是玩家，他没有圆桌游戏的上帝视角，不可能知道少年合照在床底下。唯一的可能，就是江问源用演技欺骗金鑫时，背叛者玩家也在场。

以左知言强大的心理素质，就算是在江问源眼皮底下，他也绝对能不慌不忙地用活结绑住金鑫，暗中向金鑫传递少年合照在床底。阳台围栏上有外人进入寝室的脚印，也是左知言发现的，为的就是制造出背叛者玩家是外人的假象，以此洗脱他的嫌疑。

在金鑫失踪之后，江问源的心情非常矛盾，一方面他很不愿意去怀疑左知言的身份，但另一方面他又觉得背叛者玩家是左知言的概率很高。在江问源万分纠结之时，江问源再次用两个理由说服自己，左知言对得上戒指位置，而且还拥有他送的机器人玩偶，左知言不可能是背叛者玩家。

然而怀疑的种子一旦播撒，就会牢牢扎根。江问源还没能完全放下对左知言的怀疑，又发生了班级年鉴事件。左知言极力劝阻江问源插手去管他们三人，后来三位玩家受到严重的精神污染离开教室，他和左知言分头去找三位玩家，也是左知言做主安排的方向。最后江问源得到的结果就是，三位玩家互相残杀而死。

三位玩家的死无法挽回，他们给江问源留下了珍贵的线索。在临死之际，他们不顾一切也要去音乐礼堂，以至于一路上都是他们留下的血迹。

正是这座音乐礼堂，逼着江问源不得不去面对他最不愿意面对的问题。

左知言提出他要独自进入音乐礼堂，那没问题，因为他们必须确保其中一个人保持清醒；可是江问源久等不见左知言出来，打算进入音乐礼堂去营救左知言时，左知言刚好从音乐礼堂里拉开门走出来。当时左知言有个细微的举动，他用身体挡住江问源探究音乐礼堂的视线，很快地合上了大门。

左知言没有告诉江问源音乐礼堂里尸体的详细情况，不愿和其他玩家住在同一个寝室里。左知言已经有些不像他了，他在逃避其他玩家，无论是活着的，还是死去的。

所以在左知言下午休息时，江问源决定重新探一遍音乐礼堂。

金鑫的尸体，自杀和他杀矛盾的结合体，其实还有一种江问源不愿意去想的解读，那就是背叛者玩家在金鑫受到精神污染毫无反抗力的情况下，对他下杀手。

金鑫已经受到严重的精神污染，基本已经等同于死人。那为什么背叛者还要多此一举亲自动手杀死金鑫呢？江问源想到的只有一种可能性，背叛者不希望他见到活着的金鑫，不希望他从金鑫口中问出一些东西来。只要江问源有机会接触金鑫，就能问出他是怎么逃出寝室的。而唯一有机会杀死金鑫的人也只有一个，那就是左知言。

事情发展到这一步，所有线索都指向左知言。此时此刻，江问源已经没有任何借口可以逃避这个残酷的事实了——左知言就是背叛者玩家。

就算江问源没有把他发现左知言是背叛者的原因说出来，左知言也明白自己究竟在什么地方露出马脚。两人甚至没有直接点破左知言的身份，可他们已经明白对方的立场，这是青鸟成立之后，他们逐渐培养起来的默契。

江问源眼里闪过一丝痛苦，问出了他百思不得其解的疑问，他郑重地用真名称呼左知言："左知言，我想知道你为什么不使用我给你的机器人玩偶。"

机器人玩偶特殊能力：惊喜盒子之更改玩家的背叛者玩家/普通玩家身份（内含惊喜）。

玩偶的特殊能力不会骗人，只要使用了机器人玩偶，左知言就可以把自己的身份更改为普通玩家。

难道是因为背叛者玩家无法使用玩偶吗？可是根据齐思远给他的背叛者玩家资料，圆桌空间是现实和游戏的过渡空间，玩家还没有真正地进入游戏，背叛者玩家的身份还不算正式生效，所以背叛者玩家在圆桌空间也是可以使用玩偶的。但是进入游戏后，背叛者玩家就不能使用玩偶了。左知言从特殊空间拿出来的那只长颈鹿玩偶，甚至都没办法再放回去，只能把它交给江问源。

"你没有猜对，我使用了机器人玩偶。"左知言把他的表情管理得很好，他的模样和现实里与江问源轻松聊天的时候没有区别，"我只是放弃机器人玩偶提供给我的选择，接受背叛者玩家的身份。"

江问源单手深深捂住酸涩的眼睛："惊喜盒子里的陷阱，难道和我有关系？既然本轮游戏已经存在背叛者玩家的身份，你的身份被置换成普通玩家后，需要有人替代你的位置。机器人给你的选择，是不是让我代替你成为背叛者玩家？"

左知言眸光微闪，轻声说道："江问源，你真的很聪明。你猜对了，机器人玩偶的惊喜盒子，和你说的一样，需要选出一名玩家代替我成为背叛者玩家。取代我的玩家，是我摇惊喜老虎机决定的。我运气不太好，选出来的那个人是你。为了保护背叛者玩家的信息，当我决定置换身份后，我会忘掉所有和机器人玩偶有关的记忆，也不记得自己曾经和别的玩家互换过身份，我会以为自己进入游戏时就是一名普通玩家。其实我很自私，如果选出来的是别的玩家，我会毫不犹豫地选择置换，然后和你一起通关游戏活下去。可是我的置换对象是你，无论我怎么选，这轮游戏我们都只能有一个人活下来。"

如果左知言再自私一点儿，把背叛者玩家的身份推给江问源，就能毫无负罪感地以普通玩家的身份来玩本轮游戏。可是左知言并没有这么做。江问源感觉到自己的心脏仿佛被无形的手狠狠地掐住，疼得他连呼吸都非常困难……

江问源放下捂着眼睛的手，强迫自己不去逃避左知言，他直视左知言的眼睛："如果本轮游戏的胜者是你，你会改变你的愿望，许愿复活我吗？"

左知言在成为背叛者玩家之后，就已经想过这个问题了，他肯定地答道："不会，我会坚持自己的愿望。那你呢？我记得你最初的愿望是找到杀死陈眠的凶手，原本的愿望失效，你可以更改愿望，你会复活我吗？"

江问源缓缓地摇了摇头："不会，我不会许愿复活任何人。"

"那我们就各凭本事通关游戏吧。"左知言对江问源的回答并不失落，他的态度逐渐变得强硬起来，"既然我成为背叛者玩家，我就已经做好觉悟以背叛者玩家的身份通关游戏，以背叛者玩家的身份活下去，实现我的愿望。所以我利用游戏间接害死了张铁牛、连城、万怜、乔四、卜刀刀，金鑫是我亲手杀死的第一个玩家。我们分开了一整个下午，其他四个玩家，方纯、钟无涯、姜山和司大勇，我已经全部解决。现在就剩下你了，江问源。"

江问源从内心里不愿意相信左知言会为了活下去而不择手段，否则左知言直接和他换身份就可以了，何必成为必须以同类的性命为食的怪物？

不论江问源再怎么不愿意相信，事实就摆在他的面前，左知言对他动手了。

江问源已经使用鸟头人玩偶解除身上的异常状态，可是《昏厥交响曲》突然又开始轰炸式地在他的脑海中奏响，刚才止住的鼻血又哗啦啦地往外流。少年合照又证明了精神污染源无法烧毁，破坏乐器的效率太低了，在左知言虎视眈眈地盯着他的情况下，江问源无法通过破坏乐器来通关游戏。江问源最后深深地看了左知言一眼，从舞台旁边的侧门跑出音乐礼堂。

左知言没有立刻追过来，这让江问源稍稍松了口气，他加快脚步，朝校长办公室跑去。

如果《昏厥交响曲》本身无法被阻止，那可以换种思路，看看能不能从《昏厥交响曲》诞生的源头去阻止它。

第41章

孤注一掷

　　《昏厥交响曲》的源头，正是十年前暑假时常青音乐高中的游行演奏计划。

　　游行乐团向校长提出要在学校的音乐礼堂里演奏他们的曲子——《昏厥交响曲》。《昏厥交响曲》的恐怖程度无须赘述，常青音乐高中举办游行演奏，目的是推广招生，怎么可能答应演奏《昏厥交响曲》！

　　在那个时代，学生反抗学校是一件非常不可思议的事情，而且常青音乐高中在这件事情上并无过错。那么游行乐团的成员为何能公然做出无礼反抗学校的事情？而且根据《昏厥交响曲》衍生出来的其他精神污染源就可以得知，游行乐团不仅在音乐礼堂里演奏了《昏厥交响曲》，他们在公众场合进行游行演奏时，也演奏了《昏厥交响曲》。

　　那到底是谁在背后推动了《昏厥交响曲》的诞生和演奏？

　　江问源曾经在校长办公室的游行演奏计划书里看过游行乐团的集体照，这张集体照也是精神污染源之一。江问源当时只是快速浏览一遍，确定里面没有周章后，就将照片夹回计划书中，不再多看。在这个过程中，江问源并没有去确认过集体照上的人数，因计划书里已经明确写着游行乐团有30名成员。

　　可是在音乐礼堂里，江问源明确地感觉到了异常。

　　在舞台上，一共摆着30张椅子，每张椅子上都对应放着一件印有"昏厥交响曲"字样的乐器。毋庸置疑，这些乐器就是游行乐团的乐器。正因如此，江问源才发现有一个人被遗忘了。

游行乐团除了 30 名演奏成员，还有一名指挥。在游行乐团集体照中，这名指挥没有和演奏成员穿统一样式的乐团制服，而是单独穿着一整套的白色西装，并很正式地打着领结。这名指挥的年龄看起来大约在 25 至 30 岁，手里拿着一根指挥棒。他应该是游行乐团的指导老师。

指挥是乐团不可或缺的灵魂人物，为什么计划书中记录的是游行乐团拥有 30 名成员，而不是 30 名演奏成员加一名指挥呢？

从这个偏差的信息出发，可以分析出两种可能性：其一，演奏成员中混进了一个不明物；其二，《昏厥交响曲》的源头就是白西装指挥。

虽然江问源还没看到照片做最终确定，但他的心里已经更加倾向于是指挥出了问题。因为指挥是乐团的核心人物，再加上其可能是指导老师的双重身份，演奏成员想要越过他的权威去推广《昏厥交响曲》，是非常困难的事情。所以，问题大概率出在指挥身上。

再强大的事物都会有弱点，风暴中心的风暴眼是气旋中心最平静的区域。那张记录着异常成员的游行乐团集体照片，很可能就是本轮游戏的风暴眼。找到集体照片，去破坏寄宿在集体照片里的异常存在，这是江问源现在所能想到的最后的办法了。

可是江问源心里还压着一件极为致命的事情。左知言作为本轮游戏的背叛者，他在进入游戏之前就已经得知完整的故事背景，虽然圆桌游戏只提供故事，不提供故事的解决方案，但是以左知言的智慧，轻易就能推理出普通玩家所有可能的通关方法。江问源能想到游行乐团的集体照片可以成为通关游戏的捷径，左知言肯定也能想得到。

江问源当初看完游行乐团的集体照片后，由于它是精神污染源，即使带在身上不看也会持续对精神产生不良影响，所以他又当着左知言的面，把集体照片夹回计划书中。江问源这次再去校长室，其实基本不抱任何希望找到那张集体照片，去这一趟，只是为了让自己死心，再接着找别的通关游戏的办法……

可是江问源无论如何都没有想到，他竟然在校长办公室的原位上找到了夹在计划书里的集体照片。看到集体照片的那一刻，江问源的脑子完全是蒙的，他不禁对自己的判断产生怀疑，难道集体照片不是通关本轮游戏的关键道具，否则左知言怎么会犯下如此严重的失误没带走它？

江问源从特殊空间里拿出永钱送他的一只玩偶，这只少了两条胳膊的老人玩偶，特殊能力是：判断玩家拿在手中的物体，在本轮游戏的所有通关道具中的排名。

因为无臂老人玩偶的特殊能力只能针对玩家已经拿到手的道具进行评定，而且这种评定基本是没有意义的，能找到通关游戏道具的人，对游戏的背景故事都有相当程度的把控，所以这个特殊功能实在太鸡肋。江问源把它挂到论坛上卖了很久，都没能卖得出去，便无可无不可地把它带进游戏。江问源也没预料到他竟然也有用上这个玩偶的一天……

当无臂老人玩偶消失在点点荧光中，特殊能力生效，判定江问源手中的游行乐团集体照片在本轮游戏所有有效通关道具中排名第一。

当这个结果出来时，江问源直接愣住了。

以左知言丰富的游戏经验，江问源不相信他会在完全掌控背景故事的情况下，无法推理游行乐团集体照片的重要性。左知言也不会犯下明知集体照片对普通玩家的重要性，却忘记把它带走的错误。所以，结论只能是左知言故意把集体照片留下。

想到这里，江问源的眼泪不可抑制地流了下来。

左知言亲手杀死金鑫，放任精神污染源害死其他玩家，的确做好了即使要杀死江问源也要通关游戏的觉悟。可是左知言这份觉悟是有前提的，那个前提是江问源无法在这场游戏中坚定自己的立场，被他们在现实里的关系蒙蔽双眼，无法发现游戏的真相。

左知言在做好以背叛者通关游戏的觉悟之前，还做好了另一个觉悟：如果江问源不会因为他变成背叛者而迷茫，还能够看破真相，有足够的能力和决心通关圆桌游戏，那么他愿意把活下去的机会让给江问源。

当江问源能够发现左知言的异常，自己保护好精神不被污染，再探一次音乐礼堂，就能发现游行乐团的异常点，从而在校长办公室再次找到集体照片。这张游行乐团集体照片，就是左知言写给江问源的无言自白书——

我希望我的牺牲是有价值的。

江问源握着瑞士军刀，刀尖悬在集体照片上方，他手心里满是汗水，迟迟没能下手破坏照片上那个白西装指挥的部分。他能听到脚步声在渐渐接近校长办公室，来人的步调不疾不徐，从容地走进校长办公室。

和痛哭流涕形象全无的江问源相比，左知言还是江问源心中那副完美的社会精英形象，他从容不迫的模样，让江问源想起第一次见到左知言的时候。左知言总是表现得那么完美，即使在两人不得不面临你死我活的绝境，他也没有流一滴眼泪。

左知言平静地看着江问源刀下的游行乐团集体照："你找到它了。"

江问源不知道该说些什么，他的泪腺仿佛坏掉了，眼泪怎么止都止不住。

"差不多也该是我们道别的时候了，我还有几句话想和你说。"左知言深呼吸一口气，"我进入这轮游戏之后一直在思考一个问题，如果我遇到你之后依旧保持独行者玩家的风格，是不是和你遇上你死我活的绝境，就不会那么难以抉择了。我醒着的时候在想，睡着的梦里也在想，江问源，我从来没有后悔过和你一起建立青鸟这个组织。"

江问源也许还有很多话想对左知言说，但是左知言没有给他说话的机会，他几步走到江问源身边，按住江问源握住瑞士军刀的手，用力压下，刺进白色西装指挥的正中央。瑞士军刀的刀刃深深地没入照片中，却没有从照片下方的桌子穿出来，而是扎入一个虚无的空间，触感就像一团腐烂的淤泥。在白色西装指挥恐怖的惨叫声中，大量的黑色雾状物从白色西装指挥的伤口涌出来。

左知言和江问源凑得很近，两人面对面，距离只有不到十厘米。

左知言无声地用唇语对江问源说道：有背叛者玩家找到了和圆桌游戏沟通的方法，原本背叛者玩家和圆桌上的背叛者玩家假体是感官不共享的，现在两者已经可以共享感官了，我就是通过这个办法知道你戒指的位置的。千万小心。

交代完这句话，左知言便松开江问源的手，退后几步，转身离开校长办公室。走出校长办公室后，左知言回头朝江问源看了一眼："其实我……"

黑色的脉络从左知言的脖子朝脸上蔓延，他没有接着说下去，转过头离开了校长办公室。江问源脱力地滑坐在地面上，游行乐团集体照片在亮起的点点荧光中消失，小提琴演奏家玩偶在荧光中成形。但《昏厥交响曲》的精神污染依旧在江问源的脑海里肆虐，叫嚣着让他快点儿自杀，是他害死左知言，他有什么资格活下去？

看着坐在办公桌上的玩偶，江问源现在有两个选择：顺应《昏厥交响曲》的蛊惑，自杀谢罪；拿起玩偶，通关本轮游戏。

可是江问源的路已经被左知言堵死了，左知言把背叛者玩家的情报告诉他，无论江问源做出怎样的选择，左知言都必死无疑。左知言为什么如此冷酷地对待自己，如此残忍地对待他？

江问源的眼泪模糊了视线，他心如刀绞，颤抖地伸出手，在他触碰到玩偶的那一刻，他清晰地感觉到自己杀死了左知言……

冰冷而黑暗的圆桌空间，还有六张椅子。

一张是属于圆桌游戏的空位，还有五张椅子属于玩家。左知言没有杀死其他四名玩家，为了减轻江问源的负罪感，强迫他通关游戏，左知言撒谎了。

江问源转头看向右手边的位置，这个空间空荡荡的，左知言虚体坐过的椅子已经没有了……

江问源有些麻木地取回自己的生理功能，却迟迟没有选择回到现实或继续下一轮游戏。圆桌空间的时间是静止的，进入游戏和离开游戏没有时间差，江问源不离开这里，他感觉左知言也许还活着。

江问源不知道自己到底在圆桌空间里坐了多久，忽然间，其中一张玩家椅子竟分崩离析，消失在黑暗中。江问源愣愣地看着椅子消失的地方，他已经通关游戏，为什么还会出现玩家椅子消失的现象？江问源想了很久，只想到一种可能性，那名玩家在游戏通关时还活着，但他受到精神污染的程度太深，经过圆桌游戏的再判定，他的状态不能算作还活着，所以就做通关失败处理。

江问源痛苦地闭上眼，惨笑出声，如果他没有继续留在圆桌空间，他根本不会知道，左知言杀死的金鑫，是圆桌预判定无法通关游戏的玩家，他还活着的时候就已经是一个死人了。左知言站在背叛者玩家的立场，根本没必要多此一举去杀死金鑫，他杀死金鑫，只是为了逼迫江问源站到他的对立面。

江问源甚至产生深深的怀疑——

左知言从来就没有想过要活下去，他早就把活下去的机会让给了他。

江问源慢慢擦掉脸上的泪，他不能继续逃避左知言的死了。

在许久之前，江问源带白梅进入圆桌游戏，那是他第二次在圆桌游戏里遇到左知言，也正是在那一轮游戏里，左知言和他决定组建青鸟。

玩那轮游戏时，江问源还没确定白梅就是陈眠，白梅做过的一件小事，江问源本来已经忘记了，但此时此刻，他又想了起来。当时的白梅曾经怀疑过左知言是背叛者玩家！

江问源不认为这是陈眠披着白梅的马甲无理取闹。陈眠把骨雕玩偶留给他，因为陈眠知道他会进入圆桌游戏；陈眠怀疑左知言是背叛者玩家，因为陈眠知道左知言再次和他共同进入某一轮游戏时，会成为背叛者玩家；陈眠告诉他，不退出圆桌游戏会后悔，左知言的死就是他会后悔的其中一件事……

不仅仅是陈眠表现出对未来的预知性，江问源自己在圆桌游戏中，也几度产生曾经见过游戏场景的既视感。心理医生告诉江问源，既视感是正常的心理现象，可是现在江问源可以肯定地告诉自己，他的既视感不是错觉，而是真实发生过的事实。

虽然没有任何确切的证据，但江问源能强烈地感觉到，现在发生的事情，他也曾经经历过。这也解释得通，为什么他会如此讨厌对圆桌游戏许愿复活。因为复活不能带来美好的结局，而是再一次痛苦的轮回而已。

江问源深呼吸了一口气，选下返回现实的按钮。

回到现实后，江问源扔下新获得的玩偶，立刻撞开门，跑向左知言的游戏室。陈眠游戏失败回到现实后，还活了半个多小时。可是左知言，他是背叛者玩家。背叛者玩家知道许多和圆桌游戏有关的事情，圆桌游戏不希望背叛者玩家把这些信息透露给普通玩家，所以圆桌游戏没有把对待普通玩家最后的仁慈留给背叛者玩家。在江问源来到左知言身边时，他就像睡着了一样躺在床上，身体的余温尚在，可是他的心跳和呼吸都已经停止了。

圆桌游戏连告别的机会都没有留给江问源和左知言，在游戏结束的那一刻，圆桌游戏就收走了左知言的生命和灵魂，留给江问源的只剩下左知言空壳的肉体。

今天是农历新年的第一天，充满喜庆气氛的大年初一。

青鸟的两位大佬都在这天进入圆桌游戏，其他人守在监视屏幕前，都没怎么睡，在江问源疯了似的冲向左知言的房间时，他们也跟着赶了过来。

他们看到江问源对沉睡的左知言出神，李娜不安地问道："江哥，你怎么跑到左哥的游戏室来了？万一他现在进入游戏，玩家们的磁场紊乱，会引发磁暴的。我们要不先出去吧。"

易轻舟意识到情况不太对劲儿，没有发挥他的毒舌："李娜说得对，我们待在这里会有危险的，有什么事等左知言通关游戏再说吧。而且就算有急事也先放放吧，左知言睡得那么沉，他肯定是太累了，等他休息好再说吧。"

吕琦妙敏感地察觉到江问源的情绪，她默默走到江问源身边，伸手搭在他的肩上，什么都没说。

江问源沉默了一会儿，转头看向青鸟的其他三人，将自己的伤口再次撕开，血淋淋地展示在他们面前："我和左知言进入的是同一轮游戏，他没能通关游戏。"

青鸟的核心是左知言，现在左知言死亡，包括江问源在内，所有青鸟成员都以为，青鸟的折翅之时也该到了。可是左知言从来都不在他们的想象范围内，青鸟的众人还沉浸在悲伤中，一切就在左知言的安排下有条不紊地进行下去。

左知言的葬礼是他早就预定好的；左知言的游戏公司和别墅山庄、账户里的钱，他早就立好遗嘱赠送给江问源；吕琦妙的监护权也会转到江问源名下，只要去有关部门办理过继手续即可。左知言根本没让江问源几人操心，就已经把一切都办妥了。

在左知言的葬礼上，江问源第一次见到了左知言的家人。

左知言的家人对左知言的死非常难过，他们没有一个人过来责难拿走左知言所有财产的江问源。在葬礼结束之时，左知言的父亲喊住江问源，他看了江问源一会儿，没头没尾地说出江问源听不懂的一番话："谢谢你陪伴我的儿子度过他人生的最后一段路。三年前他的病确诊之后，一直都过得非常不快乐，最近几个月他改变许多，回家时偶尔也会露出笑容了。可惜，他还是没能战胜病魔……"

江问源沉默地目送左知言的父亲离开后，回别墅山庄找到马医生："一个多月前，我来找你处理皮肤问题时，你和另一名值班医生在讨论左知言的体检报告。事实上你们讨论的是左知言的病情吧，现在左知言已经不在了，你没有必要再隐瞒我了吧？"

马医生叹了口气，找出左知言的复检报告，交给江问源："左总的病情最近半年恶化得很厉害，可是他不接受手术和化疗，又继续高强度工作，不注意休养，我们劝他住院治病，他不愿意接受，还叮嘱我们不能把真实情况告诉你们。本来左总要是愿意接受治疗，最少还能活一两年的，也不至于像现在这样走得那么突然。"

江问源用左知言的复检报告掩住脸，挡住他断线的眼泪，左知言到底要他哭多少次才甘心？

左知言一个身患重病的人都能撑起青鸟，没理由他会做不到。无论是精神上的还是物质上的，江问源从左知言那里得到了太多太多的东西，他绝对不能让左知言组建的青鸟在他手中折翅——

江问源没有把左知言的复检报告还给马医生，他带走了报告，把它和玩偶一起锁进保险柜里。从今天起，他就是青鸟的老大，他会结束青鸟混乱的现状，让青鸟重新展翅高飞，以青鸟之姿，铭记左知言。

——既然圆桌游戏不肯放过江问源，江问源不会逃避，他也不会轻易放过圆桌游戏。

end

你已解锁小提琴演奏家玩偶